Sandra Brown es autora de cincuenta y cinco novelas que han figurado en las listas de superventas del *New York Times*. Brown comenzó su carrera de escritora en 1981, y desde entonces ha publicado sesenta y ocho novelas. Desde 1990, cuando *Imagen en el espejo* figuró en las listas de libros más vendidos del *New York Times*, todas sus novelas se han convertido en best sellers. Hasta la fecha, Brown ha vendido setenta millones de ejemplares en todo el mundo y ha sido traducida a treinta y tres lenguas. Su página web es la siguiente: *www.sandrabrown.com*

ZETA

Título original: *Charade*
Traducción: Gloria Pous
1.ª edición: junio 2010

© Sandra Brown, 1994
© Ediciones B, S. A., 2010
para el sello Zeta Bolsillo
Consell de Cent, 425-427 - 08009 Barcelona (España)
www.edicionesb.com
Publicado por acuerdo con Maria Carvainis Agency, Inc. y Julio Yáñez Agencia
Literaria. Primera edición, por Warner Books, New York

Ante la imposibilidad de contactar con el propietario de la traducción,
la editorial pone a su disposición todos los derechos que le son legítimos
e inalienables.

Printed in Spain
ISBN: 978-84-9872-410-3
Depósito legal: B. 17.270-2010

Impreso por LIBERDÚPLEX, S.L.U.
Ctra. BV 2249 Km 7,4 Polígono Torrentfondo
08791 - Sant Llorenç d'Hortons (Barcelona)

Charada

SANDRA BROWN

ZETA

Durante la tarea de documentación para escribir el presente libro tuve que solicitar la ayuda de profesionales, y todos ellos se mostraron amables y dispuestos a colaborar pese a sus apretadas agendas.

Muchas gracias a Ann Wagner, Relaciones Públicas/Coordinadora de Educación Pública del Banco de Órganos de Southwest; a Nancy Johnson, Enfermera Diplomada y Coordinadora Jefe de Trasplantes de la University of Texas Southwestern/St. Paul Medical; y a John Criswell, KDFW-TV, Dallas, Texas.

Y mi agradecimiento especial a Louann, cuya franqueza sólo es superada por su valentía.

SANDRA BROWN

1

10 de octubre de 1990

—¡Cat, despierta! ¡Tenemos un corazón!

Cat Delaney salió poco a poco del sopor producido por la medicación y recuperó el conocimiento. Al abrir los ojos intentó centrar la mirada en Dean. La imagen tenía el contorno borroso, pero la sonrisa era clara, amplia y radiante.

—Tenemos un corazón para ti —repitió.

—¿De verdad? —preguntó ella con voz áspera, debilitada. Había ingresado en el hospital con el convencimiento de que saldría con un corazón trasplantado o en un coche fúnebre.

—El equipo de recuperación de órganos está en camino.

El doctor Dean Spicer se apartó de su lado para hablar con el personal hospitalario que había entrado con él en la UCI. Ella oía su voz, pero sus palabras parecían carecer de sentido.

¿Estaba soñando? No: Dean había afirmado con toda claridad que estaba en camino el corazón de un donante. ¡Un corazón nuevo para ella! ¡Una vida!

De repente experimentó dentro de sí un estallido de energía que no había sentido desde hacía meses. Se sentó en la cama y farfulló quejas a las enfermeras y auxiliares sanitarios que la rodeaban con agujas y catéteres para pincharle y sondarle.

La violación médica de tejidos y orificios se había convertido en una práctica diaria que ya ni siquiera notaba. Durante los últimos meses le habían extraído fluidos corporales como para llenar una piscina olímpica. Había perdido mucho peso y poca carne quedaba en su pequeño esqueleto.

—¿Dean? ¿Adónde ha ido?

—Estoy aquí.

El cardiólogo se abrió paso hasta la cabecera de la cama y le tomó la mano.

—Te dije que tendríamos un corazón a tiempo, ¿verdad?

—No seas presumido. Todos los médicos sois iguales. Imbéciles y engreídos.

—Protesto.

El doctor Jeffries, el cirujano de corazón encargado de llevar a cabo el trasplante, entró en la habitación como si estuviera dando un paseo vespertino. Se le hacía la boca agua. Encajaba perfectamente dentro del estereotipo que Cat había mencionado. Ella reconocía su talento, confiaba en su profesionalidad, pero como persona lo encontraba despreciable.

—¿Qué hace usted aquí? —preguntó—. ¿No debería estar en el quirófano esterilizando el instrumental?

—¿Es una indirecta?

—Se supone que el genio es usted. Averígüelo.

—Tan antipática como siempre. ¿Quién se ha creído que es? ¿Una estrella de la tele?

—Exacto.

Sin inmutarse, el cirujano se dirigió a la enfermera jefe de la UCI y le preguntó:

—¿Tiene fiebre la paciente?

—No.

—¿Resfriado? ¿Algún virus? ¿Alguna infección?

—¿A qué viene todo esto? —preguntó Cat, fastidiada—. ¿Intenta echarse atrás? ¿Quiere la noche libre, doctor? ¿Tiene otros planes?

—Sólo me estoy asegurando de que está usted bien.

—Estoy bien. Coja ese corazón, rájeme y haga el cambio. La anestesia es opcional.

El hombre se dio la vuelta y salió caminando despacio.

—Presuntuoso —murmuró ella.

—Es mejor que no le insultes —dijo Dean con una risita—. Va a sernos muy útil esta noche.

—¿Cuánto habrá que esperar?

—Un ratito.

Cat intentó que concretase más, pero no lo consiguió. Le recomendaron que descansara, pero, cargada de adrenalina, permaneció despierta observando el reloj mientras las horas pasaban lentamente. Estaba más ilusionada que nerviosa.

Las noticias del inminente trasplante se extendieron por el hospital. Los trasplantes de órganos eran ya bastante corrientes, pero seguían inspirando respeto. Y más aún los de corazón. Durante la noche pasaron por su habitación muchas personas para desearle buena suerte.

La bañaron en yodo, un líquido pringoso, repugnante, que le dejó la piel teñida de un desagradable color amarillento. Se tragó la primera dosis de ciclosporina, el medicamento vital para evitar el rechazo. Habían mezclado el líquido con leche y cacao, un intento inútil de disfrazar el sabor a aceite de oliva. Aún lo estaba comentando cuando irrumpió Dean con la noticia que esperaba oír.

—Ya vienen con tu corazón nuevo, ¿preparada?

—¿Qué te parece?

Se inclinó y la besó en la frente.

—Voy a bajar a lavarme y a ponerme los guantes. No me separaré de Jeffries. Estaré a tu lado.

Ella lo agarró por la manga.

—Cuando despierte, quiero saber en seguida si tengo un corazón nuevo.

—Por supuesto.

Había oído hablar de otros pacientes de trasplante a quienes se les dijo que se había conseguido un corazón adecuado para ellos. Un hombre al que ella conocía incluso estaba ya preparado y anestesiado. Cuando llegó el corazón, el doctor Jeffries lo examinó y se negó al trasplante diciendo que no era lo bastante sano. El paciente aún no se había recuperado del disgusto por el retraso en saberlo, lo cual estaba empeorando el estado crítico de su corazón.

Ahora, con una fuerza sorprendente, Cat aferró la manga de la chaqueta Armani de Dean.

—Cuando salga de la anestesia quiero saber si tengo otro corazón. ¿De acuerdo?

El doctor tapó la mano de ella con la suya y asintió.

—Tienes mi palabra de honor.

—Doctor Spicer, por favor —solicitó una enfermera.

—Te veré en el quirófano, querida.

Cuando él se hubo marchado, todo transcurrió con una rapidez sorprendente. Cat se agarró a las barandas de la camilla mientras la empujaban por los pasillos. Al entrar por la puerta de doble hoja no se esperaba la luz cegadora del quirófano, donde el personal con mascarilla se movía con rapidez y seguridad, enfrascado en su trabajo.

Más allá de los focos suspendidos sobre la mesa de operaciones, Cat vio caras que miraban desde lo alto a través del cristal que rodeaba la galería de observación.

—Veo que he congregado a una multitud. ¿Tienen entradas y programas impresos? ¿Quiénes son? Bueno, que alguien conteste. ¡Eh, chicos! ¿Qué hacéis ahí?

Una de las personas con guantes y mascarilla gruñó:

—¿Dónde está el doctor Ashford?

—Aquí —dijo el anestesista al entrar.

—Gracias a Dios que ha llegado. Póngala fuera de combate, a ver si podemos trabajar.

—Es una charlatana, un grano en el culo.

Cat no se ofendió, ya sabía que no era ésa la intención. Los ojos que asomaban por encima de la mascarilla sonreían. El ambiente en el quirófano era de optimismo; mejor así.

—Si se dedican a insultar a los pacientes, no me extraña que lleven mascarilla para ocultar su identidad. Cobardes.

El anestesista ocupó su lugar a un lado de la mesa.

—Según parece, está usted un poco excitada y armando bronca, señorita Delaney.

—Es mi gran escena. La interpretaré a mi manera.

—Pues va a estar sensacional.

—¿Ha visto mi nuevo corazón?

—No estoy a cargo del material. Me limito a echar gasolina. Ahora relájese.

Le restregó el dorso de la mano con un algodón empapado en alcohol.

—Va a sentir un pinchacito.

—Estoy muy acostumbrada a los pinchacitos.

Todos rieron.

Se acercó el doctor Jeffries con Dean y el doctor Sholden, el cardiólogo al que Dean la había enviado cuando renunció a ser su médico por motivos personales.

—¿Qué tal vamos? —preguntó Jeffries.

—Su guionista se ha equivocado, doctor —contestó Cat con desdén—. Eso tendría que ser mi entrada.

—Hemos examinado el corazón —replicó sin alterarse.

Ella contuvo el aliento y luego lo miró con el ceño fruncido.

—Nosotros utilizamos esas pausas llenas de expectativas para crear suspense. Es un truco barato. Hábleme del corazón.

—Es precioso —contestó Sholden—. Y como hecho a su medida.

Por el rabillo del ojo, Cat observó a un grupo de auxiliares de quirófano que manipulaban una nevera portátil.

—Cuando despiertes latirá en tu pecho —dijo Dean.

—¿Preparada? —preguntó el doctor Jeffries.

¿Lo estaba?

Como era lógico, había tenido algunos recelos cuando se insinuó la idea de un trasplante. Pero creía que ya estaban disipados.

Entró en un lento proceso de debilitación poco después de que Dean le diagnosticara su problema cardíaco. La medicación era un remedio a corto plazo para su enorme fatiga y falta de energías, pero le anunció que, a la larga, no había solución para su estado. Incluso al oír esto se había negado a aceptar la gravedad de su dolencia.

Sólo cuando empezó a sentirse mal de verdad, cuando tomar una ducha se convirtió en una tortura y comer un plato era agotador, tuvo que aceptar que su corazón estaba en fase terminal.

—Necesito un trasplante de corazón.

Al comunicarlo a los ejecutivos de la cadena televisiva, éstos se mostraron sorprendidos. Sus compañeros de reparto y los técnicos de la telenovela *Passages*, con los que trabajaba a diario, nunca habían visto su reveladora palidez debajo del maquillaje.

Ellos, junto a los capitostes de la cadena, se habían negado a creerlo. Nadie podía aceptar que Cat Delaney, ganadora de tres premios Emmy, su estrella, cuyo papel de Laura Madison era fundamental para el desarrollo de la serie *Passages*, estuviera tan enferma. Con su apoyo incondicional, y utilizando su habilidad como actriz y su exuberante personalidad, había continuado trabajando.

Pero llegó el momento en que, a pesar de su fuerza de voluntad, ya no pudo cumplir las exigencias del plan de filmación y tuvo que pedir la excedencia del programa.

Conforme su salud se había ido deteriorando, perdió tanto peso que sus legiones de admiradores no la habrían reconocido. Tenía ojeras oscuras porque no podía dormir, pese a estar siempre agotada. Los dedos y los labios eran ahora de color azul.

Los periódicos publicaron que padecía diversas enfermedades, desde rubéola a sida. En otras circunstancias, esa clase de explotación cruel de los medios de comunicación la habría enfurecido y preocupado, pero carecía de la energía necesaria para eso, así que no hizo caso y se concentró en sobrevivir.

Su estado llegó a ser tan peligroso y su depresión tan profunda que una tarde le dijo a Dean:

—Estoy tan harta de sentirme débil e inútil que preferiría poner fin a la película.

Dean rara vez aceptaba sus comentarios sobre la muerte, ni siquiera en tono humorístico, pero ese día percibió la necesidad que tenía Cat de expresar sus miedos en voz alta.

—¿Qué pasa por tu cabeza?

—Tengo conversaciones diarias con la muerte —dijo—; pacto con ella. Cada día, al salir el sol, le digo: «Dame otro día, por favor, sólo uno más.» Cualquier cosa que hago, pienso si será por última vez. ¿Es ésta la última vez que veo llover? ¿O que como piña? ¿Que escucho una canción de los Beatles?

Lo miró un momento. Y concluyó:

—He hecho las paces con Dios, no me asusta morir, pero no quisiera que fuese con dolor y angustia. Cuando llegue la hora, ¿cómo será?

Dean no mintió para mitigar sus temores, sino que contestó con franqueza:

—Tu corazón, simplemente, dejará de latir, Cat.

—¿Sin un toque de corneta ni un redoble de tambor?

—Sin nada. No será traumático como un infarto. Ni habrá el anuncio preliminar de un hormigueo en el brazo. El corazón, simplemente...

—Se parará.

—Sí.

Esta conversación tuvo lugar pocos días atrás. Ahora, por un capricho del destino, su futuro había cambiado y tenía una posibilidad de seguir viviendo.

Pero de repente se le pasó por la cabeza que para colocarle un corazón nuevo tenían que quitarle el viejo. Era una idea escalofriante. Aunque guardaba rencor al débil órgano que durante los últimos dos años había asumido el control de su vida, le tenía también un inexplicable cariño. Cierto, estaba angustiada por desprenderse de ese corazón enfermo, pero advertía que todos parecían muy deseosos de quitárselo.

Ya era demasiado tarde para entretenerse con remordimientos. Además podía decirse que esta operación era sencilla comparada con otras a corazón abierto. Se corta, se quita, se cambia, se cose.

Mientras esperaba un donante, el equipo de trasplantes le había dicho que preguntase lo que quisiera. Ella los había enzarzado en discusiones interminables a la vez que recogía información por cuenta propia. Su grupo de apoyo, compuesto por otros pacientes enfermos de corazón que esperaban trasplante, expuso y compartió sus temores durante las reuniones. Sus intercambios de opiniones eran interesantes e invitaban a la reflexión, ya que el trasplante de órganos era un tema muy controvertido. Los puntos de vista variaban según la persona y tenían en cuenta sentimientos, creencias religiosas, cuestiones éticas y complicaciones legales.

Durante los meses de espera, Cat había hecho una criba de ambigüedades y estaba satisfecha con su decisión. Sabía muy bien los riesgos que asumía y estaba dispuesta a soportar el sufrimiento que le esperaba en la sala de recuperación de la UCI. Aceptaba la posibilidad de un rechazo.

Pero la única alternativa al trasplante era la muerte segura... y muy pronto. Así que no le quedaba otra opción.

—Estoy preparada —anunció segura—. Oh, esperen, sólo una cosa. Cuando esté bajo los efectos de la anestesia y empiece a cantar las alabanzas de mi vibrador, no crean ni una palabra.

Las risas quedaron amortiguadas por la mascarilla.

Segundos después el líquido tibio de la anestesia empezó a apoderarse de ella, infundiéndole una serena lasitud. Miró a Dean, sonrió y cerró los ojos, quién sabía si por última vez.

Y, justo al perder el sentido, tuvo una última idea que resplandeció un segundo solamente, como el estallido de una estrella antes de desintegrarse.

¿Quién era su donante?

2

10 de octubre de 1990

—¿Cómo puede ser el divorcio más pecado que esto? —preguntó él.

Estaban tendidos en la cama que ella compartía normalmente con su marido, quien a esa hora hacía el cambio de turno en la planta de empaquetado de carne. Debido a una fuga en la instalación de gas, el edificio de oficinas donde ambos trabajaban había sido desalojado hasta el día siguiente. Estaban aprovechando aquellas inesperadas horas libres.

El dormitorio, pequeño y desordenado, olía al vaho esencial del sexo. El sudor se estaba secando en su piel con la colaboración del ventilador de techo que daba vueltas lentamente sobre sus cabezas. Las sábanas estaban húmedas y arrugadas y las persianas echadas impedían el paso del sol de la tarde. Las velas de incienso ardían en la mesilla de noche y parpadeaban ante el crucifijo que colgaba sobre el deslucido papel floreado de las paredes.

El clima somnoliento era engañoso. Tenían un límite, el tiempo apremiaba y no había que desperdiciar ni un solo instante de placer. Sus dos hijas no tardarían en volver de la escuela y ella no soportaba perder los momentos que les quedaban en discusiones repetitivas y dolorosas.

No era la primera vez que le rogaba que se divorciase de su marido y se casara con él. Ella era católica y no podía plantearse el divorcio.

—Sí, es cierto, soy culpable de adulterio, pero mi pecado sólo nos afecta a nosotros dos. Somos los únicos que lo sabemos, aparte de mi confesor.

—¿Tu confesor sabe lo nuestro?

—Me di cuenta de que siempre me confesaba de lo mismo y ya no voy. Siento vergüenza.

Se incorporó y se sentó de espaldas en el borde de la cama, para no mirar a su amante. El espejo de la esquina le doblaba la imagen que veía. La mata de pelo negro le llegaba hasta la espalda, y ésta se estrechaba en la cintura antes de ensancharse en las espléndidas caderas. Y tenía dos hoyuelos en la rabadilla.

Ella no estaba contenta de su cuerpo, pensaba que le sobraban caderas y muslo. Pero a él parecía gustarle la exuberancia de curvas y su color tostado. Incluso sabía a tostado, le había dicho una vez. Claro que los susurros de almohada en el calor de la pasión no significan nada. Sin embargo, se había sentido halagada por el elogio.

Él alargó la mano y le acarició la espalda.

—No te dé vergüenza lo que hacemos. Me dejas hecho polvo cuando dices que te avergüenzas de nuestro amor.

El asunto empezó cuatro meses atrás. Antes habían pasado otros varios meses de angustia luchando con su conciencia. No trabajaban en el mismo piso, pero se habían visto en los ascensores del rascacielos. Se encontraron por primera vez en la cafetería de la planta baja cuando, por accidente, él la empujó, provocando que ella derramara el café. Se habían sonreído mientras se disculpaban.

Muy pronto hicieron coincidir las horas del almuerzo y del café. Y los encuentros fueron primero una costumbre y después una necesidad. Su bienestar dependía de que se vieran. Los finales de semana eran una tortura: eternidades que había que soportar hasta el lunes, cuando volvían a encontrarse. Ambos empezaron a trabajar horas extras para disponer de unos pocos minutos a solas antes de irse a casa.

Una noche, mientras salían juntos, empezó a llover. Él se ofreció a acompañarla.

Ella rehusó con la cabeza.

—Tomaré el autobús como siempre. Pero gracias de todas formas.

Se miraron a los ojos con pena y ansiedad al despedirse. Sujetando el bolso contra el pecho con una mano y el paraguas en la otra, corrió bajo el aguacero en dirección a la parada de autobús de la esquina.

Aún seguía allí, con su chaqueta de entretiempo, cuando él paró su coche y abrió la ventanilla.

—Por favor, sube.

—El autobús no tardará en llegar.

—Estás empapada. Sube.

—Sólo se está retrasando unos minutos.

—Por favor.

Le estaba pidiendo algo más que la oportunidad de llevarla a casa, y ambos lo sabían. Incapaz de resistir la tentación, subió cuando él abrió la puerta del coche. Sin más palabras, se dirigieron a un lugar solitario del parque municipal, no muy lejos del centro de la ciudad.

En cuanto paró el motor, se besaron con pasión. Al primer roce de sus labios, ella se olvidó de su marido, de sus hijas y de sus creencias religiosas. Estaba dominada por el deseo, lejos de las normas de conducta por las que se gobernaba desde que fue capaz de discernir entre el bien y el mal.

Con impaciencia, desabrocharon botones y abrieron cremalleras y corchetes hasta liberarse de las húmedas ropas y quedar piel contra piel. Primero con sus manos y después con su boca, él le hizo cosas que la estremecieron y la sorprendieron. Cuando la penetró, su conciencia ya no contaba para nada.

Aquella pasión inicial no se había apagado. Más bien se había acentuado durante las horas robadas que pasaban juntos. Ahora, ella volvió la cabeza y lo miró por encima del hombro esbozando una tímida sonrisa.

—No estoy tan avergonzada como para terminar nuestras relaciones. Aunque sé que es pecado, me moriría sólo de pensar que ya no iba a hacer el amor contigo.

Con un gemido de renovado deseo, la atrajo hacia sí. Ella se dio la vuelta hasta quedar encima de él, con las piernas abiertas junto a sus caderas. Él la penetró y luego levantó la cabeza de la almohada para besarle los pezones y, a continuación, la boca.

Esta postura era una experiencia todavía insólita, y muy estimulante, para ella. Hizo seguir al hombre su ritmo hasta que ambos alcanzaron un nuevo orgasmo simultáneo que los dejó rendidos y jadeantes.

—Déjalo —la apremió—. Hoy. Ahora. No pases ni una noche más con él.

—No puedo.

—Sí puedes. Me vuelve loco la idea de que estés con él. Te quiero.

—Yo también te quiero —dijo ella entre lágrimas—. Pero no puedo dejar mi hogar. No puedo abandonar a mis hijas.

—Ahora tu hogar está conmigo. No tienes que dejar a tus hijas. Tráelas. Yo seré su padre.

—Él es su padre y lo quieren. Es mi marido y, ante Dios, le pertenezco y no puedo dejarle.

—No lo amas.

—No, no como te amo a ti. Pero es un buen hombre y se ocupa de mí y de las niñas.

—Eso no es amor. Se limita a cumplir con su obligación.

—Para él viene a ser lo mismo.

La mujer apoyó la cabeza sobre su hombro, deseando que él entendiera.

—Crecimos en el mismo vecindario, nos hicimos novios en el instituto. Nuestras vidas están entrelazadas, forma parte de mí y yo de él. Si lo abandonara, nunca entendería el porqué. Lo destruiría.

—Me destruirás a mí si no lo haces.

—No, tú eres más inteligente que él, más seguro de ti mismo y más fuerte. Tú sobrevivirás pase lo que pase. Él no.

—No te ama como yo.

—No me hace el amor como tú. Nunca se le ocurriría...

Bajó la cabeza.

Para ella, la sexualidad era aún un tema reservado, vetado a la conversación franca. Nunca se había tratado abiertamente, ni en su familia cuando era jovencita ni cuando ya estaba casada. Era algo que se hacía en la oscuridad, un mal necesario permitido y perdonado por Dios a fin de perpetuar la especie humana.

—No se da cuenta de mis deseos —dijo ruborizándose—. Le sorprendería saber que los tengo. Tú me estimulas a acariciarte como nunca se lo haría a él porque le ofendería. Nuestra sensualidad le parecería aberrante. No lo educaron para ser entregado y tierno en la cama.

—Machismo —dijo él con amargura—. ¿Quieres soportar eso durante el resto de tu vida?

Ella lo miró con tristeza.

—Te quiero más que a nada; pero es mi marido, tenemos hijos y una herencia común.

—Podemos tener hijos.

Ella le acarició la mejilla con cariño y pena. A veces era como un niño poco razonable pidiendo cosas inalcanzables.

—El matrimonio es un sacramento. Ante Dios, juré dedicarle mi vida hasta la muerte; y sólo la muerte nos separará. He roto mi juramento de fidelidad por ti. No romperé los otros. —Se echó a llorar.

—No llores. Lo último que quiero es que seas infeliz.

—Abrázame.

Se recostó a su lado y él le acarició el pelo.

—Sé que conmigo violas tus creencias religiosas, pero eso es una prueba de la intensidad de tu amor, ¿verdad? Tu sentido de la moral no te permitiría acostarte conmigo si no me quisieras con toda el alma.

—Te quiero con toda el alma.

—Lo sé. —Le secó las lágrimas—. Deja de llorar, Judy, ya lo solucionaremos. Y ahora no te separes de mí durante el tiempo que nos quede.

Se abrazaron, con una pena por su situación tan intensa como la felicidad por su amor. Los cuerpos, desnudos y fundidos.

Así es como los encontró su marido unos minutos más tarde.

Ella fue la primera en verlo de pie en el umbral, temblando de justa indignación. Se incorporó de golpe intentando cubrirse con la sábana. Trató de pronunciar su nombre, pero tenía la boca seca por el miedo y la vergüenza.

Maldiciendo y blasfemando, con profusión de calificativos obscenos para los dos, su marido llegó a grandes zancadas hasta la cama, levantó un bate de béisbol sobre su cabeza, describió un arco mortal y asestó el golpe.

Más tarde, incluso los técnicos sanitarios, acostumbrados a ver escenarios de delitos truculentos, tuvieron que hacer grandes esfuerzos para no vomitar. Había un indescriptible amasijo de sesos y sangre esparcido por el papel floreado de detrás de la cama.

Sin intención de ser irrespetuoso con el crucifijo salpicado de sangre que estaba colgado en la pared, uno de los hombres murmuró:

—Jesús.

Su compañero se arrodilló.

—¡Maldita sea, aún tiene pulso!

El otro miró, incrédulo, la masa que rezumaba del cráneo abierto.

—¿Crees que tiene alguna posibilidad?

—No, pero nos la llevaremos. Puede ser donante de órganos.

3

10 de octubre de 1990

—¿Pasa algo con los panqueques?

Él levantó la cabeza y la miró sin comprender.

—¿Qué?

—En el sobre te aseguran panqueques ligeros como el aire que nunca fallan. Debo de haber hecho algo mal.

Había estado jugueteando con el desayuno durante cinco minutos sin probar bocado. Introdujo el tenedor en la masa blanda y espesa y sonrió para disculparse.

—No le pasa nada a tu forma de cocinar.

Estaba siendo amable. Amanda era una cocinera horrible.

—¿Y qué tal el café?

—Estupendo. Tomaré otra taza.

Ella miró el reloj de la cocina.

—¿Tienes tiempo?

—Lo buscaré.

Rara vez se permitía el lujo de llegar tarde al trabajo. Fuera lo que fuese lo que le estaba preocupando desde hacía varios días, tenía que ser muy importante, pensó ella.

Con cierta dificultad, se levantó y se acercó a la máquina situada sobre el mármol de la cocina. Cogió la jarra, volvió a la mesa y llenó la taza de él.

—Tenemos que hablar. La conversación podría ser un cambio agradable —dijo acomodándose en la silla—. Has estado en otro mundo.

—Lo sé. Perdona.

Veía el entrecejo fruncido mientras contemplaba la taza de café humeante, que ella sabía que no le apetecía. Era sólo una excusa.

—Me asustas. Sea lo que sea lo que te preocupa, ¿por qué no me lo dices de una vez? ¿De qué se trata? ¿Otra mujer?

Él le dedicó una mirada retraída, indicando con claridad que cómo se le ocurría ni tan siquiera sugerirlo.

—Eso es —dijo Amanda dando un puñetazo sobre la mesa—. Estás disgustado conmigo porque parezco la mamá de Dumbo. Los tobillos hinchados por la retención de líquido dan náuseas, ¿verdad? Echas de menos las tetas pequeñas y erguidas con las que tanto me dabas la lata. Mi vientre plano es sólo un recuerdo y el barrigón te parece repugnante. El embarazo me ha quitado todo el encanto, así que has perdido la chaveta por alguna jovencita con buenas curvas y no te atreves a decírmelo. ¿Me equivoco?

—Estás chiflada.

Rodeó la mesita redonda e hizo que ella se levantara. Entonces acarició el dilatado abdomen.

—Te adoro igual con o sin barrigón.

Y lo besó a través de la fina bata. Algunos de los

pelos más hirsutos del bigote atravesaron el tejido y le hicieron cosquillas.

—Adoro al bebé y te adoro a ti. No hay otra mujer en mi vida y nunca la habrá.

—Bobadas.

—Hechos.

—¿Michelle Pfeiffer?

Sonrió mientras simulaba pensarlo.

—Bueno, eso es muy fuerte. ¿Qué tal le salen los panqueques?

—¿Es que te importaría?

Riendo, la hizo sentar en su regazo y la abrazó.

—Cuidado —le advirtió ella—. Te aplastaré tus partes íntimas.

—Correré ese riesgo.

Se besaron con pasión y, cuando la liberó, ella observó su semblante preocupado. Pese a que era temprano y acababa de ducharse y de afeitarse, estaba ojeroso, como si hubiera tenido un día agotador.

—Si no es mi forma de cocinar, ni otra mujer, y tampoco te disgusta mi aspecto, ¿cuál es el problema?

—No soporto que hayas tenido que dejar tu carrera en suspenso.

Con la idea de que hubiera podido ser algo mucho más serio, ella sintió una gran sensación de alivio.

—¿Eso era lo que te ha estado consumiendo?

—Es injusto.

—¿Para quién?

—Para ti, por supuesto.

Amanda lo miró con suspicacia.

—¿O quizá planeabas jubilarte por anticipado, convertirte en un vago y vivir a mi costa?

—No es mala idea —dijo él esbozando una sonrisa—. En serio, pienso sólo en ti. Como la biología favorece al hombre...

—Totalmente de acuerdo.

—Tú tienes que sacrificarte.

—¿Cuántas veces te he dicho que estoy haciendo exactamente lo que quiero hacer? Voy a tener un hijo, nuestro hijo. Y eso me hace muy feliz.

Él había recibido la noticia del embarazo con emociones confusas.

Al principio se quedó atónito. Ella había dejado de tomar la píldora sin consultarle. Pero, tras la sorpresa inicial y al acostumbrarse a la idea de ser padre, estaba contento.

Después del primer trimestre, ella había anunciado a sus socios del bufete de abogados que tomaría una excedencia para quedarse en casa durante los meses más críticos. En aquel momento, él no puso ninguna objeción. Ahora le extrañaban sus recelos.

—Hace sólo dos semanas que no vas al despacho y ya te veo nerviosa. Reconozco los síntomas. Sé cuándo estás inquieta.

Amanda se apartó algunos cabellos que le caían sobre la frente.

—Sólo es porque me he quedado sin nada que hacer aquí. He fregado los zócalos, las latas de conserva están colocadas por orden alfabético y la ropa en el cajón correspondiente. Y he terminado la lista de posibles proyectos. Pero cuando llegue el bebé, tendré más trabajo del que pueda abarcar.

La expresión de remordimiento del hombre no cambió.

—Mientras juegas al ama de casa feliz, tus socios van a darte la patada.

—¿Y qué si lo hacen? —contestó ella riendo—. Tener nuestro hijo es la cosa más importante que he hecho y que haré. Te lo digo de todo corazón.

Le tomó la mano y la puso sobre su ombligo. El bebé se movía.

—¿Lo notas? ¿Cómo quieres que me importe que me demanden por incumplimiento laboral? Tomé una decisión y estoy tranquila. Y quiero que tú también lo estés.

—Eso tal vez sea pedir demasiado.

En silencio, ella asintió. No estaría nunca completamente tranquilo, pero había encontrado sosiego en su cariño por ella y en el inminente nacimiento de su hijo. Acarició la zona donde el pequeño había dado un puntapié.

—Creía que el ideal masculino era tener a la mujercita en casa, en zapatillas y embarazada. ¿Qué ocurre contigo?

—No quiero que llegue el día en que lamentes haber dejado tu carrera colgada.

Lo tranquilizó con una sonrisa.

—Eso no va a ocurrir.

—Entonces ¿por qué me siento como si tuviera una espada suspendida sobre la cabeza?

—Porque siempre que miras el vaso lo ves medio vacío.

—Y tú medio lleno.

—Lo veo lleno y a punto de derramarse.

—Sí, ya; soy el eterno pesimista.

—¿Lo admites?

—No, pero ya hemos hablado mucho de este tema.

—Ad náuseam.

Se sonrieron y él volvió a estrecharla contra sí.

—Ya has sacrificado mucho por mí. No te merezco.

—Pues tenlo presente si alguna vez Michelle Pfeiffer se te insinúa.

Se acomodó en sus brazos mientras él la besaba y le acariciaba los pechos con la punta de la bata. Estaban duros y llenos, preparándose para la lactancia. Entonces deslizó el camisón y le lamió los pezones. Cuando le hizo cosquillas con el bigote, dijo:

—No juegas limpio.

—¿Cuánto tendremos que esperar?

—Al menos seis semanas después del parto.

Él gimoteó.

—Es mejor no empezar algo que no podremos parar.

—Ya es demasiado tarde —dijo él con una mueca de dolor.

Riendo, ella volvió a subirse el camisón y se levantó de su regazo.

—Es mejor que te vayas.

—Sí, es mejor.

Se puso en pie, cogió la chaqueta y caminó hacia la puerta.

—¿Te encuentras bien?

Ella acunó el vientre con los brazos.

—Los dos estamos bien.

—Duermes mal.

—Intenta dormir con alguien que juega al fútbol con todos tus órganos internos.

En la puerta se dieron el beso de despedida.

—¿Qué te apetece para cenar?

—Iremos a cenar fuera.

—¿A un chino?

—Seguro.

La mayoría de días lo despedía en la puerta. Hoy, se colgó de su brazo y lo acompañó hasta el coche. Cuando llegó el momento de dejarle marchar, sintió un desasosiego inexplicable, como si el pesimismo de él fuera contagioso. Debía de haberle imbuido algún presentimiento, ya que su instinto le pedía que llamase al trabajo diciendo que estaba enfermo y se quedara con ella.

Para disimular lo que con toda probabilidad no era nada más que una simple inestabilidad emocional relacionada con el embarazo, dijo:

—No creas que voy a ser una esclava de la maternidad. Cuando tengamos al meón, vas a tener que cambiar pañales.

—Lo estoy deseando —dijo él sonriendo.

Moderó su entusiasmo, puso las manos sobre los hombros de su mujer y la obligó a acercarse.

—Haces muy fácil que te quiera. ¿Y sabes cuánto?

Ella inclinó la cabeza y le sonrió.

—Lo sé.

La luz del sol era cegadora. Tal vez por eso se le llenaron los ojos de lágrimas.

—Yo también te quiero.

Antes de besarla, la cogió por la barbilla y la miró. Su voz estaba llena de emoción al decir:

—Intentaré volver temprano.

Al ponerse al volante añadió:

—Llámame si me necesitas.

—Lo haré.

Cuando llegó a la esquina, ella agitó la mano para despedirle.

Empezó a sentir dolores en la parte baja de la espalda mientras fregaba los platos del desayuno. Se tumbó un rato antes de hacer la cama, pero los pinchazos persistían.

A mediodía ya tenía pinchazos más fuertes en el abdomen. Pensó en llamar a su marido pero desistió. Podía tener contracciones semanas antes del parto, y aún le quedaban un par de semanas. Podía ser una falsa alarma. No quería molestarlo en su lugar de trabajo si no era absolutamente necesario.

Poco después de las cuatro rompió aguas y empezó el parto en serio. Telefoneó al ginecólogo. El médico le dijo que no había necesidad de salir corriendo, el primer hijo tarda a veces horas en llegar, pero le recomendó que acudiera al hospital.

Ya no podía retrasar el aviso a su marido. Llamó a su despacho, pero no estaba localizable. Bueno, no importaba. Aún tenía cosas por hacer antes de salir para el hospital.

Se duchó, se depiló las piernas y se lavó el pelo, ya que no sabía cuándo volvería a tener otra oportunidad de hacerlo. La maleta ya estaba preparada con camisones, un albornoz nuevo y zapatillas. Y la canastilla unisex con todo lo necesario para el bebé. Añadió un neceser personal y dejó el equipaje al lado de la puerta.

Los dolores se hicieron más intensos y más seguidos. Volvió a telefonear preguntando por él.

—Ha salido —fue la respuesta—. Pero puedo intentar localizarlo si se trata de una urgencia.

¿Era una urgencia? En realidad, no. Las mujeres tienen a sus hijos en cualquier circunstancia imaginable. Era capaz de llegar por sus propios medios al hospital. Además, él tendría que cruzar la ciudad para llegar a casa y luego deshacer el camino de nuevo hasta el hospital.

Deseaba con toda su alma oír su voz, que le habría dado fuerzas. Pero tuvo que contentarse con dejarle el recado de que se reuniera con ella en el hospital lo antes posible.

Comprendió que no tenía sentido hacerse la valiente y conducir ella misma, pero no tenía a mano parientes ni amigos. Llamó al servicio de ambulancias de urgencia.

—Estoy de parto y necesito que me lleven al hospital.

La ambulancia llegó al cabo de pocos minutos. El auxiliar sanitario la examinó.

—Tensión un poco alta —anunció al quitarle el brazalete—. ¿Cuándo ha empezado a sentir dolores?

—Hace unas horas.

Las contracciones ya eran intensas. Los ejercicios de respiración y concentración aprendidos en las clases de maternidad a las que había asistido con su marido eran menos eficaces. Intentó realizarlos, pero no aliviaban su dolor.

—¿Falta mucho?

—Estamos cerca. Aguante. Todo va bien.

Pero no iba bien. Lo supo al ver la cara del médico después del examen preliminar.

—El pequeño viene de espaldas.

—¡Dios mío! —gimió.

—No se alarme. Ocurre continuamente. Intentaremos darle la vuelta y, si no funciona, haremos una cesárea.

—He llamado al teléfono que me ha dado —le dijo la enfermera al darse cuenta de su pánico—. Viene de camino.

—Gracias a Dios. —Amanda suspiró y se relajó un poco. Pronto estaría allí.

—¿Es su monitor de maternidad?

—Él lo es todo para mí.

La enfermera le apretó la mano y siguió hablándole mientras padecía la manipulación del médico intentando colocar al bebé en la posición correcta. Se controlaban los latidos del corazón por ordenador. La enfermera le tomaba la tensión a intervalos cada vez más cortos.

Por fin, el médico dijo:

—Preparen una cesárea.

Los minutos siguientes fueron como vistos a través de un caleidoscopio borroso. La llevaron a toda prisa a la sala de partos.

¿Dónde estaba él?

No dejó de pronunciar su nombre en tono lastimero antes de apretar los dientes como esfuerzo supremo para atenuar el martirio que taladraba su útero.

Entonces oyó como en sueños una conversación entre dos de las enfermeras.

—Ha habido un tremendo choque múltiple en el cruce.

—Te lo iba a comentar. He pasado por la sala de urgencias cuando subía. Y parece un circo. Muchos muertos y la mayoría con lesiones en la cabeza. Hay equipos de retirada de órganos y tejidos esperando para hablar con los familiares cuando lleguen.

Amanda sintió un aguijón en la espalda y el abdomen frío por algún líquido. Y notó que le vendaban las piernas con sábanas estériles.

Un choque múltiple en el cruce de entrada a la ciudad.

Él debía de tener prisa por llegar antes de que naciera su hijo.

Conducía a demasiada velocidad.

Hizo maniobras impropias de él.

¡No!

—Tranquila, dentro de muy poco tendrá al niño en los brazos.

Era una voz agradable, pero no la de él. No la que ella se moría de ganas de oír.

De repente, supo que ya nunca más volvería a escuchar su voz. En un instante de percepción extrasensorial supo, de forma inexplicable, que jamás volvería a verlo.

Aquella mañana, cuando en sus ojos hubo lágrimas sin motivo, había tenido la premonición de que su beso de despedida sería el último. De alguna forma, sabía que jamás volvería a tocar a su marido.

Por eso se había mostrado tan reacia a dejarlo marchar. Recordó su mirada intensa, como si quisiera memorizar los matices de su cara.

¿También él habría presentido que era el último adiós?

—¡No! —sollozó.

Pero el destino estaba sellado y nada podía cambiarlo.

—Amor mío, te quiero.

Su sollozo hizo eco en la sala de partos, pero él no estaba allí para oírlo. Se había ido.

Para siempre.

4

10 de octubre de 1990

—Cyc es un asqueroso hijoputa.

Petey se quitó la mugre de la uña y limpió la punta de la navaja en la pernera del vaquero. Y añadió:

—Y un cabrón. Sobre todo, un cabrón. Yo, en tu lugar, le devolvería la chica. Tu vida sería mucho más fácil, Sparky.

—No estás en mi lugar. —Tosió y escupió una flema al lado de las desgastadas botas negras de su amigo—. Y a Cyclops no voy a darle nada, aparte de una paliza si vuelve a acercarse a ella.

—No te olvides de que Kismet era su chica mucho antes de que tú aparecieras en escena. No va a dejar las cosas así.

—La trataba como a una mierda.

Petey se encogió de hombros.

—Si se atreve a ponerle la mano encima... y mucho me parece que ésa es su intención, no sabrá dónde buscarse las pelotas —dijo Sparky.

—Tío, tú estás loco —exclamó Petey—. Un buen culo es guay, pero es más fácil pasar. No vale la pena morir por eso. Vete con ojo. Cyc está acostumbrado a salirse con la suya. Por eso ha llegado a ser el líder.

Sparky murmuró:

—Líder... y un huevo. Es sólo un jodido matón.

—Eso también.

—Bueno, pues no me acojona. No voy a dejar que se pase ni un pelo. Y, desde ahora en adelante, ella tampoco.

Miró hacia el corrillo de chicas que se estaban pasando un porro en el desvencijado porche del motel. El edificio estaba situado al pie de las colinas de una carretera muy poco frecuentada desde que la autopista pasaba cerca.

Era un lugar apartado. En los viejos tiempos habría sido el refugio de contrabandistas de licor, putas, jugadores y gángsteres. Ahora era el punto de reunión de motoristas, delincuentes de poca monta y otros marginados. Cada noche se producía como mínimo una bronca, pero incluso las peleas en las que corría sangre se solucionaban sin la intervención de la policía.

Entre las mujeres del porche, Kismet resplandecía como un diamante entre cenizas. Tenía una mata de pelo rizado y color azabache, ojos penetrantes y una esbelta figura que exhibía con orgullo con vaqueros ceñidos como una segunda piel. Llevaba un cinturón de cuero negro con tachuelas plateadas y una camiseta tan escotada que dejaba ver la luna creciente tatuada a la altura del corazón. A él le gustó ver que llevaba en el antebrazo el brazalete de cobre que le había traído de México un par de semanas atrás. De sus orejas pendían diversos aros.

Kismet notó su mirada y respondió a ella con un

movimiento de cabeza y entreabriendo los labios, insinuante. Rio por algo que había dicho una de sus amigas, pero sus ojos oscuros no se apartaron de él.

—Vale, tío, estás encoñado —dijo Petey con resignación.

Le molestó el comentario, pero no contestó. Ese descerebrado no merecía un desgaste de energía. Además, Sparky no estaba seguro de poder explicar con palabras lo que sentía por Kismet, pero iba mucho más lejos de lo que había sentido por ninguna otra mujer.

Sparky se mostraba reservado con respecto a su pasado y poco dispuesto a revelar su verdadero nombre. Los otros motoristas se habrían quedado de piedra si supieran que se había licenciado en literatura en una de las mejores universidades. Entre esa pandilla, la inteligencia y los conocimientos aprendidos en libros eran más bien motivo de burla y desdén. Cuanto menos supieran de él, mejor.

Resultaba evidente que Kismet tampoco era partidaria de hablar de su vida antes de unirse a Cyclops, ya que nunca había abordado el tema. Y él no le había preguntado.

Como almas gemelas, habían reconocido el uno en el otro una inquietud común, unas ansias de ver mundo, que era más una huida que una búsqueda. Ambos escapaban de una situación que ya no podían soportar.

Tal vez sin saberlo, se habían estado buscando el uno al otro. Tal vez la búsqueda había terminado. A él le gustaba reflexionar sobre esta explicación metafísica.

La primera vez que la vio, ella llevaba un ojo morado e hinchado y el labio partido.

—¿Qué coño miras? —dijo Kismet con agresividad al notar su mirada.

—Me preguntaba quién te ha sacudido.

—¿Y a ti qué te importa?

—He pensado que podría darle un repasito.

Ella lo miró de arriba abajo y sonrió con desdén.

—¿Tú?

—Soy más fuerte de lo que parezco.

—Y yo la reina de Saba. Además, sé cuidarme solita.

Pero resultó que no. Al cabo de pocos días volvía a aparecer con nuevos cardenales en la cara y el cuello. Entonces él ya sabía que pertenecía a Cyclops, apodado así porque tenía un ojo de cristal.

El defecto no contribuía a suavizar su aspecto siniestro. El ojo sano era tan frío y sin vida como el de cristal. Cuando fijaba la vista en alguien que había caído en desgracia, le bastaba y sobraba con un solo ojo.

A sus espaldas todos lo llamaban «el mestizo». Además de la sangre blanca, corría por sus venas sangre mejicana o india, nadie estaba muy seguro. Era probable que ni el mismo Cyc conociera sus orígenes. Y seguro que tampoco le importaban.

Tenía la piel morena, era enjuto y más duro que el acero. La navaja era su arma y, de no haber sido por Kismet, Sparky se habría mantenido alejado de él.

Por desgracia, intervino el destino. Se había sentido atraído al instante por el cuerpo voluptuoso de Kismet, sus ojos negros, su pelo indomable. A un nivel más profundo, había percibido el miedo y la vulnerabilidad agazapados detrás de su mirada desafiante y su expresión hostil. De forma milagrosa, ella correspondió a sus sentimientos.

Él nunca había dado un paso, nunca la invitó a subir a su moto. Sin embargo, Kismet debió de leer las señales silenciosas. Una mañana, mientras se estaban emparejando al subir a las motos, ella saltó al asiento de atrás y rodeó su cintura con sus delgados brazos desnudos.

Se produjo un murmullo expectante entre la pandilla cuando Cyc avanzó hacia su moto. Miró a su alrededor, buscándola. Al verla sentada detrás de Sparky, el ojo sano de Cyc se empequeñeció, amenazador, y los labios delgados se tensaron en una mueca feroz. A continuación dio gas a la moto y salió disparado.

Esa noche, Kismet se reunió con él. Tenía pensado tratarla con delicadeza debido a las recientes palizas que ella había recibido de Cyclops. Ante su sorpresa, la agresora fue ella, atacándolo con uñas y dientes y un apetito sexual al parecer insaciable, que él era más que capaz de satisfacer.

Desde entonces fueron amantes y eran considerados pareja. Pero los que estaban en la pandilla desde hacía más tiempo que él, quienes conocían bien a Cyc y habían presenciado su venganza por ofensas reales o imaginarias, sabían que el rencor de su líder estaba hirviendo a fuego lento y, de repente, llegaría a la ebullición.

Nadie que se llevase nada que perteneciera a Cyc salía impune.

Las palabras de advertencia de Petey eran innecesarias. Sparky ya iba con pies de plomo con Cyc, cuya indiferencia por el abandono de Kismet era probablemente una pose, un intento de salvar la cara ante los otros miembros de la pandilla. No se fiaba de su aparente tranquilidad y estaba siempre alerta ante la eventualidad de un ataque por sorpresa.

Por eso se le erizaron los pelos de la nuca cuando Cyc llegó tambaleándose por la puerta del bar hasta el porche. Se apoyó con una mano en la jamba de la puerta para recuperar el equilibrio, mientras con la otra se llevaba una botella de vodka a la boca. Incluso desde cierta distancia, escudriñando entre las sombras engañosas del crepúsculo, Sparky vio el ojo del energúmeno fijo en Kismet.

Cyc avanzó tambaleándose hacia ella y alargó la mano para acariciarle el cuello, pero la muchacha se la apartó de un manotazo. Doblado por la estrecha cintura le dijo algo y la obscena réplica de Kismet hizo reír a las otras chicas.

A Cyc no le hizo gracia. Dejó caer la botella de vodka y sacó una navaja de la funda de cuero que llevaba siempre en el bolsillo de los vaqueros. Las otras chicas se apartaron, pero Kismet no se movió ni siquiera cuando blandió la hoja delante de su cara. No parpadeó hasta que Cyc hizo un movimiento rápido con el arma. Él rio a carcajadas por el espontáneo retroceso de la muchacha.

Sin prestar atención a los consejos de Petey y de los demás, Sparky corrió hacia él. Cyc se dio cuenta de su presencia, giró en redondo y se agachó, adoptando una posición de ataque. Se pasó la navaja de una a otra mano mientras lo incitaba.

—Ven a cogerla.

Sparky esquivó diversos golpes de la hoja, cualquiera de ellos capaz de partirlo en dos. Cyc era superior físicamente. Confiando sólo en su serenidad, rapidez y destreza, Sparky planificó el contraataque.

Esperó el momento oportuno y dio un puntapié a

la muñeca de su adversario. La bota golpeó en pleno hueso y Cyc dejó caer la navaja mientras gritaba de dolor. Inmediatamente, el puñetazo bien situado en el mentón le hizo tambalearse hacia atrás, chocar contra la pared y aterrizar en el suelo, donde quedó como una marioneta desmadejada.

Sparky recogió la navaja del polvoriento suelo y la lanzó tan lejos como pudo. A la luz del anuncio de neón, todos observaron pasmados cómo describía una curva en el aire y desaparecía entre los arbustos.

Le costaba recuperar el aliento, pero, con toda dignidad, tendió su mano a Kismet, quien la aceptó sin dudar ni un segundo. Salieron juntos y subieron a la moto. Él no miró hacia atrás. Ella sí. Cyc había recuperado el conocimiento y sacudía la cabeza, aturdido. Kismet le hizo un corte de mangas antes de que la moto se perdiera en la oscuridad.

El viento les silbaba en los oídos y la conversación era imposible, así que se comunicaron por otros medios. Apretó sus muslos contra las caderas de él, restregó los senos contra su espalda y le acarició la entrepierna con manos ansiosas. Sus dientes se clavaron en la parte carnosa del hombro. Sparky gimió de placer, dolor y alegría.

Ya era suya sin la menor duda. Si a ella le hubiera quedado aún algún tipo de sentimiento por el derrotado Cyclops, se habría quedado junto a él. Ahora era su premio: como vencedor, había ganado el derecho a reclamarla. Tan pronto como hubiesen puesto tierra de por medio entre ellos y Cyc...

—Mierda. Nos sigue, Sparky.

Un segundo antes de que ella hablara ya había observado el faro que atravesaba la oscuridad a sus espaldas brillando como el único ojo de un monstruo; una comparación que le parecía apropiada pero inquietante.

El faro crecía en el retrovisor conforme Cyc se les acercaba a una alarmante velocidad. Tomando curvas cerradas demasiado rápido, aceleró para mantener una distancia relativamente segura.

Sabía que Cyc estaba enloquecido por el vodka y la rabia, así que intentó concentrarse en la carrera de desafío a la muerte por las curvas en horquilla hasta que llegaran a la ciudad, donde confiaba en despistarlo. Mantener el control de la moto era un reto implacable.

Le gritó a Kismet que se agarrara fuerte y tomó una curva en un ángulo espeluznante, con las piernas casi rozando el suelo. Cuando recuperó la situación vertical, echó un vistazo al retrovisor y vio que la curva no había hecho perder terreno a Cyc.

—¡Más de prisa! —gritó ella—. Se está acercando. Si nos alcanza, nos matará.

Dio más gas y el paisaje era cada vez más borroso. No quería pensar que pudiera venir algún vehículo de frente. Hasta ahora no habían encontrado ninguno, pero...

—¡Cuidado!

Cyc casi se había puesto a su altura y Sparky pasó al carril contrario por delante de él para poder seguir llevando ventaja. Si permitía que los alcanzara o los adelantara, ya estaban muertos.

La carretera no tenía ahora tanta pendiente, pero seguía ribeteando las montañas. Ya no quedaba mucho para llegar a la ciudad. Allí despistarían a ese hijo de puta.

Estaba ideando su estrategia cuando tomaron otra curva. Al salir de ella, se sintieron como transportados a otro mundo. De repente las colinas habían desaparecido y se abría un tramo de carretera recta que conducía al centro de la ciudad. Si la suerte les hubiera favorecido habría sido una visión agradable.

Pero Kismet chilló y él maldijo. Iban directos a un cruce y un camión de ganado entraba en su carril. A esa velocidad no podían girar. Cyc ya rozaba su tubo de escape. El camión de ganado no pudo apartarse del cruce.

No hubo tiempo de pensar en nada.

Media hora más tarde, uno de los jóvenes médicos residentes corría por un pasillo del hospital hacia la sala de espera del quirófano de urgencias, donde un grupo de motoristas esperaba conocer el estado de sus amigos. Incluso los más duros palidecieron al ver la sangre que rezumaban los guantes del facultativo.

Jadeando, dijo:

—Lo siento, hemos hecho todo lo posible. Ahora necesitamos hablar con el familiar más próximo para tratar de la donación de los órganos. Y rápido.

5

Mayo de 1991

—Oye, Pierce, esto es un edificio público. Como tal, se merece algún respeto. Quita los malditos pies de la pared.

Aquella voz habría hecho despertar a los muertos. Y, desde luego, hizo reaccionar a Alex Pierce. Su semblante adusto se iluminó con una sonrisa cuando la funcionaria se acercó. Arrepentido y obediente, puso sus botas de *cowboy* en el suelo.

—Hola, Linda.

—¿Eso es todo? «Hola, Linda.» ¿Después de lo que hemos significado el uno para el otro?

Se puso en jarras y lo miró airada, pero a continuación abandonó la pose y le dio una palmada afectuosa en el hombro.

—¿Qué tal te va, cariño?

—No puedo quejarme. ¿Y a ti?

—Como siempre.

Miró, ceñuda, la sala atestada, donde cientos de posibles miembros del jurado esperaban ser excusados de su obligación cívica.

—Aquí no cambia nada aparte de las caras. Siempre las mismas excusas para evitar ser elegido miembro del jurado.

De nuevo volvió a mirarlo.

—¿Dónde has estado escondido? He oído decir que te habías marchado de Houston.

Antes del pasado Cuatro de Julio, Día de la Independencia, solía frecuentar el Palacio de Justicia del Condado de Harris para declarar como testigo en juicios que tenían como protagonistas a delincuentes que había ayudado a detener.

—Sigo recibiendo el correo aquí. En general he estado viajando. Y pescando en México.

—¿Pescaste algo?

—Nada que valga la pena.

—Espero que no fuera una gonorrea.

Él sonrió con ironía.

—En los tiempos que corren, puedes estar contento si sólo se trata de una gonorrea.

—¿Verdad que sí?

La corpulenta mujer agitó su cabellera rojiza.

—Ayer leí en el periódico que el desodorante hace agujeros en la capa de ozono. Los tampones pueden causar un ataque tóxico. Lo que comemos, o nos atasca las arterias o provoca cáncer de colon. Incluso han conseguido que se te quiten las ganas de follar por ahí.

Alex rio de buena gana, sin que le molestara su lenguaje vulgar. Se conocían desde los tiempos en que él era un policía novato armado con escopeta que recorría Houston en un coche patrulla. Linda era una institución en el Palacio de Justicia y sabía siempre los últimos rumores y los chistes más verdes. Su talante malhumorado y sus tacos eran una coraza para su ternura, que sólo mostraba a unos pocos. Alex estaba entre ellos.

—¿De verdad estás bien?

—Muy bien.

—¿No echas de menos el trabajo?

—¡Cielos, no!

—Ya sé que no añoras ni los politiqueos ni las chorradas. ¿Pero la acción?

—Ahora dejo que mis personajes esquiven las balas.

—¿Tus personajes?

—Sí —dijo, algo avergonzado—. Escribo, más o menos.

—¿No me tomas el pelo? —Parecía impresionada—. ¿Escribes un libro sobre los asuntos internos del Departamento de Policía de una gran ciudad?

—En realidad es una novela. Aunque basada en mis experiencias.

—¿Tienes alguna posibilidad?

—¿De publicar? —Negó con la cabeza—. Eso es otro cantar. No sé si alguna vez lo conseguiré.

—Lo conseguirás.

—No sé. Mis antecedentes no son muy buenos.

—Yo confío en ti. Por cierto, ¿sales con alguien?

—¿Con una mujer?

—A menos que hayas cambiado de gustos.

—No, no he cambiado de gustos. Pero tampoco salgo con alguien en especial.

Ella lo miró de arriba abajo.

—Pues tal vez debieras hacerlo. Tu vestuario deja mucho que desear y no le vendría mal un toque femenino.

—¿Qué le ocurre a mi ropa?

Se echó un vistazo y no vio nada especial.

—Esa camisa no sabe lo que es un planchado.

—Está limpia. Y también los tejanos.

—Me recuerdas la época en que dejaste el cuerpo y te volviste perezoso y descuidado.

—Ahora soy mi propio jefe. Me visto con ropa cómoda y, si no tengo ganas de afeitarme, no me afeito.

—Estás delgado como un espantapájaros.

—Estoy en forma.

Ella enarcó las cejas con escepticismo.

—Vale. Me fastidió uno de esos virus mejicanos y estuve vomitando durante días. Aún no me he recuperado.

Comprendió por su expresión que no la había convencido.

—Estoy bien. A veces me olvido de comer, pero eso es todo. Me pongo a escribir cuando anochece y me doy cuenta al alba de que no he cenado. En mi nueva profesión, a veces hay que optar por comer o dormir.

—Ocurre lo mismo con el alcoholismo, según he oído decir.

Alex esquivó su mirada y contestó con rabia:

—Lo tengo controlado.

—No es eso lo que me han dicho. Tal vez deberías dejarlo.

—Sí, mamá.

—Oye, gilipollas, me considero amiga tuya, y no es que puedas presumir de tener muchos amigos —parecía molesta y preocupada—. He oído decir que te has quedado frito en más de una ocasión.

Los malditos chismorreos. Ya ni siquiera estaba

dentro del juego, pero su nombre aún provocaba habladurías.

—Desde hace un tiempo, ya no —mintió.

—Sólo he mencionado tu relación amorosa con Johnny Walker porque me preocupo por ti.

—Pues, entonces, eres la única.

Al oír lo que parecía autocompasión en su voz, bajó la guardia y suavizó su expresión.

—Te lo agradezco, Linda. Sé que me desmadré cuando salió a la luz toda esa mierda, pero ahora estoy bien. De verdad. No hagas caso de rumores que digan lo contrario.

La mujer lo miró escéptica, pero cambió de tema.

—Bueno, ¿qué te trae por aquí?

—Ver si me da tema para un libro. El juicio de Reyes parece tener posibilidades.

Los ojos de la funcionaria expresaron recelo.

—¿Algún motivo especial ha hecho que te interesaras por el caso Reyes teniendo tantos para elegir?

Alex había estado siguiendo aquel caso tan intrigante durante varios meses.

—Tiene todos los ingredientes para una novela de intriga. Sexo ilícito. Connotaciones religiosas. Los amantes sorprendidos por un marido enfurecido. Un bate de béisbol como arma... Mucho más original que una bala en una refriega. Sangre y sesos en las paredes. Un cadáver camino del depósito.

—Un cadáver aún no cadáver.

—Muerte cerebral —rebatió.

—Eso es un término médico, no jurídico —le recordó ella.

—El abogado de Reyes alega que él no mató a la

víctima, ya que mantuvieron el corazón con vida para un trasplante.

—Trasplantes —dijo Linda con desdén—. Motivos de lucimiento para los médicos.

Alex asintió.

—El caso es que se ha abierto toda una serie de vacíos legales. Si el fiambre aún no era fiambre cuando le extirparon el corazón, ¿es Reyes culpable de asesinato? —argumentó ella.

—Por suerte, ni tú ni yo tenemos que decidirlo —contestó Alex—. Es asunto del jurado.

—Si fueras miembro del jurado, ¿qué votarías?

—No lo sé, aún no he oído las declaraciones. Pero tengo la intención de hacerlo. ¿Sabes en qué sala se ve la causa?

—Sí. —Sonrió mostrando un par de dientes de oro—. ¿Cuál es tu oferta?

Cualquier empleado del Palacio de Justicia podía indicarle la sala, pero le siguió el juego.

—¿Un par de cervezas después del trabajo?

—Estaba pensando en algo parecido a una cena en mi casa. Y, después, ¿quién sabe?

—¿Ah, sí?

—Un filete, patatas y sexo. No necesariamente por este orden. Admítelo, amigo: es la mejor oferta del día.

Alex rio, sin tomar en serio la invitación y sabiendo que ella tampoco.

—Lo siento, Linda, esta noche ya tengo otros planes.

—Sé que no soy ninguna belleza, pero no dejes que mi aspecto te engañe. Me conozco al dedillo la anatomía masculina y podría hacerte llorar de gratitud. Te lo juro. No sabes lo que te pierdes.

—Estoy seguro de ello. Tienes mucho encanto, Linda, lo he creído siempre.

—Es mentira, pero tienes mucha habilidad para engañar. A veces incluso me lo has hecho creer. Por eso estoy segura de que tendrás éxito como escritor. Haces que la gente crea lo que le dices.

Lo cogió del brazo.

—Vamos, cariño, te acompaño a la sala. Pronto va a empezar la selección del jurado. Y procura portarte bien, ¿vale? Si te tomas una copa de más, armas escándalo y te expulsan, no pienso dar la cara por ti.

—Te prometo que seré bueno.

Y se puso la mano en el corazón.

La funcionaria sonrió.

—Como acabo de decir: mentira.

El juicio por asesinato de Paul Reyes había creado mucha expectación. Alex tenía que llegar al Palacio de Justicia cada día más temprano para conseguir asiento. Los familiares y amigos de Reyes ocupaban gran parte del sitio disponible.

El fiscal había basado su acusación en la declaración de los primeros policías que entraron en el lugar del crimen, que se describió con todo lujo de detalles. Cuando los miembros del jurado vieron las satinadas fotos de 8 × 10, se estremecieron.

La defensa había organizado un pelotón de compañeros de trabajo y amigos del acusado, incluyendo a un cura, que insistió en el carácter pacífico de Reyes. Sólo el adulterio de su amada esposa lo pudo llevar a cometer una acción violenta.

El jurado escuchó la declaración de los asistentes sanitarios, a quienes el mismo Reyes había telefoneado desde el lugar de los hechos. Cuando llegaron, la víctima aún tenía pulso, dijeron. El médico de urgencias había diagnosticado que no existía actividad cerebral, pero mantuvo con vida el corazón y los pulmones con medios artificiales en espera de conseguir permiso para conservar órganos y tejido. El cirujano que había realizado la intervención declaró que el corazón aún latía cuando lo extirpó.

Este testimonio causó conmoción en la sala. El juez pidió silencio con la maza. El ayudante del fiscal intentó dar la impresión de estar tranquilo, pero fracasó. Alex opinaba que tenía que haber presentado el cargo por homicidio y no por asesinato. El asesinato implica premeditación, que en este caso no podía probarse. Y lo peor era que el superviviente del ataque no podía declarar.

Pese a estos obstáculos, el fiscal hizo un brillante discurso final, pidiendo al jurado un veredicto de culpabilidad. Tanto si la víctima había muerto en el momento del golpe como si no, Paul Reyes era el responsable de la muerte de un ser humano y había que declararlo culpable.

El defensor sólo tuvo que recordar a los miembros del jurado, una y otra vez, que Paul Reyes estaba en la cárcel cuando la víctima falleció.

El caso quedó en manos del jurado después de tres días de declaraciones. Cuatro horas y dieciocho minutos después se anunció que el jurado tenía su veredicto y Alex fue uno de los primeros en volver a la sala.

Intentó averiguar la decisión del jurado conforme sus componentes iban entrando, pero era imposible descifrar su expresión.

La sala guardó silencio cuando se pidió al acusado que se pusiera en pie.

No culpable.

A Reyes se le doblaron las rodillas, pero su abogado lo sostuvo. Los parientes y amigos se precipitaron a abrazarlo. El juez dio las gracias a los miembros del jurado y levantó la sesión.

Los periodistas esperaban ansiosos las declaraciones, pero el abogado de Reyes no les prestó atención y lo hizo avanzar por el pasillo central hacia la salida. Cuando Reyes llegó a la fila de Alex, pareció advertir su mirada.

De repente se paró, volvió la cabeza y, durante un segundo, sus ojos se encontraron.

6

Mayo de 1991

Comer. Dormir. Respirar. Esas funciones que sustentan la vida, las realizaba ahora maquinalmente. ¿Para qué molestarse? La vida ya no tenía sentido.

No había forma de encontrar consuelo. Ni en la religión, ni en la meditación, ni en el trabajo, ni en el ejercicio físico agotador. Tampoco en los arrebatos de cólera. Todo lo había intentado como medio de suavizar la desgarradora aflicción de la pérdida. Sin embargo, ahí seguía.

La paz era inalcanzable. Cada suspiro estaba impregnado de dolor. El mundo había quedado reducido a una diminuta esfera de suprema tristeza. Muy pocos estímulos atravesaban la cápsula donde la pena estaba encerrada. Para alguien tan inmerso en la aflicción, el mundo carecía de colores, de sonidos, de sabores. La intensa congoja lo paralizaba todo.

La muerte prematura había sido injusta. Enloquecedora.

¿Por qué les había ocurrido a ellos? No existían otras dos personas que se hubieran amado tanto. Su amor era excepcional y puro: tenía que haber perdurado durante años y, después, prolongarse hasta más allá de la muerte. Habían hablado de ello, se habían jurado amor eterno.

Ahora la inmortalidad de su amor era imposible porque habían robado el estuche donde éste estaba guardado y se lo habían entregado a otra persona.

Qué horrible, ese vandalismo post mórtem. Primero te quitan la vida, después el alma de la existencia, el recinto donde ese espíritu había morado.

Ahora, en alguna parte, dentro de un extraño, ese amado corazón aún seguía latiendo.

Los gemidos hicieron eco en la pequeña habitación.

—No puedo soportarlo ni un día más. No puedo.

Aunque la persona amada estuviera bajo tierra en el cementerio, su corazón vivía. Su corazón seguía vivo. Ésta era una idea inevitable, obstinada, permanente.

El bisturí del cirujano fue rápido y seguro. Por doloroso que resultara aceptarlo, lo que había hecho era irreversible. El corazón seguía viviendo mientras el alma estaba injustamente condenada a quedar incompleta para toda la eternidad. El alma buscaría siempre, y en vano, su hogar, al tiempo que el corazón, aun latiendo, seguiría burlándose de la integridad de la muerte. A menos que...

¡Había una forma!

De repente, los lamentos cesaron. La respiración se le hizo más agitada, entrecortada por la excitación.

Prestó atención a los pensamientos breves, veloces, agolpados, que, de repente, se le desencadenaron.

La idea cobró vida, perfiló sus formas, se dividió, se

expandió con rapidez, como un óvulo que acabara de ser fecundado. Una vez nacida, jugueteó dentro de su cerebro, inmovilizado durante meses por la desesperación.

Había una forma de liberarse de ese insoportable tormento. Sólo una. Una solución que, con rapidez, evolucionó de una simple célula de idea a un embrión ya formado. Se convirtió en palabras musitadas con exactitud, con la adoración de un discípulo a quien le ha sido revelada una misión divina:

—Sí. Desde luego, desde luego. Buscaré ese corazón amado. Y cuando lo encuentre, a fin de unir nuestras almas y quedar en paz, haré, con misericordia y amor, que se pare.

7

10 de octubre de 1991

Cat Delaney se movía por el salón revoloteando como una mariposa para saludar a los grupitos de invitados. Todos se quedaban perplejos por su energía y vitalidad.

—Es increíble.

El doctor Dean Spicer, que la observaba a un lado, se dio la vuelta hacia el hombre que así hablaba. Dean había sido el acompañante de Cat en innumerables fiestas sociales y conocía a muchas de las personas con las que ella trabajaba. No obstante, aquel caballero alto y elegante era un desconocido para él.

—Sí, es increíble —corroboró en tono familiar.

—Me llamo Bill Webster.

Dean también se presentó mientras se estrechaban la mano.

—Usted era el cardiólogo de Cat, ¿no?

—Al principio —contestó Dean, complacido de que hubiese reconocido su apellido—. Antes de que nuestra relación personal se pusiera en marcha.

Webster sonrió comprensivo y volvió a mirar a Cat.

—Es una mujer encantadora.

Dean se preguntó quién sería Webster y por qué habría sido invitado a la fiesta de gala patrocinada por la cadena de televisión para celebrar el primer aniversario del trasplante de Cat.

Estaban allí los ejecutivos de otras cadenas asociadas y también patrocinadores comerciales, representantes de los medios de comunicación, agentes artísticos, actores y otras personas que habían intervenido en *Passages*.

Dean sentía curiosidad por Webster y le preguntó:

—¿Cómo sabe quién soy?

—No subestime su fama, doctor Spicer; ya es usted casi tan conocido como su compañera.

—Por cierto tipo de revistas —replicó Dean con falsa modestia. Le gustaba el reconocimiento público que recibía por ser el «asiduo acompañante» de Cat Delaney, como lo había etiquetado una de las columnistas de Hollywood.

—La publicidad generada por la prensa no resta méritos a su talento como cardiólogo —dijo Webster.

—Gracias. Ojalá pudiera dar a todos mis pacientes un diagnóstico tan acertado como en el caso de Cat. Su recuperación ha sido sensacional.

—¿Le sorprende?

—En absoluto. Esperaba eso de ella. No sólo es una paciente excepcional, sino también una persona excepcional. Cuando superó las primeras semanas de difícil recuperación, decidió vivir muchos años. Y lo conseguirá. Su gran ventaja es el optimismo. Es el orgullo del departamento de trasplantes del hospital.

—Tengo entendido que ahora es una firme defensora de los trasplantes.

—Apela a la conciencia de los donantes y suele visitar a pacientes en espera de ser operados. Cuando se deprimen, los anima a no perder la esperanza. La tienen como a un ángel salvador. —Sonrió conmovido—. Ellos no la conocen tan bien como yo. Tiene el temperamento fogoso de las pelirrojas.

—Pues, pese a su temperamento, es evidente que la admira.

—Más que eso. Pensamos casarnos pronto.

Eso no era totalmente cierto. Él pensaba casarse con Cat, pero ella continuaba sin querer comprometerse. Dean le había pedido muchas veces que se trasladara a su casa de Beverly Hills, pero Cat seguía aún en su casa de la playa, en Malibú, alegando que el océano le causaba efectos terapéuticos, vitales para su salud física y mental.

—Sólo con mirarlo, ya recargo pilas.

También sostenía que la independencia era esencial para su bienestar.

La independencia era una débil excusa para no contraer matrimonio. Dean no tenía la intención de recluirla en la cocina cuando fuera su mujer. De hecho, quería que continuase su carrera. Un ama de casa no entraba en sus planes de una vida feliz.

Simplemente salían juntos y sin preocuparse de los fantasmas de sus relaciones anteriores. Cuando ella se recuperó totalmente, descubrieron que su sexualidad se adaptaba a la perfección. Ambos tenían sus propios ingresos seguros, así que no se trataba de una unión por interés económico. Él no veía ninguna excusa plausible para el continuo rechazo de Cat a sus propuestas.

Con paciencia, se iba rindiendo a sus negativas, pero

ahora que el trasplante había resultado un éxito y había recuperado su papel de protagonista en *Passages*, tenía la intención de forzarla a comprometerse. No cejaría hasta que Cat Delaney fuera completamente suya.

—Entonces supongo que debo felicitarle —dijo Webster mientras levantaba la copa de champán.

Dean devolvió la sonrisa a Bill Webster e hicieron un brindis.

Mientras escuchaba a un ejecutivo publicitario que le daba coba diciéndole lo valiente que era y que nunca antes había estrechado la mano de alguien con corazón trasplantado, Cat miraba por encima de su hombro a Dean y al hombre con quien estaba hablando. No lo conocía y había despertado su curiosidad.

—Gracias por todas las tarjetas que me envió durante la convalecencia.

Con la menor brusquedad posible, se desprendió del estrujón de manos del ejecutivo.

—Ahora, perdóneme; pero acabo de localizar a un amigo al que no veía desde hace tiempo.

Con la mayor naturalidad se abrió paso entre la multitud. Varias personas intentaron enzarzarla en una conversación, pero sólo se detuvo el tiempo necesario para intercambiar saludos y responder a felicitaciones y cumplidos.

Como había tenido tan mal aspecto durante tanto tiempo, antes del trasplante, creía casi justificada su vanidad por lo radiante que estaba esta noche. El pelo había recuperado el brillo, aunque los esteroides que hubo de tomar después de la operación le habían dado una tonalidad más rojiza. Para la fiesta, se lo había recogido en un moño alto a fin de tener un aspecto más sofisticado.

El maquillaje destacaba aún más sus ojos, descritos como «un rayo láser azul» casi cada vez que su nombre aparecía impreso, y no se recataba de exhibir su hermosa piel con un vestido negro de lentejuelas, muy corto y ceñido, que le dejaba los brazos y la espalda al aire.

Por supuesto, el vestido iba cerrado hasta el cuello por delante. No tenía la menor intención de enseñar su «cremallera», la cicatriz que le recorría el esternón en sentido vertical. Todo su nuevo vestuario había sido elegido de modo que ocultara la cicatriz. Dean insistía en que apenas se veía y que cada día se borraba un poco más, pero para ella era bien visible.

Sabía que era el pequeño precio que tenía que pagar por su corazón nuevo. Su timidez por la cicatriz era sin duda una reminiscencia de la infancia, cuando, a menudo, se había sentido herida por comentarios irreflexivos o crueles de sus compañeras de clase. Entonces, su falta de salud la había hecho objeto de curiosidad, igual que el trasplante ahora. Nunca había querido inspirar lástima ni curiosidad; por eso escondía la cicatriz.

Pese a que esta noche se sentía estupendamente, ella nunca daría por segura la buena salud. Los recuerdos de su dolencia estaban aún demasiado vivos. Daba gracias por seguir viviendo y poder trabajar. Recuperar el papel de Laura Madison, y las exigencias físicas que eso comportaba, no le había ocasionado ningún problema. Ahora, un año después de la operación, se sentía mejor que nunca.

Esbozando una sonrisa, caminó hasta llegar al lado de Dean y se colgó de su brazo.

—¿Cómo es posible que los dos hombres más atractivos del salón se estén acaparando el uno al otro y nos priven de su compañía a las mujeres?

Dean le sonrió.

—Gracias.

—Lo mismo digo —añadió el otro hombre—. El cumplido vale el doble viniendo de la belleza de la fiesta.

Ella hizo una reverencia burlona y le tendió la mano.

—Soy Cat Delaney.

—Encantado. Bill Webster.

—¿De dónde es usted?

—De San Antonio, Texas.

—¡Ah, la WWSA! Así que usted es ese Webster.

Miró a Dean y, con un susurro teatral, añadió:

—Un pez gordo. El propietario y mandamás. En pocas palabras: trátalo bien.

Webster soltó una risita.

Su nombre era conocido y respetado en toda la industria. Debía de tener unos cincuenta años, presentaba unas canas muy atractivas en las sienes y su moreno rostro resistía bien la madurez. A Cat le gustó al instante.

—Pero no nació en Texas, ¿verdad? —preguntó ella—. O disimula el acento.

—Tiene buen oído.

—Y buenas piernas —contestó Cat guiñando un ojo.

—Estoy de acuerdo —añadió Dean.

Webster volvió a reír.

—Soy del Midwest; pero hace quince años que vivo en Texas. Se ha convertido en mi hogar.

—Le agradezco que se haya molestado en venir desde tan lejos para asistir a la fiesta —dijo ella sinceramente.

—No me hubiera gustado perdérmela. El doctor Spicer y yo estábamos hablando de su excelente recuperación.

—Todo el mérito es suyo —dijo ella sonriendo a Dean—. Y de los médicos y enfermeras del equipo de trasplantes. Ellos hicieron el trabajo, yo sólo era la paciente.

Dean le rodeó la cintura con sus brazos y dijo, orgulloso:

—Ha sido la paciente ideal, primero para mí y después para Sholden, que se hizo cargo de su caso cuando nuestra relación y la medicina podían ser incompatibles. Ya ve que todo salió bien.

Cat suspiró.

—Todo va bien desde que las hormonas se han asentado. Bueno, echo de menos el bigote y las mejillas con vello, pero no se puede tener todo.

Los efectos desagradables de la medicación habían desaparecido al reducir la dosis. También había recuperado su peso ideal. Pero incluso antes de que la «cremallera» formara parte de su cuerpo, su delgada figura no era su punto fuerte. La adolescencia no se había mostrado con ella tan generosa como con otras chicas; las tan deseadas curvas no se desarrollaron. Su mayor encanto residía en la angulosa estructura del rostro y la hermosa tonalidad de su piel. Había aprendido a potenciar ambas cualidades y la cámara la adoraba.

—Soy un admirador incondicional, señorita Delaney —dijo Bill Webster.

—Por favor, llámeme Cat. Me encantan los admiradores incondicionales.

—Sólo me pierdo el episodio diario si tengo un almuerzo importante.

—Me siento halagada.

—Atribuyo el gran éxito de la serie a usted y a su personaje.

—Gracias, pero creo que exagera. *Passages* ya tenía mucha aceptación antes de que apareciera Laura Madison. Y se mantuvo en los primeros lugares de audiencia cuando yo estaba de baja. El éxito es producto de una labor de equipo.

Webster miró a Dean.

—¿Es siempre tan modesta?

—Mucho me temo que hasta convertirse en un defecto.

—Es usted un hombre afortunado.

—Muchachos, creo que es mi deber avisarles que no soporto que hablen como si yo fuera invisible.

—Lo siento —dijo Webster—. Retomo el hilo de la conversación que sosteníamos cuando usted ha llegado. Estaba felicitando al doctor Spicer por su próxima boda.

A Cat se le borró la sonrisa y, por dentro, estaba furiosa. No era la primera vez que Dean se había montado por su cuenta un noviazgo en serio. Tenía tanto amor propio que no podía permitirse aceptar sus negativas al matrimonio.

Al principio, la amistad había puesto en peligro su objetividad para ser su cardiólogo. Durante su dolencia y después del trasplante, Cat se había apoyado en él. La relación era más íntima desde hacía un año y él le importaba mucho, pero Dean seguía confundiendo la naturaleza de sus sentimientos.

—Gracias, Bill, pero aún no hemos concretado una fecha.

Aunque intentaba ocultar su enfado con Dean, Webster debió de notarlo. Carraspeó y dijo:

—Cat, aquí hay muchas personas que requieren su atención y yo tengo que irme.

Ella extendió la mano.

—Ha sido un placer conocerle. Confío en que volveremos a vernos.

Él se la estrechó.

—Sin duda.

Cat estaba convencida de que lo decía de verdad.

8

10 de octubre de 1991

Amanecía cuando decidieron que ya estaba bien de videojuegos.

Acostumbrados a la oscuridad de la sala, donde los rasgos de un individuo apenas se distinguían de los de otro, los fluorescentes del complejo comercial los deslumbraban. Se rieron mientras daban tiempo a que los ojos se adaptasen.

Las tiendas y bares hacía ya horas que habían cerrado. Sus voces resonaban en la plaza; era un alivio poder mantener una conversación sin tener que gritar para hacerse oír por encima de los cacofónicos ruidos de la sala de juegos.

—¿Seguro que no habrá problemas?

Jerry Ward dedicó a su nuevo amigo la sonrisa abierta y segura de los chicos de dieciséis años felices y bien adaptados.

—Mis padres ya estarán dormidos. No me esperan levantados.

—No sé, me parece extraño que me invites así como así. Apenas nos conocemos.

—¿Qué otra forma mejor para conocernos? Acabas de perder tu empleo y necesitas un trabajo, ¿no? Mi padre tiene un negocio y siempre contrata gente. Algo te encontrará. Y esta noche necesitas un sitio donde dormir. Te ahorrarás unos dólares si te quedas en la habitación de invitados. Si te molesta lo que puedan pensar mis padres, te despierto temprano por la mañana, te hago salir sin que te vean y te los presento después. No tienen por qué saber que has dormido en casa. Así que tranquilo —rio y extendió los brazos—. ¿Vale? ¿Estás tranquilo?

La cordialidad de Jerry era contagiosa y le provocó una sonrisa.

—Estoy tranquilo.

—Genial. ¡Uau! ¡Mira esos patines!

Jerry se detuvo delante del escaparate de una tienda de deportes donde estaban expuestos patines de ruedas en línea con toda su parafernalia.

—¿Has visto esos con las ruedas verdes? Son demasiado. Es lo que quiero como regalo de Navidad. Y el casco también. A juego.

—Nunca he intentado patinar con eso. Me parece peligroso.

—Es lo que dice mi madre, pero creo que para Navidad ya la habré convencido. Está tan contenta de que haga cosas normales que es fácil de ablandar.

Jerry dio un último y codicioso vistazo al objeto de su deseo antes de seguir andando.

—¿Qué quieres decir con eso de «cosas normales»?

—¿Cómo? Oh, no importa.

—Perdona, no intentaba meter la nariz en asuntos privados.

Jerry no tenía la intención de ofender a su nuevo amigo, pero había sido un inútil durante tantos años y estaba tan contento de ya no serlo que odiaba los recuerdos de su enfermedad.

—Verás, es que estuve enfermo de niño. Grave de verdad. Desde los cinco años hasta el año pasado. De hecho, mañana es el aniversario y mamá dará una fiesta para celebrarlo.

—¿Celebrar qué? Si no te importa que lo pregunte.

Habían llegado a la puerta de salida y el guardia de servicio estaba acurrucado en un banco. Roncaba. Jerry miró frente a frente a su compañero con expresión dubitativa.

—Promete que si te lo digo no pensarás que soy anormal.

—No pensaré que eres anormal.

—Bueno, es que muchas personas lo encuentran raro. —Jerry suspiró—. Llevo un corazón trasplantado.

La declaración fue recibida con una carcajada de incredulidad.

—Ya. Vale.

—Te lo juro. Estaba a punto de morir y encontraron un corazón a tiempo.

—¿En serio? ¿No me tomas el pelo? ¡Dios mío!

Jerry rio.

—Sí, mis padres creen que Dios tuvo algo que ver. Vamos.

Empujó la puerta y le dio en la cara una ráfaga de viento frío y húmedo.

—Mierda, vuelve a llover. Cada vez que cae un chaparrón se desborda el riachuelo que hay cerca de casa. ¿Dónde tienes el coche?

—Allí.

—El mío está también por esa zona. ¿Quieres que te acompañe?

—No. Espérame delante de Sears y desde allí te seguiré.

Jerry levantó el pulgar, se puso la capucha del anorak y salió al aguacero. No se fijó en la mirada de su compañero al guardia, que seguía durmiendo.

Después de la operación de trasplante, los Ward le habían comprado a Jerry un flamante utilitario. Dobló el callejón, paró delante de Sears e hizo sonar el claxon dos veces. Vio a través del retrovisor que el otro coche se situaba detrás de él.

Tarareaba la canción de la radio y se acompañaba con alguna percusión mientras iba circulando por las calles que comunicaban los suburbios de Memphis con la zona rural. Mantuvo la velocidad moderada para no distanciarse demasiado del coche que lo seguía. Si no se conocía el camino que se adentraba en el bosque, de noche era fácil perderse.

Al acercarse a un puente estrecho, Jerry aminoró la marcha. Tal y como había previsto, el riachuelo bajaba rápido y crecido. Casi había llegado a la mitad del puente cuando el coche sufrió una embestida por detrás.

—¿Qué diablos...?

Jerry notó una sacudida hacia adelante, pero el cinturón de seguridad lo sujetó. Entonces su cabeza cayó hacia atrás por el retroceso y sintió como si alguien le hubiera metido un clavo ardiendo en la nuca.

Chilló de dolor y, de manera instintiva, se llevó las manos a la cabeza. Cuando soltó el volante, el otro coche embistió de nuevo contra su parachoques trasero.

Saltaron astillas de madera cuando el utilitario se estampó contra la débil barricada. Por un instante, el pequeño vehículo voló por los aires; luego, cayó a la negra agua que formaba remolinos y que, en cuestión de segundos, le golpeaba el parabrisas.

Gritando como un poseso, buscó el cierre del cinturón y lo soltó. En seguida, buscó a tientas, frenético, la manija de la puerta antes de recordar que ésta se cerraba de forma automática con el motor en marcha. Mierda.

El agua le llegaba hasta la rodilla, levantó las piernas y pateó con todas sus fuerzas la ventana hasta que el cristal se rompió. Pero la rotura había sido por la fuerza del agua, que entró a raudales e inundó el vehículo.

Jerry contuvo el aliento. Sabía que su vida había acabado. La muerte, a la que un año antes pudo burlar, venía ahora a cobrar su deuda.

Estaba a punto de reunirse con Dios. Mejor dicho, un desconocido lo había enviado a reunirse con Dios.

El último pensamiento de Jerry Ward fue de rabia y de perplejidad.

¿Por qué?

9

Verano de 1992

—Estás enfadada.

Dean no hacía una pregunta. Afirmaba.

Cat continuó con la mirada fija en el parabrisas del Jaguar.

—¿Cuál ha sido la primera pista?

—Hace veinte minutos que no me diriges la palabra.

—Porque siempre hablas por mí. Otra vez, casi has vuelto a poner anuncios.

—Cat, le he dado conversación a una compañera de mesa.

—Y le faltó tiempo para acorralarme en el servicio de señoras y pedirme los detalles de la boda. Supongo que le diste a entender que era un hecho. Lo curioso es que no tenemos la intención de casarnos.

—Claro que sí.

Cat no estaba de acuerdo, pero él dio la vuelta a la entrada de la casa y aparcó. El ama de llaves de Dean abrió la puerta. Cat le sonrió al entrar en el vestíbulo. No le gustaba nada que los sirvientes los esperasen. Dean ya le había cogido el tranquillo.

Ojalá no hubiera aceptado pasar la noche en casa de él, pensó Cal. Pero no le apetecía nada, después de lo que prometía ser una larga velada, conducir hasta Malibú y, por la mañana, deshacer el camino hasta los estudios.

Si la discusión empeoraba, llamaría al hotel Bel Air para que le enviaran un coche. Entró en el despacho, ya que era la habitación más acogedora y menos seria.

—¿Quieres beber algo? —preguntó él.

—No, gracias.

—¿Y algo para picar? Apenas has cenado. Estabas muy ocupada charlando con Bill Webster.

Ella no hizo caso del comentario. Desde que lo conoció, varias veces había perdido la oportunidad de conversar con el ejecutivo de Texas. Dean había interpretado mal su interés.

—Gracias, no tengo apetito.

—Celesta puede prepararte algo.

—No es necesario molestarla.

—Para eso le pago. ¿Qué te apetece?

—¡Nada!

Lamentó su tono de voz cortante y suspiró profundamente para contener su malhumor.

—Dean, no me atosigues. Si quisiera algo lo pediría.

Él salió del despacho el tiempo suficiente para decirle al ama de llaves que sus servicios ya no eran necesarios. Al volver a entrar, Cat contemplaba desde la ventana el bien cuidado jardín. Oyó que él volvía a estar allí, pero no se dio la vuelta.

Dean apoyó las manos sobre sus hombros.

—Perdona, no creía que un comentario circunstancial creara problemas. ¿Por qué no nos casamos y así evitamos este tema de controversia?

—No me parece un motivo para casarse.

—Cat. No es ése el motivo de que quiera casarme contigo.

Podían hablar de cualquier cosa. Del tiempo, de su postre favorito, del debate sobre el estado de la nación: siempre terminaban igual.

—Dean, no volvamos a lo mismo.

—He tenido paciencia, Cat.

—Lo sé.

—La boda no tiene por qué ser un acontecimiento periodístico. Podemos ir a México o a Las Vegas antes de que un periodista se entere.

—No se trata de eso.

—¿De qué, si no? No vuelvas a decirme que no quieres dejar la casa de Malibú o de tu miedo a perder la independencia. Ya son excusas muy sobadas. Si continúas negándote, tendrás que inventar algo más sólido.

—Sólo hace un año y medio desde el trasplante.

—¿Y?

—Podrías tener que cargar con una esposa que tiene que pasar gran parte de su vida, y de la tuya, en guardia.

—No has tenido ni un solo síntoma de rechazo. Ni uno, Cat.

—No es ninguna garantía de que ya no lo tenga. Algunas personas con trasplante viven bien con su corazón durante años y, de pronto..., sin motivo aparente, sufren un rechazo.

—Y otras mueren por causas que no tienen nada que ver con su corazón. En realidad, hay una posibilidad entre un millón de que te fulmine un rayo.

—Estoy hablando en serio.

—Yo también. —Suavizó su tono de voz—. Cat, muchas personas con trasplantes han vivido veinte años o más sin problemas. Esos pacientes recibieron corazones cuando el sistema era aún experimental. Y la tecnología ha mejorado mucho. Tienes muchas garantías de una expectativa de vida normal.

—Y cada día de esa vida normal estarás controlando mis constantes vitales.

Dean se quedó perplejo.

—Dean, era tu paciente antes de convertirme en amiga y amante. Tengo la sensación de que siempre voy a ser tu paciente.

—No —contestó sin dudarlo.

Pero ella sabía que sí. Intentaba protegerla, y era un recuerdo continuo de que había estado muy delicada de salud. Aún la trataba con un cuidado infinito. Incluso cuando hacían el amor era de una delicadeza extrema. Su crispante autodominio la ofendía y limitaba su pasión.

Por miedo a herirle, soportaba su frustración en silencio mientras se moría de ganas de que la tratasen como a una mujer y no como a una trasplantada. Dudaba que con Dean fuera posible.

Pero sabía que, en el fondo, esto era una excusa y que el verdadero problema consistía en que no estaba enamorada de él. No de la forma que debería estarlo para casarse. La vida le habría sido mucho más sencilla si estuviera enamorada, y a veces deseaba que así fuese.

Había intentado prescindir de sus sentimientos, pero ahora sabía que tenía que ser sincera.

—No quiero casarme contigo, Dean. Te quiero mucho y jamás habría salido adelante sin ti. —Le sonrió con ternura—. Pero no estoy enamorada.

—Me doy cuenta de ello, y tampoco lo esperaba. Eso es para chiquillos; nosotros vamos más allá del absurdo romanticismo. Por otra parte, formamos un buen equipo.

—Un equipo —repitió ella—. Tampoco eso me atrae. No he pertenecido a nadie desde que tenía ocho años, cuando mis padres... murieron.

—Motivo de más para que me dejes cuidar de ti.

—¡No quiero que nadie me cuide! Quiero ser Cat. La nueva Cat. Cada día, desde la operación, he ido haciendo nuevos descubrimientos. Aún me estoy familiarizando con esta mujer que sube la escalera en vez de utilizar el ascensor. Que puede lavarse el pelo en tres minutos en vez de necesitar treinta.

Se puso la mano sobre el corazón.

—El tiempo tiene una nueva dimensión para mí, Dean; quiero proteger el tiempo que paso conmigo misma. Hasta que no conozca del todo a la nueva Cat Delaney, no quiero compartirla con nadie.

—Comprendo —contestó él, más enojado que apenado.

Ella rio.

—Deja de lamentarte. No te creo. Tampoco vas a sufrir mucho si no nos casamos. Lo que más te gusta de mí es la celebridad, te encanta compartir los focos, asistir a los estrenos de Hollywood, entrar en Spago del brazo de una estrella de la tele.

Adoptó una pose sofisticada, con una mano en la nuca y la otra en la cadera.

La sonrisa tímida de él suponía casi una confesión. Pero ella siguió presionando:

—Admítelo, Dean. Si fuese cajera de un supermercado, ¿pedirías mi mano?

—Eres una mujer fría, Cat Delaney.

—Digo la verdad.

Si la naturaleza del amor de Dean fuera distinta, ella ya habría terminado sus relaciones mucho tiempo atrás para no hacerle daño. Pero él admitía que la quería solamente todo lo que era capaz de amar.

La abrazó y la besó en la frente.

—A mi manera te quiero, Cat, y sigo deseando casarme contigo, pero, por ahora, no insistiré, ¿te parece bien?

No habían resuelto nada, pero al menos le garantizaba una tregua.

—Me parece bien.

—Estupendo. ¿Vamos a dormir?

—Antes nadaré un poco.

—¿Quieres compañía?

No es que a Dean le gustase mucho nadar, lo cual era una pena, ya que tenía una piscina preciosa rodeada de verdes plantas, como un lago tropical.

—Sube. No tardaré.

Él subió la escalera hasta el segundo piso. Cat salió por la puerta de la terraza y caminó por el sendero de baldosas del hermoso jardín hasta la piscina. De forma maquinal, se desabrochó el vestido, se lo quitó y, a continuación, dejó caer las medias y las bragas. Entró desnuda en la deliciosa agua fresca. Era como un baño purificador. Tal vez lavaría la inquietante insatisfacción que la corroía desde hacía meses, no sólo por Dean, sino por todo lo que rodeaba su vida.

Hizo tres largos antes de tenderse de espaldas y quedarse flotando. Aún le maravillaba poder nadar sin jadear y sin miedo a que el corazón se le parase. Un año y medio atrás le habría parecido imposible tamaña proeza. Estaba preparada para morir. Y habría muerto si alguien no hubiese perdido la vida antes que ella.

Esa idea estaba guardada en su mente y, cuando la asaltaba, le resultaba inquietante. Ahora la hizo salir del agua. Temblando, caminó de puntillas hasta el vestuario y se envolvió en una toalla.

El pensamiento la acechaba: la muerte de alguien le había regalado la vida.

Había dejado claro a Dean y al equipo médico que no quería saber nada del donante.

Muy rara vez se permitía pensar en ese ser anónimo como en una persona, alguien con una familia que había hecho un enorme sacrificio para que ella pudiera vivir. Cuando le asaltaba la idea de ese alguien sin nombre, su ambiguo descontento le parecía una montaña de egoísmo y autocompasión. Habían segado una vida y le habían garantizado otra a ella.

Se tendió en una de las tumbonas, cerró los ojos y se concentró en reconocer lo afortunada que era. Había superado las desventajas de su desgraciada infancia, había perseguido un sueño y lo había hecho realidad. Estaba en la cumbre de su carrera y trabajaba con personas de talento que la querían y la admiraban. Tenía mucho más dinero del que necesitaba. Un cardiólogo muy respetado, con cultura, bien parecido, que vivía como un príncipe, la adoraba y la deseaba.

Y, entonces, ¿por qué ese inconcreto desasosiego, esa incierta inquietud que no podía ni explicar ni desvanecer? Su vida, tan duramente ganada, parecía ahora sin sentido ni rumbo. Padecía por algo que no podía describir ni identificar, algo que iba mucho más allá de su alcance y de su comprensión.

¿Qué más podía querer que no tuviera? ¿Qué más podía pedir, si ya le habían dado la vida?

Cat se incorporó de golpe, con una idea repentina que le infundió energía.

La falta de confianza en uno mismo podía ser una motivación positiva y el examen de conciencia no tenía nada de malo. Era el enfoque del autoanálisis lo que estaba mal planteado.

En vez de indagar qué más podía querer, tal vez debía preguntarse qué podía dar.

10 de octubre de 1992

Su casa siempre olía como si algo acabara de salir del horno. Esta mañana eran pastas de té. Doradas y espolvoreadas con azúcar, se estaban enfriando sobre una rejilla de la mesa de la cocina, al lado de un pastel de chocolate y dos tartas de frutas.

Las cortinas con volante flotaban en la ventana abierta. En la nevera, los imanes sujetaban corazones de san Valentín de papel rojo, pañitos de adorno y dibujos de pavos y de ángeles que más parecían murciélagos. Todo obra de los nietos.

Respondió a la llamada en la puerta trasera con una mirada, una sonrisa y una indicación de que pasara.

—A todo el vecindario se le hace la boca agua. He olido las galletas nada más salir de casa.

Su cara regordeta estaba ruborizada por el calor del horno. Al sonreír, los ojos vivaces y candorosos se le achinaban.

—Coge una, ahora que están calentitas. —Indicó las pastas de té.

—No, son para la fiesta.

—Sólo una, necesito tu opinión. Pero dime la verdad.

Cogió una de las pastas y se la alargó, expectante.

Habría sido de mala educación negarse, así que el recién llegado la aceptó.

—Hummm. Son deliciosas y se deshacen en la boca. Igual que las que hacía mi abuela.

—Nunca me has hablado de tu familia. Y ya llevas viviendo tres meses en la casa de al lado.

Se dio la vuelta y empezó a lavar los cacharros que estaban en remojo en el fregadero.

—No hay mucho que contar. Papá estaba en el ejército y lo destinaban de una a otra ciudad. Doce traslados, doce escuelas.

—Debía de ser duro para un niño.

—¡Esto es una celebración! No hablemos de cosas tristes. Es tu fiesta.

Ella rio como una chiquilla, aunque era más que cincuentona.

—Tengo tantas cosas que hacer... Fred ha pedido permiso para salir antes. Llegará sobre las dos. Y los niños y la familia a las cinco.

—No puedes hacerlo sola. He pedido el día libre para ayudarte.

—¡No deberías haberlo hecho! ¿No se ha enfadado el jefe?

—Si se ha enfadado, mala suerte. Le he dicho que tengo como vecina a una señora muy especial y que, tanto si le gustaba como si no, le ayudaría a preparar la fiesta que da para celebrar su segundo año con un corazón nuevo.

Se sintió conmovida y se le saltaron las lágrimas.

—He sido tan afortunada... Cuando pienso lo cerca que...

—Vamos, vamos, olvida eso ahora. Es día de fiesta. ¿Por dónde empezamos?

La mujer se secó los ojos con un pañuelo bordado y lo devolvió al bolsillo del delantal.

—Podrías empezar a colocar las sillas plegables mientras riego las plantas.

—Adelante, pues.

Entraron en el salón, claro y acogedor. Una de las paredes era una puerta de cristal con salida al patio. Para que le diera el sol, había un helecho colgado del alero.

—Supongo que es Fred quien riega esa planta. Tú no llegas.

—Eso no es ningún problema —contestó—. Utilizo una escalera.

Había pasado un año desde que el chico de los Ward tuvo aquel desafortunado accidente en Memphis. Habían transcurrido doce meses de cuidadosa planificación. Saber esperar, aunque le causara angustia, era necesario. El procedimiento era esencial en su misión. Sin orden y disciplina, habría sido una locura.

La parte más larga del año fueron las últimas horas, desde medianoche. Le habían parecido tan largas como todas las del año anterior juntas. Contaba cada segundo con impaciencia. La larga espera ya casi había terminado: estaba a pocos minutos de ser gratificada.

Cariño mío, estoy haciendo esto por ti. Es una prueba del amor que ni siquiera la muerte ha podido derrotar.

—Una escalera. Qué bien.

11

Noviembre de 1993

—Aún no he pulsado el timbre.

—He oído el coche.

Cat se hizo a un lado invitando a Dean a que pasara y lo acompañó al salón de su casa de Malibú.

Había tres premios Emmy en una estantería habilitada especialmente para ellos. Las paredes blancas estaban decoradas con portadas de revistas enmarcadas en las que aparecía su imagen. Era una habitación muy personal, cálida y acogedora pese al alto techo y los enormes ventanales. La casa era de construcción moderna, sobre un acantilado, y se bajaba a la playa por una empinada escalera en zigzag.

El fuego, en la chimenea, atemperaba el frío del nublado día. Desde la ventana con vistas al Pacífico, el paisaje era monocolor; y el horizonte, invisible. El agua tenía el mismo color grisáceo de los nubarrones.

Incluso con el más desapacible clima, a Cat le encantaba el paisaje marino desde la casa. El océano nunca dejaba de asombrarla. Cada vez que lo miraba, era como si fuese la primera vez. Sus cambios incesantes le inspiraban respeto, la desconcertaban y la hacían sentirse insignificante comparada con aquel ímpetu salvaje.

Solía pasear por la orilla. Pasaba horas contemplando las olas mientras sopesaba sus opciones, buscando respuestas en la espuma.

—¿Quieres tomar algo? —preguntó.

—Nada, gracias.

Volvió al mullido sillón sobre el que había dejado caer una manta al oír el coche. En el extremo de la mesa había una taza de té con menta y una lámpara que enfocaba su regazo.

Dean se sentó delante de ella.

—¿Qué es eso?

—Borradores de guiones. Todos los guionistas del equipo han presentado una idea sobre el destino de Laura Madison. Todas son muy buenas y muy tristes. En vez de hacerla desaparecer, les sugerí que contrataran a otra actriz para el papel. —Suspiró y deslizó los dedos entre los rizos—. Pero están decididos a eliminarla.

—No hay otra actriz que pueda interpretar el papel —dijo Dean—. Ni siquiera Meryl Streep podría salvarlo. Laura Madison eres tú.

Reconoció en el rostro de Dean señales de frustración y ansiedad que habrían pasado desapercibidas para quien no lo conociera bien. Ella era la causante de su infelicidad, y eso la apenaba.

—Bueno, ya es cosa hecha, ¿no? —dijo Dean—. *Entertainment Tonight* lo publicó ayer. Dejas *Passages*. Cuando termine el contrato; poco después de primeros de año, según parece.

Ella asintió, pero no dijo nada. El viento golpeaba

contra las paredes de cristal como si quisiera apagar las velas de la repisa. Jugueteó con el flequillo de la manta. Cuando levantó la vista, Dean miraba por la ventana, con una expresión tan turbulenta como el oleaje.

—¿Hasta qué punto ha influido Bill Webster en tu decisión?

Tardó en responder.

—La WWSA es su cadena de televisión.

—No es eso lo que te estoy preguntando.

—Si insinúas que nuestra relación es algo más que profesional, estás muy equivocado. Tengo muchos defectos, Dean, pero mentir no es uno de ellos. En todo caso, soy demasiado sincera incluso cuando no me conviene. Además, Bill es un hombre felizmente casado con una mujer tan atractiva y encantadora como él.

Él seguía con las facciones tensas.

—En un intento desesperado por entender por qué le das la espalda a tu carrera, a todo por lo que tanto has luchado, he estudiado tu decisión desde todos los ángulos. Como es lógico, se me ocurrió que un idilio podía haber influido.

—Pues no —respondió de forma categórica.

—Los Webster tienen seis hijos. Tenían también una hija que murió hace algunos años. Era la primera y su muerte los afectó mucho.

—Desde hace ya tiempo, no me siento feliz con mi vida. Pero sólo cuando Bill me habló de su hija, hace unos seis meses, supe que tenía que empezar de nuevo. La vida es demasiado valiosa para perder ni un solo día.

»Esa noche, Bill Y yo tuvimos una conversación muy seria sobre la pérdida de su hija y, antes de darme cuenta, le estaba hablando de mi infancia. Le expliqué lo que se siente al ser huérfana, al estar bajo la tutela del Estado, al pasar de un hogar de adopción a otro sin llegar a encajar.

»La conversación derivó hacia un programa de enorme éxito que Bill había visto en varias grandes ciudades, donde se pasaban reportajes de niños que necesitaban padres adoptivos en el intermedio del telenoticias. Estaba interesado en hacer lo mismo en la WWSA como un servicio a la comunidad. Entonces empecé a vislumbrar un nuevo punto de partida para mí misma.

»No tenía la intención de mantenerte al margen, Dean. Muchas veces quise decírtelo, pero sabía que tú no podías ser objetivo. Ni entenderías mis motivos para querer, para necesitar, hacer esto.

Esbozó una sonrisa.

—No estoy muy segura de entenderlos yo misma. Pero están ahí. Luché contra ellos, intenté escapar, pero se me habían clavado y no se fueron. Cuanto más pienso en el alcance que puede tener el programa, más ilusionada estoy.

»He recordado todas las veces que rechazaron mi adopción: por la edad, por el sexo, por mi historial clínico. Incluso el pelo rojo era un impedimento, según parece.

»Hay muchos niños con problemas especiales, que no tienen padres que los quieran. Empiezan a obsesionarme, Dean. No puedo dormir al oírlos llorar en la oscuridad, solos, aterrados y sin cariño. Tengo que hacer algo por ellos. Es así de sencillo.

—Admiro tu altruismo, Cat. Si quieres adoptar un niño, o más de uno, estoy perfectamente dispuesto.

Cat no pudo evitar la risa.

—¡No me digas! Dean, por favor, sé realista. Eres un médico extraordinario, pero te falta la flexibilidad necesaria para ser padre.

—Si eso fuera la diferencia entre tenerte o no...

—No lo es. Créeme: si pensara que un juez iba a concederle la custodia de un niño a una mujer soltera y con trasplante, ya lo tendría. Pero no se trata de que yo adopte. *Los Niños de Cat* es para convencer a otras personas de que lo hagan.

—¿*Los Niños de Cat*?

—El nombre es idea de Nancy Webster. ¿Te gusta?

—No parece muy original.

Ojalá Dean pudiera compartir su entusiasmo, pero era evidente que toda la idea le parecía absurda.

—Cat, ¿de verdad quieres... degradarte de esa forma? ¿Dejar tu carrera y trasladarte a Texas?

—Será distinto —aceptó, con una risita.

—¿No podrías limitarte a patrocinar el programa, ser el portavoz oficial, sin tener que involucrarte en persona?

—¿Quieres decir ser una figura decorativa?

—Algo parecido.

—Sería un engaño. Si lleva mi nombre, es mi programa. Quiero trabajar en él a mi manera.

Miró a Dean con tristeza.

—Además, no lo veo como una «degradación». Creo que no doy un paso atrás, sino varios pasos al frente. Espero grandes recompensas.

Inquieta por la emoción, apartó la manta y se levantó del sillón.

—Esto es lo que tú no entiendes. —Se dio la vuelta

para mirarlo y se puso una mano en el pecho—. Hago esto porque no tendría la conciencia tranquila si no lo hiciera.

—Tienes razón —dijo él, al tiempo que se levantaba—. No lo entiendo. Tuviste una infancia difícil; ¿y quién no? Déjate de cuentos de hadas, Cat. En la vida real, quien más quien menos, creció sintiéndose no querido.

—¡Sí! ¡Especialmente si tu padre y tu madre prefieren morir a vivir contigo!

Su respuesta airada causó efecto. La miró atónito.

—¿Suicidio? Me dijiste que tus padres habían muerto en un accidente.

—Pues no.

Ahora lamentaba haber dicho la amarga verdad sobre la muerte de sus padres, ya que él la observaba con la misma mezcla de fascinación y horror con que las asistentas sociales contemplaban a Catherine Delaney, aquella criatura delgaducha, pelirroja y obstinada.

—Por eso aprendí a contar chistes en vez de llorar. O me espabilaba o me convertía en un caso perdido. Así que no sientas pena por mí, Dean. Fue terrible cuando ocurrió, pero me hizo fuerte, me dio, por ejemplo, el coraje suficiente para superar un trasplante. Espero que puedas comprender por qué tengo que sacar adelante mi proyecto.

»Sé por propia experiencia lo que es estar apartada de otros niños. Si tus padres han muerto, si eres enfermiza, o pobre, estás discriminada. Estas desventajas hacen de un niño un bicho raro. Y sabes tan bien como yo que si eres distinto estás fuera. Punto.

»Cientos de miles de niños sufren y tienen problemas inimaginables. Sólo pasar el día ya les supone un tormento. No pueden jugar, ni aprender, ni relacionarse con otros niños, porque tienen que soportar la carga de ser maltratados, o de ser huérfanos, o de estar enfermos, o cualquier combinación de las tres cosas.

»Hay familias capaces y ansiosas de poder ayudar a estos niños si supieran cómo encontrarlos. Yo voy a ayudar a unirlos. Es un reto que agradezco. Me ha marcado un objetivo y estoy convencida de que por eso se me ha dado una segunda vida.

—Cat, no me vengas con filosofías. Tienes una segunda vida porque la tecnología médica lo ha hecho posible.

—Tú tienes tu explicación; yo, la mía —contestó ella—. Lo único que sé es que debería pagar de alguna forma mi buena suerte. Ser una estrella de la tele, amasar una fortuna, estar rodeada de gente encantadora... no lo es todo en la vida. Al menos, no para mí. Quiero más, y no me refiero a más dinero ni más fama. Quiero algo auténtico.

Le cogió las manos.

—Tienes para mí un valor inestimable. Fuiste un amigo incondicional durante la peor época de mi vida. Te quiero, te admiro, y voy a echarte de menos. Pero no puedes seguir siendo mi tabla de salvación.

—Preferiría ser tu marido.

—Por ahora no encajan en mis planes ni idilios ni bodas. Lo que voy a hacer requiere toda mi atención. Por favor, deséame suerte.

La miró fijamente a los ojos suplicantes. A continuación, sonrió con tristeza.

—Estoy convencido de que convertirás el programa

en un éxito de la noche a la mañana. Tienes el talento, la ambición y el modo de conseguir todo lo que quieres.

—Te agradezco el voto de confianza.

—Soy, sin embargo, un perdedor dolido. Sigo pensando que Bill Webster te deslumbró con toda esa retórica del programa como servicio a la comunidad. Es muy triste que haya perdido una hija, pero creo que se aprovechó de tu compasión para llevarte a su cadena.

»Contigo allí, el nivel de audiencia se pondrá por las nubes, y él lo sabe. Dudo mucho que su interés en este programa sea sólo altruista. Me atrevo a decir que descubrirás que es un ser humano con las mismas virtudes y defectos que todos nosotros.

—Bill me ha dado una oportunidad, pero él no es el motivo de mi decisión. Sus motivos no tienen nada que ver con los míos. Yo quería cambiar mi vida y, de no haber sido *Los Niños de Cat*, habría sido otra cosa.

Dean declinó hacer ningún comentario al respecto y dijo:

—Tengo la impresión de que vas a añorarme. A mí y a esta clase de vida. Y sé que volverás pronto. —Le acarició la mejilla—. Cuando así sea, te estaré esperando.

—Te ruego que no insistas en eso.

—Cualquier día aparecerás por aquí. Entretanto, tal y como me has pedido, te deseo mucha suerte.

12

Enero de 1994

El reloj de encima de la mesa era antiguo, con la esfera redonda y blanca y los números grandes y negros. Tenía una segunda manecilla roja que marcaba los segundos con un tictac acompasado que recordaba los latidos del corazón.

Las tapas del álbum de recortes eran una imitación de piel pero bien hecha, con el grano en relieve. Pesado y sólido, el tomo era agradable a la palma de la mano, que lo acariciaba como si fuese un animal doméstico.

En cierta forma, eso era. Una mascota. Un amigo del que puedes estar seguro que guardará los secretos. Como alguien a quien acunar, con quien jugar en momentos de ocio o a quien acudir cuando hay necesidad de consuelo y compañía. Y con su aprobación incondicional.

Las páginas estaban llenas de recortes de periódicos. Muchos daban un resumen de la vida del joven Jerry Ward, su valiente lucha contra un defecto congénito del corazón, el trasplante y la recuperación y su muerte prematura, accidental, al ahogarse. Esa tragedia en plena adolescencia.

Después estaba la abuela de Florida. Tan elogiada por familiares y amigos, desolados por su inesperada muerte. Al parecer, la mujer no tenía un solo enemigo. Todos la querían. Después del trasplante, el cirujano afirmó que la adaptación era buena. Habría vivido muchos más años de no ser por el trozo de cristal que se le clavó en el pulmón al caer y atravesar la puerta mientras regaba un helecho. Y el desgraciado accidente había tenido que ocurrir nada menos que el día del segundo aniversario del trasplante.

Volvió la página. El siguiente aniversario: el 10 de octubre de 1993. Hacía tres meses. Otro estado, otra ciudad, otro trasplantado. Otro desgraciado accidente.

Chapucero, este último, con la sierra de cadena. Había sido una mala idea. Pero era un tipo que solía estar al aire libre, así que...

Su misión tenía un fallo evidente. No había forma de saber con exactitud cuándo la habría cumplido. Era posible que ya lo hubiera hecho, con la muerte de Jerry Ward o con cualquiera de los otros dos. Pero no podía darla por concluida hasta que todos aquellos receptores de un corazón hubiesen sido eliminados. Sólo entonces tendría la seguridad de que el corazón y el espíritu del ser amado se habían reunido.

Cerró el álbum con respeto. La tapa posterior recibió una caricia antes de quedar depositado en el cajón de la mesa y cerrado bajo llave, aunque no había peligro de que alguien pudiera verlo. Allí nunca entraba nadie.

Antes de cerrar el cajón, sacó un grueso sobre y esparció su contenido sobre la mesa. Cada artículo, fotografía y recorte habían sido etiquetados para facilitar su estudio. Había memorizado y analizado todos los hechos relacionados con esa información.

Sabía la estatura, el peso, la talla de ropa, los gustos y manías, su creencia religiosa, el perfume favorito, los amigos especiales, el número del carnet de conducir, el de la Seguridad Social, sus tendencias políticas, la medida del anillo y el número de teléfono del servicio doméstico que limpiaba su casa de Malibú.

Había tardado meses en reunir la información, pero era sorprendente lo que puede llegar a saberse de una persona cuando se dedicaba el tiempo sólo a esa tarea. Por supuesto, como era famosa, los medios de comunicación le facilitaban el trabajo, aunque esa información no siempre era fiable. Había que verificarla.

Era curioso el cambio que había experimentado desde hacía poco tiempo. Abandonaba su fabulosa vida en Hollywood por lo que parecía un trabajo de beneficencia en San Antonio, Texas.

Sería interesante conocer a Cat Delaney. Y, matarla, un verdadero reto.

13

Mayo de 1994

—Oiga, tal vez crea que estoy chiflado, pero le tengo echado el ojo desde hace un rato pensando que lo conozco de algo. De golpe, me ha venido a la cabeza. ¿Es usted Alex Pierce?

—No.

—¿Seguro?

—Seguro.

—Vaya. Habría jurado que era él. Se le parece mucho. Ese escritor, ¿sabe? Ha escrito una novela policíaca que lee todo el mundo. Es usted su doble.

Ya había ido demasiado lejos. Alex le tendió la mano.

—Soy Alex Pierce.

—¡Coño! ¡Lo sabía! Lo he reconocido por la foto del libro. Me llamo Lester Dobbs. —El amistoso desconocido le estrujó la mano—. Me alegro de conocerle, Alex. ¿Puedo llamarle así?

—Claro.

Sin ser invitado, Dobbs se sentó enfrente de Alex. Era la hora del desayuno en Denny's. La cafetería estaba atestada de gente dispuesta a ir al trabajo o que acababa de terminar el turno de noche.

Dobbs hizo una señal a la camarera para que volviese a llenar las tazas de café.

—No sé por qué parece tan cabreada —murmuró cuando la mujer se dio la vuelta—. Al fin y al cabo he dejado libre una mesa.

Alex dobló el periódico y lo dejó sobre el asiento contiguo. Al parecer, tardaría en volver a abrirlo.

—He leído que es usted de Texas. No sé si vive aún en Houston.

—No. Es decir, no siempre. Me muevo bastante.

—Supongo que su trabajo le da esa libertad.

—Puedo conectar el ordenador en cualquier parte mientras haya una oficina de correos y un teléfono.

—No me haría ningún bien que me diera por ver mundo —dijo Dobbs con pesar—. Trabajo en una refinería. Desde hace veintidós años. No va a ir a ninguna parte y yo tampoco. Te ganas la vida, pero eso es todo. Los supervisores suelen ser unos hijos de puta a la hora de marcar, ¿sabe lo que quiero decir?

—Sí, ya conozco a esos tipos —respondió Alex, solidario.

—Usted era policía, ¿verdad?

—Sí.

—Y ha cambiado la pistola por el disco duro.

Alex lo miró asombrado.

—Soy listo, ¿eh? No es mérito mío. Lo leí en un artículo sobre usted en el suplemento dominical, hace un par de meses. Y se me quedó grabado. ¿Estamos en la sección de no fumadores? Mierda. Bueno, mi mujer y yo lo admiramos.

—Me alegra oírle decir eso.

—No leo mucho, la verdad. Pero ella tiene siempre la nariz metida en un libro. Los compra de segunda mano, por docenas. A mí me gusta sólo el tipo de novela que usted escribe. Cuanta más sangre, mejor.

Alex asintió y tomó un sorbo de café.

Dobbs se inclinó hacia adelante y bajó la voz hasta un tono confidencial.

—Y, también, cuanto más porno, mejor. Coño, la de cosas que salen en ese libro suyo. Casi cada veinte páginas se me empinaba. Mi mujer también se lo agradece.

Añadió un guiño.

Alex intentaba mantenerse tranquilo.

—Me alegro de que se sintiera tan involucrado en el relato.

—¿Conoce tías como las que salen en el libro? ¿Alguna le ha hecho un trabajito como el que describe en el libro?

Los hombres como Lester Dobbs querían creer que escribía sus propias experiencias.

—Son relatos de ficción.

—Sí, ya, pero algo de verdad habrá, ¿no?

Alex ni quería ponerse a contar su vida solitaria ni decepcionar a su admirador, así que se quedó callado y dejó que Dobbs sacara sus propias conclusiones. Éste escogió la que más le gustaba y se rio, al tiempo que tosía.

—Algunos hijos de puta tienen suerte. Ninguna mujer va a hacerme eso, seguro. Supongo que mejor para mí —añadió con filosofía—. Lo más probable es que me muriera de un infarto despatarrado en la cama, desnudo y empalmado como un cirio y...

—¿Más café, señor Pierce?

La camarera tenía la jarra sobre la taza.

—No, gracias. Tráigame la cuenta y añada la consumición del señor Dobbs.

—Oh, es usted muy amable. Gracias.

—No hay de qué.

—A mi mujer se le caerá la baba cuando le diga que lo he visto en persona. ¿Cuándo saldrá el próximo libro?

—Dentro de un mes.

—¡Cojonudo! ¿Es tan bueno como el primero?

—Creo que es mejor, aunque es difícil que un escritor sea un juez ecuánime de su trabajo.

—Bueno, ya me muero de ganas de leerlo.

—Gracias. —Alex recogió la cuenta y el periódico—. Perdone, pero tengo prisa. Encantado de conocerle.

Pagó en la caja y salió del café, aunque le hubiera gustado tomarse otra taza.

En realidad estaba trabajando cuando Dobbs lo interrumpió. Quería empaparse del ambiente, observar a las personas, sus gestos y rasgos faciales, anotándolos mentalmente para futuros personajes. Lo hacía con discreción y le sorprendió que Dobbs hubiera reparado en él.

Aún le asombraba que sus lectores lo reconocieran, aunque no sucedía muy a menudo. Su primera novela, publicada un año antes con tapas duras, había tenido un mediocre éxito comercial.

Pero cuando salió la edición de bolsillo, con unas cuantas buenas críticas y un poco de publicidad, las ventas se dispararon. Ahora estaba en diversas listas de los libros más vendidos y Hollywood se había interesado para hacer con él una película para televisión. Los lectores esperaban ansiosos su segunda novela, que saldría dentro de un mes.

Para la tercera novela, su agente pidió un anticipo muy sustancioso, que la editorial había pagado. El libro fue acogido con entusiasmo por el editor, que se había volcado en diseñar una portada atractiva y en preparar una campaña de promoción.

Pero, pese a este éxito, Alex Pierce estaba aún lejos de la fama. Seguía siendo un desconocido para quienes no leían o sus gustos se apartaban de su género.

Sus novelas policíacas describían hombres y mujeres atrapados en situaciones peligrosas, a veces brutales. Los personajes eran narcotraficantes, hampones, chulos, prostitutas, miembros de bandas, asesinos, prestamistas, pirómanos, violadores, ladrones, chantajistas, soplones: lo peor de la sociedad. Los héroes eran policías que trataban con ellos dentro o fuera de la ley. En sus relatos, la línea divisoria entre el bien y el mal era tan sutil que apenas se distinguía.

Sus novelas tenían un argumento duro y un fondo aún más duro. Escribía con la mirada desilusionada y el estómago de acero, sin ahorrar detalles truculentos a los lectores y componiendo la narrativa y los diálogos con el mayor realismo posible.

Aunque a veces no hay suficientes palabras para describir un crimen horrendo, él intentaba reproducir sobre el papel las visiones, sonidos y olores de las atrocidades que un ser humano es capaz de infligir a otro y la psicología escondida detrás de tales delitos.

Solía emplear el lenguaje de la calle y escribía los

episodios sexuales de forma tan gráfica como los que detallaban autopsias. Sus libros causaban impacto. No eran para personas demasiado sensibles.

Pese a su crudeza, un crítico había dicho que su estilo tenía «... corazón. Pierce posee una extraordinaria percepción de la experiencia humana. Llega hasta la médula para mostrar el alma».

Alex se mostraba escéptico por los halagos. Temía que esos tres primeros libros fueran una racha de buena suerte. Cuestionaba su talento a diario. No era tan bueno como quería ser y había llegado a la triste conclusión de que ser un buen escritor y tener éxito eran dos cosas incompatibles.

Pese a estas dudas, su círculo de lectores se iba ampliando. El editor lo consideraba un nuevo talento, pero él no dejaba que los elogios se le subieran a la cabeza. Desconfiaba de la fama. Su experiencia anterior como centro de atención de los medios de comunicación había sido la época más turbulenta de su vida. Por mucho que quisiera triunfar como novelista, estaba contento de vivir ahora en el anonimato. Ya había sido más famoso de lo que hubiese querido.

Subió al deportivo y en cuestión de minutos entraba en la autopista, una de las más temidas por los conductores poco expertos. Dejó las ventanillas abiertas, escuchando el ruido del tráfico, notando el viento en el pelo, incluso disfrutando del olor persistente de los tubos de escape.

Se deleitaba con las sensaciones más simples. Le asombraba descubrir lo estimulante que resultaba el mundo ahora que no tenía los sentidos embotados por el alcohol.

Había dejado la bebida al ingresar en un hospital para alcohólicos. Después de pasar un verdadero infierno, salió pálido, esquelético y con temblores; pero sobrio. Y no había probado una gota desde hacía dos años.

No le importaba el tipo de presiones que tuviera que soportar en el futuro: estaba decidido a no volver a caer en ese pozo. Las pérdidas de conocimiento lo habían disuadido para el resto de su vida.

Llegó al apartamento, pero no era como volver a casa. Las espartanas habitaciones estaban llenas de cajas de embalaje. Su investigación lo obligaba a viajar con frecuencia y a tener que alojarse en lugares muy diversos. No tenía sentido vivir en un sitio fijo. De hecho, ya había realizado gestiones para un nuevo traslado.

Se abrió paso entre las cajas, camino del dormitorio que le servía también como despacho. Era la única dependencia que parecía habitada. Una cama sin hacer en la esquina y una mesa de trabajo ocupaban la mayor parte del espacio.

Y había papel por todas partes. Montones de material impreso se acumulaban en el suelo y en las paredes, como una improvisada y caótica biblioteca que era el macabro recordatorio de su fecha límite. Miró el calendario de la pared. Mayo. El tiempo pasaba rápido, demasiado rápido.

Y tenía mucho que hacer.

14

—¿Hasta cuándo tendremos que esperar para hacer un reportaje de este niño y conseguirle un hogar estable?

Cat, exasperada, repasaba el expediente. A sus cuatro años, Danny ya había recibido más palizas que la mayoría de gente en toda su vida.

Leía los informes en voz alta:

—El amigo de su madre le golpea con frecuencia, por lo que se le quita a ésta la custodia y se le proporciona un hogar de acogida donde ya hay varios niños.

Levantó la vista y continuó hablando con Sherry Parks, una especialista en protección de la infancia del Departamento de Servicios Humanitarios de Texas.

—Gracias a Dios, el amigo ya no le pega, pero Danny necesita atención personalizada. Necesita que lo adopten, Sherry.

—Su madre tiene ganas de sacárselo de encima.

—¿Pues cuál es el problema? Hagamos un reportaje, a ver si conseguimos que algunas familias se interesen por su adopción.

—El problema es el juez, Cat. Si quieres, vuelvo a presentar el caso de Danny, pero no creo que su decisión sea distinta ahora. La asistenta social de Danny se empeña en alegar que el niño tiene que estar en un hogar de acogida. Hasta ahora, el juez ha fallado a su favor.

Desde el principio del programa, Sherry Parks, una mujer de mediana edad y sentimientos maternales, había sido el enlace de Cat con la agencia estatal. Se desvivía por sacar a los niños maltratados o con problemas especiales del sistema de hogares de acogida y aspiraba a encontrarles padres adoptivos.

No era empresa fácil. Había interminables trámites burocráticos y, con frecuencia, topaba con los asistentes sociales de los niños maltratados y con jueces que, como cualquier otra persona, tenían prejuicios y opiniones que influían en su decisión. El niño, antes víctima en su casa, se convertía muchas veces en víctima del inoperante sistema.

Cat dijo:

—Estoy segura de que la asistenta obra de buena fe, pero creo que Danny necesita un hogar estable. Le falta seguridad y unos padres que sienta como suyos.

—La asistenta insiste en que aún necesita ayuda psicológica antes de estar preparado para la adopción —contestó Sherry Parks actuando como abogado del diablo—. Ha estado abandonado desde el día en que salió de la maternidad. Tiene que aprender a vivir dentro de una estructura familiar. Recomendarlo para adopción sería prematuro y destinado al fracaso, según dice. Queremos insertarlo dentro del sistema demasiado rápido.

Las cejas rojizas de Cat se fruncieron.

—Entretanto, el mensaje que le llega es bien claro:

nadie te quiere. Estás en el hogar de acogida hasta que demuestres valer lo bastante como para ser adoptado. ¿No se dan cuenta de que hacen recaer todo el peso de la responsabilidad en Danny? Su sensación de fracaso e impotencia es cada vez más fuerte. Es un círculo vicioso del que no puede escapar.

—Con franqueza, Cat: el niño es una pesadilla. Muerde a diestro y siniestro, tiene berrinches a diario, destroza todo lo que cae en sus manos.

Cat echó la cabeza hacia atrás y levantó las manos en señal de rendición.

—Lo sé, lo sé, he leído el informe. Pero el mal comportamiento es sintomático, un intento de llamar la atención. Recuerdo algunos de los trucos que yo utilizaba sólo para demostrar lo muy indeseable y rebelde que era. Después de varias buenas perspectivas que, al final, resultaron rechazos.

»Sé de dónde viene, y será un niño insoportable hasta que alguien se siente con él y le diga: "No me importan tus rabietas, Danny, te querré de todas formas. Nada puede evitar que te quiera. Nada. Y tampoco te pegaré ni te dejaré. Nos pertenecemos el uno al otro."

»Y ese alguien tiene que abrazarlo hasta que el mensaje atraviese la mierda que ha almacenado en su corazón y en su cabeza hasta hacerle social y emocionalmente un inadaptado.

Jeff Doyle aplaudió.

—Ha sido un discurso conmovedor, Cat. Deberíamos aprovecharlo para publicidad.

Sonrió al joven que formaba parte del equipo. En el poco tiempo que llevaban trabajando juntos, se había convertido en un colaborador imprescindible. Ningún trabajo le venía grande, pero tampoco le importaba realizar tareas menores. Era tan importante para el éxito del programa que, últimamente, Cat le había pedido que asistiera a las reuniones con ella y Sherry. Se había tomado interés no sólo por la calidad de los reportajes, sino también por el bienestar de los niños que intervenían.

—Gracias, Jeff —dijo—. Pero no estaba haciendo propaganda. Lo decía en serio.

Entonces se dirigió a Sherry.

—¿No te importa volver a presentar al juez el caso de Danny?

—No me importa, pero lo veo negro. De todas formas, lo haré.

Cogió el expediente y lo puso dentro del maletín.

—Ya te comunicaré el día y hora de la vista.

Cat asintió.

—Si no estoy, déjale el recado a Jeff o a Melia.

—Será mejor que me lo dejes a mí —intervino Jeff—. O puede ser que Cat no lo reciba.

Sherry miró a ambos, pero Cat hizo caso omiso. Jeff se había ido de la lengua: ya se lo diría en privado. Los trapos sucios, nunca delante de extraños.

Sherry recogió sus cosas.

—Supongo que esto es todo por ahora. Ya nos mantendremos en contacto.

En la puerta, se detuvo para añadir:

—Por cierto, el reportaje de anoche estuvo genial.

—Gracias en nombre de todo el equipo. El cámara de vídeo consiguió estupendas imágenes de Sally.

La pequeña, de cinco años, tenía dificultades de dicción a causa de malos tratos físicos. La discapacidad, igual que su retraimiento se solucionaría con cariño.

—Claro que sus ojos lo decían todo. Sólo tuvimos que hacerle primeros planos. Sus ojos ya explicaban su historia, de manera que la voz en *off* casi estaba de más. Es una criatura con ganas de dar amor. Espero que esta mañana la centralita de tu despacho se haya bloqueado.

—Yo también —contestó Sherry—. ¿Seguro que no te importa hacerme ese favor?

—Me ofrecí voluntaria.

Después de concertar una entrevista con un matrimonio que había solicitado una adopción, Sherry se dio cuenta de que había un error en su agenda. Cat la había convencido para que le dejara ocupar su lugar.

—Pues gracias de nuevo. Te llamaré esta tarde para saber cómo ha ido.

Sherry se marchó y Jeff volvió a llenar la taza de café de Cat.

—¿Qué tenemos hoy?

—Por favor, ve a ver si Melia ha llegado. Y, de ahora en adelante, guárdate tu opinión, sobre ella o sobre cualquier persona de la WWSA, delante de extraños. ¿De acuerdo?

—Lo siento, sé que tenía que haberme callado, pero ha sido de forma inconsciente. Además es cierto. Hay muchas posibilidades de que cualquier recado que se le deje a Melia se pierda antes de llegar a tu despacho.

—Ése es mi problema, no el tuyo.

—Pero...

—Es mi problema. Y ya lo solucionaré. ¿De acuerdo?

—De acuerdo.

Salió y volvió segundos después con Melia King. No se diferenciaban sólo en el sexo. Jeff era rubio, de ojos azules, y se vestía como los universitarios atildados. Melia tenía los párpados pesados, ojos negros que acentuaba con sombreado oscuro y labios carnosos y sensuales. Sentía predilección por los colores llamativos, que destacaban su color de piel tostado y su pelo moreno.

—Buenos días, Melia.

—Hola.

Esta mañana llevaba un ceñido vestido de punto de color rojo encendido. Se sentó y cruzó las piernas largas y torneadas. Su sonrisa era desdeñosa, arrogante, afectada, y Cat no la soportaba. Su resentimiento se había convertido en una fuente de malestar en el despacho. Por desgracia, las malas vibraciones no eran motivo de despido; de lo contrario, Cat ya se la habría quitado de encima.

Por otra parte, tampoco podía tomar esa decisión por su cuenta. Bill Webster había seleccionado al equipo antes de su llegada y los «candidatos» le habían sido presentados para que diera su visto bueno.

Jeff Doyle había solicitado pasar a ser realizador de informativos, pero se le ofreció la oportunidad de trabajar en el programa de Cat y le pareció un puesto de mayor creatividad.

Melia King ya estaba en el equipo de redacción y también había expresado las ganas que tenía de más variedad, más responsabilidad y más dinero. *Los Niños de Cat* le venían como anillo al dedo.

Cat pensó que habría sido una grosería dejar de lado el personal elegido por Bill, aunque había notado la antipatía de Meha en el mismo momento en que se estrecharon la mano. Al no tener otra explicación de la hostilidad de la joven, se imaginó que Melia estaba nerviosa al conocer a su lefa y que pronto rompería el hielo. Sin embargo, seis meses después de trabajar juntas su relación era aún glacial.

Melia nunca llegaba tarde, si bien cometía pequeños errores y alguna que otra negligencia. Siempre se disculpaba con alguna excusa.

En pocas palabras: se cubría las espaldas.

—¿Qué tengo para hoy? —le preguntó Cat.

Melia abrió con displicencia la agenda.

—Entrevista con el señor y la señora Walters por cuenta de la señorita Parks.

—¿A qué hora? —preguntó Cat mirando el reloj de sobremesa.

—A las once. Ha dejado el expediente encima de mi mesa.

—Lo recogeré cuando salga.

—Viven en una zona rural cerca de Kerrville. ¿Sabe por dónde cae?

—No.

Melia la miró como si la ignorancia de Cat de la geografía de Texas fuera el colmo de la estupidez.

—Tendré que hacerle un mapa.

—Me sería de gran ayuda. ¿Algo más?

—Sesión de montaje a las tres.

—Estaré de vuelta mucho antes.

—Y el señor Webster quiere verla a cualquier hora, cuando a usted le vaya bien.

—Llámale y pregunta si puedo ir ahora.

Sin decir una palabra, Melia se levantó y caminó hacia la puerta con andares felinos. Era evidente que a Jeff no le impresionaba, ya que hizo una mueca de desagrado.

Cat simuló que no se había dado cuenta. No le gustaban los comentarios maldicientes entre compañeros de trabajo ni quería tomar partido por uno u otro.

—¿Tenemos confirmado dónde filmaremos el reportaje de Tony?

Siempre llamaba a los niños por el nombre de pila, recordando cuánto odiaba que se refirieran a ella como «la niña», como si por estar bajo la tutela del Estado no fuera una persona.

—¿Qué te parece Brackenridge Park? —sugirió Jeff—. Podríamos sacar imágenes de Tony montado en el tren en miniatura. Quedaría simpático.

—Y Tony disfrutaría. ¿A qué niño de seis años no le gustan los trenes?

Melia asomó la cabeza por la puerta.

—El señor Webster dice que puede ir.

Y volvió a desaparecer.

Cat se levantó de la mesa y le dijo a Jeff:

—Mientras estoy fuera, ve al parque y haz las gestiones precisas. Dile al encargado que nos gustaría filmar el miércoles por la mañana y que te confirme que el tren estará en marcha a esas horas. Y llama al despacho de Sherry para decirles a qué hora tienen que llevar a Tony. Y pide a producción un equipo de vídeo.

Jeff tomaba notas con rapidez.

—¿Algo más?

—Sí, anímate. La vida es demasiado corta para tomársela tan en serio.

Él levantó la cabeza del bloc y la miró desconcertado.

—Créeme: yo lo sé.

La oficina de Cat se comunicaba con la redacción a través de un pasillo. Bill Webster le había ofrecido un despacho más grande y mejor situado en la planta de ejecutivos, pero ella lo había rechazado. Su programa pertenecía al área de informativos. Le parecía importante que su equipo estuviera integrado con los cámaras de vídeo, los montadores y el personal de los estudios.

Le había dicho a Webster:

—Dependo de ellos para quedar bien en pantalla y no puedo permitirme el lujo de su enemistad.

Hubo cierta prevención contra ella por parte del personal de redacción. Cat Delaney no se había ganado el puesto a pulso como ellos. Era actriz y no periodista.

Cat admitía no tener conocimientos periodísticos y sabía que sería mal recibida en el departamento. Sin duda esperaban que los mirase por encima del hombro, ya que venía de Hollywood, y se comportara como la sabelotodo marimandona. En cambio, pedía siempre consejo. Pese a haber pasado años delante de las cámaras, desconocía todo lo referente a los informativos. A fuerza de preguntar, de equivocarse en palabras y gestos que requerían repeticiones, y de bromear sobre su torpeza, se había ido ganando su simpatía.

La secretaria del presidente la recibió con cordialidad.

—El señor Webster la está esperando, señorita Delaney. Haga el favor de pasar.

—No podría estar más contento por cómo van las cosas —dijo Bill cuando Cat se sentó a la mesa lacada en negro que brillaba como un espejo.

—Ya lo has dicho muchas veces. Si continúas con tus halagos, soy capaz de ruborizarme.

—No son cumplidos, tengo las cifras que lo ratifican. *Los Niños de Cat* es un éxito arrollador.

—No es lo que opina Truitt.

Ron Truitt era un periodista del *San Antonio Light* que había estado dando varapalos al programa desde el principio.

—Ha estado especialmente sarcástico en su último artículo. A ver, ¿cómo lo decía?: «Estos reportajes son ingenuos y sensibleros, no tienen más sentido en un telediario que un intermedio musical.» Ese tipo sabe cómo machacar con una frase, ¿eh?

Webster no se tomó a mal la crítica del periodista.

—Por desgracia, San Antonio es conocida en los círculos de televisión como «el mercado sangriento». Como cualquier otra ciudad, tenemos nuestra ración de violencia. Y en los informativos, la tendencia siempre ha sido: cuanta más sangre, mejor. La política de la WWSA no es una excepción. Hemos tenido que adaptarnos para seguir siendo competitivos. No me gusta, pero así son las cosas —dijo extendiendo las manos, resignado—. Comparados con nuestros titulares, que casi siempre se refieren a crímenes violentos, tus reportajes son como un soplo de aire fresco. Recuerdan a los televidentes que aún existe bondad en el mundo. Así que olvídate de las críticas de Truitt y considéralas como publicidad gratuita.

Cat no compartía la falta de preocupación de Webster por las críticas. Una mala crítica era una mala crítica. No le habría molestado tanto si censurase su actuación, pero atacaba a su «hijo» y, como una clueca, defendía a sus polluelos.

—Si quieren ver violencia y crueldad deberíamos

enseñarles las situaciones que han vivido estos niños —contestó con amargura.

—Motivo de más para que no te importen las críticas. Dile a Truitt que su opinión te trae sin cuidado.

—Lo he intentado, pero ese cobarde no se pone al teléfono. —Se encogió de hombros—. Supongo que es mejor; no me gustaría darle la satisfacción de saber que sus artículos tendenciosos me preocupan.

Webster le preguntó si quería tomar algo, pero ella declinó la invitación diciendo que tenía una cita con unos posibles padres adoptivos.

—Eso no encaja dentro de tus responsabilidades.

—No, pero Sherry se había comprometido y le ha surgido un imprevisto. En vez de anular la cita, me ofrecí a ir yo. Además, parece que hay buenas perspectivas. La verdad, Bill, me gustaría conocer personalmente a todos los solicitantes, ya que me daría la oportunidad de explicarles con exactitud con lo que van a encontrarse. Lo cual puedo hacer desde una perspectiva especial.

—La de alguien que ha pasado por hogares de acogida.

—Exacto. Aunque tengan que hacer el cursillo de Paternidad Positiva, dos meses y medio de formación no les preparan para los problemas que se presentan al relacionarse con un niño especial. También tendrían ocasión de comprobar que tanto el programa como yo somos serios.

—Ya trabajas lo suficiente.

—Me encanta estar ocupada.

—Y eres una fanática del control. Quieres supervisarlo todo.

—Culpable —contestó con una sonrisa.

—Deberías cuidarte.

El consejo la irritó. No soportaba un trato deferente por su trasplante.

—No me vengas con ésas, Bill.

—Cat, les digo lo mismo a todas las personas con cargos de responsabilidad. Que no trabajen hasta el punto de poner en juego su salud. Ellos no tienen un corazón trasplantado, pero creo que es un buen consejo para todo el mundo.

—Lo admito.

—¿Te entiendes bien con tus colaboradores?

Al ver que ella vacilaba, Webster enarcó las cejas.

—¿Algún problema?

—Siempre que se trabaja en equipo es probable que haya algún roce —contestó con diplomacia.

Webster se reclinó en el sillón.

—La controversia puede conducir a menudo a un intercambio de ideas muy beneficioso. Pensaba que tu equipo estaba bien elegido.

Optó por abordar sus problemas con Melia dando un rodeo.

—Jeff es un trabajador incansable y muy eficiente. Pero a veces se sobreexcita.

—¿Es homosexual?

—¿Es que eso importa?

—En absoluto; simple curiosidad. Es el rumor que corre. Es igual; personalmente, pienso que encaja más en tu programa que en el esquema rígido de informativos. ¿Qué tal con Melia?

—Tiene sus cambios de humor.

—Como todos, ¿no?

—Desde luego. Pero a veces sus cambios de humor y los míos están a punto de chocar. —No quiso insinuar que toda la culpa era de Melia. Tal vez no lo era. La antipatía era mutua, aunque Cat había hecho lo posible por concederle el beneficio de la duda. Tenía más paciencia con ella de la que merecía.

Webster no recogió la indirecta.

—Tal y como has dicho, siempre que hay que trabajar con otras personas lo más probable es que haya controversias.

Bill se había preocupado de que su cambio a la WWSA fuera fácil y agradable. No quería parecer una quejica, por lo que se guardó sus agravios.

—Estoy convencida de que, con el tiempo, todo irá como una seda.

—Eso creo yo. ¿Algo más?

Miró el reloj y vio que aún disponía de unos minutos.

—Me gustaría que pensaras en la posibilidad de una recaudación de fondos.

—¿Recaudación de fondos?

—Para los niños, los que están en hogares de acogida y los ya adoptados. A los padres, el Estado les paga doscientos dólares mensuales por niño. La Seguridad Social se hace cargo de la atención médica. Pero eso no lo cubre todo. ¿No sería buena publicidad para la emisora, y también beneficioso para los niños, si la WWSA patrocinara un concierto, o un torneo de golf, o algo parecido, a fin de recaudar fondos para los extras? ¿Extras como la ortodoncia, gafas y campamentos de verano?

—Es una gran idea. Haz lo que te parezca.

—Gracias, pero necesito ayuda. Aún soy una recién llegada y no conozco a mucha gente. ¿Crees que Nancy querría ayudarme?

—Estará encantada. Nada le gusta más que las obras de beneficencia.

—Estupendo. La llamaré. —Se levantó—. Tengo que marcharme.

Él la acompañó hasta la puerta.

—Estás haciendo un buen trabajo, Cat; es una suerte que estés aquí. Le has dado a la emisora credibilidad, carisma y clase. ¿Ha sido igualmente provechoso para ti? ¿No te arrepientes de haber dejado California? ¿Eres feliz?

—¿Arrepentirme? Ni lo más mínimo. Adoro a los niños, estoy haciendo algo que vale la pena y me siento recompensada.

Bill esperó, pero, cuando ella no dijo nada más, tanteó:

—Eso sólo responde una parte de mi pregunta.

—¿Si soy feliz? Desde luego. ¿Por qué no habría de serlo?

—¿Y el doctor Spicer?

Cat se llevaba bien con los compañeros de trabajo, pero no había tenido tiempo de cultivar amistades. Además, tenía como norma no mezclar el trabajo y los asuntos personales. Las largas y apretadas jornadas laborales no le dejaban mucho tiempo para relacionarse con otras personas. Por lo tanto, Dean seguía siendo aún su mejor amigo; así se lo dijo a Bill.

—Nos telefoneamos muy a menudo.

A Bill, eso le preocupó.

—¿Existe la posibilidad de que pueda convencerte para que vuelvas a California?

—Ninguna. Tengo mucho que hacer aquí. —Miró el reloj—. Para empezar, una entrevista a las once.

15

Tiró de la campanilla del rancho. A través de la tela metálica de la puerta principal, Cat vio un amplio vestíbulo que llegaba hasta la parte posterior de la casa. Varias habitaciones comunicaban con este repartidor central, pero desde donde miraba no veía a nadie.

Por allí cerca ladró un perro; grande, supuso a juzgar por los broncos ladridos. Por suerte, parecía más curioso que feroz.

Volvió a llamar y miró a sus espaldas. La casa estaba situada detrás de una colina que la ocultaba de la autopista estatal. Un vallado marcaba los límites de la finca y la dividía en diversos pastos, donde sesteaban caballos y ganado vacuno.

El edificio, de una sola planta, estaba construido con piedra caliza. Una reja de madera cubierta de frondosas glicinas daba sombra a la terraza y en los tiestos crecían geranios rojos. Todo tenía un aspecto bien cuidado, incluido el dorado perdiguero que se asomó por una esquina y subió los escalones de piedra.

—Hola, perrito.

El animal olisqueó la mano que ella le ofrecía y después le dio un lametazo amistoso.

—¿Eres el único que está en casa? Pensaba que me estaban esperando... Bueno, a Sherry.

Volvió a llamar. Los Walters tienen que estar en alguna parte de la casa, razonó. Parecía poco probable que se hubieran ido sin cerrar la puerta de madera.

Volvió a mirar a través de la tela metálica y gritó:

—¡Hola! ¿Hay alguien?

De la parte posterior de la casa, una puerta chirrió y un hombre salió al vestíbulo. Cat retrocedió, avergonzada de haber sido sorprendida espiando por la rejilla.

Era alto, delgado, e iba descalzo. Llevaba barba de dos días y, mientras avanzaba hacia la puerta, intentó abrocharse la bragueta del Levi's, pero lo dejó después de un par de botones. Se atusó el pelo desordenado, bostezó y se rascó el torso desnudo.

—¿Puedo ayudarla en algo?

La estudió a través de la rejilla.

Cat estaba perpleja. ¿Se habría equivocado Melia al señalizar el mapa? ¿O Sherry se había confundido de número de finca o de hora?

Era evidente que el señor Walters no esperaba a nadie. Salía directamente de la cama. ¿Estaría su esposa con él? ¿Habría interrumpido algo?

—Hola, soy... Cat Delaney.

Se la quedó mirando durante unos momentos. A continuación abrió la puerta de rejilla y la observó incluso con mayor curiosidad.

—Hola.

Su nombre solía suscitar alguna reacción. Cuando

los vendedores se daban cuenta de a quién habían devuelto la tarjeta de crédito, o se quedaban mudos o hablaban demasiado. Los camareros tartamudeaban cordiales cumplidos mientras la acompañaban a la mejor mesa. Su presencia en algún lugar público provocaba murmullos.

El señor Walters ni siquiera parpadeó. Al parecer, su nombre no significaba nada para él.

—La señorita Parks, Sherry Parks, no ha podido venir, y yo...

—¡Fuera! —gritó él dándose una palmada en el muslo.

Cat se quedó boquiabierta, pero pronto comprendió que no se lo decía a ella. Le hablaba al perro, que aún seguía babeándole la mano con su lengua larga y rosada.

—Siéntate, *Bandit* —le ordenó con brusquedad.

Cat miró al perro con simpatía cuando el animal se retiró a un extremo del porche e hizo lo que le habían ordenado, apoyando la cabeza sobre las patas traseras pero sin apartar sus ojos tristes de ella.

Al volver la cabeza advirtió que el hombre sujetaba la puerta abierta con el brazo extendido y tenso, lo cual permitía ver su axila. Una sola gota de sudor le resbalaba por la superficie ondulada desde las costillas hasta la cintura y se perdía en un hilillo dentro del vaquero a medio abrochar.

Ella tragó saliva.

—Me temo que hay algún error.

—Voy a tomar café. Entre.

Se dio la vuelta y desapareció. Cat apoyó la mano en la puerta antes de que se cerrara y vaciló pensando si era prudente entrar. El hombre no parecía muy predispuesto a atender visitas. Su mujer aún no había aparecido.

Pero no era su estilo retirarse ante la adversidad. Había empleado una hora de su valioso tiempo para llegar hasta allí. Si ahora abandonaba, el viaje habría sido en vano. Además, tenía que hacer un informe completo para Sherry.

Estaba ofendida por la grosería del señor Walters, pero, a la vez, sentía curiosidad. Había leído la solicitud de la pareja y le había gustado. Ambos tenían títulos universitarios, cuarenta y pocos años, y, después de quince de matrimonio, seguían sin hijos.

La señora Walters estaba dispuesta a abandonar su empleo como bibliotecaria para convertirse en madre, con plena dedicación, de un niño especial. La pérdida de su sueldo no suponía ningún problema, ya que el señor Walters se ganaba muy bien la vida como propietario de una empresa de cemento.

Parecían ideales para adoptar a uno de los niños. ¿Por qué se habrían tomado el tiempo y la molestia de llenar la solicitud y después no habían hecho el mínimo esfuerzo de prepararse para la primera entrevista? La pregunta era demasiado intrigante como para dejarla sin respuesta.

«La curiosidad mató al gato», recordó al entrar. El refrán podía ser un buen titular si no salía con vida, pensó con ironía.

La arcada por la que había desaparecido el hombre se abría a un gran salón y amplios ventanales permitían la entrada del sol y la contemplación del hermoso paisaje campestre. Los muebles eran confortables y acogedores. Una habitación preciosa, pero imperaba el desorden.

Una camisa de hombre colgaba de uno de los brazos del sillón, las botas de vaquero y un par de calcetines estaban tirados en el suelo. La televisión estaba en marcha, pero sin sonido, lo cual le ahorró escuchar los berridos de los dibujos animados.

Había periódicos esparcidos por todas partes y una almohada hendida en una esquina del sofá aún guardaba la forma de una cabeza. Dos latas de limonada ocupaban una esquina de la mesita, al lado de una bolsa de patatas fritas arrugada y lo que parecían los restos de un bocadillo de mortadela.

Cat se quedó justo a la entrada del salón, disgustada por lo que veía. Al otro lado del mostrador que separaba las dos habitaciones estaba la cocina, donde el señor Walters sacaba vasos de un armario. Sopló para quitarles el polvo.

—¿No está la señora Walters? —preguntó Cat, dubitativa.

—No.

—¿Cuándo volverá?

—No lo sé. Supongo que dentro de un par de días. El café ya está. Programé el trasto para que se pusiera en marcha a las siete. Ha reposado unas cuantas horas, pero cuanto más fuerte mejor, ¿no? ¿Leche o azúcar?

—La verdad es que...

—¡Vaya! Olvídese de la leche.

Había sacado un cartón abierto del frigorífico. A una legua se olía que estaba agria.

—Había un azucarero en alguna parte —murmuró mientras buscaba—. Lo vi hace dos o tres días.

—No quiero azúcar.

—Mejor, ya que no lo encuentro.

No le extrañaba. La cocina estaba en peores condiciones aún que el salón. El fregadero rebosaba de platos sucios, en el horno había dos o tres bandejas grasientas, la superficie de la mesa estaba cubierta de más platos sucios, correo sin abrir, revistas, papeles y el envase grasiento de tortitas mejicanas «listas para hornear». Algo amarillo y gelatinoso había caído al suelo.

El exterior idílico de la casa era engañoso. Quienes la habitaban eran unos desastrados.

—Aquí tiene.

Hizo resbalar un vaso por la barra hacia ella. Chapoteó en las baldosas, pero pareció no darse cuenta. Él ya bebía su vaso. Después de unos tragos, suspiró:

—Bueno, ¿qué vende?

Rio, incrédula.

—No vendo nada. Sherry Parks creía que tenía una entrevista con ustedes esta mañana.

—Ya, ¿y cómo ha dicho que se llama?

—Cat Delaney.

—Cat...

La miró de soslayo a través del vapor que emanaba del vaso de café. Le dio un repaso de arriba abajo.

—¡Maldita sea! Es usted la estrella de ese culebrón, ¿no?

—En cierto modo —contestó con frialdad—. Ahora sustituyo a la señorita Parks, que tenía una entrevista con ustedes esta mañana a las once.

—¿Una entrevista? ¿Esta mañana?

Negó con la cabeza, aturdido.

Cat hizo un gesto de despedida con la mano.

—No importa. Debe de haber algún malentendido, pero da igual. —Echó un vistazo a la suciedad que la rodeaba y, luego, lo miró cara a cara—. No creo que sirviera.

Sorbió un trago de café.

—Servir ¿para qué?

O era duro de mollera o muy listo. No sabía si le tomaba el pelo o si de verdad no tenía ni la menor idea de su visita.

La señora Walters debía de haber enviado la solicitud y acordado la entrevista a espaldas de su marido para enfrentarlo a los hechos consumados. Ocurría algunas veces. Un miembro de la pareja, por lo general la esposa, quería ser madre y el marido no lo aceptaba; en ocasiones, incluso se oponía rotundamente.

Ése podía ser el caso y Cat no quería verse atrapada en una disputa conyugal.

—¿Han estudiado el asunto en todos los aspectos?

Él se dio la vuelta para servirse otro vaso de café y, por encima del hombro, preguntó:

—¿Los aspectos de qué?

—De adoptar un niño —respondió, a punto de perder la paciencia.

El hombre le dedicó una mirada perspicaz, bajó la cabeza, cerró los ojos y se pellizcó la nariz.

—Debo de estar soñando —balbuceó—. ¿Usted está aquí para hablar sobre la adopción de un niño?

—Por supuesto, ¿qué se imaginaba?

—Y yo qué sé —contestó enojado—. Para mí, usted es la que hace propaganda de las galletas Girl Scout.

—Pues no.

—Así que...

Se calló cuando se le encendió una bombilla. Dejó el vaso encima del mostrador.

—¡Mierda! ¿Qué día es hoy?

—Lunes.

Miró el calendario colgado encima del frigorífico y dio un puñetazo en la pared.

—Maldita sea.

Empezó a pasearse arriba y abajo mientras se mesaba los oscuros cabellos con aspecto contrariado.

—Tenía que llamar a una tal señorita Parks el viernes para aplazar la entrevista. Todo es culpa mía, me olvidé de mirar el calendario cada día tal y como me dijo ella. ¡Se pondrá buena! Mire, lo siento, podría haberle ahorrado el desplazamiento. Tendrá que acordar otra entrevista.

—No creo que sea necesario —dijo Cat en tono seco—. Dígale a su esposa...

—¿Mi esposa?

—¿No está casado?

—No.

—Ella se considera la señora Walters.

—Y lo es. Irene Walters está casada con Charlie Walters. No les gustaría que me hubieran confundido con él.

Como respuesta a su mirada de asombro, negó con la cabeza y explicó:

—Les cuido la casa. La semana pasada tuvieron que salir a toda prisa cuando uno de los parientes de Charlie tuvo un accidente en Georgia. Yo necesitaba un lugar tranquilo para trabajar mientras pintaban mi apartamento. Así que era un buen intercambio.

—¿Lo dejaron al cuidado de su casa?

Miró con toda intención el fregadero repleto de platos sucios.

Él siguió su mirada y pareció sorprendido, como si los viera por primera vez.

—Tendré que limpiar antes de que vuelvan. Hace un par o tres de días vino una asistenta, pero la puse de patitas en la calle. Me estaba volviendo loco sacando el polvo y pasando la aspiradora mientras yo intentaba escribir. Me parece que la insulté, no sé, el caso es que se marchó hecha una furia. Irene tendrá que calmarla, y también se enfadará conmigo por eso.

—¿Escribe?

Parecía ensimismado.

—¿Cómo dice?

—Ha dicho que intentaba escribir.

Pasó junto a Cat y se acercó a la estantería de obra del salón. Sacó un libro y se lo lanzó.

—Alex Pierce.

Ella leyó el título del libro; luego, le dio la vuelta para ver la fotografía de la contraportada. El hombre de la foto llevaba traje y corbata e iba bien peinado. Pero los ojos eran los mismos: grises y penetrantes bajo espesas cejas; una de ellas, partida por una cicatriz. Nariz recta. Boca sensual. Mandíbula cuadrada. Era un rostro muy masculino, duro y atractivo.

Mantuvo la cabeza baja, ya que le resultaba más fácil mirar los ojos de la foto que los reales. Sentía un calor inexplicable y ganas de carraspear.

—He oído hablar de usted, pero no lo habría reconocido.

—Me adecenté para la foto. Arnie, mi agente, insistió.

—¿Cuántos libros ha publicado, señor Pierce?

—Dos. El tercero está previsto para el año que viene.

—Novela policíaca, ¿verdad? ¿O algo parecido?

—Algo parecido.

—Lo siento, no los he leído.

—No le gustarían.

Eso hizo que levantara la cabeza.

—¿Por qué no?

—No da el tipo. —Se encogió de hombros—. Mis libros hablan de tripas y pistolas, de sangre y sesos, de asesinato y violencia. No son agradables.

—Pero deben de ser realistas.

Él enarcó la ceja partida.

—¿Por qué cree que no me gustarían?

La miró de nuevo con insolencia y, a continuación, cogió un mechón de su cabello.

—Porque, en ellos, las pelirrojas siempre son mujeres fáciles.

Sentía el estómago en la garganta, lo cual la puso furiosa, ya que sospechaba que era la reacción que él quería. Le apartó la mano.

—Y de genio vivo —añadió con una sonrisa arrogante.

Le devolvió el libro.

—Tiene razón, no me gustarían.

Luchando contra su indignación, sólo consiguió dominarse, porque no quería estar a la altura del estereotipo.

—¿Cuándo cree que volverán los Walters?

—Dijeron que me llamarían cuando salieran de Georgia. Hasta que den señales de vida, cualquiera sabe.

—Cuando vuelvan, dígales que se pongan en contacto con la oficina de la señorita Parks para otra entrevista.

—Irene y Charlie son grandes personas. Serán unos buenos padres para uno de esos niños.

—Eso lo decidirá el juez.

—Pero la aprobación de usted cuenta mucho, ¿no? Supongo que puede influir en la decisión de la señorita Parks y demás autoridades.

—¿Adónde quiere ir a parar, señor Pierce?

—Lo que quiero decir es que no fastidie a Irene y a Charlie por unos cuantos platos sucios. No los juzgue a ellos por mí.

—Me ofende su suposición. No he venido a juzgar a nadie.

—Y un cuerno. Ya ha dicho que yo no servía.

—Usted no sirve.

—¿Se da cuenta? Tiene su opinión en muy alta estima y le gusta imponerla. ¿Por qué, si no, una estrella de la pequeña pantalla estaría visitando los barrios bajos de San Antonio?

Cat echaba chispas, pero sabía que en una guerra de palabras perdería.

—Adiós, señor Pierce.

La siguió hasta la puerta principal. Ella sabía que su trasero era el punto de mira de sus ojos penetrantes.

—Adiós, *Bandit*.

El perro se incorporó y aulló cuando Cat pasó por delante. Era probable que fuera infeliz porque sus amos lo habían dejado al cuidado de un energúmeno a quien se le agriaba la leche.

Alex Pierce era más abrasivo que el papel de lija. Le

había tomado el pelo, la había acobardado, la había insultado. No obstante, estaba más furiosa consigo misma que con él. ¿Por qué le había dado ventaja? En vez de sentirse avergonzada por su metedura de pata, ¿por qué no se lo había tomado a broma? El humor era su antídoto para la mayoría de situaciones comprometidas.

Pero esta vez se había quedado en blanco. Se había ruborizado como una chiquilla nerviosa y ahora sólo le quedaban jirones de su orgullo y cierto resentimiento contra un autor de novelas sórdidas que vivía como un cerdo y bebía café recalentado como si fuera agua del grifo.

El objeto de su desprecio salió tranquilamente al porche y se dejó caer en el sofá-columpio, que chirrió por su peso. Palmeó el espacio libre a su lado y *Bandit*, feliz por la inesperada invitación, saltó y apoyó la nariz en el muslo del novelista.

Cat abandonó el lugar con la visión de Alex Pierce balanceándose en el columpio, bebiendo café y acariciando el lomo de *Bandit*.

16

—Parecéis agotados.

Melia, fresca como una rosa saliendo de la cámara frigorífica de la floristería, los saludó desde su mesa.

—Hemos estado en una sauna. También se llama Brackenridge Park.

Cat se desprendió de la pesada bolsa.

—No corría ni una gota de aire. Durante el verano, no se me ocurrirá volver a ponerme blusa de seda en San Antonio.

Separó con dos dedos el tejido de su piel sudorosa.

—¿Qué tal ha ido?

—Muy bien.

—El vídeo de Tony ha quedado sensacional —dijo Jeff al derrumbarse en un sillón—. No es nada tímido ante la cámara.

Melia le pasó a Cat diversos mensajes telefónicos.

—Sherry Parks quiere que la llame en seguida. Al parecer, el juez está dispuesto a conceder la adopción de Danny.

—¡Estupendo! —exclamó Cat olvidando la fatiga—. Haz el favor de llamarla.

Volvió a coger la bolsa y entró en su despacho. Se quitó los zapatos y se sentó a la mesa. Aunque no tenía esa costumbre, miró el reloj y abrió el último cajón.

Sonó el teléfono. Descolgó el aparato al tiempo que miraba el cajón.

—¿Sí?

—La señorita Parks por la uno.

El cajón estaba vacío.

—¿Se la paso?

El cajón estaba vacío.

—¿Cat? ¿Me oye?

—Sí, pero el... Melia, ¿dónde están mis medicamentos?

—¿Cómo?

—Mis píldoras. Mis medicinas. ¿Dónde están?

—¿No las guarda en el cajón de su mesa? —preguntó Melia, que parecía no entender nada.

—Claro, pero no están.

Cerró el cajón y, de inmediato, volvió a abrirlo, como para comprobar que no había sido una ilusión óptica.

El cajón seguía vacío. Sus píldoras habían desaparecido.

Melia apareció en la puerta.

—Le he dicho a la señorita Parks que volvería a llamarla. ¿Qué ocurre?

—¡Lo que acabo de decir!

Sin darse cuenta había gritado y, de inmediato, recuperó el control de su tono de voz.

—Han desaparecido mis medicamentos. Siempre

los guardo en el último cajón, siempre. Pero ahora no están. Alguien se los ha llevado.

—¿A quién podrían interesarle sus pastillas?

—Eso me gustaría saber.

Entonces entró Jeff.

—¿Qué ocurre?

—Alguien se ha llevado mis medicamentos.

—¿Qué?

—¿Es que los dos estáis sordos? —chilló—. ¿Tengo que volver a repetirlo? ¡Alguien ha entrado y se ha llevado mis píldoras!

Sabía que se comportaba de forma poco razonable, pero la medicación era su salvavidas.

Jeff miró el cajón vacío.

—¿A quién podrían interesarle tus pastillas?

Cat se alisó el pelo con la mano.

—Eso mismo le he preguntado —dijo Melia en voz baja—. Y le ha molestado.

—¿No es posible que las hayas extraviado? —sugirió Jeff.

Su tono de voz suave, su intención de ayudar, sólo contribuyeron a exasperarla.

—Se puede perder una aspirina y encontrarla al cabo de un mes en el bolsillo de un abrigo. Es difícil perder catorce frascos de píldoras.

—¿No te los llevarías a casa anoche?

—Jamás hago eso. —Ya volvía a levantar el tono de voz—. Los tengo por duplicado. Unos se quedan en casa y los otros en el despacho. Así puedo tomar la dosis del mediodía y a veces la de media tarde, si se me complica la jornada laboral.

Tres de los catorce medicamentos eran básicos para

evitar el rechazo y los otros once evitaban los efectos secundarios de los primeros. Seguía religiosamente la prescripción de tres tomas diarias.

—Si anoche hubiera acarreado hasta casa catorce frascos de píldoras, cosa que no hice, lo recordaría. Alguien ha entrado aquí y se los ha llevado. ¿Quién ha estado aquí esta mañana?

—Yo y el señor Webster —contestó Melia—. Ha dejado un vídeo que quería que viese. —Indicó un casete depositado encima de la mesa—. Yo no he visto a nadie más.

—¿Has estado mucho tiempo fuera de tu sitio? —preguntó Jeff.

A Melia le molestó la pregunta y la respondió a la defensiva.

—¿Quieres que mee en la silla? He ido al servicio un par de veces y he salido para comer. ¿Desde cuándo es eso un delito?

Cat se negaba a sospechar que fuera una malicia de Melia. Si la acusaba ¿de qué serviría? Si era culpable, lo negaría. Si era inocente, la acusación ampliaría la brecha entre ambas.

Lo más importante, de todos modos, era que, en manos equivocadas, las pastillas podían ser peligrosas.

—Melia, por favor, llama al doctor Sullivan.

El cardiólogo recomendado por Dean tenía el consultorio cerca.

—Si no está, búscalo. Dile que llame a la farmacia y les pida que me traigan la medicación lo antes posible.

Melia se dio la vuelta y salió del despacho sin decir una palabra.

—Puedo ir a tu casa a buscar las medicinas —sugirió Jeff.

—Gracias; si fuera ése el caso, ya iría yo misma.

—Estás demasiado nerviosa para conducir.

No le gustaba reconocerlo, pero estaba muy nerviosa. Pronto tendría los medicamentos; no era por eso. Lo que le inquietaba era que le habían robado algo mucho más valioso que joyas, pieles o dinero. Su vida dependía de esas pastillas.

—Te lo agradezco, Jeff —dijo, aparentando tranquilidad—. Pero cuando el doctor Sullivan hable con el farmacéutico todo estará solucionado.

—¿Adónde vas?

Jeff salió tras ella.

—Estoy esperando a que el doctor Sullivan se ponga al teléfono. Está con un paciente, pero la enfermera dice que le pasará la llamada —le informó Melia.

—Gracias.

Miró a Jeff.

—Si algún hijo de puta cree que esto es muy divertido, se va a enterar.

En la redacción siempre estaban gastando bromas. Intentaban superarse unos a otros inventando la mejor o la peor ocurrencia. Desde poner bolsas de plástico con algo repugnante en el frigorífico a informar que el presidente de Estados Unidos había sido asesinado en el servicio de caballeros de un Texaco en la autopista 35.

Cat se acercó a la mesa del redactor jefe. Era un hombre arisco, malhumorado, un fumador empedernido con enfisema pulmonar que se lamentaba de que en la redacción estuviera prohibido fumar. Solía estar enfurruñado, pero su olfato para las noticias lo hacía merecedor del máximo respeto. Si decía «salta», incluso los periodistas más ególatras preguntaban a qué altura.

Tuvo un sobresalto cuando Cat pulsó el botón del interfono.

—Hola, chicos.

Su voz resonó en los altavoces de la gran sala dividida por paneles de cristal.

—Quiero decirle al capullo que ha pensado que era divertido que no lo es.

—¿De qué coño está hablando? —le preguntó el redactor jefe con voz asmática.

Sin hacerle caso, Cat continuó:

—Fue muy gracioso cuando se utilizaron en el comedor mis compresas sanitarias como servilletas. Y me reí mucho cuando apareció esa fotografía mía con bigotes a lo Dalí y una teta de más. Pero esto no me ha parecido divertido. No pretendo descubrir al culpable: sólo le digo que no vuelva a hacerlo.

—Apártese de ahí. —El redactor jefe reclamaba el aparato que nunca nadie antes se había atrevido a tocar—. ¿De qué está hablando?

—Alguien se ha llevado mis pastillas.

Los periodistas habían salido de sus cubículos y la miraban con curiosidad.

Entonces se acercó el director de informativos con el ceño fruncido.

—¿Qué diablos está pasando?

Ella repitió la acusación.

—Estoy segura de que la persona que entró en mi despacho y se las llevó no quería perjudicarme. No obstante, ha sido un acto estúpido y peligroso.

—¿Cómo sabe que ha sido alguien de la redacción? —le preguntó el director.

—No lo sé —reconoció—. Pero alguien de esta

planta pudo tener mayores posibilidades de entrar en mi despacho sin llamar la atención. Y a todos estos chicos les encantan las bromas. Cuanto más pesadas, mejor. Pero con los medicamentos no hay que jugar.

—Y estoy convencido de que todo el personal de redacción es consciente de ello, señorita Delaney.

La confianza en sus subordinados provocó que Cat reconsiderase su actuación. Tal vez se había precipitado.

—Perdonen la interrupción —dijo sintiéndose ridícula. Y, para zanjar la discusión, volvió a su despacho.

—El envío viene de camino —le anunció Melia, aún mohína—. Me han dicho que tardará unos veinte minutos, ¿le parece bien?

—Muy bien, gracias. Haz el favor de volver a llamar a Sherry. Jeff, tráeme el expediente de Danny.

Necesitaba un minuto de intimidad y cerró la puerta. Se apoyó en ella y respiró profundamente. Llevaba la blusa pegada por el sudor nervioso y le temblaban las rodillas.

Durante tres años había intentado convencerse de que era una persona normal.

Pero el hecho era que llevaba un corazón trasplantado.

Eso significaba que era alguien fuera de lo común, con necesidades compartidas por muy pocas personas, lo quisiera o no. Y así sería durante el resto de su vida.

La crisis de hoy había sido corta y la situación no llegó a comportar ningún riesgo. Sin embargo, había sido un cruel recordatorio de lo frágil que era.

17

Cat tenía ya la primera muestra de la ira contenida de Bill Webster. Había oído decir que rara vez perdía la calma pero que cuando se daba el caso todo el mundo temblaba. Esta mañana iba dirigida contra ella.

—Están muy indignados, Cat.

Su respuesta fue sumisa.

—Tienen todo el derecho a estarlo.

—Se sienten engañados con la niña.

—Así es, pero no era ésa nuestra intención.

Webster emitió un bufido. Parecía más tranquilo, pero aún estaba sonrojado.

—*Los Niños de Cat* es una contribución a la comunidad y gran parte del éxito se debe a su credibilidad. El programa se ha convertido en el buque insignia de la WWSA.

—Pero también tiene todo el potencial para ser su talón de Aquiles —dijo ella sabiendo por dónde iban los tiros.

—Exacto. Sigo apoyando el programa, no me he enfriado, pero estamos desprotegidos ante demandas judiciales. Somos el punto de mira del Estado, los padres adoptivos, los padres naturales... En realidad, de cualquiera que le busque los tres pies al gato. Esta cadena está en una situación precaria en medio de una batalla.

—Donde se pueden recibir tiros de ambos bandos.

Asintió.

—Al poner en marcha el programa sabíamos que nos exponíamos a estos riesgos; y como presidente los asumo porque son menores que los beneficios. Pero hay que extremar las precauciones para evitar que vuelvan a producirse otros incidentes como éste.

Cat se pasó la mano por la frente. El día antes, los O'Connor habían telefoneado a Sherry Parks para anular su reciente adopción de una niña, solicitada después de que hubiera aparecido en el programa. La pequeña había intentado acariciar los genitales del señor O'Connor.

—Afirman que se ocultó deliberadamente su precocidad sexual para facilitar la adopción.

—No es cierto, Bill. La vieron diversos psicólogos infantiles. La niña engañó a los médicos, a las asistentas sociales, a nosotros, a todos los que tuvimos relación con ella.

—No entiendo cómo nadie se dio cuenta.

—¡Tiene siete años! —exclamó Cat—. ¡Tiene hoyuelos y lleva trenzas, no rabo y cuernos! ¿Quién podía pensar que tenía problemas sexuales? Pero el caso es que, desde muy pequeña, su padrastro le había enseñado cómo complacerlo. Le enseñó a excitarlo y a...

—¡Por todos los santos! —exclamó Bill—. Ahórrate los detalles.

—Pues todos deberíamos conocerlos —contestó en tono seco—. De esa forma, estos abusos no serían tan corrientes en nuestra sociedad.

—Entendido. Sigue adelante.

—Teniendo en cuenta sus antecedentes, a los psicólogos les asombró al principio que estuviera tan poco traumatizada. Ahora sabemos la gravedad del problema. Utiliza su sexualidad para manipular a quienes la rodean; mejor dicho: para conseguir lo que quiere de los hombres, de cualquier hombre. Tienes razón, Bill: no podemos imaginar que una niña de aspecto tan inocente sea una mujer fatal. Pero tampoco podemos imaginar lo que se le hizo para convertirla en eso.

—Sin embargo, no podemos culpar a los O'Connor por querer anular la adopción.

—Por supuesto que no. Pero se les dijo que había sufrido abusos sexuales y aceptaron hacerse cargo de las consecuencias. Entonces nadie conocía la gravedad del problema. E ignorábamos con qué astucia había manipulado a los expertos. Sabía las respuestas correctas a todas las preguntas, contestaba lo que querían oír; todo con el fin de dormir en la cama color de rosa. Ahora se lo ha confesado a Sherry.

Bill negó con la cabeza, incrédulo.

—No es la primera vez que he oído hablar de casos parecidos —dijo Cat—. Son una tragedia para todos.

—Cierto; y, por eso mismo, no tenemos necesidad de involucrarnos en ellos. No puede repetirse un error así, Cat.

—No puedo darte ninguna garantía, pero asumo toda la responsabilidad por la selección de niños que aparecen en el programa. Si tengo alguna duda...

—Los dejas de lado.

No le gustó la orden. Le estaba diciendo que escogiera los niños con menos heridas. Pero asintió.

—Esta mañana he enviado a los O'Connor una carta disculpándome. Lo lamento mucho. Como es lógico, están horrorizados por el comportamiento de la niña, pero habían llegado a encariñarse con ella. Ha sido un gran disgusto.

—Espero que no presenten una demanda de varios millones —dijo Webster, hablando ahora como hombre de negocios.

—Siento que la empresa tenga que encajar el golpe.

Más calmado, aceptó su disculpa.

—Tú eres la que está en la trinchera, Cat, pero todos formamos parte del proyecto. Ocurra lo que ocurra, te apoyaré al cien por cien. Tenemos abogados y son como aves de rapiña.

A Cat le desagradó la imagen de los cuervos cebándose en la pareja, que ya había sufrido una pena inmerecida.

—Confío en que no haya que llegar a eso.

—Yo también. —Asumió el aire de un juez a punto de dictar sentencia—. No obstante, después de este caso tal vez debieras reconsiderar tu interés personal por esos niños. Te tomas sus problemas como propios y pierdes la objetividad.

—Gracias a Dios. No quiero ser objetiva. Son niños, Bill, no números ni estadísticas. Son seres humanos, con corazón, alma y mente, que han sido machacados de una u otra forma. Tú puedes verlos como un truco publicitario, una forma de aumentar la audiencia. Y para los que trabajan en el programa pueden ser sólo los protagonistas de un reportaje: gente hacia la que hay que enfocar la cámara.

Se reclinó sobre la mesa con los brazos cruzados.

—Pero, para mí, ellos, los niños, son mi único objetivo, y todo lo demás son medios para llegar a un fin. De haber querido fama y dinero me habría quedado en *Passages*. En cambio, vine aquí con un propósito que nunca pierdo de vista. Para conseguirlo, tengo que estar personalmente involucrada.

—No estoy de acuerdo, pero confío en que sepas lo que estás haciendo.

—No defraudaré tu confianza.

Bill le alargó el periódico, pero ella ya había leído el artículo marcado con un círculo rojo.

—Ahora que ya hemos hablado del asunto O'Connor me gustaría saber cómo piensas solucionar esto.

Nada más entrar en el despacho, Cat llamó a Jeff y a Melia.

—Con el fin de ahorrar tiempo y energía, voy a saltarme las normas del manual del buen jefe e iré directamente al grano. Ayer por la tarde los dos estabais al corriente de la situación con los O'Connor. ¿Alguno de los dos dio el soplo a los periodistas?

No contestaron.

Cat indicó el periódico que se había llevado del despacho de Bill.

—Ron Truitt ataca de nuevo. Pero esta vez le han facilitado munición. Es imposible que se enterase del asunto por casualidad.

»Nadie de Servicios Humanitarios estaba interesado en la publicación del incidente. A los O'Connor les preocupa tanto la violación de su intimidad como el disgusto en sí. Truitt no lo ha sabido por ellos. Todos los dedos acusan a la WWSA y, para precisar, a este despacho.

»¿Quién es el responsable? Y, junto a la confesión, agradecería una explicación. Si el programa deja de emitirse, nos quedamos sin empleo; por lo tanto, ¿qué se gana desprestigiándolo?

Ambos seguían callados y con la mirada baja.

—Jeff —dijo Cat después de unos momentos—. ¿Quieres hacer el favor de dejarnos solas?

Jeff carraspeó y miró a Melia.

—Desde luego.

Salió y cerró la puerta. Cat se permitió unos instantes de silencio. Había que reconocer que Melia King tenía agallas. Sus ojos negros nunca parpadeaban y, ahora, la miraban fijamente.

—Melia, te doy la última oportunidad de reconocer que le filtraste la noticia a Truitt. Recibirás una sanción, pero si prometes que no volverás a revelar asuntos internos, eso será todo.

—No llamé a ese periodista ni a nadie.

Cat abrió el último cajón, sacó una bolsa de papel de McDonald's y la dejó encima de la mesa. Provocó en la estoica joven una reacción que hacía mucho tiempo que esperaba. Melia miró la bolsa, boquiabierta.

—Después de la misteriosa desaparición de mis medicamentos, uno de los chicos de informativos vino a verme. Te vio atravesar la zona de aparcamiento a la hora del almuerzo y tirar esto en la papelera. Le había parecido extraño que alguien saliera de un edificio con aire acondicionado a las doce del mediodía y atravesara el tórrido asfalto del parking sólo para tirar una bolsa con restos de comida.

»Yo misma revolví esa papelera y encontré la bolsa. Había cuatro patatas fritas, una bolsita de ketchup sin abrir y catorce frascos de píldoras.

Al verse atrapada, Melia se echó la melena hacia atrás, en actitud desafiante.

—Aquella mañana me tenía usted frita. Me estaba dando la lata por haberme equivocado al tomar un número de teléfono.

—¿Y ésa es la excusa? —dijo Cat.

—No iba a morirse. Sabía que le traerían otro lote a tiempo.

—Eso no importa. El hecho en sí implica rencor.

—¡Se lo había ganado! —gritó Melia—. ¡Me pone en evidencia delante de ese maricón, como si fuera estúpida! ¡No soy estúpida!

Cat se levantó.

—No, nunca he pensado que fueras estúpida; al contrario, creo que eres inteligente. Pero no tanto como para evitar que te hayan descubierto.

Irguió los hombros.

—Por favor, deja libre de inmediato tu mesa.

—¿Me está despidiendo? —jadeó incrédula.

—Daré orden de que te paguen los días trabajados y la indemnización estipulada, lo cual, dadas las circunstancias, es más que generoso.

Melia entrecerró los ojos con malicia, pero Cat se mantuvo firme. Por fin, la joven se dio la vuelta y caminó hacia la puerta.

—Se arrepentirá de esto —dijo antes de salir.

A las doce había retirado los efectos personales de su mesa y abandonado el edificio.

Cat solicitó al director de informativos una secretaria prestada hasta que encontrase a alguien para sustituir a Melia. Estaba contenta de haberla perdido de vista, pero todo el asunto, empezando por el incidente O'Connor el día anterior, la había dejado agotada. Su estado de ánimo no era el adecuado para recibir visitas cuando llegó a casa al anochecer.

Y, desde luego, no estaba en condiciones de enfrentarse a Alex Pierce.

—¿Qué está haciendo aquí? —le preguntó por la ventanilla del coche—. ¿Cómo sabe dónde vivo?

Alex estaba montado a horcajadas sobre una moto aparcada en la acera.

—Con un simple «hola, ¿qué tal?» me conformaría.

Cat aparcó y, al apearse, él le salió al paso para cogerle el maletín.

—Ya puedo, gracias —le dijo malhumorada.

Subió la escalera y recogió el correo; la mayor parte, propaganda.

—¿Por qué me envían esta basura? Han sacrificado árboles sólo para que yo llene la papelera.

Alex parecía divertido por su rabieta.

—¿Ha tenido un mal día?

—Horrible.

—Ya. He visto su nombre en el periódico.

—No es precisamente como para ponerse a saltar.

—Duro, lo de esa niña.

—Mucho.

Tuvo que hacer malabarismos con el correo, el bolso, el maletín y las llaves para abrir la puerta. Otra mano le habría sido útil, pero se negaba a pedir su ayuda. Dejó caer la correspondencia en la mesa del recibidor, abandonó la maleta y el bolso en el suelo y se dio la vuelta para impedirle que entrara.

Él miraba por encima del hombro de Cat hacia el interior de la casa.

—Parece un lugar agradable.

—No para las visitas inesperadas.

—Me gustaría comprobarlo. —Y añadió—: Hacen falta dos para este juego. Y soy bueno en juegos de palabras.

—De eso estoy segura.

Se puso una mano en la cadera como para reforzar el bloqueo.

—¿Qué está haciendo aquí, señor Pierce?

—Ahora que ha leído mi libro, ¿por qué no me llama Alex?

—¿Cómo sabe que...?

Cat se dio cuenta de que había caído en la trampa.

—De acuerdo, un punto a su favor. Los he leído.

—¿Los dos?

—Sentía curiosidad. Pero aún me gustaría saber cómo me ha encontrado y por qué se ha tomado la molestia.

—¿Tiene apetito?

—¿Cómo dice?

—¿Qué tal una hamburguesa?

—¿Con usted?

Pierce le mostró las palmas.

—Me he lavado las manos. Incluso me he limado las uñas.

Pese a estar decidida a resistirse a su encanto, agachó la cabeza y rio. Él relajó su postura y apoyó la espalda contra el marco de la puerta.

—Según parece, el otro día empezamos con mal pie.

—No lo parece; así fue.

—Las mañanas no son mi fuerte. Y menos después de una noche de maratón.

—¿Escribiendo?

La pregunta se le había escapado. No estaba muy segura de saber qué actividad era un maratón.

Debió de leer sus pensamientos, ya que sonrió con aire travieso.

—Trabajo de investigación. Que no es, ni de lejos, tan apasionante como escribir.

—¿Cómo es eso?

—Porque son hechos y no ficción.

—¿Prefiere la ficción a la realidad?

—Por la experiencia que tengo sobre la realidad, sí, creo que sí.

Después de una pausa añadió:

—Bueno, el caso es que no me considero responsable de nada que diga o haga antes de la primera taza de café. Era temprano y...

—Eran las once.

—Y usted parecía haberse tragado un palo.

Se disponía a protestar, pero cambió de idea.

—Estuve bastante quisquillosa, ¿verdad?

—Pues sí.

—Lo siento. Me cogió desprevenida y reaccioné mal.

Aceptó su disculpa encogiéndose de hombros.

—Se ve que tengo un don especial para sacar a la gente de quicio —dijo con un matiz de tristeza—. Bien, ¿qué tal si nos damos una segunda oportunidad?

Cat no había tenido vida social desde su traslado a

San Antonio. En la WWSA no había nadie que le interesara, pero aunque hubiese habido algún hombre atractivo y disponible, tampoco lo habría animado. Era contraria a salir con compañeros de trabajo, ya que si el idilio naufragaba también empeoraban las relaciones laborales.

¿Quería aceptar la invitación de Alex Pierce?

Parecía culto e inteligente. En casa de los Walters se había mostrado irascible, pero ahora percibía en él rasgos de un humor sutil e ingenioso. Podía ser estimulante el desafío verbal. con un oponente a su altura.

Iba mejor vestido que la vez anterior, pero aún se acercaba más a los malos de sus novelas que a los buenos. Había en él algo peligroso; su encanto escondía un lado oscuro que la intrigaba y la asustaba.

Era un hombre muy bien parecido y no había demostrado timidez al encontrarse con un extraño, una mujer, vestido sólo con unos vaqueros a medio abrochar. Con toda probabilidad, sabía que le sentaban bien, igual que sabía el efecto inquietante que causaba en ella.

Cat valoró los pros y los contras y llegó a la conclusión de que era la clase de hombre que tenía que esquivar.

Pero dijo:

—¿Le importa esperar un momento mientras me cambio de ropa?

18

El restaurante no era el tipo de local que habría escogido, ni tampoco al que hubiera ido sola. El aparcamiento estaba lleno de furgonetas y camiones. Dentro, las bolas de billar chocaban en la mesa situada al fondo y sonaba música country. El establecimiento presumía de servir las mejores hamburguesas y la cerveza más helada de Texas.

La hamburguesa doble era, en efecto, doble; y riquísima. Después de unos remilgados mordiscos, se dijo: al diablo los buenos modales; y la devoró a grandes bocados.

Mojó una patata frita en el ketchup antes de llevársela a la boca.

—Aún no está perdonado por el insulto del otro día a las pelirrojas.

—No me acuerdo.

Lo miró con sorna.

—Claro que se acuerda. Dijo que las pelirrojas de sus novelas eran chicas fáciles.

—Un chiste barato —admitió; pero fracasó al querer simular arrepentimiento.

—Por desgracia es cierto —dijo Cat—. Pero también lo son las rubias, las castañas, las morenas... Los personajes femeninos siempre están...

—Dispuestos.

—Sí. Los héroes nunca piden permiso y ellas nunca dicen no.

—Hay mucha fantasía en toda obra de ficción.

—Y, en este caso, fantasía sexual.

—Trabajo como Ian Fleming. ¿James Bond decía «puedo»? ¿Alguna vez la chica lo rechazaba?

Arrugó el papel de la hamburguesa, se limpió los labios con una servilleta de papel y apoyó los brazos encima de la mesa como si se dispusiera a una conversación en serio.

—Aparte del sexo agresivo, y dejando a un lado los personajes femeninos desnudos y con las piernas abiertas, ¿qué opina de mis novelas?

Le molestaba tener que decirle que eran buenas, pero se sentía obligada a ser sincera. Le había pedido su opinión y le daría una respuesta clara.

—Son buenas, Alex. Duras, sin concesiones, realistas hasta lo insoportable. Tuve que saltarme las escenas más violentas, pero son buenas novelas. Por difícil que me resulte reconocerlo, cada vez que una mujer está desnuda y abierta de piernas, tiene sentido.

—Gracias.

—Pero...

—Ya, el pero. Debería ser crítico literario, Cat. Te lanzan flores y a continuación una patada en los cojones.

Ella rio a carcajadas.

—No iba a criticar nada. De verdad. Creo que tiene talento como escritor.

—¿Y dónde está el pero?

Ella vaciló.

—Son tristes sus novelas.

—¿Tristes?

—No encuentro la palabra. Hay desesperanza en ellas. Su enfoque es fatalista.

Pierce reflexionó durante unos segundos.

—Debe de ser porque he visto mucha violencia en primera fila.

—¿Cuando era policía? Se le ha quedado pegado lo peor.

—Eso es. Demasiado a menudo, el crimen no se paga y los malos ganan. Si soy fatalista supongo que es por eso.

—He dado en el blanco porque así es como me sentí cuando...

Volvió a dudar. Era la primera vez que salían juntos, ¿hasta dónde estaba dispuesta a llegar?

—¿Cuando qué?

Cat fijó la mirada en la bandeja de plástico que contenía los restos de la cena.

—No sé si lo sabe. Se publicó, pero no acostumbro a hablar de eso. Algunas personas tienen un comportamiento extraño. No es que sea algo extraordinario, pero...

Levantó la cabeza y miró a Alex con toda intención.

—Me hicieron un trasplante de corazón.

Pierce parpadeó un par de veces, pero eso fue todo. Claro que era imposible averiguar qué pasaba detrás de sus ojos grises y profundos.

Al cabo de un momento, su mirada se posó en los

senos de Cat y notó que tragaba saliva. A continuación, la miró fijamente a la cara.

—¿Cuánto tiempo hace?

—Casi cuatro años.

—¿Y está bien?

Cat rio para aliviar la tensión.

—Claro que estoy bien. ¿Cree que voy a caer desplomada y usted tendrá que cargar con el fiambre?

Era imprevisible la reacción de la gente ante alguien con un trasplante. A algunos les causaba repulsión. Se estremecían y se negaban a hablar de ello. Otros sentían respeto y la tocaban como si estuviese dotada de poderes mágicos. Se acercaban a ella como si fuera agua milagrosa o una imagen de la Virgen María que llorase lágrimas de sangre. No sabía qué milagro esperaban de ella. Y había otras personas cuya curiosidad era enervante, gentes que la acosaban a preguntas personales; impertinentes a menudo.

—¿Tiene alguna limitación?

—Sí —contestó en tono pesimista—. No puedo firmar cheques que excedan de cierta cantidad sin que el banco me cobre intereses.

La miró con retraimiento.

—Ya sabe a lo que me refiero.

Sí, sabía a lo que se refería, pero ésa era la parte que odiaba: tener que clasificarse.

—Tengo que tomar un puñado de pastillas tres veces al día. Se supone que debo hacer ejercicio y comer alimentos sanos, como todo el mundo. Bajos en grasa y en colesterol.

Pierce enarcó la ceja e indicó los envases vacíos de la hamburguesa y las patatas fritas.

—Pero no he probado la cerveza más helada de Texas.

—¿Nada de alcohol?

—Incompatible con la medicación. ¿Y usted? Ha tomado limonada mientras todos los demás engullían cerveza.

La pregunta lo puso nervioso, pero Cat apoyó la cara en la palma de la mano y siguió mirándolo hasta que él se tranquilizó.

—Incompatible con mi mente. Hicimos un combate unos años atrás. No llegué a caer al suelo del ring, me quedé tambaleándome.

—¿Aún se tambalea?

—No lo sé. Me falta seguridad en mí mismo para volver al ring.

Al parecer, esperaba la reacción de ella, comprobar si sus pasados problemas con la bebida le harían cambiar su opinión sobre él. Cat quería preguntarle si habían empezado después de dejar el cuerpo de policía o si habían sido el motivo de su salida. Decidió que era mejor no fisgonear. No era asunto suyo, aunque estaba casi segura de que el alcohol había tenido mucho que ver en ese aspecto sombrío de su personalidad.

—Volver al ring —repitió ella cambiando de conversación—. Me gusta charlar con un novelista. El diálogo está cargado de metáforas y analogías. Además de las similitudes con la vida real.

—No vuelva a empezar con eso.

Cuando dejó encima de la mesa el dinero de la cuenta más una generosa propina, ella se ofreció a pagar su parte.

—No, la he invitado. Además me va bien para deducir de los impuestos.

—No ha sido una cena de negocios.

—Se equivoca. Pero aún no he abordado ese aspecto.

Una vez fuera, la ayudó a ponerse el casco. Cat saltó al sillín trasero y Alex pisó el embrague.

Al salir a toda velocidad del parking, ella rodeó su cintura. Conducía rápido pero con prudencia. Sin embargo, no pudo evitar recordar que Dean siempre decía que los motoristas son donantes en potencia. La idea se desvaneció pronto.

Al llegar a su casa, lamentaba que el trayecto hubiera sido tan corto. Alex debió de percibir sus pocas ganas de apearse de la moto.

—¿Qué pasa? —preguntó mientras se quitaba el casco.

—Nada —respondió ella al devolverle el suyo.

—Algo.

—Quiero darle las gracias por quitarle importancia.

La miró sin comprender.

—A mi trasplante. No se ha quedado blanco como el papel al llevarme en la moto y ha conducido tan rápido como siempre.

—¿Y por qué no?

—Muchas personas piensan que soy frágil y no se arriesgan a según qué cosas. Y tanta consideración es una lata. Le agradezco que no me trate con guante de seda.

Sus ojos se encontraron y ella sabía que algo estaba pasando. Ese hombre la atraía tanto que era imposible no darse cuenta. Y no había empezado ahora.

Había sentido un tirón en su interior en el mismo instante en que lo había visto en la puerta de la casa de los Walters y la había mirado. Esos ojos eran una tentación, pero se había resistido. Ahora ya no y estudió su cara.

Había escenas así en *Passages*, situaciones que daban a entender que se producía un cambio en la vida de la protagonista: un momento que dividía un antes y un después. Para delicia de los televidentes, ella interpretaba ese impulso; pero no lo había experimentado. No de esa forma.

Alex interrumpió el hechizo.

—Tengo que pedirle un favor.

Caminaron hacia la casa.

—¿Es éste el asunto de negocios que formaba parte de la cena?

—Sí. Quiero que piense en la posibilidad de ayudarme en los trabajos de investigación para mi nueva novela.

—¿Cómo podría ayudarle?

Al llegar a la puerta, se dio la vuelta para mirarla cara a cara.

—Cediendo en la primera cita.

—¿Qué?

—¿Se acostaría conmigo esta noche?

—¡No!

—Pues ya está. Negocio terminado. Le he pedido que me ayudara en el trabajo de investigación. Ha dicho que no, como esperaba; pero ha sido una petición legítima y directa.

Cat intentó mantener el enfado, pero se le escapó una sonrisa.

—¿Cree que Hacienda lo aceptará como una operación comercial?

—No me piden que especifique.

Pasó un coche que le llamó la atención.

—No me esperaba que viviera en un sitio así.

—¿Qué se esperaba?

—Algo más sofisticado.

—Tengo una casa más sofisticada en Malibú. Esto es justo lo que buscaba cuando me trasladé. Una avenida con árboles en un barrio tranquilo. Una casa construida hace treinta años, con suelo de madera, espaciosa y cómoda.

—Una casa que le gustaría a su madre.

—Sí, es posible.

De inmediato, percibió su tristeza.

—He metido la pata, ¿verdad? ¿Mal ambiente familiar?

—Ningún ambiente familiar. Mis padres murieron cuando yo tenía ocho años.

—Cielo santo, ¿qué ocurrió?

Evitó contestar, aparentando no entender el significado de la pregunta.

—Me absorbió el sistema.

—¿Orfanato?

—Nadie me adoptó porque había estado enferma.

—Todos los niños tienen enfermedades.

—No se trataba de enfermedades infantiles; yo tenía el mal de Hodgkin. Se detectó a tiempo y me curaron, pero la gente pensaba que era arriesgado adoptar a una pelirroja escuálida con un historial clínico tan penoso. A partir de ahí, todo se pone feo. ¿Seguro que quiere que se lo explique?

—Aún no he salido corriendo.

—Puede hacerlo cuando quiera.

Él se quedó. Cat suspiró y continuó:

—Pasaba de un hogar de adopción a otro. Debido a los continuos rechazos, adopté una actitud negativa. Me portaba mal para llamar la atención. En pocas palabras: era un verdadero terror.

—Es comprensible.

—Siempre fui distinta de los demás niños; primero porque estaba gravemente enferma y después porque no tenía padres. Es una suerte que sobreviviera sin demasiados traumas.

—Lo creo. Tiene la mirada de una luchadora feroz. ¿Qué le causó los problemas de corazón?

—La quimioterapia para combatir el Hodgkin. Mató el cáncer, pero produjo lesiones en el corazón. Hacía años que se iba consumiendo.

—¿Y no lo sabía?

—No, hacía una vida normal. Pero el corazón se iba petrificando. Cuando ya quedaba poca musculatura, empecé a notar falta de energía. Lo atribuía a que trabajaba demasiado, pero ni el descanso ni las vitaminas aliviaban la fatiga.

»Acudí a un chequeo rutinario y, para mi desesperación, el cardiólogo me anunció que gran parte del músculo cardíaco era tan duro y poco flexible como una piedra. No podía bombear la sangre necesaria, trabajaba a un tercio de su capacidad, lo cual me hacía merecedora de un trasplante. O, peor aún: estaba condenada.

—¿Sintió miedo?

—No tanto como rabia. Había conseguido superar

todas mis carencias infantiles y era una estrella de la tele. Millones de personas me admiraban. Mi vida era fantástica, y entonces... Habría querido agarrar a Dios por las solapas y decirle: «Oye, no me gusta quejarme, pero me parece que ya es suficiente.» Supongo que recibió el mensaje, ya que me dejó vivir.

—Y de ahí *Los Niños de Cat*.

—Y de ahí *Los Niños de Cat* —repitió en un susurro, sonriendo, contenta de que Alex fuera lo bastante intuitivo como para ver la conexión.

Se miraron a los ojos entre las sombras y el silencio de la noche. Pasó otro coche, pero no le prestaron atención. Un mosquito aterrizó en su brazo y Cat lo espantó.

Pierce levantó la mano y la deslizó por el escote de ella. Las yemas de los dedos avanzaron desde el cuello hasta el esternón mientras seguía el proceso con la vista.

—Esperaba ver una cicatriz.

Su voz de barítono la incitó a una respuesta sincera.

—Ha desaparecido, pero yo aún la veo.

—¿Sí?

—Sí. Aunque ya no esté.

—¿Duele?

—¿La cicatriz?

—Todo el proceso.

—Una parte fue... difícil.

—Es usted muy valiente.

—En la UCI no. Los tubos, los catéteres, la sensación de asfixia. Aunque me habían advertido de lo que me esperaba, tenía pánico. Era una cámara de torturas.

—Me lo imagino.

—No, no se puede imaginar hasta que se pasa por ello.

—Seguro que tiene razón.

—Lo único que me daba ánimos era el saber que tenía un corazón nuevo. Lo sentía latir ¡con tanta fuerza!

—¿Como ahora?

Él presionó la mano contra el seno.

—No, ahora late aún más fuerte.

Hablaban en voz baja y Alex continuaba acariciando la zona de la cicatriz. Cat estaba admirada de que le permitiera tocarla, pero, de alguna forma, no le parecía incorrecto. Su caricia era suave. E, intencionadamente o no, erótica. Se estaba derritiendo.

Una deliciosa languidez se apoderó de ella, tan irresistible como la anestesia. Sentía hormigueo y cosquillas en las terminaciones nerviosas y la sensibilidad exacerbada.

Alex había estado observando el punto de contacto entre sus dedos y la piel de Cat, pero, poco a poco, sus ojos volvieron a encontrarse con los de ella. Comunicaban deseo. Necesidad.

—¿Me invitas a pasar? —preguntó con voz ronca.

—No. ¿Te irás enfadado?

—No. Sólo decepcionado.

Entonces la atrajo hacia sí y la besó, buscando su lengua. Cuando se encontraron, emitió un gemido viril. Ella se estremeció y puso la mano en su nuca, entretejiendo los dedos entre los cabellos.

Alex deslizó una mano hasta el trasero de los tejanos de la mujer y la estrechó más contra su pelvis.

Cat echó la cabeza hacia atrás jadeando.

—Alex.

—Hum.

La besaba en el cuello con avidez.

—Tengo que entrar.

Él levantó la cabeza y parpadeó.

—Joder. Bueno.

Se apartó, se atusó el pelo y se dio la vuelta para marcharse. Bajó los tres escalones de un salto.

Cat sintió remordimientos.

—¿Me llamarás?

Alex giró sobre sus talones.

—¿Quieres que lo haga?

Ella sentía sus pies al borde de un abismo. Caería en picado hacia lo desconocido hasta aterrizar sobre algo que podía ser maravilloso o una pesadilla. No lo sabría hasta que saltara, pero, por peligroso que fuese, quería correr el riesgo y averiguar lo que había abajo.

—Sí. Quiero que me llames.

—Lo haré.

Tardó un rato en sosegarse. Aturdida, vagaba por la casa, sin saber por qué había entrado en una habitación, incapaz de concentrarse en nada que no fuera la boca y las manos de Alex sobre su cuerpo. Se desnudó y tomó una ducha y una taza de té para relajarse y bajar de la nube erótica.

Por fin, pensando que ya podría dormir, caminó por la casa apagando las luces. Después de pasar el pestillo de la puerta de entrada, vio el correo sin abrir que había dejado encima de la mesa.

—Vaya.

Tenía ganas de acostarse y revivir los momentos pasados junto a Alex, pero si dejaba la correspondencia, mañana habría el doble.

La recogió y se la llevó a la cama. Hizo una selección rápida, tirando la propaganda al suelo y dejando las facturas en la mesita de noche.

El último sobre le llamó la atención por su pulcritud. Su nombre y dirección alineados en el centro. No llevaba membrete ni remitente, aunque sí el sello de la oficina de correos local.

Lo abrió intrigada y encontró un recorte de periódico, de una columna y cuatro párrafos. Ninguna nota ni explicación.

Leyó el artículo con creciente interés. En Memphis, Tennessee, Jerry Ward, un muchacho de dieciséis años, había muerto ahogado al no poder salir del coche. Al parecer, había perdido el control del vehículo en un puente resbaladizo por la lluvia y cayó al río. Pasaron horas entre el accidente y la recuperación del cadáver.

Cat miró de nuevo el sobre. Podía ser una noticia de relleno en cualquier periódico del país; cualquier lector le habría dado un vistazo antes de pasar a algo más interesante.

Pero el anónimo remitente sabía que despertaría el interés de Cat Delaney, ya que ella y el chico de Memphis tenían algo en común.

Jerry Ward tenía un corazón trasplantado. Después de luchar contra una dolencia cardiaca desde la infancia, tenía una vida nueva truncada por un trágico accidente.

A Cat, la cruel ironía no le pasó desapercibida. Sospechaba que ésa era la intención del remitente.

19

Nancy Webster se acostó al lado de su marido. Puso la mano en su estómago, un gesto habitual para concluir el día. Él la acarició distraído.

—¿Qué pasa por tu cabeza esta noche?

Bill sonrió.

—Montones de cosas.

—¿Como qué?

—Nada en concreto.

Al principio de su matrimonio solía comentar con ella todos los aspectos de su trabajo cotidiano. Hablaban en voz baja para no despertar a los niños, que dormían en la habitación contigua.

A lo largo de los años, otras obligaciones se habían impuesto, a veces ocupando el lugar de las charlas de almohada. Nancy las echaba de menos y añoraba los tiempos en que él valoraba su opinión por encima de cualquier otra. Aún era así, estaba segura de ello, pero ya no se la pedía tan a menudo como antes de que su éxito estuviera consolidado.

—Los nuevos índices de audiencia se publican mañana —comentó Bill.

—La última vez, la WWSA era el líder. Y la competencia estaba a años luz en el segundo lugar. Seguro que ahora aún has ganado más puntos.

—Confío en que tengas razón.

Se acercó y apoyó la cabeza en su hombro.

—¿Y qué más?

—Bueno... Nada y todo.

—¿Cat Delaney?

Notó de inmediato su reacción. Era sutil... Un músculo más tenso, un retraimiento de la mano; algo que a ella no se le escapaba.

—¿Por qué debería estar pensando en Cat y no en Dirk Preston o en Wally Seymour o en Jane Jesco? —dijo, mencionando otros nombres importantes de la WWSA.

—Eso es precisamente lo que te estoy preguntando. ¿Por alguna razón especial piensas en Cat?

—Hace un excelente trabajo, pero la semana pasada nos puso en un compromiso cuando esa pareja se echó atrás en la adopción. Menos mal que no nos achacaron la culpa a nosotros.

Se acomodó debajo de las sábanas y su pie rozó el de ella, pero lo apartó.

—Cat es muy responsable, a veces demasiado, pero la admiro y me gusta.

—A mí también.

Nancy se apoyó en el codo y lo miró.

—Pero no pienso compartir mi marido con ella.

—¿De qué estás hablando?

—Bill, algo no funciona entre nosotros.

—No es cierto.

—Lo noto. Llevamos casados más de treinta años y

cada noche dormimos juntos. Te he visto feliz, triste, frustrado, alegre e inquieto. Me sé al dedillo tus estados de ánimo. Y te adoro.

Se le quebró la voz y eso le molestaba, ya que no quería convertirse en una esposa quejica que lanzara a su marido a los brazos de otra mujer más comprensiva y menos propensa a interrogar.

Bill le acarició el pelo.

—Yo también te adoro. Te juro por Dios que no mantengo un idilio con Cat.

—Pero te tiene obsesionado. Incluso antes de que la conocieras.

—La quería para la WWSA.

—No me vengas con ésas. Es algo más que interés profesional. Ya has buscado personas clave otras veces, pero no con la insistencia empleada con ella. ¿Te atrae sexualmente?

—¡No!

A continuación bajó la voz y repitió:

—No, Nancy.

Ella lo miró, buscando la verdad, pero sus ojos no desvelaban nada. Eso le había ayudado a ser un excelente hombre de negocios. Si sus ojos no querían hablar, nadie podía leer en ellos.

Proseguir la discusión equivalía a llamarle mentiroso y sólo contribuiría a alejarlos aún más.

—Te creo.

Bill le pasó el brazo por el hombro.

—Sabes que te quiero. Lo sabes.

Ella asintió. Pero para quedarse tranquila necesitaba pruebas físicas. Le tomó la mano y la puso sobre su seno. Él respondió. Se besaron y se acariciaron. Cuando la penetró, lo abrazó con las piernas, posesiva.

Después, se acurrucó a su lado, escuchando su respiración profunda y acompasada. Pese a estar piel contra piel, pese a la unión sensual y apasionada, faltaba la intimidad espiritual que habían compartido durante años. Algo se interfería.

Cat Delaney no parecía el tipo de mujer que se enredara con un hombre casado pero, al fin y al cabo, era una actriz. Su cordialidad con ella podía ser sólo aparente. Nancy no se fiaba de ninguna mujer. Bill era guapísimo, agradable y rico: una presa apetecible para muchas mujeres cuya moral no les impediría romper un matrimonio.

Por buena que fuera su relación, podía ocurrir. Ella y Bill se habían conocido y casado mientras estaban en la universidad, pero muchas parejas se rompían al cabo de treinta años. El sentimentalismo no bastaría para mantenerlos juntos. Ni los seis hijos lo retendrían a su lado para siempre.

Nancy sólo dependía del amor que había resistido tres décadas y de ella misma. Se mantenía en buena forma física y, a los cincuenta y cuatro años, tenía la piel elástica y casi sin arrugas. Un baño de color le disimulaba las pocas canas. Acudía al gimnasio tres veces por semana y jugaba al golf y al tenis, todo lo cual contribuía a combatir la flojedad de la madurez. Cuando se miraba al espejo, sin falsa modestia se veía con mejor aspecto que la mayoría de mujeres de su edad.

Nunca había tenido una carrera propia, dedicando toda su energía a apoyar la de Bill. Éste empezó como cámara de unos estudios a los veintipocos años y había escalado puestos hasta llegar a director, cambiando de cadena a cadena, de ciudad en ciudad, de estado a estado.

Los primeros quince años de matrimonio cambiaron tantas veces de domicilio que Nancy había perdido la cuenta. No le importaban los traslados, ya que con cada nuevo empleo Bill mejoraba su posición dentro de la industria televisiva y ella sabía lo importante que era para él.

Mientras era director general en una cadena de Michigan había gestionado su venta a una multinacional, ganando una importante comisión. Los nuevos propietarios le pidieron que se quedara, pero optó por utilizar la comisión como primer pago de su propia emisora. La WWSA se había convertido para ellos en otro hijo. Bill se dedicaba a la emisora y ella se dedicaba a él.

Había planificado permanecer en su papel de confidente, esposa, amiga y amante hasta el final de sus días. Amaba a William Webster y haría lo que fuera con tal de retenerlo.

Apoyó la mejilla en la almohada y observó a su marido mientras dormía. Con ese hombre había experimentado un amor que nunca imaginó que pudiera existir. Era un amor complejo y que tenía muchos aspectos, marcado por episodios fundamentales en sus vidas. El día de su boda. Cada paso de su carrera. Cada éxito y cada fracaso. El nacimiento de los hijos. La muerte de una hija.

Nancy se quedó sin aliento.

¿Era posible que Bill dijera la verdad? ¿Y si su obsesión por Cat Delaney no fuese de tipo sexual? ¿Tendría algo que ver con Carla?

Esa posibilidad la llenó de temor.

—Buenos días, señorita Delaney.

Cat se quedó de piedra al ver a Melia King detrás de la mesa de recepción, al lado del despacho del director de informativos.

—Perdone. —Melia contestó al teléfono—. Buenos días. WWSA. Dígame.

Pasó la llamada a uno de los periodistas y a continuación ofreció a Cat su mejor sonrisa.

—Ahora trabajo aquí.

Cat se dio la vuelta. En vez de subir en el ascensor, optó por la escalera. Llegó a la oficina de personal en cuestión de minutos y se acercó a la secretaria. Sin preámbulos, le preguntó si Melia King seguía en nómina.

—Ahora es la recepcionista de informativos.

—¿Cómo es posible? La despedí hace dos semanas.

—Han vuelto a contratarla.

—¿Cuándo? ¿Por qué?

—No estoy en situación de informarla, señorita Delaney. Se me dijo que volviera a emplearla; eso es lo único que sé.

Cat miró la puerta cerrada del despacho de la jefa de personal.

—Quiero hablar con ella. Haga el favor de anunciarme.

—No está, señorita Delaney. Le dejaré el recado.

—No hace falta, gracias. Esto no puede esperar.

Se dio la vuelta para irse, pero antes le dijo:

—No se preocupe; la mantendré al margen del asunto.

Salió de la oficina de personal, caminó hasta el final del pasillo y entró en la antesala del director general.

—¿Está él?

El ayudante de Webster la miró entre ofendido y temeroso, como si esta fiera con pelo rojo y ojos centelleantes le hubiera pedido la bolsa o la vida.

—Sí, pero...

—Gracias.

Bill hablaba por teléfono cuando ella abrió la puerta. Levantó la vista contrariado, pero al ver que era Cat sonrió y le indicó que entrase.

—Sí, sí, le llamaré la próxima semana. Sí, gracias. Adiós.

Colgó y se levantó sonriendo.

—Me alegro de verte, Cat; quería charlar un ratito contigo.

—No he venido a charlar.

Su tono áspero le sorprendió y se le borró la sonrisa.

—Ya lo veo. Siéntate.

—Prefiero estar de pie. ¿Sabes que Melia King vuelve a trabajar aquí?

—Ah, se trata de eso.

—La jefa de personal ha vuelto a emplearla después de que yo la despidiera. No tengo ni idea de por qué lo ha hecho, pero quiero y espero que intervengas y respaldes mi decisión.

—No puedo, Cat.

—Eres el director general; por supuesto que puedes.

—No puedo porque he autorizado la vuelta al trabajo de la señorita King.

Al oír esto se sentó, pero sin tener conciencia de ello. El asombro hacía que le temblasen las rodillas y tuvo que dejarse caer en el sillón. Después de mirarlo con incredulidad durante unos segundos, apoyó las manos encima de la mesa.

—¿Por qué, Bill?

—Estos asuntos son delicados, Cat. Pueden parecer fáciles, pero te aseguro que son complicados.

Su condescendencia la puso furiosa.

—No vas a decirme que no es nada que deba preocupar a esta linda cabecita, ¿verdad?

Él frunció el ceño.

—No te estoy hablando con superioridad.

—Sí, lo estás haciendo. Y déjate de rodeos y ve al grano. Por complicado que sea, creo que podré entenderlo. ¿Por qué has anulado el despido de Melia?

—Por dos motivos. Uno: es hispana Y tenemos que ir con cuidado con los despidos de minorías étnicas. Llevas el tiempo suficiente en este negocio como para saber que si violas de alguna forma el Acta de Igualdad de Oportunidades de Empleo, o incluso si a alguien le parece que la has violado, la Dirección General de Telecomunicaciones te mira con lupa. Por el precio de un sello de correos, cualquiera puede presentar una queja y te cierran la emisora.

—Mi despido no tiene nada que ver con el origen étnico, y lo sabes muy bien.

—Lo sé, pero si nos abren una investigación mi opinión no contará para nada. Mira, Cat, sé que has tenido problemas con esa empleada, pero no presentaste quejas por escrito de los incidentes.

—No quería darte la lata.

—Te lo agradezco, pero, por desgracia, esta vez tu consideración no te ha hecho ningún favor. Si hubiera informes por escrito de la negligencia o incompetencia de la señorita King, tendrías pruebas sólidas para su despido. Pero no las hay y da la impresión de que la despediste sin motivo, que se trataba de una incompatibilidad de caracteres y nada más. El organismo competente nos sancionaría. La señorita King lo sabía y se lo comentó a la jefa de personal, quien me expuso el caso. El sutil mensaje de la señorita King era claro.

—Se tira un farol y tú le enseñas las cartas.

—Tomé la decisión de readmitirla por el bien de la WWSA.

Era un hecho consumado y Webster no se echaría atrás. Cat sabía que no ganaría nada explicándole el asunto de los medicamentos y la confesión de Melia.

—No es que importe, pero ¿cuál es el otro motivo para su readmisión? Has dicho que había dos.

—Es disminuida.

—¿Disminuida? —repitió Cat con una carcajada—. Si hay alguna empleada sin ninguna tara física, ésa es Melia King.

—Es disléxica.

—Dios mío.

Cat suspiró recordando todas las veces que la había reprendido por apuntar mal los números de teléfono.

—No tenía ni la menor idea.

—Ni tú ni nadie. No constaba en su historial laboral.

Ha aprendido a colocar bien las vocales, aunque no siempre con éxito. Tal vez por eso comete tantos errores.

—Tal vez.

La dislexia no era una excusa para lo que había hecho con los medicamentos. Cat lamentaba su defecto y no le habría importado perdonar errores pretéritos y pasarlos por alto en el futuro si Melia hubiera tenido una actitud más cordial.

—¿No debería hacer otros trabajos en lugar de los administrativos que requieren apuntar nombres y números?

—Insiste en que se defiende bien. Además, es el único puesto que hemos podido darle. Incluso en eso hemos tenido que hacer juegos malabares.

—Vaya, vaya; has sido muy acomodaticio.

—El sarcasmo no te va, Cat.

Enfadada, se levantó y se dispuso a marcharse.

—Comprendo que estabas en una situación comprometida, Bill. Incluso acepto que, por el bien de la emisora, tenías poca elección. Lo que de verdad me saca de quicio es que no se me consultara. Me has hecho quedar en ridículo y sin autoridad.

—No es cierto, Cat.

—Me temo que sí. Si yo, o alguien que se supone que tiene un cargo ejecutivo, ve cómo sus decisiones son revocadas, ¿por qué se nos hace creer que tenemos poder? Dejando aparte la dislexia, Melia merecía que la despidiera.

—Es muy posible, pero así es la naturaleza de nuestro negocio.

—Bueno, pues esa parte de la naturaleza del negocio apesta.

Bill se levantó.

—Creo que estás exagerando, Cat. ¿Hay algo más que te preocupa?

Sí, pensó. Ese inquietante recorte de periódico.

Aún estaba dentro del sobre, en el cajón de su mesita de noche. Intentó tomarlo como obra de un chiflado y echarlo a la papelera, pero algo la había impulsado a guardarlo. Más inquietante aún que el artículo en sí era el hecho de que se lo hubieran enviado como un anónimo. Pero eso no significaba necesariamente un peligro; tal vez sólo indicaba que el remitente era insensible y tenía un pésimo sentido del humor.

No había llegado a ninguna conclusión y era prematuro hablarle de ello a Bill, que, sin duda, pensaría que tenía manía persecutoria. Y tendría razón.

—Todo va muy bien —dijo.

Esbozó una sonrisa y cambió de tema:

—¿No te he comentado el último éxito? Chantal. ¿Te acuerdas de ella?

—¿La niña que necesitaba un trasplante de riñón?

—Exacto. Sus padres adoptivos han asumido toda la responsabilidad de su asistencia médica. Ayer encontraron un donante y anoche la operaron. Hasta ahora no ha tenido ningún problema.

—Eso es estupendo, Cat. Y nos dará buena imagen.

—Sí, ya le he pedido a Jeff que redacte y distribuya un comunicado de prensa. Y que el primero sea para Ron Truitt. Si no hace un artículo sobre esto podremos acusarle de periodismo partidista.

Bill puso las manos sobre sus hombros.

—No pienses más en ese otro asunto; no tiene importancia comparado con el excelente trabajo que estás haciendo. Sigue así y deja las tareas rutinarias de la WWSA para mí.

—Haré lo que pueda para recordarlo. Pero cuando me pongo furiosa se me nubla la memoria.

Bill rio y la acompañó hasta la puerta.

—Tenías motivos para estar enfadada. A ver si con esto se te pasa. Nancy está planeando una cena para presentarte a personas que pueden contribuir a una recaudación de fondos con famosos, tal y como lo hablamos. ¿Te va bien el sábado?

—Fantástico. ¿Puedo traer a mi famoso?

—Por supuesto. ¿Quién es?

—Alex Pierce.

—¿El escritor?

—¿Has oído hablar de él?

—¿Y quién no? Ya se le considera una gran revelación. No sabía que viviera en San Antonio.

—Tengo la impresión de que no tiene casa en ninguna parte, pero ahora está aquí escribiendo su próxima novela.

—Tráelo. Nancy estará encantada.

20

—¿Qué me dices? ¿Quieres ir?

—¿Qué tengo que llevar?

—Para empezar, zapatos y calcetines.

A través del teléfono escuchó su carcajada, que le hacía cosquillas en la oreja y le ponía la piel de gallina. Esto es ridículo, pensó. Se estaba comportando como una colegiala en pleno idilio.

Siempre pensaba en él, su imagen la distraía en el trabajo y se atolondraba al oír su voz. ¡Era absurdo!

—Buscaré. A ver si encuentro un par de calcetines.

—No es una cena de gala, pero no me gustaría que mi acompañante se pusiera en evidencia. Habrá personas muy importantes. Nancy Webster organiza una recaudación de fondos para los niños, así que no volveré a dirigirte la palabra si das un paso en falso que ponga en peligro el dinero para ellos.

—Te prometo no rascarme ni hurgarme la nariz ni bostezar.

—Oh, gracias por la garantía. Entonces, o me humillarás o te olvidarás de aparecer.

—Lo marcaré en el calendario.

—Pero es que te olvidas de mirar el calendario. Así es como nos conocimos.

—Es el mejor error que he cometido.

Se ruborizó de placer y pensó que menos mal que él no veía su sonrisa bobalicona.

—Para evitar malentendidos te llamaré un par de horas antes y pasaré a recogerte.

—Buena idea.

—¿Vas a escribir esta noche?

—Sí, pero últimamente me cuesta concentrarme. ¿Sabes lo que distrae mi atención?

De nuevo sintió un cosquilleo. Era agradable ser motivo de su distracción. Habían salido dos veces desde aquella primera. Una de ellas se citaron en un restaurante para cenar y después se había ido cada uno por su lado. La otra, él la había pasado a buscar... en coche.

Fueron al Riverwalk, donde comieron una espantosa comida mejicana en una terraza y a continuación dieron un paseo por la famosa alameda que flanquea el río San Antonio hasta el centro de la ciudad. Al cabo de un rato dejaron las tiendas para los turistas y subieron al nivel de la calle, donde se estaba más fresco, era más tranquilo y estaba menos frecuentado.

Cruzaron la calle, compraron sorbetes con sabor a piña colada a un vendedor soñoliento y se sentaron en un banco apartado y a la sombra en la plaza Álamo. Empezaba el crepúsculo y los autocares de turistas ya se habían marchado. El fuerte, iluminado, majestuoso e imponente, era un recuerdo de la batalla que tuvo lugar allí ciento cincuenta años atrás.

—Menuda elección hicieron, ¿no? —dijo Alex masticando el hielo triturado—. ¿Tú te habrías quedado? ¿Luchando hasta la muerte?

—Es difícil decirlo. Supongo que sí, si no piensas que puedes perder la vida. He pasado por ello, en cierto modo.

La interrogó con la mirada.

—Justo antes del trasplante me di cuenta de repente de que iban a extirparme el corazón. No me malinterpretes: quería uno nuevo, pero, por un momento, experimenté cierta angustia. Tendría que morir para seguir viviendo. Fue un instante aterrador. —Lo miró y sonrió—, pero ya pasó y tengo un corazón nuevo y una segunda vida.

Continuaron saboreando los sorbetes en silencio. Pasó un coche tirado por un caballo, sin pasajeros; sólo iba el cochero con las espaldas encorvadas y un aspecto tan cansado como el del caballo.

—Cat.

—Dime.

—¿Sabes quién era tu donante?

—No.

—¿No sabes nada de él?

—No, ni quiero saberlo.

Él asintió, pero era evidente que no estaba satisfecho con sus respuestas lacónicas.

—¿Cómo es eso? Quiero decir, ¿es lo corriente entre personas con trasplantes?

—No. Algunas quieren conocer a la familia del donante para darle las gracias. Desean hacerles saber que son conscientes del sacrificio que han hecho. No es mi caso; no fui capaz de hacerlo.

—¿En qué sentido?

—¿Y si a los familiares les causaba una pena innecesaria?

—Dudo mucho que así fuera.

—Hay demasiadas zonas en penumbra implicadas. En vez de hurgar en la llaga de quién lo hizo posible, prefiero hacer que mi vida sirva para algo. Entonces, su sacrificio no habrá sido en vano.

La conversación terminó aquí; él no insistió en el tema y ella se lo agradeció. Era un asunto delicado y, aparte de Dean, no había hablado de ello con tanta franqueza con nadie más.

Ahora, con la mirada fija en el cajón de la mesita de noche, pensó si debería comentarle el asunto que la inquietaba..., el correo que había recibido. ¿Pensaría él que el artículo fechado en Memphis tenía algún significado? Y si no, ¿por qué se lo habrían enviado? Quería saber la opinión de Alex al respecto, pero no era el momento más oportuno.

—Bien, te dejo. Perdona que te haya interrumpido.

—No importa. Llevaba horas trabajando y no me ha ido mal un descanso. Gracias por la invitación.

—Gracias por aceptarla.

—Me portaré bien.

—Sólo estaba bromeando.

—Ya lo sé.

—Buenas noches. Hasta el sábado.

Al colgar, aún sonreía. Sí, esto se le estaba escapando de las manos. No era propio de ella ser tan imprudente con sus emociones. Debido a su infancia, era reacia a implicarse en una relación. Demasiadas veces había tenido que dejar personas con las que estaba encariñada.

Sin embargo, se estaba enamorando de Alex Pierce.

¿Qué sentía él?

Quería acostarse con ella; eso seguro. Tenía una sexualidad desbordante: no había más que leer las descripciones de sus libros. Y Cat los había leído. Varias veces.

Por supuesto, no aprobaba la actitud de sus personajes masculinos con las mujeres. Calificarla de machista sería poco. Con honrosas excepciones, trataban a las mujeres como si fueran un kleenex.

Pero Alex no daba la impresión de compartir el criterio de sus personajes. La tenía en alta estima, a ella y a su trabajo; se lo había dicho.

Aunque podía reírse y bromear, por naturaleza era serio, a veces incluso demasiado. Tenía poca paciencia para banalidades, y tampoco hablaba mucho de su anterior empleo en la policía. Cuando alguna vez lo hacía, su voz tenía un matiz de amargura. Cat sospechaba que no había abandonado el cuerpo por voluntad propia.

Aunque lo imaginaba como amante, también lo deseaba como amigo. Dean seguía siendo su mejor amigo, pero estaba muy lejos y necesitaba a alguien en quien confiar y no a larga distancia.

Sus ojos seguían fijos en el cajón de la mesita de noche, donde guardaba el recorte misterioso... junto al que había llegado hoy.

Iba dentro de un sobre idéntico al anterior, que no contenía nada más que otro recorte de periódico, esta vez fechado en Boca Ratón, Florida.

Habían encontrado a una mujer muerta tras una caída accidental. Estaba en casa sola y, al intentar regar una planta colgada del techo, la escalera de tijera resbaló y la infortunada mujer había atravesado la puerta que daba al patio. Los cristales rotos se le clavaron en el pulmón.

Igual que el chico de Memphis, tenía un corazón trasplantado.

Cat no sabía qué pensar de estos enigmáticos mensajes. Como ex policía, ¿cuál sería la opinión de Alex? ¿Pensaría que eran un motivo de alarma o los consideraría obra de un chiflado?

Casi había llegado a esa conclusión con respecto al primero, pero después recibió el segundo. Era una extraña coincidencia que dos personas con trasplante de corazón hubieran muerto en accidentes tan peculiares. Y más extraño aún que alguien se tomase la molestia de avisarle de esas muertes.

—Bobadas —exclamó.

Volvió a poner los recortes dentro de los sobres y cerró el cajón. Lo más probable era que se los hubieran enviado para inquietarla y fastidiarla.

No lo permitiría. Si perdía un momento preocupándose por ello, dejaría que un perturbado controlase su mente. Las cartas enviadas por locos eran un riesgo de su profesión. Una llegaba a acostumbrarse. A menos que fueran amenazadoras, no había que tomarlas en serio.

Además, tenía cosas más urgentes en qué pensar. Por ejemplo, lo que se pondría para la cena de los Webster.

—¡Joder!

Cat llegó al apartamento de Alex cinco minutos antes de lo previsto. Le abrió la puerta vestido con pantalones negros y una camisa gris pálido con los faldones por fuera. Los puños sin gemelos estaban doblados sobre las muñecas y sólo llevaba abrochados dos botones. Iba descalzo.

Su exclamación espontánea había sido casi un bufido. Cat notó que las piernas se le hacían gelatina.

—Gracias.

—Estás preciosa.

—Gracias de nuevo. Perdona que haya venido antes, pero no había tanto tráfico como suponía. En vez de quedarme en el coche, he preferido comprobar si ya estabas preparado. Veo que no, pero no hay prisa.

—¿A qué vienen esos nervios? Ya te dije que llevaría calcetines y zapatos.

Era muy intuitivo. Ella había estado hablando a toda prisa para disimular las mariposas que se notaba en el estómago. Se puso más nerviosa aún al comprobar que él se había dado cuenta. Pero tenía la perspicacia de un escritor: si estuviera escribiendo esa escena habría descrito al personaje así, nervioso y charlando como un descosido.

Su conocimiento del comportamiento humano y sus motivaciones la dejaban en desventaja. Tendría que controlarse, hablar con cara de póquer y no dar tantas pistas.

Él se hizo a un lado.

—Pasa.

—Le dijo la araña a la mosca.

—No me como a nadie. —Cerró la puerta—. Bueno, no del todo.

Cat rio más tranquila y echó un vistazo al dúplex. Olía aún a recién pintado. El techo alto y los ventanales le recordaron su casa de Malibú. Arriba, había otras dos puertas.

—Los dormitorios —dijo él—. Y ahí está la cocina.

—Me gusta.

—No está mal. Pero ya sabes que las tareas domésticas no son mi fuerte.

En realidad le había sorprendido que el apartamento estuviera tan ordenado, pero entonces vio que por debajo de los cojines del sofá asomaba el dobladillo de una camisa. Las revistas apiladas encima de la mesa daban la impresión de que habían sido recogidas a toda prisa. En la brillante superficie había círculos húmedos enlazados como los aros olímpicos.

—Lo digo en serio, Delaney: esta noche estás impresionante.

Su cumplido le hizo darse la vuelta. La mirada era cálida, penetrante y abrasadora.

—Aunque tenía entendido que a las pelirrojas no les sienta bien el naranja.

—No es naranja; es color cobre.

—Es naranja.

El vestido, corto y con tirantes estrechos, estaba recubierto con lentejuelas que brillaban como espejos. Desde el trasplante no había llevado nada con escote y le habría parecido impensable pocas semanas atrás, pero Alex le había quitado la timidez por su cicatriz.

—Sea el color que sea, es el mismo de tu pelo y resplandeces como el fuego.

—Hablas como un escritor. Resulta que eres poeta y no lo sabes.

—Ya sé que ha sido una metáfora barata. Por favor, ponte cómoda. Vuelvo en seguida.

Subió los escalones de dos en dos. Al llegar arriba se metió los faldones de la camisa dentro de los pantalones.

—Es posible que en el frigorífico haya algo para beber. Sírvete lo que quieras.

—Gracias. ¿Dónde está la moto? No la he visto ahí fuera.

—La llevé al taller para una revisión completa.

—Lástima; me gustaba.

—Ya. Cuando has tenido tanta potencia entre las piernas te conviertes en una adicta.

—Muy gracioso.

—La echo de menos. El mecánico me dijo que tardaría bastante en dejarla en condiciones.

—¿Qué tal va la novela?

—Fatal.

—No lo creo.

Los escritores siempre tenían un pobre concepto del trabajo que llevaban entre manos.

Se paseó por el salón, en busca de pistas para descubrir algo más sobre el hombre. No había ninguna. Daba la impresión de un lugar de paso, no veía ninguna foto familiar, ni objetos personales, ni correspondencia, ni facturas. Los muebles eran los típicos de un apartamento alquilado.

Estaba decepcionada.

Debajo de la escalera había dos cajas de embalaje con los títulos de sus dos novelas escritos con rotulador. Sin abrir. ¿Por qué no había repartido ejemplares de sus libros entre familiares y amigos? Tal vez lo había hecho y éstos habían sobrado. O tal vez no tenía familia ni amigos.

Y tal vez ella estaba dejando volar su imaginación.

Camino de la cocina, vio una puerta cerrada. ¿Un armario? ¿Otro cuarto de baño?

Sin darse cuenta, ya tenía la mano en el tirador de la puerta. Se paró un momento a pensarlo. Alex no le había mencionado otra habitación. ¿A propósito?

Giró el pomo y la puerta se abrió sin hacer ruido. Aparte de oscuridad, no veía nada. La abrió más y asomó la nariz. A través de las persianas echadas entraba un poco de luz, pero apenas distinguía algo que parecía una mesa...

Una mano aferró su muñeca.

—¿Qué diablos estás haciendo?

21

—¡Maldita sea, Alex!

Forcejeó hasta soltar su mano y se dio la vuelta.

—Me has dado un susto de muerte. ¿Qué te ocurre?

Alex cerró la puerta.

—Esta habitación es tierra de nadie. Prohibida para las visitas.

—¿Pues por qué no has colgado un cartel con la señal? ¿Es que aquí falsificas moneda?

Volvió a cogerla por la muñeca, esta vez con menos fuerza.

—Perdona que te haya asustado, no era mi intención. Pero quiero proteger mi lugar de trabajo.

—Eso como mínimo —dijo malhumorada.

—Te ruego que lo comprendas. Lo que hago aquí es muy personal.

Observó la puerta cerrada como si pudiera ver a través de ella.

—Esta habitación es el testigo de mis mejores o peores estados de ánimo. Aquí doy a luz cada jodida palabra, y parir es doloroso. Aquí bendigo y maldigo el proceso creativo; es mi sala de torturas privada y masoquista.

Sonrió con ironía.

—Sé que parece una extravagancia para otras personas, pero dejar que alguien entre en mi lugar de creación sería como si violaran mi subconsciente. Nunca volvería a pertenecerme en exclusiva. Ni mis pensamientos.

Se tenía bien merecida la reprimenda. ¿Por qué tenía que meter la nariz en una puerta cerrada? Los pintores y escultores mantienen sus obras inacabadas debajo de trapos hasta que las dan por concluidas. Nadie escucha la música de un compositor hasta que la da por buena. Tenía que haber supuesto que Alex no era distinto de otros artistas.

—No lo sabía —se disculpó, arrepentida.

—Aparte de esta habitación, puedes curiosear donde quieras. Te doy permiso para abrir la despensa, el frigorífico y el cesto de la ropa sucia. Incluso puedes mirar mi colección de revistas eróticas, lo que quieras; pero esta habitación es sagrada.

—Una de las asistentas sociales me predijo que la curiosidad sería mi perdición. Y también pensaba que el chocolate era veneno y me aconsejó que no lo probara.

No parecía muy compungida.

—Me parece que nunca he seguido sus consejos.

Alex apoyó un antebrazo contra la pared, acorralándola allí.

—Te perdono la curiosidad. ¿Me perdonas tú por mi reacción exagerada?

Llevaba la corbata alrededor del cuello, aunque sin anudar. Olía a jabón, a piel masculina limpia, mucho más incitante para ella que el aroma a colonia de marca. Estaba aún sin peinar y con el pelo húmedo. Para resumir: jamás un hombre la había excitado tanto.

—¿Coleccionas revistas eróticas? ¿Desde cuándo?

—Desde que supe que eran obscenas.

—Debe de hacer mucho tiempo. Me gustaría verlas.

—Cat Delaney: me parece que tienes una vena perversa.

—También eso molestaba a las asistentas sociales.

Alex estudiaba su rostro y después se centró en su cuello. No resistía su mirada ni su aliento. Apoyó la muñeca de ella, que aún sujetaba, contra la pared y besó la zona donde latía el pulso.

Rozó sus labios.

—¿A qué hora tenemos que estar allí?

—Hace diez minutos.

—Vaya.

Alex pasó la lengua por su cuello.

—Pero ya tenía pensado que llegaríamos tarde.

—¿Creías que no estaría listo a tiempo?

—No, pero por si acaso...

Era difícil pensar mientras él le acariciaba el lóbulo de la oreja.

—Ya sabes, por si algo nos entretenía.

—¿Qué podía ser ese «algo»?

—El tráfico.

—Ah, ya, el tráfico.

Se dispuso a marcharse, pero Cat lo sujetó por la corbata.

—No nos perdemos nada. Antes hay un cóctel que durará una hora.

—Y nosotros no tomamos alcohol.

Puso la mano debajo del seno y lo levantó hasta que asomó por el escote e inclinó la cabeza para acariciarlo con la lengua.

Cat gimió de placer y arqueó el cuerpo contra él.

Alex levantó la cabeza y la besó en la boca. A continuación, jadeando, dijo:

—Bueno, ¿qué?

—¿Qué?

—¿Vamos a follar?

La inesperada vulgaridad apagó su deseo como un jarro de agua fría. Lo apartó.

Él levantó las manos con un gesto de inocencia y rendición.

—Acusas a los protagonistas de mis novelas de que nunca piden permiso. Yo lo he hecho.

—¡Podías haber sido un poco más delicado!

—Muy bien. Por favor, señora, ¿quiere usted follar?

—Qué gracioso.

Intentó alejarse, pero la rodeó por la cintura y volvió a situarla entre él y la pared. No había la menor duda de que quería excitarla cuando la besó de nuevo, más posesivo que seductor, y Cat no tuvo más remedio que responder con el mismo ardor.

Cuando por fin se apartó, a Cat le quemaban los labios y todo su cuerpo se estremecía.

—Quiero acostarme contigo —dijo él—. Pero no si tengo que preocuparme de no estropearte el peinado y el maquillaje. Ni si tengo que darme prisa porque hay un límite de tiempo. Y no cuando nos están esperando para una cena que te reportará dinero para los niños. Mucho me parece que, contigo, una vez no será suficiente. ¿Lo has entendido?

Sin aliento, y avergonzada por el discurso, ella asintió.

—He utilizado un lenguaje crudo en plan de coña, pero la invitación sigue en pie. En las condiciones expuestas. Se trata sólo de que escojas la hora y el lugar. ¿De acuerdo?

De nuevo asintió.

Alex mantuvo su mirada durante unos instantes y después se dio la vuelta.

—Voy a terminar de vestirme.

—¡Hola, Cat! —Nancy Webster la besó—. Todo el mundo quiere conocerte.

Una doncella uniformada los había acompañado hasta el salón de la suntuosa casa, que esa noche estaba abarrotada con las personas más ricas e influyentes de la ciudad. El ruido imperante indicaba la habilidad de Nancy para que sus invitados se sintieran cómodos.

—Siento haber llegado tarde —dijo Cat—, pero...

—Ha sido culpa mía. Me ha surgido un imprevisto.

—Señor Pierce, bien venido.

—Llámeme Alex, por favor.

—Bill me dio una agradable sorpresa cuando me dijo que sería el acompañante de Cat. Es un honor y un placer tenerlo en casa.

—Estoy encantado de estar aquí.

—Le presentaré a mi marido. ¿Qué quiere tomar?

Nancy era una anfitriona intachable. Al cabo de un momento había Perrier con lima en la mano de Alex y ya había hecho las presentaciones.

—Leí su primera novela y la encontré muy buena para un principiante —comentó Bill.

Era uno de esos cumplidos ambiguos para los que no hay respuesta. Alex pensó si Webster era consciente de ello y llegó a la conclusión de que sí. El hombre intentaba desacreditarlo sin que resultara evidente.

Intentó tomarlo a broma.

—Gracias por el cumplido y por los derechos de autor.

—¿Está escribiendo otra novela?

—Sí, estoy en ello.

—¿Está ambientada en San Antonio?

—En parte.

Cat se colgó de su brazo.

—Puedes ahorrarte las preguntas, Bill; no le sonsacarás nada. Cuando se trata de su trabajo, se cierra en banda.

Webster lo miró con curiosidad.

—¿Por qué?

—Hablar de la historia antes de que esté escrita estropea las sorpresas. No para el lector, sino para mí.

—¿Escribe y no sabe lo que ocurrirá después?

—No siempre.

Webster enarcó las cejas.

—Me temo que no soy demasiado proclive a trabajar de esa forma.

«Me importa un huevo», pensó Alex.

Cat rompió el silencio.

—No me gusta presumir, pero Alex me ha pedido que le ayude en el trabajo de documentación.

—¿De veras? —dijo Webster.

—Las escenas de cama le resultaban complicadas, así que le conté historias y anécdotas de mi pasado en Hollywood y le di permiso para...

Hizo un gesto como de buscar la palabra adecuada.

—¿Exagerarlas? —dijo Nancy para ayudar.

—No. Para que moderase el tono.

Todos rieron. Y Nancy dijo:

—Bill, no podemos acapararlos. Los demás invitados no nos lo perdonarían.

Se puso en medio de Cat y Alex y los tomó del brazo.

—Primero quiero presentaros a la nueva alcaldesa y a su marido.

Los acompañó por el salón para hacer las presentaciones. Alex estaba encantado de saber que tenía tantos seguidores y Cat una legión de admiradores del programa *Los Niños de Cat*. Ella solía comentar que no todo el mérito era suyo.

—Desde Bill Webster hasta el último colaborador, todos en la WWSA compartimos el éxito del proyecto.

Una de las invitadas mencionó un artículo publicado en el dominical del *San Antonio Light*. Trataba de una niña adoptada que había tenido que someterse a un trasplante de riñón.

—Sí, la historia de Chantal es conmovedora —contestó Cat.

Entonces miró a Webster y, en voz baja, dijo:

—¿Qué le parecerá a Truitt el sabor de la derrota?

Durante varios días el periodista de espectáculos había ido detrás de la historia de los O'Connor sin conseguir nada. Después de que el departamento de relaciones públicas de la emisora distribuyera un comunicado, ya no hubo más comentarios por parte de la WWSA. Por consejo de su abogado, los O'Connor se negaron a conceder entrevistas. Por último, cuando la psicóloga los convenció de que la niña había ocultado a todos su depravación emocional, la compungida pareja decidió quedarse con ella igualmente.

Tanto la agencia estatal como el programa se habían librado del desastre por los pelos. Cat confiaba en que este último artículo en el periódico disipara las dudas sobre la validez de *Los Niños de Cat*.

—Lo ocurrido en la vida de Chantal es un milagro —dijo—. Por desgracia, hay muchos otros niños que también se merecen su milagro.

—El sistema de casas de acogida les demuestra que las personas que se ocupan de ellos son gente buena y cariñosa. Pero lo que necesitan es un hogar permanente.

La cena consistía en siete platos y se prolongó durante más de dos horas.

Alex se habría aburrido como una ostra de no ser por Cat, quien, a petición de los otros comensales, explicaba las vidas de algunos de los niños. Ciertas historias provocaban risas; otras, lágrimas; todas ellas narradas de forma apasionada.

Cuando sirvieron la *mousse* de chocolate, la mesa estaba en plena animación planeando una fundación para los niños.

La cena llegó a su fin y Alex se levantó para apartar la silla de Cat. Le murmuró al oído:

—Están en el saco.

Los invitados se marcharon, pero los Webster les pidieron que se quedaran a tomar una última taza de café.

—En el gabinete de Bill estaremos más cómodos —sugirió Nancy.

Una vez allí, entró una doncella con un servicio de plata, pero sirvió Nancy.

—¿Le apetece un brandy, Alex?

—Sólo café, gracias.

—He observado que no ha tomado vino durante la

cena —dijo Bill al coger la taza de café con unas gotas de brandy que Nancy le alargaba—. ¿Es abstemio?

—Sí.

No se sentía obligado a darle más explicaciones. No obstante, eso provocó cierta tensión. De nuevo, Cat fue la tabla de salvación.

—¿Son fotos familiares?

Indicó un álbum forrado de piel que estaba encima de la mesa de café y se sentó en el suelo.

—¿Puedo verlas?

—Por supuesto —contestó Nancy—. Podríamos aburrirte durante horas con fotografías de los chicos.

—¿Cuántos tienen? —preguntó Alex.

—Seis.

—¡Seis! Nadie lo diría viendo a la madre.

—Gracias.

—Se conserva muy bien —añadió Webster.

—¿Viven con ustedes?

Mientras Nancy le resumía dónde estaban y lo que hacían sus retoños, Cat continuaba mirando las páginas del álbum. De vez en cuando, Alex echaba un vistazo. Los hijos de los Webster se parecían mucho a sus padres, eran guapos, con aspecto saludable, y también debían de ser triunfadores, ya que siempre aparecían con un trofeo o una medalla.

—Ahora el único que vive con nosotros es el pequeño, aunque rara vez está en casa —decía Nancy—. Es el editor del periódico escolar y...

—¡Dios mío!

La exclamación de Cat interrumpió las palabras de Nancy.

Todos los ojos se centraron en ella.

22

—¿Sabías que eres la viva imagen de su hija Carla?

Consciente de que Alex no le quitaba los ojos de encima, Cat se concentró en conducir y mirar al frente.

—Hay cierto parecido —reconoció.

—Eso es poco.

—Sus ojos eran castaños, no azules.

—Pero era pelirroja, con el pelo rizado, y tenía el mismo tipo de cara.

Analizó su perfil.

—Su estructura ósea no era tan angulosa, pero el parecido es extraordinario.

Cat seguía con los ojos fijos en la carretera y aferrada al volante.

—Sabes que es cierto —insistía él—. Al ver la foto has estado a punto de desmayarte. Te has puesto pálida.

—Eres muy observador.

—Es mi trabajo. Observar a las personas y poner sobre papel lo que he visto.

—Bueno, pues a mí no me gusta que me observen.

—Es una lástima, ya que eres fascinante. Y también Webster.

—¿Bill? ¿Por qué?

—Para empezar le he caído mal desde el principio. No es que me importe, pero es curioso.

—¿Curioso? ¿Es que a toda persona que conoces le gustas automáticamente?

—No quieras aparentar que no te has dado cuenta. Para cortarle, has salido con esa historia de que me ayudas en el trabajo de documentación. Casi le da un infarto cuando cogiste el álbum; él no quería que vieras fotos de su hija.

Cat tuvo que hacer grandes esfuerzos para que su expresión siguiera impasible. No había observado a Bill como Alex, así que no podía decir con exactitud cuál fue su reacción cuando ella pidió ver el álbum. Sin embargo, no se le pasó por alto que había permanecido en silencio, dejando que Nancy se hiciera cargo de la situación.

Nancy reconoció el asombroso parecido entre su hija y Cat comentando:

—Bill y yo nos dimos cuenta la primera vez que apareciste en *Passages*. Bromeamos con Carla acusándola de tener una doble vida. ¿Lo recuerdas, querido?

Bill asintió con un gruñido.

Después de eso, ella y Alex rechazaron otra taza de café e insistieron en que ya debían retirarse. Cat les agradeció la cena y Nancy le dijo que estaba segura de que con el apoyo de sus asistentes se podría organizar algo para recaudar fondos.

—Lo he pasado muy bien —dijo Alex a sus anfitriones—. Gracias por incluirme.

En la puerta, Nancy los había abrazado sin perder la compostura, aunque Bill parecía sentirse inquieto y... ¿culpable?

¿Y por qué había estado tan antipático con Alex?

—¿Sabías lo de Carla antes de esta noche? —preguntó él.

—Sabía que habían perdido a su hija mayor. Y que había muerto en un accidente de tráfico cuando volvía a la Universidad de Austin.

—¿Te lo dijo Webster?

—Sí, incluso antes de que me trasladara aquí. Al parecer, no lo habían superado. ¿Y quién podría? Tu hija viene a casa a pasar el fin de semana, lavas su ropa, escuchas sus confidencias, se lamenta del profesor al que no soporta. Le das un beso de despedida recomendándole que sea prudente. Cuando vuelves a verla, es para identificar su cadáver en el depósito. No puedo imaginarme nada peor que enterrar a un hijo.

Alex guardó un silencio respetuoso y, a continuación, le lanzó una pelota asesina:

—¿Webster ha perdido la chaveta por ti?

—¡No!

—Ya. Vale.

—No, de verdad —insistió ella—. Sería enfermizo, teniendo en cuenta mi parecido con su hija.

—Tal vez fue eso lo que despertó su interés. Su atracción por ti era inocente cuando te conoció. Pero, con el tiempo, ha ido evolucionando hacia algo más.

—No lo creo.

Alex mantuvo su silencio escéptico. Por fin, ella había meditado su respuesta.

—Si así es, nunca me ha hecho la menor insinuación.

—No creo que te persiga por el despacho ni intente sobarte cuando nadie os ve. Tiene demasiado orgullo para eso.

—Nunca ha dado un paso; ni con subterfugios ni abiertamente.

—Pero vuestra relación es algo más que la de director-empleada.

—Lo considero un amigo pero nada más. Por otra parte, todo indica que su relación con Nancy es perfecta.

—Ninguna relación es perfecta.

—¿Lo dices por experiencia propia?

—Por desgracia sí. Demasiado.

—Ya lo suponía.

—Pero tú y Bill Webster...

—Nada de yo y Bill Webster —protestó—. Me ha dado una oportunidad, lo aprecio y lo respeto. Es todo.

—Me parece que no, Cat. No te estoy llamando mentirosa. Es él, hay algo en él que me fastidia.

—Es un hombre atractivo, distinguido y con mucho prestigio. Es una persona influyente y emana autoridad.

—Oye, oye, espera, ¿no estarás insinuando que estoy celoso de él?

—Dímelo tú.

—Lo has captado mal, nena. Era él quien estaba celoso de mí por ser tu acompañante.

—¡Bobadas!

—De acuerdo; bobadas. Pero Webster esconde algo.

Habían llegado a un cruce. Cat no quería admitir lo que pensaba: que Bill se había comportado esa noche de forma extraña y preocupante. Necesitaba tiempo para reflexionar sobre ello.

Pero Alex no estaba dispuesto a cambiar de tema.

—¿Por qué crees que estaba tan contrariado cuando viste la foto de su hija?

—Porque si nuestro parecido fue el motivo de su interés por mí, se ha sentido avergonzado. La vena sentimental no encaja con la imagen de ejecutivo duro; una imagen que ha cuidado y mantenido a ultranza.

—Quizás.

Cat dio un puñetazo al volante.

—¿Siempre tienes razón? ¿No se te ha ocurrido pensar que si miras las cosas desde otro ángulo puedes estar equivocado?

—Esta vez no. Hay algo falso en ese hombre, me lo dice el instinto. Es todo demasiado perfecto, su vida es la ilustración perfecta de un moderno cuento de hadas. Yo busco el duende camuflado.

—Has caído en tus vicios de policía.

—Es probable. Resulta una costumbre difícil de romper. Observo con cierto grado de sospecha a todo el mundo.

—¿Por qué?

—Porque las personas somos sospechosas por naturaleza. Todos tenemos algo que ocultar.

—¿Como un secreto?

Su sonrisa maliciosa no hizo mella en la seria expresión de Alex.

—Exactamente: como un secreto. Todos tenemos algo que guardamos bajo llave.

—Yo no; mi vida es un libro abierto. Me han mirado con rayos X por dentro y por fuera. Si tuviera algo que ocultar ya lo habrían descubierto hace tiempo.

Alex negó con la cabeza.

—Tú tienes un secreto, Cat. Tal vez tan profundo que está encerrado en el subconsciente. Aunque no sepas lo que es, no quieres revelártelo a ti misma porque tendrías que hacerle frente. Todos ocultamos los aspectos negativos de nosotros mismos porque no soportamos enfrentarnos a ellos.

—Cielos, me alegro de haberte invitado: eres para morirse de risa.

—Antes he intentado bromear contigo. Y no me ha parecido que apreciaras mi sentido del humor.

Lo miró ceñuda.

—Creo que te estás tomando el cursillo de psicología policíaca demasiado en serio.

—Puede ser, pero los escritores también somos psicólogos. Hora tras hora, día tras día, describo vidas de personas, estudio sus pautas de comportamiento e intento descubrir lo que las hace reaccionar. Piensa en esto: te das un golpe en el dedo con un martillo. ¿Qué haces a continuación?

—Lo más seguro es que grite, diga un taco y dé saltos sujetándome el dedo.

—Exacto. Causa y efecto. Dado ese estímulo, todos nos comportamos básicamente igual. Por otra parte, ocurren cosas en nuestra vida que para nosotros son únicas, pero, ya sean accidentales o preconcebidas, nuestras respuestas están también programadas. Y cada cual está programado de forma diferente según el sexo, el coeficiente mental, el nivel económico, su entorno al nacer, etcétera. Todos tenemos razones para reaccionar como lo hacemos. Esto es la motivación. Como escritor, tengo que saber lo que motiva a determinado personaje a responder a una situación determinada y de una forma determinada.

—Estudias el comportamiento humano.

—En todas sus facetas.

—¿Y está en la naturaleza humana esconder los secretos?

—Como un perro esconde un hueso. Aunque rara vez queremos desenterrarlos y roerlos.

—¿Y cuál es tu secreto, Sigmund Freud?

—No puedo revelarlo. Es un secreto.

Cat paró en otro cruce y volvió la cabeza para mirarlo.

—Seguro que tienes más de uno.

Alex no picó el anzuelo. Se limitó a preguntar:

—¿Nos acostaremos juntos esta noche?

Ella sostuvo su mirada hasta que cambió el semáforo y el conductor que iba detrás tocó el claxon.

—No lo creo —contestó al pisar el acelerador.

—¿Por qué no?

—Porque has hablado tanto de estudiarme que me siento insegura. ¿Seré la primera estrella de la tele que te llevas a la cama? ¿La primera mujer con un corazón trasplantado? ¿La primera pelirroja que calza un treinta y siete? ¿Quieres acostarte conmigo para poder almacenar la experiencia en tu enciclopedia mental sobre el comportamiento humano?

Alex no lo negó y a Cat le molestó que no lo hiciera. Quería que rechazara la acusación de plano, pero seguía callado. Eso confirmó su decisión.

—Lo siento, Alex: no quiero verme retratada en la escena de la seducción de tu próxima novela.

Alex apartó los ojos de ella con la mandíbula desencajada. Cat temía que fuera por el hecho de que había dado en el clavo. Aunque, al menos, tenía la decencia de no mentir sobre sus motivos. No obstante, estaba muy desilusionada.

—Haces que parezca un auténtico cerdo.

—Es probable que lo seas.

Entonces vio que Cat sonreía.

—Bueno, tienes razón. Pero incluso a los cerdos se les concede el beneficio de la duda, algunas veces.

—De acuerdo. ¿Un café en mi casa?

—Sí. Desde allí pediré un taxi para volver a la mía.

—Café y nada más.

—No soy ningún salvaje, ¿sabes? Puedo controlar mis impulsos cuando tengo que hacerlo.

Estaba bromeando, pero volvió a hablar en serio.

—Cat, me gusta hablar contigo; de verdad.

—¿Es una nueva táctica?

—No. Eres ingeniosa, inteligente, competitiva. Una buena contrincante.

—Vaya, vaya; aunque no sea cierto es muy halagador.

Siguieron conversando y riendo mientras recordaban anécdotas de la cena. Al doblar la esquina, Cat frenó de golpe.

—¿De quién es ese coche?

Había un sedán oscuro aparcado delante de su casa, oculto por las sombras de las ramas de los robles.

—¿No lo reconoces?

Ella negó con la cabeza.

—¿Esperabas a alguien?

—No.

Se dijo a sí misma que los dos recortes de periódico no tenían que inquietarla, pero sabía que era una imprudencia descartarlos por completo. Más de un demente había cometido horribles asesinatos debido a su obsesión por alguna persona famosa.

Solía extremar las precauciones asegurándose de que las puertas y las ventanas estuvieran cerradas, observando los aparcamientos al salir de los edificios y comprobando que no hubiera nadie en el asiento posterior antes de subir al coche. No estaba histérica, pero el sentido común no le haría ningún daño.

—¿Qué te ha asustado? —preguntó Alex.

—No estoy asustada; sólo...

—No me mientas. Te tiemblan las manos y tienes el pulso acelerado en la carótida. ¿Qué pasa?

—Nada.

—¡Cat!

—Nada.

—Mentirosa. Aparca.

—Pero...

—¡Aparca!

Lo hizo, pero dejó el motor en marcha.

—Apaga las luces, no hagas ruido, quédate aquí.

Abrió la puerta y bajó.

—Alex, ¿qué haces?

Sin hacerle caso, echó una carrerilla en dirección a su casa. Pronto se perdió en las sombras y no lo veía.

Su ansiedad inicial se había mitigado. Sí, se había asustado, pero sólo durante un momento, y ahora le parecía una tontería. El coche podía ser de alguien que visitara a un vecino. Impaciente, tamborileó con los dedos sobre el volante.

«Quédate aquí, haz esto, haz lo otro», murmuró ofendida. No necesitaba que él la rescatase.

Bajó del coche y siguió el mismo camino que Alex había tomado. Corrió de puntillas, pegándose a las sombras. Cuanto más cerca estaba de casa, más ridícula se sentía. ¿Es que alguien que quisiera hacerle daño aparcaría delante de su casa, anunciando su visita?

Por otra parte, ¿cómo podía explicar la extraña sensación de sentirse vigilada? Esos malditos sobres y sus misteriosos avisos le estaban jugando malas pasadas. Siempre había odiado la cobardía, no era su estilo sobresaltarse ni imaginar fantasmas escondidos a punto de atacar. Pero su nerviosismo se intensificó al llegar a la casa. Aparte del farolillo de la puerta de entrada, todo estaba oscuro y no se oía ni se movía nada.

Entonces, oyó voces que venían del jardín trasero. Un grito. Un gruñido. Ruido de una pelea. Dos siluetas se materializaron en la oscuridad. Alex forcejeaba con otro hombre y lo llevaba prácticamente a rastras hasta la entrada de la casa.

—Intentaba entrar por la puerta de atrás.

—Suéltame, hijo de puta —gruñía el hombre.

—Nada de eso.

Alex lo tiró al suelo boca abajo y se puso a horcajadas encima de él, presionando la rodilla contra los riñones. Le sujetó el brazo contra la espalda.

—Si te mueves te romperé el jodido brazo. Cat, llama al 911.

Aturdida, corrió hacia la puerta, pero estuvo a punto de dar un traspiés en los escalones al oír que volvían a decir su nombre, ahora con una voz entrecortada por la indignación y el dolor pero, aun así, inconfundible.

—Cat, por el amor de Dios: sácame a este maricón de encima.

Ella se dio la vuelta con los ojos desorbitados por la perplejidad.

—Dean.

23

Cat limpió con alcohol la herida de la mejilla de Dean Spicer. El cardiólogo hacía muecas de dolor y maldecía. Alex, acercando una silla, intentaba disimular su sonrisa.

Estaban alrededor de la mesa de la cocina. Era justo el tipo de cocina que Alex le habría asignado a Cat si fuera uno de sus personajes.

El color principal era el blanco, con algunas pinceladas de color: una amapola de Georgia O'Keefe en una de las paredes, violetas africanas en el alféizar de la ventana, una tetera con manchas blancas y negras como la piel de una vaca lechera.

Spicer apartó la mano de Cat.

—Ya estoy bien —gruñó—. ¿Tienes algo para beber?

—¿Te refieres a alcohol? No.

—¿Y una aspirina?

Cat negó con la capeza, compungida.

Dean suspiró.

—Claro, supongo que no esperabas tener una visita atacada y arrastrada por el suelo.

Miró a Alex.

—Creo que me debe usted una disculpa.

—No pienso disculparme por reaccionar ante lo que vi, que era a usted intentando entrar por la puerta de atrás.

Era cierto que lo había maltratado sin saber que era un amigo, pero en realidad no le había hecho daño. Lo único que estaba herido era su orgullo, y eso a Alex no le importaba.

—No debería haber estado merodeando en la oscuridad intentando entrar.

—Y usted debería haber pedido que me identificara antes de saltarme encima.

Alex dijo en tono burlón:

—Ésa es una buena manera de que te vuelen la cabeza. Uno no le pide a un sospechoso que le enseñe el carnet de identidad. Primero se le inmoviliza y después se le hacen las preguntas. Usted no duraría ni diez minutos en la calle.

—No lo sabía. Al contrario que usted, no me he criado en la calle.

Alex se levantó de golpe y derribó la silla.

—Ha tenido suerte de que Cat lo reconociera a tiempo. Estaba a punto de machacarlo por haberme llamado maricón.

—¡Chicos, ya está bien! —exclamó Cat—. Ha habido un error, pero dentro de poco nos parecerá gracioso.

Alex dudaba que él o Spicer lo encontraran gracioso, pero no quería discutir con Cat, que ya estaba bastante nerviosa. Levantó la silla y se sentó mientras intercambiaba miradas rencorosas con Dean.

Cat cerró la botella de alcohol y dijo:

—Dean, si me hubieras telefoneado, esto no habría ocurrido.

—Quería darte una sorpresa.

—¡Pues lo has conseguido! —dijo risueña.

Demasiado risueña. Su sonrisa parecía forzada y Alex pensó que no estaba muy contenta de ver al doctor Spicer, a quien había presentado sólo como a un amigo. Pero no se le pasó por alto que acaso había entre ellos algo más que eso.

—¿Has cenado en el avión? ¿Quieres que te prepare algo?

—No he comido esa bazofia y ya he probado tus platos. De todas formas, gracias.

—¿Queréis café?

—No.

—Yo tampoco.

—Pues será mejor que pasemos al salón.

Ni uno ni otro se movieron, así que se sentó con ellos a la mesa de la cocina.

—No puedo creer que estés en San Antonio, Dean; creía que antes muerto que desplazarte a provincias.

—Lo que he visto hasta ahora se ajusta a mis peores expectativas.

—¡Muchas gracias!

Cat lo dijo en broma, pero él lo tomó en serio.

—No me he expresado bien. Tu casa es bonita, aunque no puede compararse a la de Malibú, desde luego.

—Es verdad. En San Antonio andan escasos de terrenos con vistas a la playa.

Cat rio con nerviosismo su propio chiste, pero ni Alex ni Dean esbozaron una sonrisa. Dejaron que ella continuara la conversación.

—¿Cuándo decidiste venir, Dean?

—Fue una idea repentina. Tengo pocas visitas en los próximos días y ha sido fácil posponerlas.

—Me alegro de que estés aquí.

Estaba mintiendo y Alex lo sabía. Y también Spicer.

—Aunque no lo parezca, has llegado en el momento oportuno. Venimos de una cena en casa de los Webster.

Spicer emitió un gruñido.

—Nancy está organizando una recaudación de fondos para *Los Niños de Cat*.

—Qué amable.

—Esta noche estaba allí la flor y nata de la alta sociedad de San Antonio.

—No creo que sea gran cosa.

Alex admiraba el autodominio que demostraba Cat al pasar por alto el comentario ofensivo. Incluso conservó la sonrisa.

—Las señoras estaban encantadas de conocer a Alex en persona.

Spicer le preguntó:

—Usted es poli, ¿no?

—Ex policía.

Spicer carraspeó y lo miró con desdén.

—Alex escribe novelas policíacas y es casi una celebridad. ¿Has leído alguna?

Spicer la miró como si le hubiera dicho un disparate.

—No.

—Pues tal vez debería hacerlo —dijo Alex.

—No veo por qué.

—Podría aprender algo útil; por ejemplo, defensa personal.

Spicer se levantó. A continuación se sintió mareado y tuvo que apoyarse en el respaldo de la silla. Alex disimuló otra sonrisa de satisfacción.

Cat se precipitó a ayudar al cardiólogo a sentarse. Después se puso en jarras y dijo:

—Estoy intentando hacer de árbitro y el papel no me va. ¡Basta ya! Os estáis comportando como un par de estúpidos por nada.

—¿Esto es nada? —dijo Spicer indicando la herida de la mejilla.

—Ya está bien, hombre —murmuró Alex.

—Y me amenazó con partirme el brazo.

—Dean...

—Porque lo tomé por un ladrón, pero resulta que sólo era un chiflado paseándose en la oscuridad y...

—Alex...

Alex se puso en pie.

—Déjalo, Cat, no merece la pena. Me parece que he oído llegar un taxi.

—¿Has pedido uno?

—Cuando has ido a buscar el botiquín de primeros auxilios.

—Oh, pensaba que te quedarías a charlar con nosotros.

—No, atiende a tu invitado. Ha sido un placer, doctor.

Spicer lo miró furioso. Cat dijo:

—Te acompañaré, Alex.

Caminaron hacia la puerta principal. Cat se había quitado los zapatos de tacón y sus pisadas eran silenciosas en el suelo de parqué, aunque éste crujía un poco bajo el peso de Alex.

Las habitaciones eran espaciosas, iluminadas por lámparas de pie. La suave luz caía sobre fotografías enmarcadas, revistas y jarrones con flores. Los sofás y sillones eran grandes, mullidos y con cojines de colores diversos. El ambiente era, sin pretensiones, amable y acogedor.

Cat abrió la puerta.

—Tenías razón; aquí está el taxi.

Estaba aparcado enfrente, detrás del coche de alquiler de Spicer.

Se dio la vuelta y dijo:

—Gracias por acompañarme a la cena.

—Gracias por haberme invitado.

Si Cat hubiera sido prudente, lo habría dejado así, dándole las buenas noches. Pero no lo era y, riendo, comentó:

—Hemos tenido una sorpresa al final de la velada, ¿eh?

—Sí.

—Ha sido más divertido que una tranquila taza de café.

—Y menos divertido que un revolcón en la cama.

—¿Por qué eres tan bruto?

—¿Y tú tan remilgada? Sabes muy bien que íbamos a acostarnos.

—Ya te había dicho que no.

—¿Y lo decías en serio?

Cat agachó la cabeza. Él le levantó la barbilla.

—Somos adultos, los dos sabemos lo que nos llevamos entre manos, así que déjate de tonterías conmigo.

Desde que te vi en casa de Irene y Charlie me tienes en celo y lo sabes. Y tú sentiste lo mismo. Todo lo que hemos dicho y hecho desde entonces han sido preliminares.

Cat miró nerviosa en dirección a la cocina y eso le molestó.

—He captado la indirecta. Buenas noches, Cat.

Salió. Y estaba ya a medio camino cuando giró sobre sus talones. Ella seguía en la puerta, silueteada por la luz de la casa. Parecía triste y desamparada. Aunque aún estaba furioso por la súbita aparición del ex amante de Cat, no quería comportarse como un insensato. Volvió sobre sus pasos y, sin decir una palabra, la cogió por la cintura y la estrechó contra sí. La besó apasionadamente y, con la misma rapidez que había empezado, terminó.

Ella lo miró boquiabierta. La dejó atónita y excitada, hambrienta de sexo. Cuando volvió a emprender el camino por segunda vez, estaba aún más enfurecido que antes. Con Spicer, con ella, con él mismo. Con todo.

—¿Cuánto tiempo hace que dura esto?

Dean no se anduvo con rodeos. En cuanto ella volvió a entrar en la cocina, abordó el tema que Cat había esperado poder esquivar.

—¿El qué?

—No te hagas la tonta, Cat. El asunto con ese poli y escritor.

Su mirada inquisidora exigía una respuesta.

—No hay ningún asunto entre Alex y yo.

Le explicó el malentendido ocurrido en casa de los Walters.

—Desde entonces nos hemos visto unas cuantas veces. Es un hombre agradable. No hay nada más.

Dean hizo una mueca de escepticismo.

Ella aún conservaba en la boca el sabor de Alex y pasó a la ofensiva:

—Mira, Dean, me alegro de que hayas venido a verme, pero ¿quién te ha dado permiso para entrar en mi casa cuando yo no estoy?

—No creí que te importara. Ya he intentado daros una explicación, a ti y a ese cavernícola. Como no estabas, pensaba entrar y esperarte. No entiendo por qué te molesta. Tengo las llaves de tu casa de Malibú. ¿Cuál es la diferencia?

—La diferencia es que te di las llaves de la casa de Malibú y sabía que las tenías. Deberías haberme telefoneado; no me gustan las sorpresas. Te lo he dicho muchas veces.

—Pues tu desagrado por las sorpresas debe de ser una de las pocas cosas en las que no has cambiado desde que estás aquí.

Se levantó y empezó a pasearse por la cocina sin apartar los ojos de ella, como si quisiera observarla desde diversas perspectivas.

—No sé lo que ha provocado el cambio. Si es por tu relación con ese gorila o por el trabajo. Algo te ha cambiado.

—¿En qué sentido?

—Estás agitada, nerviosa. A punto de saltar a la más mínima.

—No sé de qué me estás hablando.

Sí lo sabía y le preocupaba que fuera tan evidente.

—Me he dado cuenta en cuanto te he visto. Si algo va mal...

De repente se puso pálido.

—Oh, Dios mío, ¿estás bien?, ¿el corazón?, ¿algún síntoma de rechazo?

Ella levantó las manos ante su alarma.

—No, Dean, me encuentro de maravilla. No puedo creer lo bien que estoy. Cada día descubro que puedo hacer cosas que antes me eran imposibles. Después de tanto tiempo, aún no me acostumbro a la idea.

—No seas imprudente —aconsejó con voz de médico—. Me alegro de que estés bien, pero si notas algún síntoma de rechazo tienes que avisarme de inmediato.

—Te lo prometo.

—Sé que no soportas que insista, pero alguien tiene que recordarte que no eres igual que cualquier otra persona. Llevas un corazón trasplantado.

—Soy igual que cualquier otra persona. No me gusta que me traten como a una lisiada.

No parecía oír sus protestas.

—Trabajas demasiado.

—Me encanta trabajar. Me he entregado a *Los Niños de Cat* en cuerpo y alma.

—¿Por eso estás tan nerviosa?

Hubiese querido mostrarle los misteriosos recortes. Su opinión habría sido valiosa. Pero, conociéndolo, lo más probable era que le aconsejara acudir a la policía, y hacer eso sería admitir que tenían alguna importancia. Aún intentaba convencerse de que los velados avisos no significaban nada.

—Tal vez parezco tensa porque la cena de esta noche ha sido algo más que una fiesta convencional. Tenía que causar buena impresión a muchas personas, y eso cansa. Adoro el trabajo y los niños, pero un programa así te da muchos dolores de cabeza, algunos relacionados con la producción y otros con la burocracia. Tener qué tratar con la administración agota a cualquiera. Cuando llega la noche, estoy hecha polvo.

—Podrías dejarlo.

Ella sonrió y negó con la cabeza.

—Incluso con todas las incomodidades, me gusta. Vale la pena cuando conseguimos que adopten a un niño y que eso cambie su vida, convirtiendo su pesadilla en un sueño. No, Dean, no pienso dejarlo.

—Si el trabajo es tan estupendo, debe de ser otra cosa.

La miró fijamente a los ojos.

—¿Es por Pierce? ¿Tienes los nervios de punta por él?

—¿Otra vez con eso?

—¿Hasta dónde llega vuestra relación?

No podía contestar con franqueza, pues la verdad era que quería que su relación con Alex se hiciera más profunda y dar el siguiente paso.

—Es un hombre inteligente e interesante —dijo—. Se expresa bien, pero es poco comunicativo. Una persona compleja. Cuanto más nos vemos, menos me parece conocerlo. Me intriga.

—Cat, no te engañes. Es un macho duro y apuesto lo que te intriga. ¿No te has dado cuenta?

—Es el chico malo al que ninguna mujer puede resistirse —dijo ella en voz baja.

—Si lo sabes, ¿por qué vas detrás de él? ¿Por qué te

atrae? Es un salvaje, se ve a simple vista. ¿Y esa cicatriz en la ceja?

—Un delincuente le golpeó con una botella de cerveza.

—Ah, veo que te has dado cuenta. ¿Tiene otras cicatrices? ¿Se las has visto? ¿Te has acostado con él?

—¡No es asunto tuyo!

—Lo cual indica que sí.

—Lo cual indica que si es así o no lo es, no tengo que rendirte cuentas.

No quería herir más el ego de Dean, por lo que contuvo su ira.

—Dean, no quiero discutir contigo. Por favor, entiéndelo.

—Lo entiendo perfectamente. Quieres la excitación y el ardor, cuya carencia lamentabas en nuestra relación. Te derrites por un tío duro con tejanos ceñidos.

—Sí —admitió con cierto aire de desafío. Y continuó—: Me da igual lo que lleve puesto, pero me gusta derretirme.

—Por el amor de Dios, Cat. Me parece tan pueril...

—Sé que piensas que soy alocada e idealista.

—Tienes razón. Yo soy un pragmático. No tengo ni fe ni ideales. La vida es una serie de realidades; por lo general, muy duras.

—Nadie lo sabe mejor que yo, Dean. Por eso quiero seguir adelante con algo bueno cuando lo he encontrado. En la relación más importante de mi vida me niego a conformarme con menos. La amistad y la camaradería son básicas, pero si me enamoro lo quiero todo. Quiero también sexo ardiente y romanticismo.

—¿Y crees que ese tipo puede dártelo?

—Es prematuro especular. Además, él no es el caso.

—Y un cuerno. Si yo no estuviera aquí, ¿no estarías derritiéndote con él en este mismo momento?

Cat no quería contestar, pero sabía que tenía que hacerlo.

—Con franqueza, no lo sé. Tal vez.

Al recordar el beso de despedida de Alex añadió:

—Es probable.

Dean cogió la chaqueta doblada sobre el respaldo de la silla.

—Tal vez deberías llamarlo para que volviera y así lo sabrías.

—Dean, no te vayas así —suplicó detrás de él para alcanzarlo en la puerta—. No te vayas enfadado, no me culpes por no estar enamorada de ti. Sigues siendo mi mejor amigo y te necesito. Nadie puede romper nuestra amistad. ¡Dean!

Él no cedió, salió y cerró de un portazo. Cat oyó cómo chirriaban los neumáticos del coche alquilado.

24

George Murphy estaba enfurecido mientras caminaba por la acera llena de basura en dirección a su desvencijada vivienda de alquiler. Al subir la escalera, el suelo de madera podrida amenazaba con hundirse bajo sus pies. La pintura azul de la puerta estaba desportillada y cuando la abrió las bisagras chirriaron.

La salita apestaba a guisos de cocina y a marihuana. Murphy apartó de un puntapié un conejito de peluche y maldijo al tropezar con un camión de juguete.

La mujer salió del dormitorio con la cara abotargada. Aunque eran casi las doce, llevaba camisón. Se pasó la lengua por los labios resecos.

—¿Qué estás haciendo aquí?

—Bueno, yo vivo aquí.

Ella se rodeó la cintura con los brazos.

—¿Cuándo te han soltado?

—Hace como una hora. No tenían pruebas y no podían retenerme en chirona.

Querían meterle un paquete. Un par de polis con ganas de hacer méritos, a los que su aspecto había despertado sospechas, lo habían fastidiado. Nada importante, pero la detención se interfirió en lo que le gustaba hacer. Se moría de ganas de tomarse una cerveza y follar.

La miró con aire de inquisidor. Parecía especialmente nerviosa.

—¿Qué te ocurre? ¿No te alegras de verme?

Entornó los ojos con perspicacia y miró hacia el dormitorio.

—Hija de puta, si hay un hombre ahí dentro te mataré.

—No hay...

La apartó a un lado y entró en el cuarto sin ventilación. Acostado sobre las raídas sábanas, dormía un niño. El pequeño había adoptado la postura fetal y tenía el pulgar en la boca.

Murphy se sintió ridículo por haberse mostrado celoso, pero buscó también en el cuarto de baño. No había nadie. Al salir, señaló al niño dormido.

—¿Lo han devuelto?

Ella asintió.

—Esta mañana. Me he pasado dos noches llorando y era incapaz de hacer nada que no fuera pensar en Michael. Creía que esta vez se lo habían llevado para siempre.

Estaba a punto de llorar, pero se tragó las lágrimas.

—La asistenta social ha dicho que... si volvía a haber problemas se lo llevarían definitivamente. Es nuestra última oportunidad. Por favor, no hagas nada que...

—Tráeme una cerveza.

Ella vaciló y miró al niño. Murphy le dio un bofetón.

—¡Te he dicho que me traigas una cerveza! ¿Estás sorda o eres idiota?

Ella salió a toda prisa de la sala y volvió al instante con una lata de Coors.

—Es la última. Cuando Michael se despierte iré a comprar más, y también algo para la cena. ¿Qué te apetece?

Él gruñó, satisfecho; la actitud servicial era más de su agrado. A veces, la cabrona se desmandaba, y había que recordarle quién era el amo de la casa.

—No quiero esa mierda que me diste la semana pasada.

—Era pollo guisado al estilo mejicano.

—No sé qué coño había en esa salsa.

—Te haré unas patatas fritas.

Engulló cerveza y suspiró. Ahora, sus deseos por complacerlo le sacaban de quicio. Las mujeres deberían nacer mudas, pensó.

—Y hamburguesas con cebolla, como a ti te gustan.

Ya no la escuchaba. Aplastó la lata de cerveza, la tiró al suelo y revolvió entre el desorden de la cómoda.

—¿Qué has hecho con ella?

—No, por favor. No puedes, aquí no. Si se presentara la asistenta social...

Encima de la cómoda había una caja de plástico con compartimentos que contenían abalorios de diversos tipos, tamaños y colores. Con un violento barrido del brazo la tiró al suelo. Reprimiendo un grito de desesperación, ella miró los abalorios esparcidos por el suelo de linóleo desgarrado.

La sujetó por los brazos y la sacudió.

—¡Déjate de bobadas! ¿Dónde está mi mercancía?

La mujer estaba indecisa, pero el conato de rebelión se apagó pronto.

—En el último cajón.

—Dámela.

Cuando se inclinó, el camisón se le pegó a las caderas. Él le sobó las nalgas, estrujando la carne con sus fuertes dedos.

—Después de un par de días en el talego, hasta tu culo gordo me pone cachondo.

Ella se incorporó, pero él siguió con las manos en el mismo sitio y, después, le levantó el camisón.

—No, por favor —gimoteó a la imagen de Murphy reflejada en el espejo—. Michael puede despertarse.

—Cierra el pico y córtame un par de rayas.

La mujer se disponía a protestar, así que la pellizcó en el muslo.

—Que no tenga que repetirlo.

Con manos temblorosas abrió la bolsa de plástico, derramó un poco de cocaína y, con un naipe, cortó dos líneas sobre un pedazo de cristal. Murphy agachó la cabeza y esnifó con una cañita. Con lo que sobró se restregó las encías. La dosis era potente.

—Ah, esto ya está mejor.

Le puso la mano en mitad de la espalda, obligándola a inclinarse sobre la cómoda, y se desabrochó los pantalones.

—¡No!

—Cállate.

Intentó deslizar la mano entre sus piernas, pero ella las mantenía apretadas. Le dio otro bofetón, esta vez más fuerte, y ella gritó.

—Abre las piernas.

—No quiero hacerlo así.

—Muy bien.

Su tono de voz era suave, pero tenía el rostro distorsionado. La agarró por el pelo y le dio la vuelta, forzándola a arrodillarse, y restregó el pene erecto en su cara.

—¿Te gusta más así? ¿Has visto qué macho soy? Y si me haces daño te arrancaré la cabellera de raíz.

—Sí, sí, lo haré bien.

Lágrimas de dolor y humillación rodaron por sus mejillas mientras miraba al niño dormido.

—Pero en la otra habitación.

—Me gusta ésta.

—Te lo ruego. Por el niño.

—Dios, qué fea te pones cuando lloriqueas.

—Dejaré de llorar, te lo juro, pero no me obligues a...

—El niño duerme —murmuró Murphy—. Pero puedo despertarlo. Bien pensado, podría servirle de lección.

Hizo el ademán de acercarse a la cama, pero ella se abrazó a sus piernas.

—No, no.

—Pues manos a la obra.

La mitad de su satisfacción se la proporcionaba el hecho de verla arrodillada y masturbándolo con la boca, ávida y rápida. Intentaba que eyaculara lo antes posible para terminar de una vez.

Pero él era demasiado listo para esa zorra, pensaba. Se había dado cuenta del truco y aguantaba tanto como podía. Al terminar, rebuznó como un asno.

Fue un milagro que Michael no se despertara.

Después de cenar, se sentó a ver la tele. Era la hora del telediario en todos los canales. Hacía *zapping* de uno a otro esperando su programa favorito.

Una pelirroja le llamó la atención. La había visto antes, aunque no le hizo mucho caso. Era bonita pero apenas tenía tetas. A sus espaldas se veía la foto gigante de un niño y la mujer hablaba a la cámara con soltura:

—... estaba abandonado. Sus padres son drogadictos. Tendrá ciertas dificultades de adaptación, pero tiene capacidad para convertirse en un niño inteligente, sano y emocionalmente estable. Con la familia adecuada, que le proporcione el cariño y la educación que necesita...

Murphy escuchaba cada vez con mayor interés. Cuando terminó el reportaje y la pelirroja dio paso al envarado presentador, Murphy contempló con desdén al niño que jugaba en la esquina con su asqueroso conejito de peluche.

El crío era un fastidio. Claro que no hacía mucho ruido y había aprendido a golpes que no tenía que molestarle, pero siempre era un estorbo para cualquier cosa que quisiera hacer: follar, esnifar; lo que fuera.

Tenía que andarse con ojo en su propia casa. Por ese mocoso, ella le daba la lata: Michael puede verte, Michael puede oírte. ¡Joder!, era para volverse loco.

¡Y esa maldita asistenta social, que cada dos por tres metía las narices en su vida! Seguro que era la que había dado el soplo a la poli la última vez que hubo de sacudir a su fulana. Se lo había ganado a pulso. Él había vuelto a casa y ella no estaba. Cuando por fin apareció, no le dio una respuesta clara de dónde había estado. ¿Se suponía que tenía que tolerarlo? Y tampoco habría tenido que permitirle que hiciera ese trabajo de ensartar collares. Le daba demasiada independencia.

Pero el principal problema era el mocoso. Casi cada vez que ella se desmandaba era por él. Si ese mierdoso no estuviera allí, la vida sería mucho más fácil.

Adopción, había dicho la pelirroja. No sólo para huérfanos, sino también para niños cuyos padres se habían hartado de ellos y querían sacárselos de encima. Niños de saldo. No estaba mal.

Miró a la mujer cuando se sentó con la caja de abalorios. Se pondría histérica si se llevaban a Michael para siempre, pero tarde o temprano se conformaría. ¿Qué otra cosa podía hacer? O tal vez no le importara tanto si sabía que Michael había sido adoptado en un hogar decente. Fuera lo que fuera eso.

Murphy apuró la cerveza mientras empezaban los títulos de su programa favorito, pero su mente estaba en la pelirroja. Podía ser la solución a su problema.

Valía la pena pensarlo.

25

—¿Cat?

—¡Cielos!

Tuvo un sobresalto y se llevó la mano al corazón:

—Pensaba que no había nadie.

Los estudios de televisión estaban oscuros y ella creía que desiertos.

—Y no hay nadie. Sólo yo, que te estaba esperando.

Alex se levantó del sillón del presentador del telediario y caminó hacia ella. El miedo la había dejado clavada.

En la oscuridad, las cámaras parecían formas humanas de otro planeta, con sus cables enrollados y serpenteando por el suelo de cemento como cordones umbilicales electrónicos. Las pantallas de los monitores eran ojos invidentes e imperturbables. A esas horas, cuando ya no realizaban sus funciones de alta tecnología, los aparatos del estudio asumían las formas de criaturas monstruosas.

Hasta poco tiempo antes, una idea tan peregrina no

se le habría pasado por la cabeza. Pero tal y como estaban las cosas, veía fantasmas y duendes por todas partes.

—¿Cómo supiste que me encontrarías aquí? —le preguntó Cat.

—Me dijeron que es por donde sueles salir.

—¿Quién te lo dijo? ¿Y cómo has podido entrar?

—Lo he negociado con el guarda jurado.

—Se supone que no tienen que dejar entrar en el edificio a nadie que no tenga autorización.

—El amigo Bob me ha proporcionado un pase.

—¿El amigo Bob?

—Ya nos llamamos por el nombre. Cuando le he dicho que soy ex policía no ha podido ser más amable. Había sido del cuerpo de policía de San Antonio antes de jubilarse y convertirse en guarda jurado.

—Esa camaradería entre ex policías debe de ser muy útil.

—Abre puertas —dijo encogiéndose de hombros—. ¿Tienes frío?

Tenía los brazos cruzados sobre el pecho y las manos en los codos, pero no se había dado cuenta.

—Tal vez un poco, no sé.

—¿O sientes escalofríos por lo que ha ocurrido?

Lo miró fijamente a los ojos.

—¿Cómo lo has sabido?

—Estaba aquí.

—¿Aquí? ¿Por qué?

—Había venido a verte. Llegué justo después del coche de bomberos. En medio de toda la confusión conseguí el pase de Bob, pero no logré llegar a los estudios, ya que estaban acordonados. Pregunté qué pasaba a uno de los policías y me lo explicó. Me identifiqué como amigo y dije que venía a verte, pero tenía órdenes estrictas de no dejar pasar a nadie.

Ojalá hubiera sabido que Alex estaba en el edificio. Todos se habían volcado en ella, pero su presencia la habría reconfortado. Bajó la vista y murmuró:

—Accidentes que pasan.

—¿Estás segura de que ha sido un accidente?

Su risa nerviosa no demostraba mucho convencimiento.

—Por supuesto que ha sido un accidente. Ha dado la casualidad de que estaba sentada en esa silla cuando ha caído el foco.

—Enséñame el lugar.

La siguió hasta la mesa del telediario. Había allí cuatro sillas giratorias: dos de ellas eran para los presentadores, otra para el hombre del tiempo, que charlaba con el presentador antes de pasar al mapa del tiempo situado en el otro extremo de los estudios, y la cuarta para el comentarista de deportes.

—Como sabes, rara vez estoy en el plató durante la emisión, ya que mis apariciones son grabadas. Cuando las rodamos, suelo estar sentada aquí. —Apoyó las manos en el respaldo de la silla del comentarista de deportes—. Hoy estaba haciendo la presentación cuando ha ocurrido.

Indicó hacia arriba.

El foco roto había sido ya reemplazado por otro nuevo.

—El tercero por la izquierda —le dijo a Alex.

—¿Ha caído del soporte y se ha estampado contra la mesa?

—Aquí.

Las señales recientes en la mesa de formica eran bien visibles. Faltaba un pedazo en forma de media luna en un extremo, como si alguien le hubiera dado un enorme bocado.

—He tenido suerte de que eso no le haya ocurrido a mi cabeza —dijo resiguiendo con el dedo el trozo mellado—. El foco me ha pasado rozando y casi me cae en el regazo. Ha hecho un ruido de mil demonios, con los cristales rotos y los hierros retorcidos.

Esbozó una sonrisa.

—No hace falta decirte que he tenido que hacer una segunda toma.

—¿Te han dado alguna explicación?

—En cuestión de minutos el estudio estaba lleno de gente. Bill ha dejado una reunión y ha venido en seguida. Alguien ha llamado al 911. Por eso ha llegado también el coche de bomberos y la ambulancia, aunque no había nadie herido, lo cual ha sido un milagro.

»Al cabo de un rato, la policía y los guardas jurados han desalojado el estudio para retirar los cristales y todo lo demás. Bill se subía por las paredes y ha exigido una explicación a los técnicos de iluminación.

—¿Y?

—No la tenían. Ha amenazado con despedirlos a todos, pero lo he convencido para que no lo hiciera. No puede probarse de quién ha sido la negligencia que ha provocado la caída, por lo que sería injusto despedirlos a todos.

—¿Han inspeccionado el foco?

—Sí. Según parece, el soporte estaba suelto.

—Por lo tanto ha sido una negligencia.

—O se había soltado.

—¿Se había soltado solo?

—Algo así.

Le molestaban su escepticismo y su temor, ya que coincidían con los suyos.

—Ya.

—¡Odio que digas eso!

—¿Qué digo?

—Ese «ya» insinúa que lo que he dicho es...

—Una estupidez.

—Bueno, ¿pues qué crees que ha ocurrido?

—Que te has llevado un susto de muerte y que no ha sido un accidente.

Volvió a cruzarse de brazos, como protegiéndose inconscientemente.

—Es una locura. ¿Quién iba a querer hacerle daño a Kurt?

—¿A Kurt?

—El comentarista deportivo.

—El foco no ha caído cuando Kurt estaba en el plató, sino cuando estabas tú.

—¿Me estás diciendo que el foco estaba amañado y dispuesto para que me cayera encima?

—Sí; y eso es también lo que tú piensas.

—No sabes lo que pienso.

—Es fácil de adivinar. Pareces a punto de derrumbarte como un castillo de naipes.

Sabía que no tenía sentido negar que estaba asustada, así que decidió actuar como abogado del diablo.

—Suponiendo que tengas razón, ¿quién querría hacerme daño?

—Tú sabrás.

—¡No lo sé!

—Pero sospechas de alguien. —Le puso un dedo en los labios para acallar su protesta—. Noté que algo iba mal la otra noche, cuando viste el coche aparcado delante de tu casa.

—Me extrañó. A cualquiera le habría extrañado.

—Te inquietó demasiado, como si ya esperases problemas. Incluso antes de esa noche ya te comportabas de esa manera. ¿Tienes algún motivo?

—No.

—Mentirosa.

De repente se sintió desfallecer, agachó la cabeza y se frotó las sienes.

—Ganas por abandono, Alex; no me siento con ánimos para pelear.

—¿Por qué no me dices lo que te está atormentando?

—Porque... me voy a casa.

Se dio la vuelta para marcharse, pero él la alcanzó.

—¿Sigue tu amante en tu casa?

—No es mi amante.

Él se paró. Ella también y lo miró a los ojos.

—Ya no.

—Comprendo.

De forma tácita acordaron no hablar más de sus relaciones con Dean Spicer y salieron del edificio, haciendo un alto para despedirse de Bob.

El hombre sonrió de oreja a oreja.

—Gracias de nuevo por el autógrafo. Es el tipo de libro que me gusta. —Indicó una novela de Alex abierta sobre la mesita.

—Que la disfrute —dijo Alex a su nuevo admirador mientras éste abría la pesada puerta de acero.

—Lo has sobornado.

—Es algo a lo que se puede recurrir si los recuerdos de viejos tiempos no funcionan.

—¿Cómo sabías que estaba aquí esta noche? Por lo general no acostumbro a trabajar hasta tan tarde.

El aparcamiento estaba casi vacío. Incluso el personal de cierre se había marchado.

—Otra intuición. No estabas en casa.

—¿Has estado allí primero?

—¿Y arriesgarme a volver a encontrarme con Spicer? No, gracias. He telefoneado y nadie ha respondido.

—¿Por qué querías verme?

—Para que me dieras tu versión sobre el accidente en el plató.

Habían llegado a su coche. Alex apoyó el brazo sobre el techo y la miró cara a cara.

—Quería disculparme por haber atacado a tu... a Spicer.

—No tiene importancia; para él, lo peor fue su orgullo herido.

Alex estaba a punto de añadir algo, pero no lo hizo. Cat abrió la puerta del coche.

—Acepto las disculpas. Buenas noches, Alex.

—Cat, ese tío es un pelmazo. ¿Qué le encuentras?

—Pues, para empezar, me salvó la vida.

—Y te sientes en deuda con él.

—No he dicho que...

—¿Hasta dónde llega la deuda?

—Basta ya, Alex. Déjame en paz. Ya te he dicho que no tengo ganas de discutir. Y hoy... tú...

Mortificada, rompió a llorar.

—Maldita sea —dijo él atrayéndola hacia sí.

Quería resistirse, pero no tenía fuerza física ni moral para hacerlo. El hombre la abrazó mientras sollozaba. Después, Cat levantó la cabeza y aceptó el pañuelo que le ofrecía.

—El incidente con el foco te ha afectado más de lo que crees, Cat.

—No —dijo negando con la cabeza—. No lloro por eso. Es otra cosa.

—¿Qué es?

—No me siento con ánimos para hablar de ello.

—Mira que llegas a ser terca.

La apartó a un lado y cerró la puerta del coche. Le hizo dar la vuelta y caminar en sentido contrario.

—Vamos.

—¿Adónde? Sólo tengo ganas de irme a casa.

—No quiero ser grosero, pero he visto espantapájaros con más carne que tú. Voy a intentar que comas algo.

—No tengo apetito.

No estaba dispuesto a aceptar su negativa. Al cabo de media hora llegaron al apartamento de Alex con comida de Kentucky Fried Chicken. En vez de sentarse a la mesa se llevaron dos bandejas al salón. Alex se sentó en una esquina del sofá y Cat en el suelo, delante de la mesita.

—Tengo que reconocer que está rico —dijo ella—. Eres un saboteador de la nutrición. Hamburguesas, patatas fritas y pollo frito.

—Los policías sobrevivimos a base de comida rápida. Preséntame a un poli al que le guste el tofu, el yogur y los brotes de soja.

Cat rio al tiempo que levantaba una cuchara de plástico llena de puré de patatas y salsa. Alex no reía. Estudiaba sus reacciones.

—¿Qué miras? —preguntó incómoda.

Él parpadeó, como si saliera de un trance.

—Estaba pensando que tienes cambios de humor muy bruscos. Yo no. A mí las depresiones me duran días, semanas, incluso meses, si el libro no avanza. Tú te has desahogado llorando y estás como nueva. Los hombres deberíamos aprender a llorar.

—No dejes que mi apetito te engañe. El cuerpo me pedía la alimentación que le estaba negando desde hace un par de días, pero aún estoy deprimida.

—¿Por qué? ¿Spicer se marchó enfadado?

—Sí, pero Dean no tiene la culpa de que esté deprimida.

Cogió un pedazo de galleta y jugueteó con ella.

—Chantal, la pequeña con un trasplante de riñón, ha muerto esta mañana.

Alex soltó un taco, entrelazó los dedos y dijo:

—Lo siento, Cat.

—Yo también.

—¿Qué ha pasado?

—Por suerte ha sido rápido. Un rechazo, la interrupción súbita de la función renal. Nada funcionaba.

Dejó caer las migas.

—Los padres adoptivos están destrozados, y también Sherry. Jeff se puso a llorar como un niño al enterarse. Y todo el equipo que hizo el reportaje sobre ella está hecho polvo. Se había convertido en nuestra... nuestra mascota, el ejemplo de cómo el futuro desesperanzador de un niño puede enderezarse.

—Que siga siendo vuestra mascota.

—Alex, está muerta.

—Pero...

—Me entrometí en la vida de esas personas —le interrumpió en voz más alta—. Hice que Chantal los quisiera y ellos a ella. Se la llevaron a casa, pasaron por esa tortura, vieron cómo sufría y sufrieron con ella. ¿Y qué tienen ahora? Un funeral televisado. Periodistas alrededor del féretro atosigándolos para que hagan algún comentario. Su dolor es una noticia de los medios de comunicación. Todo gracias a mí.

Apoyó las manos en la mesita y ocultó su cara.

—Esta noche me refugié en el trabajo intentando quitarme de la cabeza la muerte de Chantal y dedicarme a algo positivo. Pero no podía pensar en nada más que en la pena de esa pobre gente.

—¿Crees en serio que tú hiciste que llegaran a quererse? Tienes una opinión muy alta de tu influencia sobre las personas y sus sentimientos.

Cat levantó la cabeza y lo miró con ojos centelleantes.

—No los obligaste a aceptarla. Ellos lo solicitaron, siguieron cursillos de capacitación, ellos quisieron tener a Chantal.

—Viva. Querían una niña viva y no una tumba a la que llevar flores. Querían compartir su infancia y verla crecer.

—Por desgracia, un niño adoptado no tiene una fecha de caducidad; ni ningún niño. A veces mueren, y no hay que darle más vueltas.

—Por favor, ahórrate la lógica de pacotilla. No hace que me sienta mejor.

—No, ya que te refocilas en la autocompasión.

Furiosa, respondió:

—Lo único que sé es que, de no haber sido por mí, esa pareja no estaría llorando esta noche.

—¿Te lo han dicho?

—Claro que no.

—¿Te han dicho: «Señorita Delaney, ¿por qué diablos nos ha hecho esto? Éramos muy felices hasta que llegó usted y nos hizo cargar con esa niña enferma.» ¿Te lo han dicho?

—No seas absurdo. Me han llamado para...

Alex se inclinó hacia adelante.

—¿Para qué, Cat? Vamos, continúa. ¿Para qué?

Carraspeó y esquivó su mirada.

—Para darme las gracias por ayudarlos a que les concedieran la adopción de Chantal.

—Seguramente porque el tiempo que estuvo con ellos fue el más gratificante de su vida.

—Han dicho que para ellos supuso una bendición.

—Entonces ¿por qué haces otras suposiciones? El programa es una iniciativa valiosa. Lo que le ha ocurrido a Chantal es una pena, pero ha tenido cariño y cuidados cuando más los necesitaba. ¿Correcto?

—Correcto.

—Si tuvieras la oportunidad, ¿cambiarías lo que hiciste? ¿Desharías lo andado? ¿Borrarías el tiempo que estuvieron juntos? ¿Dejarías que Chantal muriera sola y sin cariño? ¿Les quitarías a esas personas el derecho de sentirse útiles?

Cat agachó la cabeza y la respuesta fue casi inaudible.

—No.

—Pues entonces...

—Tienes razón. —Sonrió con tristeza—. La tragedia me ha dejado pasmada, tenía dudas y necesitaba que alguien con un punto de vista objetivo las disipara. También necesitaba una crisis de llanto. Gracias.

Se secó los ojos húmedos con una servilleta de papel.

Alex hizo un ademán para restarle importancia a su gratitud. La luz de la cocina caía sobre el oscuro cabello del hombre y dejaba entrever sus facciones. Dean le había dicho que era un gorila y, en efecto, tenía un talante áspero y brusco. Seguro que era capaz de causar dolor, pero también debía de haberlo experimentado en carne propia. De lo contrario, ¿cómo podría comprenderlo tan bien? Sus ojos penetrantes y la expresión adusta eran el resultado de ello. Con una simple palabra podía herir. Pero, también, con una simple palabra aportaba consuelo y solidaridad. No era tierno, pero sí amable. Un amigo cuando se le necesitaba.

—¿Qué tal va el libro? —preguntó ella para romper el silencio.

—A paso de tortuga, aunque he tenido algunos días productivos.

—Estupendo.

Con ese exiguo intercambio de palabras, dieron el tema por agotado. No diría nada más sobre su trabajo, y ella tampoco lo esperaba. No hablaban, pero eso no significaba que dejaran de comunicarse a través de los ojos, y el silencio estaba cargado de mudos mensajes.

Al cabo de un momento, Alex levantó la bandeja de su regazo y la dejó encima de la mesa. Se sentó en el suelo, a su lado, le puso la mano en la nuca y la acercó hasta que sus labios estuvieron casi rozando los de él.

—Ya hemos llegado lo más lejos posible con la ropa puesta.

26

Sus atormentadores pensamientos se desvanecieron como por arte de magia, dejando su mente libre para concentrarse en el beso. No le importaba nada más que ese momento. Necesitaba la fuerza del hombre, su intensidad, su desenfrenado deseo por ella. Cat estaba encendida como una tea. ¿Por qué tenía que reprimirse?

Rodeó la nuca de Alex con los brazos, unieron los labios; él estrechó su cintura y le susurró al oído una grosería. La urgencia que revelaba era tan erótica que se restregó contra él por el simple placer de oírsela repetir.

Seguían besándose mientras le quitaba la blusa y Cat le levantaba los faldones de la camisa para acariciar el torso fuerte y velludo. La soltó el tiempo suficiente para desprenderse de la camisa y tirarla a un lado y, a continuación, volvió a abrazarla.

—No puede ser —musitó él al deslizar las manos por debajo de la falda. Había un tono burlón en su voz ronca.

—Ambientación —contestó ella—. Siempre que Laura Madison tenía escenas de sexo me ponía liguero y medias para entrar mejor en el personaje. Se convirtió en una costumbre.

Alex acarició los muslos desnudos más arriba de las medias.

—Es muy excitante.

—¿Algo parecido a una escena de cama en uno de tus libros?

—Mucho mejor.

Le quitó la falda, la combinación y las bragas. Cat se tendió de espaldas sobre la alfombra. Las copas del sostén apenas cubrían la mitad de cada seno, el pubis quedaba enmarcado por el liguero de seda con encajes y las piernas permanecían vestidas por las medias de seda. Le asombró su propio descaro.

Alex no dejaba de mirarla mientras se desabrochaba el cinturón y abría la cremallera. Se quitó los pantalones y la ropa interior. Su desnudez la dejó sin aliento. El estómago era plano y duro; las piernas, largas y esbeltas. Era musculoso pero sin exageración, y las venas en brazos y manos se veían tensas.

Sin poder contenerse, dominada por el deseo, se llenó de él desde las plantas de los pies, pasando por el pene en erección y la boca, hasta la partida ceja.

Recostado a su lado, Alex besaba los senos que sobresalían del sujetador. Después, bajó el encaje y pasó la lengua por los pezones. Al levantar la cabeza la miró a los ojos mientras describía círculos con el pulgar alrededor de la rosada zona.

—Podría escribir esta escena mil veces y jamás conseguiría darle este realismo. —Contempló la piel, que respondía a sus caricias—. No pueden describirse las sensaciones del cuerpo de una mujer.

Se llevó el pezón a la boca y lo succionó. Ella sintió que una sacudida estremecía su cuerpo. Su espalda se arqueó. La lengua del hombre era diestra; su apetito, incontenible.

Deslizó la mano por el vientre y los muslos y ella lo obligó a que se pusiera encima. Se besaron de nuevo apasionadamente.

—Alex, no te contengas. No seas amable conmigo.

—No tengo esa intención.

—Quiero sentirme una mujer, necesito un hombre que me posea. Quiero...

—Que te follen a conciencia.

Colocó una mano entre ambas rodillas y las separó. Pero, en vez de deslizar una mano entre los muslos como ella esperaba, bajó la cabeza y su lengua buscó el clítoris.

Estaba demasiado aturdida para gritar, incluso cuando un instante después llegó al orgasmo. Se ahogaba, tenía el labio superior sudoroso y el pelo húmedo en la nuca.

También en la piel de Alex resbalaba el sudor cuando se puso a su altura y levantó su cuerpo con los brazos. Con los ojos cerrados y el rostro en tensión, la penetró. Tenía la sensación de que el cuerpo de Cat lo engullía, se ajustaban como un guante, y su rostro reflejó un placer inmenso cuando empezó a mover las caderas hacia adelante y hacia atrás. Poco a poco, pero cada vez con mayor intensidad.

Cat pensaba que ella ya había terminado, pero volvió a excitarse con los acompasados empujones. Nunca había experimentado una compenetración sexual y mental tan intensa y se abandonó a ella.

Alex le deslizó las manos debajo de las nalgas y se las levantó, sujetándolas con fuerza. Se concentraba en cada movimiento de penetración y retirada lenta, pero el ritmo iba aumentando y su respiración se hizo rápida y jadeante; casi eran sollozos. De repente sus brazos se relajaron y se derrumbó encima de ella. En aquel momento, Cat ya se convulsionaba con el segundo orgasmo.

Tardaron un buen rato en recuperarse, pero Cat habría podido quedarse allí para siempre, con los dedos entrelazados en el alborotado cabello de Alex y sorbiendo saladas gotas de sudor de su frente. Su peso la aplastaba, pero no le importaba; él se había empleado a fondo y eso la emocionaba.

Conocía los mecanismos de la mutua satisfacción y escribía sobre ello: no era sorprendente que fuese un amante experto, ardiente y entregado.

Pero, además, era extremadamente sensual. Había provocado en Cat reacciones puramente animales, sin que interviniera en ellas el intelecto, dictadas sólo por los sentidos, descontroladas.

Sin embargo, se había producido también entre ellos una comunión espiritual. Ambos adivinaban los deseos y necesidades del otro y los satisfacían. Por eso disfrutaba ahora Cat del sosiego: esos momentos silenciosos en que los alientos y sudores se mezclan y parecen emanar de un solo cuerpo.

Él debía de sentir lo mismo, pues hizo algo muy hermoso: un momento antes de separarse de ella, le depositó un beso muy suave entre los senos, donde había estado la cicatriz.

Ella se despertó primero. Como sabía que Alex solía dormir hasta tarde, no hizo ruido. Miró su pelo despeinado y muy negro en contraste con la almohada. Tenía una sombra de barba y algunas canas en las sienes. El ceño, un poco fruncido, indicaba que nunca estaba completamente tranquilo. Sus inquietudes lo perseguían incluso durante el sueño.

El reloj de la mesilla le anunció que era hora de marcharse. Besó su hombro desnudo y salió sin hacer ruido. Abajo se vistió, recogiendo las prendas que se habían ido quitando con el mayor descaro. En voz baja, pidió un taxi.

Mientras esperaba a que llegase, retiró los restos de la cena. Camino de la cocina para echarlos a la basura, pasó por delante de la habitación prohibida, pero no se detuvo. Cerró la bolsa de la basura, lavó los vasos y se sirvió un zumo de naranja.

Apoyada en el mostrador mientras se tomaba el zumo, pensó en abrir esa puerta y echar un vistazo. La prohibición había aumentado su curiosidad.

Anoche se habían dado sus cuerpos para explorarlos y sacarles el máximo partido con una libertad ilimitada. Habían realizado el acto más íntimo entre dos personas. Ahora que su relación había llegado al punto álgido, seguro que a Alex no le importaría compartir con ella ese aspecto de su vida.

¿Y si le importaba? ¿Valía la pena arriesgarse? No. Esperaría a que él la invitara a hacerlo.

Llegó el taxi y se marchó sin que Alex se hubiera despertado. Recogió el coche en el parking de los estudios y fue a casa, donde se duchó y se cambió de ropa mientras intentaba memorizar la agenda del día. Pero su mente regresaba a la noche anterior. Las imágenes eróticas se agolpaban en su cabeza y le dejaban poco espacio para otras cosas.

Su euforia debía de ser evidente, ya que, nada más entrar en el despacho, Jeff comentó:

—¿Qué pasa? ¿Te ha tocado la lotería?

Cat rio y aceptó la taza de café que le estaba ofreciendo.

—¿Por qué lo dices?

—Se ve a simple vista que estás en las nubes. Esperaba verte deprimida por Chantal.

Su sonrisa desapareció.

—Como es natural, estoy triste; pero ya no tengo un sentido de la vida tan negativo como ayer. Un amigo me ha recordado que vivir es maravilloso.

—¿No será por casualidad ese novelista cachas?

—Está cachas, ¿eh? —dijo con una risita.

—Eso me pareció cuando ayer lo vi.

—¿Lo viste?

—Con vaqueros y botas.

—Ése es.

—Tiene ese aspecto de sábanas revueltas, ¿sabes? De tío viril; esos que tanto os gustan a las mujeres.

Dean había criticado el aspecto de Alex, pero era evidente que Jeff lo aprobaba.

—Ayer no me dijiste nada.

—Fue durante todo el lío —se tiró del lóbulo de la oreja, avergonzado—. Tengo que admitir que me quedé de piedra. He leído sus novelas y sé que sales con él, pero no creí que tuviera la oportunidad de conocerlo.

—Debiste haberme avisado de que estaba aquí.

—Estabas rodeada de polis y con el señor Webster

en pie de guerra. Después, parecías tan impresionada que no quise aturdirte más. Supongo que te encontró por la noche y, por tu sonrisa, me imagino que tuviste una velada... terapéutica.

—No es asunto tuyo —replicó al notar que se ruborizaba.

Jeff no era un idiota y sonrió de oreja a oreja.

—Bueno, espero que hayas probado todo tipo de perversiones. Has estado trabajando demasiado. En realidad... ¿Puedo hablarte con franqueza? No como tu ayudante, sino como amigo.

Cat le indicó que se sentara.

—Adelante, Jeff.

—Bueno, pues durante las dos últimas semanas parecías preocupada. No es que dejaras de lado el trabajo, no. Ya sé que nada impediría que te emplees a fondo, como siempre. Es que... me pregunto si tienes algo metido en la cabeza. Aparte de Alex Pierce, claro.

¿Es que su nerviosismo había sido tan transparente? Varias personas se lo habían comentado: Dean, Alex y, ahora, Jeff. No quería que nada empañase su buen humor, pero agradecía la oportunidad de poder hablar sobre los dos recortes que había recibido. Quería que Jeff secundara su opinión de que eran obra de un chiflado y no había por qué preocuparse.

—Eres muy observador, Jeff. Es cierto que, desde hace un tiempo, he estado descentrada.

Sacó del bolso los dos sobres y se los entregó. Hacía algunos días que los llevaba consigo, tal vez con la esperanza subconsciente de tener la oportunidad de mostrárselos a alguien.

—Léelos y dime qué piensas. Y sé sincero.

Después de comparar los dos sobres idénticos, observó los recortes.

—Diablos —murmuró tras leerlos dos veces—. Ambos murieron en extraños accidentes y ambos tenían un corazón trasplantado.

—Curiosa coincidencia, ¿no?

—Eso parece. ¿Pero qué significa? ¿Tienes alguna idea de quién ha podido enviarlos?

—No.

—Abro todo el correo que recibes y no recuerdo haberlos visto, aunque recibes tantas cartas que puede ser que se me pasaran por alto. ¿O llegaron cuando Melia aún trabajaba para nosotros?

—Me las enviaron a casa.

La miró extrañado.

—¿Cómo podría un... admirador saber tu dirección?

Cat se encogió de hombros.

—Éste es uno de los motivos que me preocupan.

Jeff volvió a mirar los sobres y a releer los recortes. Cat lo observaba mientras sus ojos recorrían las líneas impresas. Su reacción inicial y sus comentarios no resultaban muy alentadores. Había confiado en que le dijera desde el principio que no les diese importancia.

En cambio, preguntó:

—¿Se los has enseñado a alguien más? ¿Al señor Webster? ¿A la policía?

—No.

—Tal vez deberías hacerlo.

—No quiero ser una alarmista.

—Nadie podría acusarte de eso.

—No sé, Jeff. —Suspiró—. No quiero llamar la atención sobre algo que, seguramente, no es nada.

Jeff esbozó una sonrisa forzada y le devolvió los sobres.

—Es probable que tengas razón. Seguro que no hay que preocuparse. Oye, por lo visto hay gente que no sabe cómo perder el tiempo, ¿verdad?

—Hay personas que crean su propia historia entrometiéndose en las vidas de personas famosas. Viven a través de ellas.

—Sí, pero... Si recibes otra, creo que deberías reconsiderarlo y comunicarlo a la policía. Olvídate de lo que puedan pensar. No te importe que te consideren una histérica.

—Me temo que es exactamente lo que pensarían de mí.

—Al menos deberías avisar a los guardas de seguridad de la emisora, decirles que no dejen entrar en el edificio a tipos estrafalarios.

—Con eso excluirían a la tercera parte de los empleados —bromeó.

—Es cierto.

Jeff sonrió, pero volvió a hablar en serio:

—Ten cuidado, Cat; hay montones de maníacos sueltos.

—Lo sé.

Guardó los sobres en el bolso y lo cerró, dando por terminada la conversación y volviendo a ocupar el papel de jefa.

—Necesito saber los detalles del funeral de Chantal.

—El viernes a las catorce horas. Para tu información, ha telefoneado Ron Truitt. Quería un comunicado.

—Supongo que le habrás dicho que tome un tren de gran velocidad directo hacia el infierno.

—No con esas palabras, pero algo parecido. Le he dicho que ni estabas ni estarías disponible para ninguna declaración.

—Gracias, yo no habría sido tan diplomática. Ese hombre es un chacal, siempre olisqueando sangre fresca.

No quería perder el tiempo hablando del periodista carroñero.

—Por favor, ocúpate de que manden una corona de flores de la WWSA a la casa mortuoria. Quiero enviarles también algo personal, pero eso lo haré yo misma.

Cuando Jeff se marchó, tenía instrucciones de informar a Sherry y adelantar el horario de filmación. Las dudas de la noche anterior sobre la utilidad del programa, ahora le parecían absurdas. Habían perdido a Chantal, pero existían muchos otros niños que necesitaban ayuda.

No importaban los obstáculos con los que se encontrara; fuese la burocracia, la prensa negativa o la desconfianza en sí misma, no tenía que tirar la toalla. *Los Niños de Cat* era una iniciativa mucho más importante que ella misma; Alex la había ayudado a verlo desde esa perspectiva. Dentro del marco general, sus contratiempos personales eran insignificantes.

Poco antes de las doce, Jeff volvió a su despacho con una nota.

—Llamada de tu novelista.

El corazón le dio un vuelco al poner la mano en el teléfono.

—¿En qué línea?

—Lo siento, no podía esperar. Me ha dicho que te dijera que sólo disponía de tiempo para dejar un recado.

Tan nervioso como el paje portador de la mala noticia a la reina malhumorada, Jeff le alargó la nota.

—Llamaba desde el aeropuerto y ya habían anunciado su vuelo.

—¿Su vuelo?

Se notó el corazón en la garganta.

—¿Se marcha de la ciudad? ¿Adónde va? ¿Por cuánto tiempo?

Todo estaba escrito en la nota, pero Jeff se lo comunicó de viva voz.

—Estará fuera unos días y llamará cuando vuelva.

—¿Eso es todo?

Jeff asintió.

Intentó permanecer impasible y con la voz serena. Era un enorme esfuerzo.

—Gracias, Jeff.

Con actitud servil, su ayudante salió del despacho y cerró la puerta.

Cat dobló la nota y la miró como si pudiera ofrecerle una explicación hasta entonces oculta. Pero no.

Era un mazazo. Se había hecho ilusiones de cenar juntos esa misma noche. Sólo unas horas sin verlo y ya lo añoraba.

Su propia debilidad la puso furiosa. Alex no daba señales de echarla de menos y allí estaba ella, melancólica como la única chica del instituto sin pareja para la fiesta de fin de curso.

Su desánimo se transformó en rabia. ¿Qué lo habría hecho salir de la ciudad perdiendo el culo? ¿Los negocios o la diversión? ¿Qué era tan apremiante como para no darle tiempo a despedirse?

27

Alex no era un apasionado de Nueva York, pero le fascinaba. Era una ciudad llena de contrastes: un compendio de la desesperanza, la suciedad y la miseria, por una parte, y del lujo y la sofisticación por otra. Sus reacciones ante lo que veía allí eran extremas; nunca moderadas. Dentro de la misma manzana, había cosas que le hacían reír y otras que lo asqueaban.

Él y su agente cenaban en un pequeño restaurante del West Side. En los primeros tiempos de su relación con Arnold Villella, en el tercer viaje a la Gran Manzana, Alex había mostrado su desprecio por los platos ofensivamente caros del The Four Seasons y del Le Cirque.

—Si no puedo pronunciar su nombre o ignoro su procedencia, no pienso comérmelo.

Villella lo tildó de patán, pero a partir de entonces permitió que Alex escogiera el local para cenar.

De vez en cuando, si tenían algo que celebrar, Alex toleraba que Villella lo invitara a un restaurante de tipo medio, pero el Oswald's Cafe, propiedad de un húngaro robusto que atendía a sus clientes personalmente, se había convertido en su lugar favorito. Los emparedados de rosbif con diversas guarniciones se servían con mostaza en grano, tan picante que hacía saltar las lágrimas.

Esta noche devoraba el emparedado mientras Villella degustaba *goulash*.

—Veo que tenías hambre —dijo el agente—. ¿No te han dado de cenar en el avión?

—Supongo que no. No lo recuerdo.

Recordaba poco del corto vuelo de San Antonio a Dallas-Fort Worth, del cambio de avión con destino a La Guardia, del trayecto en taxi hasta Manhattan o de cualquier otra cosa ocurrida desde la noche pasada.

Su memoria estaba fija en una sesión de sexo al rojo vivo, ruidosa, tierna, exacerbada, cariñosa, frenética, salvaje y maravillosa.

Apartó el plato y cuando llegó el camarero con los cafés se dio cuenta de que llevaba cinco minutos sin intercambiar una palabra con su agente.

Villella había permanecido en silencio. Cuando trataba con editores que intentaban ahorrarse un dólar, era ávido como un tiburón, pero con los autores era un confesor paciente y disciplinado que se adaptaba a las necesidades de sus clientes.

Arnold Villella aceptó ser agente de Alex antes de que hubiera publicado nada. La mayoría de agentes literarios con los que se puso en contacto le habían devuelto el original sin leerlo, ya que su política era no representar a autores noveles. El círculo vicioso de la industria editorial: no te publican nada si no tienes un agente, y no consigues un agente si no has publicado.

Pero Villella le telefoneó a Houston un viernes por la mañana durante una tormenta. Alex tenía una resaca imponente y Villella tuvo que repetir varias veces lo que le decía antes de que Alex pudiera oír el mensaje por encima de los truenos del exterior y de los que machacaban su cabeza.

—Su novela me parece prometedora. Tiene un estilo sin pulir, pero muy interesante. Si le interesa, acepto ser su agente.

Alex no perdió un minuto en volar a Nueva York para conocer a la única persona que mostraba fe en él. Villella era astuto e intuitivo, terco, y no se mordía la lengua, pero tenía un corazón de oro.

Cuando supo del problema de Alex con la bebida, en vez de sermonearlo se limitó a decir que había conocido a algunos escritores de talento que eran alcohólicos.

—El alcohol estimulaba su creatividad, pero a la larga arruinaba su carrera de escritores.

Al volver a Houston, Alex ingresó en una clínica para desintoxicarse y, mientras trabajaba en la revisión de la novela, nuevas palabras salían de sus poros junto con el alcohol que lo había envenenado.

Villella se había ganado su lealtad y su confianza ilimitada; era la única persona de la que se fiaba, la única que podía censurarlo sin que él se sintiera ofendido. Villella lo sabía casi todo sobre Alex, pero nunca había emitido una sentencia sobre él ni sobre su comportamiento.

—Perdona, Arnie. Ya sé que esta noche no soy buena compañía.

—Deberías decírmelo.

—¿Decirte qué?

—Por qué has venido hasta aquí para cenar conmigo.

—Espero que no tuvieras otros planes.

—Los tenía, pero siempre puedo cambiarlos si se trata de mi cliente más importante.

—Seguro que se lo dices a todos.

—Por supuesto. Sois como niños mimados.

—Y debo de ser el que peor se comporta.

Villella era demasiado educado para decir que sí, pero levantó las manos en señal de aprobación.

—¿Qué tal va la novela?

—Bien.

—¿Tan mal?

Alex rio, aunque algo disgustado.

—Intento verlo con perspectiva; no dejo de decirme que es sólo un borrador.

—No voy a leerlo como definitivo.

—Espero que no.

Vaciló, pero a continuación, con timidez rara en él, añadió:

—Pese a párrafos que no me gustan, creo que puede ser buena, Arnie.

—Será excelente. Supone para ti un desafío y huele a *bestseller*.

—Si no la jodo.

—No lo harás. Tranquilo, diviértete con ella; todo llegará.

—¿Estamos hablando de la novela o de sexo?

—Yo de la novela. ¿Y tú?

La pregunta intencionada de Arnie le sorprendió. Hizo una indicación para pedir otro café y, después, se quedó pensativo mirando la taza.

—Estás más hermético que una cámara acoraza-da. ¿Cuál es el problema? ¿Otra depresión? —insinuó Arnie.

—No.

—¿No has vuelto a tener ausencias?

—Gracias a Dios, no.

Villella se refería a las horas, incluso los días, duran-te los cuales Alex había perdido la conciencia por el abuso del alcohol. Cuando volvía en sí, era incapaz de explicar durante cuánto tiempo había estado «fuera». No recordaba ni dónde había estado ni lo que había dicho o hecho. Una sensación aterradora.

—No tiene nada que ver con la bebida. No he pro-bado una gota.

Observó que Arnie mostraba alivio.

—Si no estás angustiado por el libro y tampoco le das a la botella, ¿qué es?

—Una mujer.

Villella parpadeó, incrédulo, y Alex sabía por qué. Su confidente conocía sus numerosas historias sexuales. Algunas de ellas.

—Esto es distinto —balbuceó.

—No me digas. ¿Esa mujer ha elevado tu nivel ha-bitual de testosterona?

—Sí; bueno, no.

—Vamos a ver, ¿de qué se trata?

—No es una puta. Ni tampoco un ligue. No es sólo un asunto de sexo. Es... Bueno, no lo sé.

Villella dobló una de sus manitas sobre la otra en el borde de la mesa, al parecer muy interesado por escu-charle.

—No es tu estilo.

—Mierda, no.

—Ya veo que estás preocupado. Nunca has tenido lo que yo definiría como un temperamento alegre, pero observo algo en ti muy parecido a la desesperación de nuestro primer encuentro. ¿Te rechaza esa mujer?

Las imágenes de Cat pasaron por su mente: una sonrisa insinuante, una mirada intencionada, una actitud alentadora. Dulzura y sensualidad, malicia y timidez. Y, también, coquetería y ansiedad. No podía rozarla sin que gimiera de placer.

—No, en absoluto.

—Entonces no entiendo que una relación, al parecer gratificadora, sea tan traumática.

—No sabes quién es.

—Bueno, pues dímelo.

—Es Cat Delaney, Arnie. Me he acostado con Cat Delaney.

Villella lo miró fijamente a los ojos, pálido por la impresión.

—Cielo santo, Alex. Creí que ya estabas harto de titulares. Y ahora resulta que sales con una mujer que atrae a los medios de comunicación como un imán. Alguien que...

—Lo sé. Es una locura.

—No, amigo, no sólo es una locura. Es muy peligroso.

28

A Cat le resultaba difícil mantener la calma.

Al enfilar la calle donde vivía vio a Alex en la acera y estuvo a punto de pisar el acelerador a fondo, pero pensó que debía mostrar dignidad y orgullo. Aparcó y dijo:

—¿Qué tal el viaje?

—No muy bien.

—¿Adónde has ido?

—A Nueva York.

—¿Así, por las buenas?

—Me gusta Nueva York.

—¿Se te ocurrió de pronto?

—Negocios urgentes.

—Claro, ya se sabe que las editoriales se distinguen por sus emergencias.

Cat abrió la puerta y entró. A continuación lo miró cara a cara, bloqueando su entrada tal y como había hecho la primera vez que él apareció en el umbral.

Después de aquella noche había sentido el vértigo único del idilio recién iniciado. Pero él se había largado de la ciudad. Una emergencia podía haber impedido que la llamara para despedirse, pero ¿no podía haber llamado después? No lo había hecho.

Y no es que ahora desplegara el entusiasmo de Gene Kelly en *Cantando bajo la lluvia*.

Parecía cansado y ojeroso, como si no hubiese dormido desde que lo dejó en la cama tres días atrás. Su impulso la llevaba a abrazarlo hasta que esa mirada cansada cediese, pero se contuvo.

—Has ido al funeral de la niña.

—¿Es una pregunta o una afirmación?

—He telefoneado a la emisora y me han dicho que ya no volverías. ¿Ha sido triste?

—Mucho. Durante el oficio no he dejado de pensar en el día en que Chantal se convirtió legalmente en su hija. Todos estábamos contentos, y habían preparado una barbacoa para presentarla a los familiares y amigos. Los mismos que hoy estaban en la casa para enterrarla. Hoy no había globos ni serpentinas. Nada era lo mismo. ¿Qué te trae por aquí, Alex?

—Tenemos que hablar.

El tono de voz y la expresión solemne eran avisos inequívocos de que era algo que ella no quería oír.

—¿Te importa que hablemos otro día? Con el funeral he quedado destrozada. Preferiría dejarlo para más adelante.

—No habrá mejor oportunidad para lo que tengo que decirte.

A Cat sólo se le ocurrió un problema que pudiera ser tan apremiante y el vestido negro que llevaba le pesó como una cota de malla.

—Déjame adivinar. Olvidaste un detalle sin importancia la otra noche. Estás casado.

—No estoy casado. Y no pienso seguir hablando en la puerta.

Pasó por delante de sus narices y entró.

Ella cerró la puerta y dijo:

—No estás casado pero lo estuviste.

—No.

—Bueno, es peor de lo que me imaginaba. ¿Cuándo te hiciste el último análisis de sangre?

Alex se puso en jarras y dijo:

—No me jodas.

Si no tenía una mujer en alguna parte, ninguna ex esposa lo atosigaba exigiendo la pensión ni había contraído un virus, sólo quedaba una explicación. Se estaba preparando la clásica huida honrosa.

Iba listo si pensaba que le daría esa satisfacción. Se cuadró, se echó la melena hacia atrás y pasó a la ofensiva.

—Alex, tengo la impresión de que sé lo que vas a decir, así que no hace falta que pases el mal trago. La otra noche estaba muy baja de moral y necesitaba caricias amorosas. Tú me las diste. Somos adultos y lo pasamos bien. Punto.

Hizo una pausa para suspirar profundamente y no le gustó que apareciera un cierto temblor en su voz.

—Pero no quieres una relación estable, ni un compromiso, ni sentirte atado. Bueno, no me parece mal; yo tampoco.

Se quitó los pendientes y los zapatos, como si esos gestos simples y cotidianos hicieran su indiferencia más convincente.

—Por lo tanto, no pongas esa cara de estar a punto de vomitar sobre mi alfombra oriental. No voy a pedirte explicaciones. Ni tengo un padre que te obligue a ir al altar apuntándote con una escopeta. Tampoco voy a cortarme las venas ni a perseguirte con un cuchillo de carnicero. Esto no va a convertirse en una atracción fatal.

Consiguió esbozar una sonrisa irónica.

—Así que tranquilo, ¿vale?

—Siéntate, Cat.

—¿Por qué? ¿Es que me he dejado algo de tu discurso tan bien ensayado?

—Por favor.

Dejó caer los pendientes en la mesa y entró en la sala de estar, encendió una lámpara de sobremesa y se sentó sobre las piernas en una esquina del sofá. Cogió un almohadón y lo abrazó contra el pecho, como si fuera un osito de peluche.

Alex se sentó en el sillón de enfrente del sofá, extendió las rodillas y miró al suelo, entre los pies. Parecía un reo observando cómo instalaban la horca en el patio.

Apoyó los codos en las rodillas, se frotó los ojos y permaneció unos momentos en esa postura antes de bajar las manos y mirarla.

—Quise acostarme contigo desde el mismo momento en que te vi.

Cat analizó la afirmación desde todos los ángulos. Sonaba muy romántico, pero no era una ingenua.

—Supongo que debería sentirme halagada, pero estoy esperando a que me des el pasaporte. ¿De qué se trata? ¿No estuve a la altura de tus expectativas?

—No digas tonterías.

Alex se levantó y empezó a pasearse arriba y abajo. Otra mala señal. Cuando los hombres se disponen a comunicar una mala noticia empiezan a dar vueltas.

Paró en seco delante de ella.

—Aquí hay mucha basura. —Señaló su propia cabeza—. Entró mucha mierda antes de que dejara el cuerpo de policía de Houston.

—Ya conocía tu problema con la bebida.

—Eso fue el efecto, no la causa. Todavía no lo he limpiado todo. Lo estoy haciendo, pero no sería justo...

—¡No me vengas con la trillada excusa de que no sería justo! Ve directamente al grano.

—De acuerdo. En pocas palabras: de momento no puedo involucrarme en una relación seria. Pensé que debías saberlo antes de que la cosa fuera más lejos.

Durante unos momentos se quedó recostada y abrazando el cojín. Luego lo tiró a un lado, se levantó y abrió la puerta.

Alex suspiró.

—Estás enfadada.

—Te equivocas. Debería importarme algo para estar enfadada.

—Entonces ¿por qué quieres que me vaya?

—Porque en esta casa no hay espacio para mí, para ti y para tu gigantesco ego. Vosotros dos tenéis que marcharos. Ahora mismo.

—Cierra la puerta.

La cerró de golpe.

—¿Te crees que estoy destrozada? ¿Supones que el haber dormido contigo significa para mí algo más que eso? ¿Qué te hizo pensar que yo quería algún tipo de «relación seria» contigo?

—No he dicho que...

—Chico, tendrías mucho que enseñar a los aspirantes a sementales de Hollywood sobre el ego. Nunca había conocido a nadie tan pagado de sí mismo, guardando el trabajo inacabado bajo llave como si fuera un tesoro nacional. Serías realmente un fenómeno si tu polla fuera tan grande como tu arrogancia.

—Muy gracioso.

—En absoluto. Es muy triste.

Alex estaba perdiendo la paciencia.

—No quería que esperases algo que no puedo darte.

—Pues lo has conseguido, ya que de ti esperaba menos que nada. Una noche de juerga; nuestros genitales se lo pasaron de miedo. Eso es todo.

—No dices más que bobadas.

—Tú echaste un polvo y yo eché un polvo.

—Varios.

La estaba sacando de quicio, pero siguió adelante:

—Los dos conseguimos lo que queríamos. Fin de la historia.

—No es cierto y los dos lo sabemos —gritó Alex—. Si no hubiera significado nada, no estaría aquí intentando darte explicaciones y tú no estarías a punto de explotar.

—Por lo general te las tiras y las dejas y si te he visto no me acuerdo, ¿algo así?

—Sí.

Aleteó las pestañas y se puso la mano en el corazón.

—Bueno, qué gran honor, señor Pierce, estoy conmovida por su consideración. De verdad.

—Cat, ya basta.

—Vete al infierno, Alex.

La miró furioso y frustrado, maldiciendo en voz baja. A continuación dijo:

—No estaríamos aquí discutiendo si... si...

—Deja de tartamudear y dilo sin rodeos. Ya es un poco tarde para la diplomacia.

Se acercó hasta que estuvo a pocos centímetros de ella y, con voz ronca y sensual, murmuró:

—Si no hubiera sido el maratón sexual del siglo.

Cat tenía ya el pulso acelerado por la ira y su comentario la encendió aún más. ¿Cómo era posible que quisiera sacarle los ojos y, al mismo tiempo, tuviese la entrepierna húmeda?

Retrocedió unos pasos y, cuando estuvo a una distancia segura, dijo:

—Tienes una seguridad ilimitada en tu atractivo, ¿verdad? ¿Esperas que caiga rendida en tus brazos hablando de esa forma? ¿Te crees que eres uno de esos personajes de tus asquerosos libros?

Alex se dio un puñetazo contra la otra mano.

—Arnie no podía estar más equivocado.

—¿Tu agente? ¿Qué tiene que ver con esto?

—Me aconsejó que fuera sincero contigo, que pusiera las cartas encima de la mesa. Dijo que es la mejor forma de abordar el problema.

—¿Le preguntaste a tu agente cómo debías tratarme? ¡Este problema ya lo tienes resuelto! Incluso haré yo el discurso final.

Apuntando el dedo índice sobre el pecho de Alex dijo:

—No me llames, no vuelvas a aparecer por esta casa, no intentes ponerte en contacto conmigo de ninguna forma. Eres un gilipollas, no vales ni la décima parte de lo que crees. No quiero verte ni en pintura.

Suspiró profundamente antes de concluir:

—¿Lo has entendido, hijo de puta?

29

Había marea alta, pero Cat estaba sentada lejos del oleaje. Tenía la barbilla apoyada en las rodillas y se abrazaba las piernas. Contemplaba el horizonte, donde se ponía el sol tiñendo el cielo de un color rojizo que, poco a poco, se iba degradando hasta llegar al añil.

Notó la presencia de alguien, volvió la cabeza y le sorprendió ver a Dean, que caminaba hacia ella. Se tendió a su lado sobre la arena.

Cuando recuperó el habla le preguntó:

—¿Cómo sabías que estaba aquí?

—Llamé a tu oficina de San Antonio esta tarde y tu ayudante me dijo que estabas pasando un par de días en Malibú. ¿Ibas a venir y a marcharte sin avisarme?

—Sí. La última vez que nos vimos la despedida no fue muy amistosa.

Un rictus de tristeza apareció en el rostro de Dean.

—He venido para disculparme. Me comporté como un idiota aquella noche.

—Es agua pasada, no te preocupes.

Notó que él estudiaba su perfil. A continuación dijo:

—Perdona que te lo diga, Cat, pero no tienes muy buen aspecto. De hecho, pareces una muerta resucitada.

—Vaya, pues gracias.

—¿Qué te hizo?

—¿Quién?

Dean permaneció callado y ella lo miró. Sus ojos la recriminaban por hacerse la tonta. Cat volvió a contemplar el mar.

—Me acosté con él.

—Eso ya lo sabía, pero ¿cuál es el problema? ¿Hay otra mujer?

—Él dice que no, y yo no tengo pruebas de que la haya.

—¿Un pasado oscuro?

—Algo que él llamó basura, pero sin concretar. Creo que tiene algo que ver con su abandono del cuerpo de policía. En pocas palabras: me puso la miel en la boca y consiguió encandilarme, pero sólo quiere sexo sin compromiso.

—¿Y aún te sientes atraída por él?

Cat siempre decía la verdad, por cruda que fuera, incluso en contra de su amor propio.

—Te mentiría si te dijera que no.

—Comprendo. ¿Estás enamorada de él?

Como si la hubieran pinchado, sollozó y escondió la cara entre las rodillas.

—Debo entender que sí. ¿Lo sabe él? —dijo Dean.

—Claro que no. Creo que hice una buena escena. Lo puse como un trapo y lo eché de casa. Incluso le amenacé con mi jarrón Lalique. Dudo que se tomara en serio que pudiese hacerle daño físico, pero se marchó.

Levantó la cabeza. Con la mirada fija en las olas, se sentía tan desolada que ni siquiera era consciente de que estaba llorando.

—Lo siento, Dean, esto debe de ser muy duro para ti. Te agradezco que me escuches.

Dean le pasó un dedo por la comisura de los labios, donde había una lágrima.

—Ese hombre no sabe lo que se pierde. ¿Qué más quiere?

—Creo que Alex no sabe lo que quiere. Está desasosegado, buscando algo.

—O huyendo de algo.

—Es posible. O tal vez sólo es por naturaleza, y, sin que tenga conciencia de ello, es un egoísta.

Pese a decirlo en voz alta, no estaba muy segura de ello. La noche que pasaron juntos, Alex había sido tierno, cariñoso y apasionado, tan preocupado por la satisfacción de ella como por la suya propia.

¿O acaso se engañaba a sí misma para salvaguardar un poco su dignidad? Quizás. Alex sabía cómo embaucar y seducir, seguro de que conseguiría lo que quisiera de una mujer y, al mismo tiempo, que se sintiese mimada.

Estiró las piernas y se quedó mirando las zapatillas deportivas, rememorando el momento en que lo vio por vez primera. La química había sido explosiva, algo indescriptible que nunca había experimentado antes.

Sólo al pensarlo se le ponía la piel de gallina.

—Entremos, siento frío.

Sentados en la cocina y bebiendo café, Dean se dejó llevar por la intuición.

—En tu cabeza hay algo más que el novelista.

—Contigo no hay forma de mantener un secreto.

—Puedes actuar bien de cara a la galería, pero yo sé cuándo tienes un problema. Ya me di cuenta de que algo andaba mal aquella noche en San Antonio. Lo negaste, pero sabía que estabas mintiendo. ¿Cuándo vas a confiar en mí, Cat?

Del bolsillo del jersey sacó tres sobres y se los alargó. Después de leer los recortes, la miró perplejo.

—¿Los enviaron a tu casa?

—El primero y el segundo llegaron con un intervalo de un par de semanas. El tercero, el día que me fui.

Dean observó los sobres.

—No dan ninguna pista.

—Aparte de que llevan el matasellos de correos de San Antonio.

—Tres trasplantados de distintas partes del país. Tres muertes accidentales extrañas. Una mujer cae y atraviesa una puerta de cristal, un muchacho se ahoga dentro del automóvil, un hombre tiene un descuido con una sierra de cadena. Cielos.

—Parece una película de Brian DePalma, ¿verdad? Con garantía de poner la piel de gallina.

Dean dejó los recortes encima de la mesa, mostrando desdén.

—Te los habrá enviado algún neurótico con un macabro sentido del humor.

—Es lo más probable.

—No pareces muy convencida.

—No lo estoy.

—Yo tampoco —confesó él—. ¿Se los has enseñado a alguien más?

—A Jeff. Los dos primeros. No sabe nada del tercero.

—¿Cuál es su opinión?

—Igual que la tuya: un loco gastando una broma de pésimo gusto. Me aconsejó que no me preocupara, pero también me dijo que si recibía más recortes se lo comunicase a la policía.

—¿Lo has hecho?

—No, lo he ido aplazando; aún espero una explicación.

—Seguro que no hay motivo de alarma, Cat, pero siempre cabe la posibilidad de que un chiflado que envía anónimos sea capaz de cometer algún disparate.

—Ya me doy cuenta.

Además de inquietarla, los recortes le resucitaban dudas y ambigüedades que había dejado atrás hacía mucho tiempo.

—Dean, me conoces desde antes del trasplante, mucho mejor que cualquier otra persona. Seguiste todo el proceso a mi lado, has estado conmigo en mis momentos más eufóricos y en las horas más bajas. Y me conoces igualmente bien después del trasplante. Has estado a mi lado en la enfermedad y en la salud y eres la persona que mejor podría describir mi personalidad.

—¿Adónde quieres ir a parar?

—¿Soy distinta? —Lo miró a los ojos—. Lo que te estoy preguntando es: ¿me ha cambiado el trasplante?

—Sí, antes te estabas muriendo. Ahora no.

—No me refiero a eso.

—Ya sé a lo que te refieres. Quieres saber si experimentaste un cambio de personalidad después de la operación. Lo cual nos lleva a una cuestión inevitable. ¿Es posible que matices del carácter del donante se transmitan al trasplantado a través del corazón? ¿Es eso?

Cat asintió.

Dean suspiró.

—No es posible que creas en serio en esas bobadas.

—¿Son bobadas?

—Sin la menor duda. Cielo santo, Cat, sé razonable.

—Ocurren cosas extrañas que no tienen explicación lógica ni científica.

—En este caso, no. Eres una mujer inteligente y es probable que sepas de anatomía más que muchos estudiantes de medicina. El corazón es una válvula, una parte mecánica del cuerpo humano. Si se estropea, se puede arreglar o cambiar.

»He visto innumerables corazones abiertos durante las operaciones. Están hechos de tejido. Ninguno de ellos tenía casillas donde se guardaban miedos y aspiraciones, gustos y fobias, amor y odio.

»El concepto de que el corazón es un tesoro escondido de emociones y sentimientos ha inspirado a muchos poetas, pero, desde el punto de vista médico, no tiene ningún sentido.

»No obstante, si esos recortes te han impresionado hasta el punto de querer conocer a la familia del donante, haré lo que pueda por ayudarte.

—Dejé bien claro que nunca querría saber nada del donante.

Dean lo ignoraba, pero la noche de la operación, Cat se había enterado de algo. Ojalá no tuviera ni esa pequeña pista. Pero, igual que una piedra en el zapato, no la dejaba en paz. Y, en los últimos tiempos, era incluso más inquietante.

—Tal vez debería cambiar de idea —dijo, no muy convencida.

Dean se levantó y la abrazó.

—Estoy convencido de que esos accidentes son simples coincidencias. Alguien se ha dado cuenta y te está gastando una broma cruel.

—Es lo que me dije a mí misma cuando recibí la primera. Y también después de la segunda. Luego llegó la tercera. Entonces me di cuenta de un detalle que antes se me había escapado. Según parece, también a ti te ha pasado desapercibido. Aunque no sé cómo hemos podido pasar por alto un detalle tan importante.

—¿Qué es?

—Mira las fechas, Dean. Todos los accidentes fatídicos ocurrieron el día del aniversario del trasplante de la víctima.

En voz baja añadió:

—Y es también la fecha del aniversario de mi trasplante.

30

Alex observaba la pantalla negra del ordenador. El cursor no se movía desde hacía tiempo. La condenada marca seguía en el mismo sitio desde el día de la discusión con Cat.

Se había defendido como una gata, pensó recordando que estuvo a punto de arañarle. Una mujer con ese temperamento no soportaba que la manipularan, y eso era lo que él había hecho para llevársela a la cama. Su reacción había sido más o menos la que esperaba.

Se masajeó la nuca y situó los dedos sobre el teclado, como poniéndose manos a la obra y esta vez en serio.

El cursor seguía parpadeando, como si se mofara de él y le notificase que tenía un típico bloqueo de escritor.

Hacía días que intentaba escribir una escena de amor; mejor dicho, de sexo. Hasta ese punto, el libro había ido avanzando a buen ritmo; incluso se lo había comentado a Arnie. La trama fue tomando cuerpo y la ambientación estaba tan bien descrita que casi se podía oír el agua que discurría por las alcantarillas debajo del asfalto de las calles. Los personajes iban siendo conducidos hacia situaciones peligrosas.

De repente, y sin previo aviso, se habían plantado. Todos y cada uno de ellos se mantuvieron en sus trece y anunciaron: «No pienso interpretar más.»

El protagonista ya no realizaba actos heroicos y se había convertido en un imbécil. El criminal era blando como la mantequilla. Los soplones estaban mudos. Los policías eran unos ineptos. El principal personaje femenino...

Alex apoyó los codos en el borde de la mesa de trabajo y se mesó el pelo con ambas manos. Ella era la que había encabezado el motín. De repente, descontenta con el papel que Alex había creado para ella, decidió despedirse y no lo interpretaría.

Esa tía no se mordía la lengua: tenía la boca tan descarada como el culo, que él había descrito con todo lujo de detalles para sus lectores al presentarla en la página quince. Pero, al mismo tiempo, era muy femenina y vulnerable, mucho más de lo que él al principio había querido. Sospechaba que, cuando él no la veía, se tomaba libertades con ese aspecto de su personalidad. En un momento de debilidad, la había dejado que se saliera con la suya. Ahora era demasiado tarde para rectificar.

Había llegado el momento de que el protagonista la sedujera, pero la escena de cama no se estaba desarrollando como Alex la tenía prevista. En alguna parte situada entre el cerebro y los dedos, los impulsos creativos habían sido desviados como un tren a una vía muerta. Una fuerza ajena a él estaba cambiando las agujas.

Se suponía que el héroe tenía que levantarle la falda, arrancarle las bragas, entrar, correrse, salir y dejarla gritando insultos y amenazando con decírselo a su fulano, el malo de la novela.

El héroe, desdeñoso y sarcástico, le devolvía insulto por insulto y amenaza por amenaza, y la abandonaba en la sórdida habitación del motel con las bragas desgarradas y un sofoco orgásmico como mudos testimonios de su degradación moral.

En cambio, cada vez que Alex intentaba escribir la escena, su ojo mental la veía de otro modo. El protagonista la acariciaba por debajo de la falda y, en vez de arrancarle las bragas, deslizaba los dedos en su interior. Tocarla allí ponía en órbita al pobre memo. Seguía haciéndole un trabajito hasta notarla excitada y húmeda, y sólo entonces le quitaba las bragas.

Una vez dentro de ella, no tenía ninguna prisa en salir. La chica no era lo que él se esperaba; era más suave, más dulce, más cálida. El tío se negaba a cumplir las órdenes de Alex de metérsela hasta el fondo y acabar de una vez.

Aturdido por las emociones que lo asaltaban, y al contrario de lo que era su costumbre, el héroe levantaba la cabeza para mirarla. Una lágrima se deslizaba por la mejilla de la chica. Él le preguntaba qué le ocurría. ¿Estaba haciéndole daño?

«¿Estaba haciéndole daño? —gritó la mente de Alex—. ¿De dónde ha salido eso? Se supone que al héroe no le importa si está haciéndole daño.»

No, no le hacía daño. De la única forma que podría hacerle daño era si se lo decía a su fulano, el malo, y él sí que le haría daño. Era víctima de continuos malos tratos, decía la chica. ¿Creía que seguiría con ese repugnante baboso si tuviera otra salida? No. Las circunstancias la obligaban a soportarlo.

«¡Y una mierda! —pensaba Alex—. Es una puta. ¿Es que no te das cuenta, mamarracho? Te están tomando el pelo. Te han jodido por partida doble.»

El protagonista miraba sus límpidos ojos azules y se adentraba más en la sedosa gruta, aspirando la fragancia de la ondulada y pelirroja melena...

«Un momento.»

¡Si era rubia! Rubia oxigenada. Así la había descrito en la página 16. ¿Qué había ocurrido entre la página 16 y la 104 para cambiarle el color del pelo y la personalidad? ¿Y desde cuándo empleaba él palabras como «límpidos» y «sedosa gruta»? Desde que había perdido el control del libro.

El cursor seguía parpadeando.

Alex apartó la silla y abandonó la mesa. Sus dedos se negaban a tocar las teclas necesarias y no había nada más que hablar. Bueno, esto ocurría a veces. Incluso a los mejores escritores. Hasta premios Pulitzer, de vez en cuando se quedaban bloqueados. Y no digamos lo buena que habría sido *Las uvas de la ira* si Steinbeck no hubiera tenido lapsus creativos de vez en cuando. Era probable que Stephen King se tomase unos días de descanso cuando le fallaba la inspiración.

Camino de la ventana, Alex vio la botella de whisky casi vacía en el anaquel, como si le hiciera «elis, elis».

Al salir de casa de Cat, ella lo estaba amenazando con un jarrón de cristal emplomado. Sabía que su furor estaba más que justificado y se encaminó directamente a una tienda de bebidas alcohólicas.

El primer trago le supo a mil demonios. El segundo pasó mejor. El tercero y el cuarto empezaron a gustarle. No recordaba los siguientes. Había vomitado, pero no tenía ni la menor idea de dónde.

Se despertó al alba, con tantas ganas de mear que era una tortura, y su aliento habría tumbado a un elefante. Estaba tan atontado que ni siquiera recordaba cómo había llegado al parking de los almacenes Kmart. Era un milagro que no se hubiera matado o hubiese atropellado a alguien mientras conducía.

Por suerte nadie había llamado a la policía para denunciar a un borracho que estaba durmiendo dentro del coche aparcado al lado de la zona de carros de compra del supermercado, y tampoco le habían robado la cartera.

Volvió a casa y se liberó de un par de litros de orina. Después de ducharse y afeitarse, se hinchó de aspirinas hasta que los redobles de tambores dentro de la cabeza desaparecieron.

Volvió a leer la documentación que le habían facilitado al salir de la clínica de desintoxicación y recitó la plegaria de los Alcohólicos Anónimos. Se disponía a tirar el resto de whisky en el retrete, pero decidió conservarlo como recordatorio de que era un alcohólico rehabilitado, de que un trago podía ser letal y de que las respuestas no se encuentran en una botella. Si así fuera, ya habría aniquilado a sus bestias negras mucho tiempo atrás.

Se había bebido un mar de alcohol buscando motivos por los que pudiera haber ocurrido aquello. Sus oraciones al Sumo Hacedor solían ser en forma de preguntas. ¿Por qué decidiste fijarte de pronto en Alex

Pierce? ¿Por algo que hice? ¿Por algo que no hice? Él pagaba sus impuestos, contribuía con su óbolo al Ejército de Salvación y era considerado con los ancianos.

Si era por el incidente del Cuatro de Julio... había pedido perdón mil veces. No podía tener más remordimientos de los que tenía. Había hecho lo que tenía que hacer.

Pero, al parecer, Él no había atendido a sus razonamientos, como tampoco los habían escuchado sus superiores del departamento. Al sentirse abandonado por el mismo Dios, empezó a ceder a la presión. Su estado de ánimo estaba por los suelos; y sus perspectivas ante la vida, en las cloacas. El alcohol se convirtió en su mejor amigo.

Ahora, Arnie era su único amigo.

Arnie. En ese momento, sus manos deseaban agarrar un par de minutos el cuello de Arnie. Su bien intencionado agente le había aconsejado sincerarse con Cat. El resultado fue que ella casi lo deja descerebrado con un jarrón. No importa lo que afirmen las mujeres, pensó; en realidad, no quieren saber la verdad.

¿No habría sido más fácil para ambos seguir acostándose, aceptar el placer que eso les proporcionaba y dejar el resto en manos del destino? Pero, según le dijo Arnie, eso sería comportarse como un cabrón.

Maldiciendo, apoyó la frente en la ventana. Cat le había quitado las ganas de comer, de dormir, de controlarse y de trabajar. Temía recapacitar sobre el porqué; ahora recelaba de su instinto. Cuanto más intentaba aclarar las cosas, más se complicaban.

Sólo había una certeza: desde su discusión con Cat,

no había sido capaz de escribir ni una sola línea aceptable.

Su relación sexual con ella había sido la mejor de su vida. Y eso era lo que le carcomía y ahora estaba convirtiendo su novela en una mierda.

Decidido a recuperar el control de la situación antes de verse obligado a devolver el anticipo a la editorial, volvió al ordenador.

Ya que la escena no estaba saliendo como tenía previsto, dejaría que siguiera su camino y vería adónde le conducía. ¿Qué más daba? No estaba esculpiendo las palabras en piedra. Ventajas del ordenador.

—Qué coño —murmuró al empezar a teclear con su rápido sistema: a dos dedos.

Al cabo de escribir una hora sin parar, ya tenía cinco páginas. Lo buenas que deben de ser, pensó con guasa.

Tenía la polla tan dura que hubiera podido clavar con ella un clavo en una pared de ladrillo.

31

—Según parece, estás como nueva.

Sherry Parks se sentó enfrente de Cat. Jeff ocupó el otro sillón y dijo:

—¿Verdad que sí? Ya hacía tiempo que se merecía unas vacaciones.

—Lo he pasado muy bien —dijo Cat—. He comido tres veces al día, he dormido hasta tan tarde que era una vergüenza y he caminado por la playa. En pocas palabras: me he portado como una perezosa.

—No tanto. Un paseo por la playa puede ser agotador —comentó Sherry.

—Ya estaba cansada al terminar de vestirme. La gente se quita la ropa en la playa, pero yo tengo que taparme.

Debido a la medicación era muy sensible a las quemaduras solares.

Volviendo al trabajo, abrió el expediente que Jeff había dejado encima de la mesa. La foto le impresionó.

—¡Qué monada de niño!

Sherry estaba de acuerdo.

—Sí. Michael es una preciosidad. Tiene tres años y esta semana el Servicio de Asistencia a la Infancia lo ha ingresado en un hogar de adopción.

—¿En qué circunstancias? —preguntó Cat.

—Su padre es un hombre encantador que se llama George Murphy. Al parecer es un supuesto albañil incapaz de mantener un puesto de trabajo debido a su temperamento y al consumo de droga. Lo despiden al cabo de dos días. La familia vive del paro y de lo poco que la madre aporta.

—¿Murphy los maltrata?

—Según los vecinos, sí. Han llamado varias veces a la policía para denunciar peleas domésticas. Lo han arrestado, pero ella no presenta denuncia porque él la tiene aterrorizada —explicó Sherry.

—El mes pasado, la asistenta social se llevó a Michael, pero se lo devolvió a su madre cuando Murphy fue detenido por tenencia de drogas. Por desgracia, lo soltaron por falta de pruebas.

—Menuda suerte —comentó Cat.

—Es lo que pensaría cualquiera, pero él no escarmienta. Sus arranques de violencia son cada vez peores y más frecuentes. Y, de repente, ataca más al niño que a la madre.

»La semana pasada, Michael "se cayó". Lo pasaron por rayos X en la sala de urgencias, pero le dieron de alta porque no tenía ningún hueso roto. Anteayer, su madre lo llevó al hospital de nuevo. Murphy le había golpeado reiteradamente contra la pared. El niño era incapaz de llorar y su madre creyó que tenía lesiones cerebrales irrecuperables.

—¿Y es así?

—No, sólo se trataba de una conmoción. Los médicos lo tuvieron en observación durante la noche y ayer lo entregaron al Servicio, que lo ha ingresado en un hogar de adopción.

—¿Cómo está?

—Llora y llama a su madre, pero se porta bien. Demasiado bien, ya que apenas tiene medios de establecer comunicación. Esta mañana ha dicho que le gustaría comerse un plátano después de los cereales, pero no sabía cómo se llamaba.

—Pobre crío —musitó Jeff.

—Está tan aterrorizado por su padre que no se atreve a hablar —añadió Sherry con tristeza.

Cat volvió a mirar la foto. El niño tenía el cabello oscuro, rizado; los ojos, grandes, azules y expresivos, y largas pestañas. Los labios eran gruesos y enmarcados por hoyuelos. Una preciosidad, con rasgos casi femeninos.

Todos los niños le interesaban: sin tener en cuenta la raza, la edad o el sexo. Se sentía solidaria con ellos y toleraba incluso a los que peor se comportaban. El mal comportamiento era, por lo general, el termómetro del nivel de malos tratos que habían sufrido. Sus vidas le conmovían, le enfurecían y, a veces, le hacían avergonzarse de pertenecer a la raza humana, que tanto dolor causaba a inocentes.

Pero ese rostro la tenía fascinada sin saber por qué.

—He querido que prestaras atención a este caso —dijo Sherry—. Me parece que podemos incluirlo en el programa. Su madre lo adora, pero está dominada por el miedo a Murphy. Me temo que no va a llevarle la contraria para proteger a Michael, y sólo Dios sabe lo que debe de estar soportando esa pobre mujer. Ya he conocido otros tipos como él: son capaces de destrozar a cualquiera, física y emocionalmente.

»El caso es que esta vez van a incriminarlos a ambos por malos tratos a un menor. El abogado de oficio, mal pagado, con trabajo hasta las orejas y que cobra por caso cerrado, ya está pidiendo un acuerdo para no llegar a juicio.

Jeff intervino diciendo:

—Se declararán culpables de un cargo menor a cambio de perder la custodia del niño.

Ocurría con frecuencia. Algunos padres cedían a sus hijos si podían acogerse a una reducción de condena. Por extraño que pudiera parecer, a veces era eso lo único que les importaba.

Sherry miró a Jeff y le dijo:

—Creo que has dado en el clavo. Murphy aprovechará la oportunidad de librarse del niño y, teniendo en cuenta que las cárceles están a tope, es probable que cumpla sólo una parte de la condena. Incluso es posible que quede libre porque la condena sea menor al tiempo que ya ha cumplido. Una ganga para él.

—Pero una tragedia para la madre del niño —afirmó Cat.

Si ese niño fuera suyo, mataría a cualquiera que intentase llevárselo. Pero no podía juzgar a otra mujer. El miedo era un factor muy importante. Y también el amor.

—Si quiere a su hijo tanto como parece, es posible que haya optado por cederlo en adopción. Y, a la larga, será lo mejor para él.

Sherry hizo una pausa, pero prosiguió:

—El programa le encontrará un hogar, pero entretanto necesita el contacto con otros niños. Pensé que te parecería bien llevarlo a una merienda campestre.

—¿A una merienda campestre?

Jeff carraspeó y esbozó una sonrisa tímida.

—He aguardado a que volvieras para decírtelo.

Cat estaba esperando una explicación.

—A Nancy Webster se le ha metido entre ceja y ceja. Llamó al menos una docena de veces mientras estabas fuera. ¿No te dijo el señor Webster que cuando se le pide algo se convierte en una apisonadora?

—Algo parecido.

—Bueno, pues conoce muy bien a su mujer. Nancy me explicó que se tarda meses en organizar una recaudación de fondos como es debido. Así que, entretanto, ha invitado a algunos posibles contribuyentes a una pequeña fiesta. Este fin de semana.

—¡Este fin de semana!

—Le he preguntado a qué venía tanta prisa —dijo Jeff—. Y resulta que este fin de semana no tiene previsto ningún acontecimiento social, pero los próximos meses lo tiene todo cubierto. Por lo tanto, es ahora o nunca.

Cat suspiró.

—Bien venida al mundanal ruido, Cat.

—En realidad no te quitará mucho tiempo. Sólo tienes que hacer acto de presencia allí el sábado. Yo ya lo he anunciado a los medios de comunicación y Sherry contestó a mi SOS. Ha hecho los preparativos para recoger a los niños.

—¿Incluidos los que ya han sido adoptados? —preguntó Cat—. Me parece importante que asistan como testimonio palpable de nuestros éxitos. Más aún teniendo en cuenta la publicidad negativa con que nos obsequió Truitt después de la muerte de Chantal.

—Jeff y yo ya pensamos en eso. Incluimos a familias adoptivas y a parejas que han presentado solicitudes de adopción. Nancy dijo que no había límite en el número de invitados siempre que antes del jueves le dijéramos aproximadamente cuántos serían para hacer sus cálculos. Habrá barbacoa para los adultos y perritos calientes para los niños.

—Nancy piensa en todo —comentó Cat con ironía.

—Incluso ha contratado una orquestina de música country de Austin. Es posible que a última hora llegue Willie Nelson, pero no es seguro.

—¿Willie Nelson? Debes de estar bromeando.

—En absoluto.

—¿Y tendrá todo esto organizado para el sábado?

—Esa señora es capaz de cualquier cosa.

Sherry se levantó para marcharse.

—A todos nos hace mucha ilusión y tengo debilidad por Willie Nelson aunque lleve trenzas y collares.

Después de despedir a Sherry, Jeff le dio los últimos detalles.

—Como ves, no tienes que hacer gran cosa.

—¿Y si hubiera prolongado mis vacaciones? ¿Me lo habría perdido?

—Nancy lo tenía previsto. Tenía intención de enviarte un avión privado y, después, devolverte a California.

—El dinero no sólo habla: grita.

—Y que lo digas.

Jeff recogió los expedientes, se los puso bajo el brazo y sonrió:

—Jefa, tienes muy buen aspecto. No es un cumplido.

—Gracias. He pensado mucho pero me he dedicado más a descansar.

No estaba decidida a hablarle del tercer recorte, pero llegó a la conclusión de que si ya había confiado en él tenía que saber los últimos acontecimientos.

Jeff mostró su enojo.

—¿Qué diablos es esta mierda?

—No lo sé. Y Dean tampoco sabe qué pensar.

—¿Se lo has dicho ya al señor Webster?

—No, pero pienso hacerlo. Si aparece por aquí algún tarado y empieza a disparar, Bill tiene que estar prevenido. Eso podría poner en peligro la seguridad de la emisora.

—No creo que llegue a tanto.

—Yo tampoco. Tengo la impresión de que ese individuo sería mucho más sutil.

Entonces le hizo ver la coincidencia de fechas en las muertes accidentales.

—Es como un acertijo que quería que yo resolviera.

—¿Y cuándo fue tu...?

—Faltan pocas semanas para el cuarto aniversario de mi trasplante.

—Cielo santo, Cat, esto ya ha dejado de ser una broma de mal gusto. Los recortes podrían ser amenazas directas. ¿No crees que ha llegado el momento de acudir a la policía?

—Dean me dijo lo mismo, pero mientras no existan amenazas reales, ¿qué pueden hacer? No sabemos quién es la persona que envía los recortes.

—Pero seguro que pueden hacer algo.

—He pensado mucho en ello. ¿Puedo contar con tu ayuda?

—No deberías preguntarlo.

—Gracias. Llama al archivo de estos periódicos y pide copias de todos los artículos relacionados con estos casos. Si hubo más información sobre estos accidentes mortales, quiero leerla.

—¿Buscas algo en concreto?

—No. Me gustaría saber si se abrieron investigaciones como resultado de las muertes. O si se publicaron notas biográficas sobre las víctimas. Ese tipo de cosas.

En persona era incluso más guapo. Cuando Cat lo vio se quedó pasmada. Tenía el cabello negro y rebelde. Llevaba camisa tejana, vaqueros y botas lustrosas.

Cat se puso en cuclillas delante de él. El niño tenía el dedo índice en la comisura de la boca.

—Hola, Michael. Me llamo Cat. Me alegro de conocerte.

Sherry llevaba al niño de la mano.

—Tenía ganas de venir. Me lo ha dicho la madre del hogar de acogida.

Sherry movió negativamente la cabeza: la contraseña acordada con Cat para decirle que Michael no se adaptaba a la convivencia con otros niños.

—Es la señora que te ha comprado la ropa nueva, Michael; deberías darle las gracias.

El niño no apartaba sus ojos del suelo.

—No importa —dijo Cat—. Ya me darás las gracias en otro momento. Aún no he comido nada. ¿Vamos a tomar un perrito caliente?

El pequeño levantó la cabeza y la miró sin expresión en sus ojos azules, como si no entendiera nada.

Cat extendió la mano. Michael lo pensó antes de apartar el dedo de la boca y aceptar la invitación.

—Bueno, Sherry: después nos reuniremos contigo.

Cat adaptó su paso al de Michael.

—Me gustan mucho estas botas. Son como las mías, ¿ves?

Se paró y señaló sus botas de *cowboy*. Las había comprado en una *boutique* de Rodeo Drive, en Beverly Hills, pero Michael no notaría la diferencia.

El niño comparó unas con otras e hizo una mueca que parecía una sonrisa. Cat lo tomó como una señal alentadora y le estrechó la mano.

—Vamos a ser buenos amigos.

La barbacoa se celebraba en los jardines. La banda de música tocaba en la glorieta situada a orillas del lago, donde los patos engullían migas de pan lanzadas por los niños. El aire estaba impregnado del suculento aroma a carne asada. Debajo de los árboles se habían instalado mesas con manteles a cuadros blancos y rojos.

Animadores y payasos circulaban entre la multitud repartiendo globos y caramelos, y tres jugadores de los Dallas Cowboys firmaban autógrafos en balones infantiles. Las cabezas de dos miembros del equipo de baloncesto local destacaban por encima de todas las demás.

Después de coger los platos, Cat y Michael se sentaron a una de las mesas. Mientras comían los perritos calientes, ella lo tanteó en busca de alguna respuesta, pero Michael no decía nada, ni siquiera cuando le presentó a Jeff, que era irresistible para los niños. Llevaba a varios detrás al dirigirse hacia el lago.

Jeff lo invitó a acompañarlos a dar de comer a los patos, pero el niño negó con la cabeza y Cat no le presionó. No obstante, se dio cuenta de que alguna otra cosa le había llamado la atención.

Siguió la dirección de su mirada absorta.

—Ah, te gustan los caballos. ¿Quieres montar?

La miró sin responder, pero sus ojos mostraban un destello de curiosidad.

—Vamos a verlos de cerca.

Se limpió la boca con una servilleta de papel, tomó al niño de la mano y anduvieron hacia el recinto vallado donde cuatro ponis caminaban en círculo, uno detrás de otro.

Al llegar allí, Cat notó la prevención de Michael y le dio tiempo para que se acostumbrase. Observaron a los animales y, cuando desmontó el tercer grupo de cuatro niños, Michael la miró fijamente.

—¿Quieres montar?

El niño asintió.

—Pues adelante.

Cat abrió la verja y entraron en la pista. Michael escogió el poni más pequeño.

—También es mi favorito: es el que tiene la crin y la cola más bonitas. Me parece que tú también le gustas; te estaba mirando de reojo.

Michael sonrió y Cat sintió una gran alegría.

Un hombre vestido de *cowboy* ayudaba a los otros niños a montar. Cat se inclinó para subir al niño a la silla.

—Déjame a mí. Debe de pesar más de lo que parece.

Unas manos, de las que conocía muy bien el aspecto y el tacto, la apartaron a un lado, cogieron a Michael y lo depositaron en la silla.

—Bueno, chico, aquí tienes las riendas. Sujétalas así —dijo Alex.

Le mostró la forma de hacerlo y, a continuación, apoyó ambas manos en el pomo de la silla.

—Ahora piensa que ya lo has hecho otras veces. —Le dio una amistosa palmada en el hombro.

—¿Todo bien?

El encargado comprobó que Michael estuviera bien sentado en la silla.

Cat le puso una mano en la pantorrilla.

—Michael, ¿estás preparado?

El niño asintió con la cabeza.

—Te esperaré ahí.

Salió de la pista y lo saludó con la mano. El encargado hizo chasquear la boca y los cuatro caballitos empezaron a caminar al unísono.

Al principio la cara del niño mostró terror, pero éste desapareció pronto. Miraba a Cat por el rabillo del ojo, con miedo a mover la cabeza. Ella le sonrió, alentadora, y no dejó de mirarlo ni cuando Alex se puso a su lado.

—Un niño precioso.

—¿Qué estás haciendo aquí, Alex?

—Me han invitado.

—Es un acto social que podías haber rechazado.

—He venido porque quería contribuir con mi óbolo a *Los Niños de Cat.*

—No me digas.

—Es la verdad.

—¿Por qué no has enviado un cheque?

—Porque quería verte.

Ella se dio la vuelta para mirarlo directamente a los ojos. Lo cual fue un error, ya que estaba más atractivo que nunca. Acudieron a su mente imágenes que quisiera haber borrado.

Desvió los ojos hacia Michael.

—Pues has perdido el tiempo. ¿No recuerdas lo último que te dije?

—Que dejara de joderte.

Cat agachó la cabeza y emitió una risita.

—No creo que utilizase esas palabras, pero el mensaje era el mismo.

—Intenté ponerme en contacto contigo docenas de veces. ¿Dónde has estado?

—Me fui a California.

—¿A llorar sobre el hombro del doctor?

—Dean es un amigo leal.

—Qué conmovedor.

—Con él sé, al menos, dónde estoy.

—Claro que sí. Y yo también. Le estás agradecida y el pastillitas se aprovecha de ello.

—No es ningún pastillitas; y mi relación con él...

Los estaban mirando; algunas personas con sonrisas de complicidad. Quienes habían asistido a aquella cena de Nancy Webster en la que él era su acompañante, debían de pensar que tenían un romance.

No queriendo dar el espectáculo, Cat sonrió y volvió a centrar su atención en Michael, quien ahora ya se atrevía a balancear los tacones contra el costado del poni, imitando al chico que montaba sobre el animal que los precedía.

—Márchate, Alex —dijo ella en voz baja—. Dejaste clara tu posición y yo la mía. Ya no tenemos nada más que decirnos.

—Me temo que no es tan fácil, Cat. Charlie e Irene Walters quieren conocerte y no tardarán en llegar. Les prometí que te los presentaría yo mismo. Fue todo un detalle por tu parte invitarlos.

—Como nuestra primera entrevista no pudo celebrarse pensé que, al menos, tenía que hacerles llegar una invitación personal.

—También me han dicho que alguien de la agencia los llamó para fijar otra entrevista. ¿También idea tuya?

—Sherry pensaba que eran candidatos idóneos para una adopción y quedó desilusionada cuando le expliqué el malentendido. Seguro que no los ha descartado.

—Pero tú hablaste en su favor.

Cat se encogió de hombros.

—Gracias.

Se dio la vuelta, casi incapaz de contener su rabia:

—Tú no tienes que darme las gracias de nada. No lo hice por ti, sino por los Walters. Tal y como me dijiste la mañana en que nos conocimos, no debo juzgarlos por las amistades que tengan. Estaré encantada de conocerlos cuando lleguen, pero tú esfúmate. Ahora disculpa, pero el paseo a caballo ha terminado y tengo que recoger a Michael.

Pasó por delante de Alex y entró en la pista.

32

Alex la dejó marchar. Comprendía su posición, y más aún en una fiesta donde todo lo que dijera e hiciera podría ocasionar publicidad negativa.

En cuanto Cat recogió a Michael, Nancy la apremió a acudir a la glorieta, donde ya había una multitud congregada. Alex captó el mensaje: había llegado Willie Nelson.

Cantó unas cuantas baladas y Cat, como invitada de honor, tuvo que quedarse en el estrado. Tenía a Michael sobre las rodillas e incluso consiguió que diera palmadas acompasadas. Acudió con él al micrófono para agradecer la presencia de los asistentes y su contribución para ayudar a los niños.

Cuando Willie terminó su actuación, Cat se acercó para darle las gracias y se rio a carcajadas con alguna de sus ocurrencias. Alex sentía unos celos inexplicables. El cantante se marchó con su séquito, un montón de harapientos con aspecto de haber sido arrojados a una playa dos semanas después del naufragio.

Alex observó, al mismo tiempo que Cat, que Michael cerraba las piernas y movía los pies. Cat se agachó y le dijo algo al oído. El niño asintió. Cogidos de la mano, entraron en la casa.

Alex les siguió los pasos. Lejos de espectadores, tal vez pudieran llegar a un entendimiento. Intentaría que ella aceptase una cita más tarde. Tal vez pensara que su efímera relación había terminado, pero estaba equivocada.

Vagó por el salón, simulando echar un vistazo a las figuritas de porcelana mientras esperaba cortarle el paso cuando saliera con Michael del servicio.

Maldijo para sus adentros al ver que Bill Webster se le adelantaba.

—¡Cat! Menos mal que he tenido suerte. No te he visto en toda la tarde.

—Hola, Bill. Te presento a Michael. Tenía que hacer un pis y había cola en los lavabos portátiles. He pensado que no te importaría que utilizáramos uno de la casa.

—Por supuesto que no. Cuando un jovencito tiene una urgencia no puede esperar. Bien, ¿qué te parece la fiesta?

—Una maravilla —contestó ella—. No me explico cómo Nancy ha podido organizarla tan rápido.

—No es nada comparada con la que tiene en perspectiva para la primavera.

—No puedo imaginarla.

Alex divisó una de las sonrientes expresiones de Cat. Pero no pudo oír lo que decía.

—Bill: necesito hablar contigo de algo que me parece importante. ¿Puedes dedicarme cinco minutos el lunes a primera hora?

—Tu tono de voz me inquieta; y no me olvido de que has vuelto de California. ¿No estarás pensando en dejarnos?

—No.

—¿Cuál es el problema?

—Puede esperar hasta el lunes.

—Lo siento, Cat, pero el lunes estaré en Saint Louis, en una reunión de directivos. Me voy mañana por la noche y no volveré hasta el jueves.

—Supongo que puedo esperar hasta entonces.

—No seas tan comedida. Si piensas que es algo serio...

—Es que no lo sé. Quería saber tu opinión.

—Disponemos de cinco minutos. Vayamos a mi despacho.

—No quisiera dejar a Michael solo.

—Que entre. Puede entretenerse con mis miniaturas.

—De acuerdo. Me parece mejor no esperar otra semana.

Alex oyó cómo se cerraba la puerta del despacho. Entró en el vestíbulo y miró a su alrededor. Al parecer no había nadie. Acercó la oreja a la puerta.

—Los originales están en casa, dentro de un cajón —decía Cat—. Llevo las copias encima. Te ruego que las leas y me digas lo que piensas.

Webster seguía silencioso. Alex oyó que Cat le hablaba a Michael de unos animales en miniatura.

—¡Cat! —exclamó Webster—. ¿Cuánto tiempo hace que dura esto?

—Unas semanas. ¿Qué te parece?

—Mi primera impresión es que quien los haya enviado es un demente.

Alex frunció el ceño.

—Jeff ha hecho algunas averiguaciones. Había un par de noticias breves sobre el accidente en Florida. Pero nada de los otros dos. Se consideraron muertes accidentales, lo cual me lleva a creer que estoy haciendo una montaña de un grano de arena. Si la policía no tuvo sospechas, ¿por qué debería tenerlas yo? Pero confieso que estoy intranquila. Creo que tenías que estar enterado porque, si algo ocurriera, podría poner en peligro la seguridad de todo el personal.

—¿Piensas que el remitente anónimo se atrevería a atacarte?

Alex no pudo oír cuál era la respuesta de Cat. Pero alguien había pronunciado su nombre. Se dio la vuelta. Nancy Webster había entrado en la sala.

Sonrió por compromiso para disimular que estaba escuchando.

—Hola, Nancy.

—¿Has visto a Cat?

—Ha entrado en la casa y la he seguido hasta aquí. Acompañaba al niño al baño. Pero ahora me ha parecido oír su voz ahí y me disponía a llamar.

Nancy entró sin llamar en el despacho de Bill.

—Hola, chicos.

La apertura de la puerta permitió que Alex viera a Bill sentado en un sillón de cuero. Había patitos en miniatura colocados en fila en el sofá de enfrente y Michael los hacía avanzar sobre la suave piel. Cat estaba sentada sobre la alfombra, a los pies de Webster.

Bill se metió a toda prisa unos papeles en el bolsillo. Parecía sorprendido y preocupado.

—¿Qué hay, cariño?

La expresión de Nancy era tan dura como si llevase una mascarilla de cemento armado. Alex sabía que no había pasado nada, pero se sentía obligado a callar.

—Están a punto de empezar los fuegos artificiales. Deberíais salir.

—Gracias, Nancy.

Webster se levantó y ofreció su mano a Cat, que hizo caso omiso y cogió al niño entre sus brazos.

—Vamos, Michael. No hay que perderse los fuegos artificiales.

Cuando vio que Alex estaba detrás de Nancy e intuyó que debía de haber escuchado la conversación con Webster, su sonrisa forzada se le heló en los labios.

Cat y Michael salieron. Ella hizo grandes exclamaciones de emoción ante la pirotecnia para animar al pequeño, pero fingía. Nancy tenía a su marido cogido amorosamente del brazo, pero su entusiasta comentario sobre los fuegos artificiales también sonaba falso. Webster estaba tan ausente que apenas se daba cuenta de nada.

Y Alex no veía nada ni a nadie que no fuera Cat Delaney.

Por segunda vez esa noche, Nancy encontró a Bill recluido en su despacho. Todos se habían marchado. Y el servicio de limpieza no llegaría hasta la mañana siguiente.

Cuando entró, su marido levantó la copa de balón para brindar.

—Has conseguido que todo saliera de primera, como siempre. Toma una copa conmigo para celebrarlo.

—No, gracias.

Bill se había tomado más de una. Otra habría sido excesiva. Estaba sofocado y tenía las órbitas de los ojos de color rosado. Rara vez se emborrachaba. Por lo tanto, cuando eso ocurría era evidente.

—Estoy muy cansada, ¿nos vamos a dormir? —dijo ella alargando la mano.

—Ve tú; ya subo. Me tomaré otra copa corta.

Se sirvió otro escocés e hizo una mueca al tomar un trago. No bebía por gusto.

Nancy lo miró y dijo:

—Bill, ¿qué te ocurre?

—Tengo sed.

—¡Me tomas por idiota!

Bill estaba a punto de protestar, pero cambió de idea. Cerró los ojos, levantó el vaso hasta la frente y lo deslizó entre ambas sienes, como si quisiera alisarse las arrugas.

—He observado la expresión de tu cara al verme aquí con Cat. No debería darte explicaciones, pero lo haré. Hablábamos de un asunto privado.

—Eso es lo que me preocupa.

—No es lo que piensas, Nancy. Por el amor de Dios, dame un margen de confianza. Me haces sentir como si quisiera convertir a Cat en mi amante porque me recuerda a Carla.

—¿Por lo tanto intentas reemplazar a Carla con ella?

La miró con ojos de centella.

—¿Es eso lo que piensas?

Nancy agachó la cabeza y contempló la alianza de bodas.

—Ya no sé qué pensar. Nada ha sido igual entre nosotros desde que perdimos a Carla. En vez de aferrarnos el uno al otro para superar la pena, se ha ido abriendo un abismo que no sé cómo volver a cerrar. Y no quiero caer en él, ya que ignoro adónde puede llevarnos.

Levantó la cabeza y lo miró angustiada.

—¿Por qué ya no vienes a mí, Bill?

—Lo hago.

—No con tanta frecuencia. Y cuando lo haces, no es igual que antes. Noto la diferencia y quiero saber qué es lo que se interpone entre nosotros. Si no tienes un asunto con Cat, ¿qué es?

—¿Cuántas veces tendré que repetirlo? Nada. Tengo muchas responsabilidades y cuando vuelvo a casa estoy cansado. No consigo que se me levante dándole una orden.

El sarcasmo y su grosero vocabulario la contrariaron. Se encaminó hacia la puerta.

—No vale la pena hablar contigo ahora; estás bebido. Otra señal de que algo anda muy mal. Aunque no sepa lo que es, no me digas que son imaginaciones mías.

»Carla era una chica maravillosa y la querremos siempre. Has tenido una buena relación con todos nuestros hijos, pero tú y ella estabais muy unidos. Cuando murió, sentiste que moría también una parte de ti. Bill: si pudiera devolvértela, lo haría.

»Pero no puedo. Y me niego a perder más de lo que ya me han arrebatado. Toda mi vida gira a tu alrededor porque te adoro. Tengo la intención de retenerte a mi lado y conseguir que nuestra relación sea como antes. No me importa lo que tenga que hacer.

Cat durmió muy poco esa noche.

Pensaba en Michael. Estaba tan encerrado en sí mismo que lograr que se abriera requería mucha paciencia y dedicación. Sin embargo, con los padres adecuados llegaría a ser un niño normal y el esfuerzo habría valido la pena. Sólo necesitaba que lo quisieran y lo mimaran.

Pero había también otra cosa que ocupaba su mente. Después de ver a Alex se tambalearon todas las resoluciones que había tomado en California. Le mortificaban las ganas que tenía de él.

Irene y Charlie Walters eran tan encantadores como él le había dicho. Seguro que después de asistir al cursillo de capacitación obligatorio serían unos padres perfectos para alguno de los niños.

En cualquier otro momento habría disfrutado charlando un rato con ellos, pero la presentación se había producido poco después de los fuegos artificiales y aún veía la expresión en la cara de Nancy Webster al abrir la puerta del despacho. Era evidente que había malinterpretado el sentido de la conversación privada.

Estas preocupaciones la tenían en vilo, además de los anónimos. Necesitaba distracción, así que dedicó el domingo por la tarde a ir de compras y, después, a ver una película.

El lunes, ella y Jeff enviaron cartas de agradecimiento a las personas que habían entregado un cheque durante la merienda campestre a beneficio de *Los Niños de Cat*. El martes realizaron un vídeo de una niña de cinco años con un defecto auditivo que había perdido a sus padres en accidente de coche.

Esa noche, cuando Cat volvió a casa encontró entre

el correo un sobre idéntico a los tres anteriores. Pero el contenido era distinto.

Dentro había una hoja de papel. Escrito en forma de artículo periodístico, era un resumen biográfico de la ex actriz de telenovelas Cat Delaney, que había sufrido un trasplante de corazón.

Era su necrológica.

33

—Comprendo que sea un fastidio, pero no puede hablarse de delito, ¿entiende lo que quiero decir?

El teniente Bud Hunsaker, del Departamento de Policía de San Antonio, llevaba pantalones a cuadros y botas de piel de lagarto negras con pespuntes blancos. La camisa blanca, de manga corta, se ceñía sobre su vientre de bebedor de cerveza rodeado por un cinturón de cuero con tachuelas. La corbata, corta y con aguja, reposaba, torcida, sobre el pecho. La obesidad, las mejillas rojizas y la pesada respiración lo hacían el perfecto candidato a un infarto.

Desde el momento en que Cat entró en su oficina masticaba un puro apagado y, por la dirección de su mirada, el diálogo parecía mantenerlo con las rodillas de Cat.

Ahora apoyó los gordezuelos antebrazos sobre la mesa y se inclinó hacia adelante.

—Y dígame, ¿cómo es Doug Speer? Como persona, quiero decir. No le veo la gracia a que se equivoque en la previsión meteorológica y, encima, se lo tome a broma.

—Doug Speer está en otra emisora; no lo conozco —contestó Cat con una débil sonrisa.

—Ah, ya. Con los hombres del tiempo siempre me ocurre lo mismo. Confundo a unos con otros.

—Por favor, teniente, ¿podríamos volver a esto?

Indicó los recortes que estaban sobre la mesa.

Hunsaker manoseó el puro.

—Señorita Delaney: una mujer famosa como usted ya debería contar con este tipo de cosas.

—Ya lo sé, teniente. Cuando interpretaba *Passages* recibía toneladas de correo, incluyendo diversas proposiciones de matrimonio. Un hombre llegó a escribirme cien cartas.

—¿Lo ve?

Sonriendo de oreja a oreja, se reclinó en el asiento como si ella le diera la razón.

—Pero una propuesta de matrimonio no es una amenaza. Ni tampoco las cartas que alaban o critican mi. actuación. Yo creo que esto son amenazas veladas. Especialmente la última.

Separó la necrológica.

—¿Qué piensa hacer?

El teniente se removió, incómodo, en el sillón, que rechinó como protesta. Cogió la hoja mecanografiada a un solo espacio y volvió a leerla. A Cat no se le pasó por alto que su interés era fingido; le estaba siguiendo la corriente. Ya se había formado una opinión y nada que no fuera una amenaza directa iba a hacerle cambiar de idea.

El hombre carraspeó y dijo:

—Tal y como yo lo veo, se trata de algún demente que quiere ponerla nerviosa.

—Bueno, pues lo está haciendo bien, ya que estoy nerviosa. He acudido a ustedes para que descubran al demente y deje de molestarme.

—No es tan fácil como parece.

—No parece fácil. Si lo fuera, ya lo haría yo misma. La policía dispone de medios para solucionar este tipo de situaciones. Los ciudadanos de a pie, no.

—¿Qué cree que debemos hacer?

—¡Yo qué sé! ¿No pueden seguir la pista del matasellos? ¿O buscar la máquina de escribir? ¿O la marca del papel? ¿O si hay huellas en el papel?

El teniente sonrió y le guiñó un ojo.

—Señora, usted ha visto demasiadas películas de polis.

Cat sentía ganas de insultarlo hasta que levantase su gordo culo y dejara de andarse por las ramas. Pero dar la impresión de una histérica sólo confirmaría su opinión de que estaba levantando polvareda por tres o cuatro ridículos anónimos.

—Teniente, no me trate con esa condescendencia.

A Hunsaker se le borró la sonrisa.

—Oiga, yo no...

—Sólo le ha faltado darme una palmadita en el hombro.

»Soy una persona adulta, sensata y con capacidad de deducción, ya que, aparte de útero, tengo cerebro. No estoy con el síndrome premenstrual ni suelo tomar alcohol o drogas. Las diferencias entre usted y yo son tantas que podríamos llenar una enciclopedia, pero la menos importante es que yo llevo faldas y usted pantalones.

»Y, ahora, o tira ese asqueroso puro y empieza a

tomarse mi problema en serio o presentaré una queja a su superior. Tiene que haber algún sistema para descubrir al responsable de esto.

El teniente tenía el rostro del color de la cera; sabía que ella lo tenía atrapado. Enderezó la nuca para aliviar la rigidez del cuello de la camisa, se estiró la corbata y se sacó el puro de la boca, guardándolo dentro de un cajón.

—¿Sabe de alguien que pueda guardarle rencor?

—No, a menos que...

Vaciló antes de informarle de sus sospechas, ya que no había nada que las apoyara.

—¿A menos que...?

—Hay una empleada en la WWSA, una joven. Le he sido antipática desde el primer día que empecé a trabajar en la emisora.

Le explicó sus malas relaciones con Melia King.

—Me confesó que había tirado las medicinas, pero no creo que pueda haber manipulado un foco del estudio para que cayese. Volvieron a contratarla poco después de que yo la despidiera y, según parece, está contenta en su nuevo puesto. La veo cada día, aunque apenas nos dirigimos la palabra. No me cae bien pero estoy casi segura de que su resentimiento no tiene nada que ver con mi trasplante.

—¿Una tía fea?

—¿Cómo dice?

—¿Qué aspecto tiene? Podría ser un adefesio.

Cat negó con la cabeza.

—Es una chica espléndida y atrae a los hombres.

—Tal vez no quiere competencia.

Su expresión era maliciosa. Cat evitó que siguiera

por ese camino con una pétrea mirada de sus ojos azules. El teniente volvió a repantigarse en el sillón. Cogió la necrológica.

—El lenguaje es algo... inculto.

—Ya me he dado cuenta; no parece de periódico.

—Y tampoco explica la causa de la muerte.

—Porque eso podría ponerme en alerta. Sabría lo que me esperaba.

—¿Nadie se le ha acercado amenazándola ni ha visto a nadie merodeando por su casa o algo parecido?

—Aún no.

Hunsaker gruñó, frunció los labios y exhaló un suspiro. Para ganar tiempo releyó los otros recortes y, antes de hablar, carraspeó.

—Son de diversas partes del país. El hijo de puta ha estado muy ocupado.

—Lo cual me parece que lo hace aún más peligroso —dijo Cat—. Es evidente que está obsesionado con el destino de esos trasplantados. Sea o no el responsable de su muerte, ha recorrido muchos kilómetros para seguirles la pista.

—¿Cree que él estaba detrás de esos supuestos accidentes?

El tono de voz del teniente daba a entender que él no apoyaba esa teoría.

Cat no estaba tampoco muy segura, por lo que evitó una respuesta directa.

—Me parece significativo que las fechas de sus muertes coincidan con el aniversario de los trasplantes, que también coincide con el del mío. Es demasiada casualidad que sea una simple coincidencia.

Frunció el ceño, pensativo.

—¿Conoce a la familia de su donante?

—¿Piensa que pueda haber una relación?

—Es una suposición tan aceptable como cualquier otra. ¿Qué sabe de su donante?

—Nada. Hasta hace poco, nunca quise saber nada. Pero ayer me puse en contacto con el banco de órganos que consiguió mi corazón y pregunté si la familia del donante había hecho averiguaciones sobre mí. Están buscando en los archivos de la agencia que recogió el corazón, así que pasarán unos días antes de que tenga una respuesta. Si nadie ha preguntado por mi identidad, sabremos que ésa es una pista falsa.

—¿Por qué?

—Son sus normas. La identidad de donantes y receptores es estrictamente confidencial a menos que ambas partes pregunten por la otra. Sólo entonces las agencias proporcionan información. Corresponde a los individuos decidir si se ponen o no en contacto entre ellos.

—¿Es ésa la única forma de que alguien pueda saber quién recibió un corazón específico?

—A menos que sea capaz de introducirse en el ordenador central de Virginia y averiguar el número de UNOS.

—¿Qué es eso?

Le explicó lo que Dean le había explicado pocos días antes:

—UNOS es la red de agencias que comparte e intercambia órganos. A cada donante de órganos y tejidos se le asigna un número inmediatamente después de la extirpación. El número se codifica con el año, día, mes y la cronología de cuándo se extirparon y fueron aceptados por un banco de órganos. Es un mecanismo de seguridad para evitar el mercado negro.

El hombre se restregó la cara.

—Joder, ese tío tiene que ser listo.

—Es lo que he intentado decirle.

Cuantas más hipótesis aparecían, más asustada estaba.

—Teniente, estamos en un círculo vicioso. ¿Qué piensa hacer para encontrarlo antes de que él me encuentre a mí?

—Con toda franqueza, señorita Delaney: no hay mucho que podamos hacer.

—Hasta que la diñe en algún extraño accidente, ¿verdad?

—Calma, tranquila.

—Estoy tranquila. —Se levantó para marcharse—. Y, por desgracia, usted también.

El policía se movió con mayor rapidez de la que ella le creía capaz, rodeó la mesa y le bloqueó la salida.

—Tengo que admitir que es incomprensible, pero por ahora su vida no ha corrido peligro ni se ha cometido ningún delito. Y ni siquiera sabemos si en esas otras muertes intervino una mano extraña, ¿no?

—No —admitió lacónica.

—Aun así no quiero que se vaya pensando que no la tomo en serio. A ver qué le parece esto. ¿Qué tal si designo un coche patrulla para que vigile su calle durante las próximas semanas y no pierda de vista su casa?

Era para partirse de risa. Ese hombre no entendía nada. La persona que la acechaba era demasiado inteligente como para dejarse atrapar por un coche patrulla.

—Muchas gracias, teniente. Le agradeceré cualquier tipo de ayuda que pueda proporcionarme.

—Para eso estamos. Lo más probable es que alguien quiera asustarla, ponerle los pelos de punta. Ya sabe.

Con ganas de salir corriendo, asintió.

El teniente creía haber resuelto el problema e hizo un gesto galante al disponerse a abrir la puerta.

—No dude en llamarme si me necesita.

«Claro que le llamaré. ¿Y de qué me servirá?»

—Le agradezco que me haya recibido tan rápido, teniente Hunsaker.

—En persona es usted aún más bonita que en la tele.

—Gracias.

—Ah, antes de que se vaya... No entra cada día una persona famosa en mi despacho. ¿Le importaría darme su autógrafo para mi mujer? Estará encantada. A nombre de Doris, por favor. Y no estaría de más que añadiera Bud, si no es mucho pedir.

34

—¿Qué diablos estás haciendo?

—Chamuscar el bacón.

Utilizando un tenedor al no haber conseguido encontrar unas tenazas en alguno de los cajones del mueble de cocina, Cat levantaba una masa amorfa de la humeante sartén.

Después de su enervante experiencia en comisaría, volvió a casa y se cambió de ropa. Demasiado nerviosa para ir a trabajar, llamó a Jeff y le dijo que necesitaba un día libre para reflexionar.

Tardó casi una hora en llegar a una conclusión y, sin darse cuenta, estaba empujando un carrito: haciendo la compra para alguien a quien aseguraba despreciar.

—Espero que te guste crujiente.

Depositó la loncha de bacón junto a las otras que se escurrían sobre un papel de cocina.

—¿Cómo quieres los huevos?

—¿Cómo has entrado?

—Por la puerta. Estaba abierta.

Él se rascó la cabeza.

—Debí de olvidarme de cerrar con llave antes de acostarme.

—Claro. ¿Fritos o revueltos?

No respondió y ella echó un vistazo por encima del hombro. Tenía el mismo aspecto que la mañana en que se conocieron, pero ahora, en vez de vaqueros, sólo llevaba calzoncillos. El bacón no estaba para comérselo, pero él sí.

—¿Fritos o revueltos? Me salen un poco mejor revueltos.

Él apoyó las manos en las caderas.

—¿Debo entender que hay algún motivo especial para que te hayas presentado aquí y me estés preparando el desayuno?

—Sí. Ponte unos pantalones, siéntate a la mesa y te lo explicaré.

Sacudió la cabeza, aturdido, y se dio la vuelta. Al regresar a la cocina con unos Levi's gastados y una camiseta blanca, el desayuno estaba sobre la mesa. Cat sirvió dos tazas de café y se sentó, indicándole que ocupara la silla de enfrente.

La obedeció. De momento no probó la comida, aunque bebía sorbos de café.

—¿Tendrá algo que ver con que el camino más corto para llegar al corazón de un hombre es a través del estómago?

—Esa teoría cayó por su propio peso cuando nos vimos obligadas a hacer jornada completa.

Alex sonrió y, a continuación, soltó una carcajada. Empuñó el tenedor y se dispuso a engullir huevos revueltos. Partió un pedazo de correoso bacón y se lo tragó con un largo sorbo de zumo de naranja.

—¿Desde cuándo no has comido algo?

—Me parece recordar que ayer pedí una pizza. Tal vez fuera anteayer.

—¿Muy enfrascado en el trabajo?

—¿Queda alguna tostada?

Cat puso otras dos en la tostadora. Mientras esperaba a que saltaran le sirvió otra taza de café. Alex la sujetó por la muñeca y la miró fijamente.

—Cat, ¿se te ha pasado por la cabeza la idea de ser ama de casa?

—No.

—¿Estás haciendo conmigo una obra benéfica?

—No das el tipo.

—¿Me ofreces la paz?

—No a toda costa.

—¿Tendré que pagar algo?

—Claro.

—¿Será muy caro?

—A menos que quieras que te bautice con café hirviendo será mejor que me sueltes la muñeca.

Así lo hizo y ella devolvió la cafetera al salvamanteles. La tostadora expulsó las dos rebanadas. Cat las cogió y se las lanzó al plato sin ninguna ceremonia.

—Así que aún no somos amigos —comentó él mientras untaba la tostada con mantequilla.

—No.

—Entonces ser amantes queda descartado.

Hundió los blancos dientes en la tostada. Cat llevó los otros platos al fregadero, los lavó y los dejó en el escurridor. Ordenó la cocina mientras él terminaba de desayunar. Llevó luego el plato de él al fregadero, se sirvió otra taza de café y volvió a la mesa.

Cat estaba limpiando las migas con una esponja húmeda cuando Alex la rodeó por la cintura y la atrajo hacia sí. Hundió la cara entre los senos y los besó con avidez a través de la blusa.

Ella se negó a responder y mantuvo las manos en alto, sin la menor intención de tocarle. Por fin, él levantó la cabeza.

—¿No te gusta?

—Me gusta muchísimo, eres muy hábil, pero no he venido aquí por eso.

Alex abandonó y su expresión se volvió adusta y airada.

—Si no has venido a hacer las paces...

—No.

—¿Por qué has venido?

—A eso voy.

—Más vale, ya que tengo un montón de trabajo.

Cat no dijo nada, se lavó las manos, se sirvió otra taza de café y se sentó a la mesa, donde dejó el bolso. Lo abrió, sacó las copias de los recortes y de la necrológica y se los alargó.

—¿Es ésta la documentación secreta que le enseñaste a Webster la otra noche?

—Así que estabas escuchando. Ya me lo suponía.

—Un vicio de mis tiempos de policía.

—O simple mala educación.

—Puede ser —admitió encogiéndose de hombros—. Nancy Webster pensó que tú y su marido teníais una conversación íntima.

—Tú ya sabes que no.

—¿Por qué dejaste que pensara lo peor? ¿No podías decirle la verdad?

—Cuantas menos personas lo sepan, mejor.

Alex cogió los papeles y empezó a leerlos. Al llegar al segundo, se restregó, pensativo, la cicatriz que le partía la ceja. Cuando terminó de leer el tercero, la miró intrigado. Leyó de nuevo la necrológica, maldijo, apartó la silla y se sentó de lado con las piernas cruzadas. Releyó las fotocopias.

—¿Tienes los originales?

—Y los sobres.

—Oí que le decías a Webster que habías empezado a recibirlos hace unas cuantas semanas.

—Así es.

—¿Y no estimaste conveniente decírmelo?

—No era asunto tuyo.

Alex soltó un taco.

—De acuerdo, ha sido de mal gusto —admitió—. No se lo mencioné a nadie hasta que recibí el tercero.

—¿Y a quién se los enseñaste entonces? Aparte de Spicer. Porque estoy seguro de que se los mostraste al querido Dean.

—Se los enseñé a Jeff —contestó, pasando por alto el comentario sarcástico—. Y después a Bill.

—Porque podía poner en peligro la seguridad de la emisora. Oí cómo se lo decías. ¿Quién más lo sabe?

—Nadie. La falsa necrológica llegó ayer. Y eso fue la gota que colmó el vaso. Esta mañana, a las ocho, he tenido una entrevista con un oficial de policía. Para el caso que me ha hecho, podía haber dedicado ese tiempo a tomar un baño de espuma.

—¿Qué te ha dicho?

Casi al pie de la letra le explicó la conversación con el teniente Hunsaker.

—Mi vida puede estar en peligro, pero él estaba más interesado en mirarme las piernas. Bueno, el caso es que intentaba calmarme con un montón de tonterías sobre los gajes del oficio de ser una persona famosa, como si yo no lo supiera. Apestaba a tabaco, a colonia barata y a machismo al viejo estilo.

»Le he parado los pies, pero lo único que he sacado en claro es que, hasta que no me ocurra algo terrible, la policía no puede hacer gran cosa aparte de patrullar por mi calle unas cuantas noches a la semana. ¿No te parece increíble?

—Por desgracia, no.

La contempló durante unos instantes.

—Por eso te asustaste la noche que encontramos a Spicer en tu casa, ¿verdad? y aún estás asustada.

Cat se mordió los labios y se secó las palmas de las manos sudorosas en las perneras de los tejanos. Ahora que le había preparado el desayuno y le había confiado sus preocupaciones se sentía nerviosa, en parte porque podía adivinarle el pensamiento.

Alex seguía impasible, escrutándola con esos ojos que no se perdían nada.

—¿Qué quieres de mí, Cat?

—Ayuda.

Él resopló.

—¿Mi ayuda?

—Eres la única persona que conozco con una mentalidad criminal. Has tratado con delincuentes, has estudiado su comportamiento, conoces el perfil de una persona que haría una cosa así. Necesito tu opinión. ¿Es obra de un bromista o de un psicópata? ¿Debo descartarlo como basura o tomarlo como un aviso?

Dejando de lado el orgullo añadió:

—Estoy aterrorizada, Alex.

—Eso ya lo veo. Y eres un blanco fácil.

Cat se agitó los cabellos con nerviosismo.

—Lo sé, pero me niego a vivir en una torre de marfil y a convertirme en prisionera de mi popularidad. Siempre existe la posibilidad de que un admirador se vuelva loco. La mayoría sólo quiere tu autógrafo, pero alguno puede matarte. Asistí al funeral de una joven actriz a la que un admirador, que aseguraba adorarla, le descerrajó cuatro tiros.

Movió la cabeza negativamente y dijo con tristeza:

—Alex, ya irás aprendiendo que cuanto más famoso eres, menos vida privada y seguridad tienes.

—Los escritores disfrutan de mayor anonimato que las estrellas de la tele.

Aceptó su afirmación pero siguió reflexionando en voz alta.

—Me gusta ser popular, mentiría si dijera lo contrario, pero pago un precio demasiado alto por ello.

—¿Te había sucedido antes algo similar?

Le explicó lo que le había dicho a Hunsaker sobre la correspondencia generada por *Passages*.

—Aprendí a distinguir entre cartas de admiradores normales y las que estaban escritas por personas descentradas. A veces me ponían la piel de gallina, pero en general no hacía caso. Ninguna me había inquietado tanto como estos recortes. Tal vez sea una tontería y estoy exagerando, pero...

—Aquí no hay ninguna amenaza directa —dijo Alex.

—Si la hubiera, sería más fácil descartarla. Pero, de

esta forma, ¿cómo se puede luchar contra lo que no se ve? Y aunque no vea el peligro, lo presiento. Tal vez sea que mi imaginación está trabajando a marchas forzadas, pero últimamente estoy destrozada y no dejo de mirar a mis espaldas. Me siento...

—Acechada.

—Sí.

Alex reflexionó.

—¿Qué crees que significa todo esto, Cat?

—¿Qué crees tú? He venido para saber tu opinión. A cambio de esos horribles huevos revueltos.

—Los he comido peores.

—Gracias.

Se quedó callada, dándole tiempo para que ordenara sus pensamientos. No la había ridiculizado por tener miedo, aunque, en cierto modo, deseaba que lo hubiera hecho. Quería que le dijera que no era necesario preocuparse por los misteriosos mensajes.

—Te diré lo que pienso, pero es sólo una suposición —dijo él.

—Me hago cargo.

—La peor hipótesis...

Cat asintió.

—Tantas coincidencias merecerían aparecer en el libro Guinness de los récords.

—Eso creo yo también.

—Tomadas por separado, las causas de las muertes eran extrañas pero creíbles. Agrupadas, empiezan a apestar.

—Sigue.

—Teniendo en cuenta el tiempo y la distancia, la persona que te envió los recortes no los encontró por casualidad.

—Conocía las muertes.

—Incluso es posible que fuera el responsable. Si se da por supuesto que fueron homicidios y no voluntad divina.

—¿Adónde nos lleva eso?

—Si es el culpable de esas muertes, y este punto no está nada claro, no es el asesino en serie habitual. No ha escogido a sus víctimas al azar. El destino ha escogido sus víctimas. No obstante, se ha tomado muchas molestias para encontrarlas y matarlas de forma muy ingeniosa.

—¿Cuál es el motivo?

—Esto es sencillo, Cat. El corazón del donante.

Había dicho lo que ella se temía. La hipótesis de Alex coincidía con la suya al pie de la letra.

—Esas tres personas trasplantadas recibieron el corazón el mismo día que tú. El psicópata conocía a uno de los donantes y, por alguna razón, no puede soportar que ese corazón siga latiendo. Es evidente que no sabe quién es el receptor, así que está eliminando todas las posibilidades. Uno tras otro, se va cepillando a los trasplantados que recibieron el corazón ese día concreto, y sabe que, tarde o temprano, dará en el blanco.

—Pero ¿por qué?

—Para que el corazón deje de latir.

—Eso ya lo sé, pero ¿por qué? Si es alguien tan cercano al donante es más que probable que fuera quien dio el permiso para el trasplante. ¿Por qué habría cambiado de idea?

—Cualquiera sabe. Tal vez se despertó una mañana, meses después del trasplante, y pensó: «Dios mío, qué he hecho.» A los familiares de donantes se les obliga a tomar una decisión a toda prisa y en las peores condiciones. Tal vez se sintió presionado para la donación. La idea empezó a obsesionarle y ya no podía seguir viviendo con su sentido de culpabilidad. ¿No has leído *El corazón delator*, de Poe?

—Ese corazón no está enterrado. Sigue latiendo.

—Bueno, igual que el personaje del relato, la persona que te acecha lo escucha continuamente. Eso le atormenta y lo está volviendo loco. No puede soportarlo y quiere silenciarlo para siempre.

—Por favor... —gimió Cat.

Alex le acarició la mano.

—O podemos estar equivocados de cabo a rabo. Me has pedido mi opinión y ésta es la que tengo. Espero equivocarme.

—Pero no lo crees.

No contestó, pero no hacía falta. Ella leyó la afirmación en sus ojos.

—Digamos que estamos en lo cierto. ¿Cómo ha podido seguir la pista de esas personas, incluyéndote a ti?

Le dio la misma explicación que a Hunsaker acerca del número de UNOS.

Después de pensar sobre ello, dijo:

—Los trasplantes de corazón aún son noticia. Es posible que recopilara pistas que había ido sacando de aquí y de allá. ¿Quién sabe? Hasta que no sabes qué clase de tipo es, no sabes cómo actúa.

—Tiene que tener dinero —comentó ella.

—¿Por qué?

—Porque durante los últimos cuatro años ha viajado por todo el país.

—¿No pudo hacer autoestop? ¿O saltar a un tren de mercancías? Disponía de un año entre crimen y crimen, así que podía buscarse empleos temporales para mantenerse mientras, poco a poco, se iba acercando a la siguiente víctima.

—No se me había ocurrido. Puede ser cualquiera.

—Un hombre de negocios que sólo viaja en primera o un vagabundo. Sea quien sea, ese hijo de puta es inteligente y astuto. Una persona adaptable, un camaleón. ¿Cómo, si no, habría podido acercarse lo suficiente a esas personas para asesinarlas sin levantar sospechas?

—Como la mujer de Florida. Atraviesa una puerta de cristal en su propia casa. Si la empujaron, tenía que estar con ella dentro de la casa.

—Pudo hacerse pasar por fontanero o electricista —aventuró Cat.

—¿Y se pone a regar las plantas mientras tiene un operario en casa?

—Es posible.

—Pero poco probable. Yo me la imagino pidiéndole a alguien, a quien conoce y en quien confía, que le sujete la escalera de tijera mientras ella riega el helecho.

Cat se estremeció.

—Tiene que ser un monstruo.

—Pero no mata por placer ni a lo loco. Se controla y está totalmente concentrado en su misión, impulsado por la venganza, por la religión o por cualquier otra motivación muy arraigada.

—Es curioso lo que motiva a las personas a hacer lo que hacen, que a veces parece no tener sentido. Les importa poco cómo pueda afectar a otros seres humanos siempre que consigan sus propósitos.

Sus palabras tenían un doble significado que Alex captó de inmediato.

—Sigues pensando que soy un cabrón.

—Sí. Sin la menor duda.

Lo dijo con la misma convicción que si le hubiera preguntado si hay que erradicar el hambre en el mundo.

—¿No merezco un poco de consideración por haber sido sincero contigo?

—Seguro que tu sinceridad era interesada.

—Cat, no me juzgues con tanta severidad. ¿No podrías intentar entenderme?

—Te entiendo perfectamente. Ibas cachondo y allí estaba yo.

—¡No te necesitaba a ti para follar! —gritó.

—¡Pues haberte tirado a otra! ¿A qué venía tanta prisa, Alex? ¡Me hiciste caer de cuatro patas y lo hiciste a propósito!

Se disponía a contestar, pero cambió de idea. Se rascó la cabeza y maldijo para sus adentros. Por fin, dijo:

—Me declaro culpable. Te hice creer que lo imposible era posible.

—¿Por qué es imposible?

No quería contestar.

—Alex, ¿qué es lo que te corroe?

—No puedo hablar de ello.

—Inténtalo conmigo.

—De verdad, Cat, no te gustaría saberlo.

—Sea lo que sea, el sexo no te va a ayudar a sentirte mejor.

La miró ceñudo.

—Alguno de los dos lo recuerda mal. Yo no sólo me sentí mejor, sino en el séptimo cielo.

—No quiero decir físicamente. Claro que fue estupendo en ese sentido. Pero esa mentalidad masculina es incomprensible para las mujeres. Al menos para mí. No sabéis distinguir lo físico de lo emocional. Si va bien de cintura para abajo, ¿qué más da lo demás? Las mujeres...

—Podría ser una mujer —dijo él de pronto.

—¿Qué?

—La persona que te amenaza puede ser una mujer.

—Melia.

—¿Por qué?

Cat ni siquiera se dio cuenta al decir el nombre en voz alta. Ahora ya era demasiado tarde.

—Una chica de la emisora. Tuvimos varios enfrentamientos.

Era la segunda vez que explicaba lo mismo esta mañana.

—Me parece que la he visto —dijo Alex—. Buenas tetas, melena negra, labios carnosos y largas piernas.

—Veo que no se te ha escapado ningún detalle.

—Es difícil que pase desapercibida.

—También es malintencionada y odiosa, pero no me imagino que pueda ser una asesina.

—Cualquier persona es sospechosa, Cat. Cualquiera es capaz de matar.

—No lo creo.

—Una vez arresté a una chiquilla de trece años por haber liquidado a su madre mientras dormía. ¿El motivo? La había regañado por ponerse demasiada sombra en los ojos. Era una criatura de aspecto inocente con aparatos de ortodoncia y un póster de Mickey Mouse en su dormitorio. Hay asesinos entre nosotros de los que no sospechamos. Y éste es más listo que una ardilla.

—Suponiendo que haya un asesino.

Alex miró las copias de los recortes.

—Habría que denunciarlo al Departamento de Justicia.

Lo que faltaba. Debía de ser más grave de lo que daba a entender.

—¿Y qué van a hacer?

—Designar a alguien para que investigue las muertes.

—Eso supone mucho tiempo y mucha burocracia, ¿no?

—Sería la primera vez que cualquier asunto que implique al gobierno federal se moviera con agilidad.

—Falta menos de un mes para el aniversario de mi trasplante. Y tengo el presentimiento de que seré la próxima víctima.

Alex leyó una vez más la fotocopia de la necrológica.

—Quiere que lo atrapen. De lo contrario no te los enviaría. Existe una finalidad detrás de sus crímenes, pero no la sigue por instinto ni por placer; se siente obligado a su retorcido ideal pero sabe que está equivocado. Ruega que lo detengan.

—Espero que lo consigamos a tiempo.

—¿Por qué hablas en plural?

—Soy incapaz de hacerlo sola, Alex. No tengo contactos ni experiencia. Tú sí.

—El desayuno me está saliendo caro. ¿Y si renuncio?

—No lo creo; aún queda mucho poli dentro de ti. Juraste cumplir con tu deber. Entregar una placa no te ha liberado del compromiso. Si yo fuera una desconocida no me dejarías de lado; y si muriese de forma misteriosa nunca te lo perdonarías.

Alex silbó.

—Sabes jugar sucio.

—Me estoy poniendo a tu altura. —Con su habitual franqueza, Cat no se cortó—. Eres la última persona a la que quisiera haber pedido ayuda, y no me ha resultado fácil venir aquí. De haber tenido otra opción, no habría recurrido a ti.

—Vale. Haré lo que pueda. ¿Por dónde sugieres que empiece?

—Aquí. En Texas.

Era evidente que no esperaba una respuesta tan rotunda.

—¿Por qué?

—No se lo he dicho a nadie, pero tengo una pista sobre el origen de mi corazón prestado. La noche de mi trasplante oí que una enfermera decía que venía de Texas. Siempre he creído que mi corazón es de aquí.

Quiso que pareciera sólo una idea sin definir; y añadió:

—Tal vez fue eso lo que me trajo aquí.

—Esta mañana repartes carnaza y es lógico que pique. ¿Insinúas que viniste a Texas porque tu donante vivía aquí?

—Dean asegura que esta clase de transferencia espiritual es absurda.

—¿Tú qué piensas?

—Estoy de acuerdo.

Enarcó la ceja para indicarle que había notado falta de convicción en su voz.

—Pero seguro que es un tema estimulante para abrir un debate.

—Quizás algún día podamos abrir un debate. Ahora lo que necesito es descubrir a la persona que me amenaza. Texas es la única referencia que tengo.

—Bien. Hay que seguir el procedimiento habitual.

—Alex: otra cosa. Pretendo saber si la familia del donante ha intentado ponerse en contacto conmigo.

—¿En serio? Va en contra de tu decisión, ¿no? Me dijiste que no querías saber nada sobre tu donante.

—Ya no me queda otra oportunidad. Están investigando en los archivos. Te lo comunicaré, si es que hay algo.

—De acuerdo. Entretanto empezaré por Texas y seguiré la pista. También procuraré averiguar algo sobre esas muertes accidentales. Podría haber otro común denominador entre esas víctimas. Pero no puedo prometerte nada.

—Te agradeceré cualquier cosa que hagas.

Cat se levantó y señaló el frigorífico.

—Te he dejado alguna cosa.

La acompañó hasta la puerta.

—Cat, no te vayas.

—Ya hemos terminado de hablar de negocios.

—Pero no de nosotros.

—No hay más que hablar, Alex. Has reconocido que eres un cabrón y sabes que no quiero sólo sexo. Aunque sí hay algo que me intriga. ¿Por qué fuiste sincero tan pronto? Podías haberme tenido en vilo lo que quisieras. ¿Sufriste un ataque de culpabilidad? ¿O Arnie te amenazó con retirarte los anticipos si no te comportabas como un buen chico?

En vez de responder a la cáustica pregunta, apoyó la cara en el dorso de la mano.

—Hay un refrán que dice: «Ten cuidado con lo que quieres.» Yo quería acostarme contigo y olvidarme del mundo. Así fue, pero también conseguí otra cosa con la que no contaba. Me dio miedo. Algo que no sabía cómo solucionar.

Resiguió el perfil de sus labios con el pulgar.

—Y que todavía no sé.

35

—Así es como estamos. Quería que lo supierais.

Cat se lo explicó todo a Jeff Doyle y a Bill Webster y ahora esperaba su reacción. El despacho de Webster era tranquilo, alejado de la caótica actividad de las oficinas de informativos.

Ella y Jeff estaban sentados en el sofá de cuero color crema y el presidente de la emisora en el sillón a juego. Su postura relajada era engañosa: el hombre estaba molesto.

—Ese oficial de policía...

—Hunsaker.

—¿No te hizo caso?

—Más o menos —contestó Cat—. Especialmente después de que el banco de órganos me informara de que la familia de mi donante nunca ha intentado localizarme.

Esto la había dejado desilusionada y contenta a la vez. Contenta por no tener que saber detalles personales del donante. Y desilusionada porque ya no podría identificar a quien podía ser su asesino.

—La indiferencia del teniente Hunsaker es exasperante, pero cuando se lo dije a Alex no le sorprendió. A menos que se cometa un delito, ¿qué puede hacer la policía? No hay ninguna causa de arresto, ni aunque supiéramos a quién arrestar, cosa que no sabemos.

—Algo podrá hacerse —insistía Jeff.

—Estamos haciendo todo lo que podemos —contestó Cat—. Alex aún tiene amistades en el Departamento de Policía de Houston, antiguos compañeros que mirarán qué tienen en el ordenador y cosas por el estilo. Alex dispone de recursos a los que ciudadanos de a pie como yo no tenemos acceso. A veces se olvida de mencionar que ya no es policía y la gente habla. Puede ser muy convincente.

—¿Confías en él? —preguntó Bill.

—¿Por qué no tendría que hacerlo?

Bill señaló el sobre marrón en el que Cat llevaba las fotocopias de los recortes y de la necrológica.

—Me parece que ese sobre es motivo suficiente para estar alerta ante cualquier desconocido que aparezca en tu vida.

—Alex Pierce no es un desconocido —puntualizó Jeff.

—¿Qué sabes de él, Cat? —insistió Bill—. Aparte de lo evidente; es decir: que físicamente sea atractivo.

—Me ofende tu insinuación, Bill. No se me cae la baba por un hombre guapo. No estoy cegada por la pasión.

—No te enfades; sólo quería decir...

—Querías decir que las mujeres pensamos con el corazón y no con la cabeza. Somos el sexo débil: nuestra inteligencia no da para reconocer a un lobo disfrazado de cordero.

Se levantó y se dirigió a la ventana. Desde el tercer piso contemplaba el tráfico para intentar calmarse. Cuando lo consiguió se dio la vuelta.

—Lo siento, Bill. Tú te preocupas por mí y yo salto a la primera de cambio.

—Es lógico: estás sometida a una gran tensión. ¿Te afecta físicamente?

—Aparte de algunas noches de insomnio, no.

—Podríamos suspender el programa durante unas semanas. Hasta que este asunto se solucione.

—Seguro que Sherry lo entendería —dijo Jeff apoyando la sugerencia de Bill.

—De ninguna forma. No habrá ningún cambio en mi vida; seguiré haciendo lo mismo de siempre. Ningún chiflado dirigirá mi existencia.

—Pero si la tensión emocional llega a poner en peligro tu salud...

—Me encuentro estupendamente, en serio. Bill: quiero dejar una cosa bien clara. La opinión que tengas de Alex te la guardas. Necesito su ayuda. Eso es todo.

Caminó hasta el mueble donde la secretaria había dejado un servicio de café.

—¿Queréis una taza?

Ambos declinaron el ofrecimiento.

Cat se sirvió una taza sin prisas. Recordaba la despedida en casa de Alex. Había intentado besarla, pero ella no se lo permitió y se marchó antes de que las hormonas le jugasen una mala pasada y ofuscaran su mente. Las insinuaciones de Bill no iban desencaminadas; tal vez por eso le habían molestado.

Miró a Bill y a Jeff y comentó:

—Según parece, alguien ha decidido pararme el reloj.

—No es cosa de broma —dijo Jeff.

—Estoy de acuerdo, Jeff —añadió Bill mientras se frotaba las manos como un general a punto de dar órdenes a las tropas—. Enviaré una circular para que no entre nadie en el edificio sin acreditación acompañada de identificación. Cat: desde ahora en adelante, alguien te acompañará cuando entres y salgas del coche hasta la entrada de personal.

—Bill, creo que...

—Está fuera de toda discusión. Jeff: cuando tengáis que filmar en exteriores, que uno de los guardas os acompañe. Puedes hacerle sitio en la furgoneta de los técnicos.

—¿Es preciso que alguien vaya armado?

—Buena idea, señor Webster —dijo Jeff sin hacer caso del comentario de Cat.

Sabía que protestar no le serviría de nada, pero se negó en redondo cuando Bill sugirió apostar un vigilante en su casa las veinticuatro horas del día.

—Eso sí que no.

—Sería a cargo de la empresa. Eres un objeto valioso: no repararemos en gastos con tal de protegerte.

—No soy una obra de arte. Soy una persona y me niego a tener un gorila con traje barato merodeando por mi casa. No quiero vivir como una prisionera en mi propio hogar. Si haces eso, me iré a vivir a un hotel y nadie sabrá dónde estoy. Te lo digo en serio, Bill. No pienso permitirle a ese neurótico más control sobre mi vida del que ya ejerce.

Al cabo de unos minutos de acalorada discusión, Bill cedió a regañadientes. Poco después, ella y Jeff salieron del despacho.

Mientras bajaban en el ascensor, Jeff dijo:

—Sólo quiere protegerte, Cat.

—Se lo agradezco, pero tenemos que mantener esto dentro de unos límites y no exagerar. Es probable que Hunsaker tenga razón. He dejado volar la imaginación y mi histeria ha sido contagiosa.

—No eres una histérica.

Bajaron y se dirigieron a la redacción.

—Tal vez la palabra histeria sea demasiado fuerte. No obstante, estoy dejando que unos anónimos me tengan atemorizada.

—El señor Pierce no dio por sentado que fueran obra de un loco.

—Es novelista. Tal vez debí pensarlo mejor antes de hablar con él; tiene demasiada imaginación. Su trabajo diario es inventar crímenes y violencia. Se aprovechó de una vaga idea mía y la ha adornado hasta convertirla en una película de suspense.

—Buena idea. Escribiré un guión y lo enviaré a Hollywood.

Cat y Jeff se dieron la vuelta al oír la voz de Alex.

—Pero tienes que interpretar el principal papel —le dijo a Cat en tono cordial—. Hola, Jeff.

Ambos estaban sorprendidos de verlo. Cat se recuperó primero.

—No te esperaba.

Habían hablado varias veces por teléfono desde la mañana del desayuno en su casa, pero no se habían visto. Él estuvo en Houston y Cat no sabía que hubiera vuelto.

—He encontrado algo que quizá merece la pena investigar. Esta tarde tengo una entrevista con un tipo que ha aceptado hablar conmigo. Tal vez no saque nada, pero te tendré al corriente.

—Jeff, ¿qué tenemos para esta tarde?

—Poca cosa.

—¿Nada que no pueda aplazarse?

Jeff negó con la cabeza.

—Un momento, Cat. Sigue tu plan de trabajo. No vas a ir a ninguna parte.

—Claro que sí. Voy a ir contigo.

—No es una buena idea. Cuando sepa alguna cosa te la comunicaré.

—No es suficiente. Me volvería loca esperando. Voy a ir.

—No será divertido y puede ser peligroso.

—También lo es quedarse sentada esperando a que un demente te salte encima. Voy a tomarme la medicación y vuelvo.

Caminó hasta la puerta del despacho y se dio la vuelta.

—Si te vas sin mí te va a costar carísimo.

Lo dejó esperando. Jeff recogió los recados que le entregó la secretaria que ocupaba el lugar de Melia y entró en el despacho.

—Ha llamado Sherry.

—¿Qué dice?

Cat devolvió los medicamentos al cajón y cerró con llave.

—No te gustará.

Jeff frunció el ceño al dejar la nota encima de la mesa.

—Michael vuelve a estar con sus padres.

—¡Dios mío!

—Su abogado convenció a un fiscal influenciable para que retirase los cargos. George Murphy ha vuelto a librarse de la cárcel por los pelos.

Cat veía la cara del niño y sintió rabia y angustia ante la idea de que volviera a ser maltratado física y emocionalmente.

—¿Qué hace falta para retirarles la custodia del niño? ¿Hasta que lo descuarticen? ¿Cómo es posible que la asistenta social lo permita?

—Sherry nos dijo que se ocuparía personalmente del caso. Otro indicio de malos tratos y el niño no volverá a esa casa.

—Sherry no puede hacer guardia las veinticuatro horas del día.

—No obstante, la asistenta social dijo que Michael corrió a los brazos de su madre cuando la vio. Y que ella lloraba y lo cubría de besos. Según parece, están muy unidos.

—Se limita a sobrevivir. La verdad es que siento algo especial por Michael. ¿Alguna otra llamada?

—El doctor Spicer desde Los Ángeles. Que lo llames lo antes posible.

—Lo llamaré esta noche.

—Mejor hazlo ahora. Le dijo a la secretaria que era urgente.

—De acuerdo. Dile que me ponga con él. Y vigila a Alex. No dejes que se vaya sin mí aunque tengas que atarlo a una silla.

Mientras esperaba que le pasaran a Dean, separó el expediente de Michael de los demás. Aún estaba mirando su fotografía cuando la secretaria le anunció que tenía a Dean al aparato.

—¿Qué tal? —dijo con forzada alegría—. ¡Cuánto me alegra oírte!

—¿Cómo estás?

—Muy bien.

—Pues no lo parece.

—Bueno, he tenido un disgusto.

Le resumió el asunto de Michael.

—Los abogados hicieron un trato mientras tomaban un par de cervezas sin tener en cuenta el bienestar del niño. Dejemos eso. Tú eres la voz tranquilizadora en un mundo incomprensible.

—No llegues a conclusiones precipitadas.

—Vaya. ¿Tú también tienes malas noticias? Me parece que por hoy ya he cubierto el cupo. ¿No puedes esperar?

—No.

—Pues adelante; no dispongo de mucho tiempo. En realidad ya tenía que haber salido.

—Se trata de Alex Pierce.

El corazón le dio un vuelco.

—¿De Alex Pierce?

—Menos mal que ya no sales con él. Supongo que no le dijiste nada de los recortes.

Cat vaciló, pero, a continuación, dijo:

—La verdad es que sí lo hice. Y ahora realiza una especie de trabajo de detective para mí.

—¡Debes de estar bromeando!

—He pensado que con su experiencia como policía...

—Cat, no te fíes de él.

No quería volver de nuevo a la misma historia. Como mínimo, un noventa por ciento de la antipatía de Dean estaba basada en los celos.

—Necesitaba su opinión profesional; así que me tragué mi orgullo y se la pedí. Aceptó ayudarme a encontrar a mi amigo anónimo antes de que aparezca muerta por accidente.

—Cat, escúchame. He hecho algunas averiguaciones sobre el pasado de Pierce. En la biografía que aparece en la contraportada de sus libros se han dejado muchas cosas.

—¿Que has hecho averiguaciones? ¿Por qué?

—No te enfades.

—No estoy enfadada; estoy indignada. No soy una niña, Dean, ni tú mi ángel de la guarda.

—Alguien tiene que serlo. Te acostaste con ese hombre sin saber nada de él.

—Sabía que quería acostarme con él.

Después de un silencio hostil, Dean dijo:

—Hay algo más que tendrías que saber. Algo que debieras tener en cuenta la próxima vez que te metas en su cama.

Hizo una pausa.

—Alex Pierce es un asesino sin escrúpulos.

36

Alex conducía bien. Metido en el intenso tráfico, hacía circular el deportivo a buena velocidad y con destreza. El vehículo era pequeño, con asientos bajos y mullidos que invitaban a la intimidad. El deseo sexual que Cat sentía por él era como un sarpullido permanente. Cuanto más consciente era de ello, más se enfurecía.

—Estás muy callada —dijo Alex al adelantar a un camión.

—El gato se me ha comido la lengua.

—Ya.

—Pues sí.

—¿Ocurre algo malo?

—¿Aparte de que un psicópata quiera arrancarme el corazón? No.

Cat suspiró y se apartó unos mechones de la frente.

—No tengo ganas de hablar.

—Vale.

Alex se concentró en el volante y la carretera. Cat

estaba rabiosa. Después de la información de Dean, había salido del despacho para encontrarse a Alex coqueteando con Melia.

Camino de la salida, él preguntó:

—¿Es ese bombón?

—Es ese bombón.

—Parece inofensiva.

Cat lo miró con desdén.

—Te ha encandilado moviendo el culo. Pero resulta que tiró mis medicinas al cubo de la basura.

—No creo que sea un ángel, pero no da el tipo de una asesina. ¿Sabes dónde había trabajado antes?

—No.

—¿Y algo de su pasado?

—No.

—Tendré que investigarla a fondo.

«Por supuesto», pensó Cat.

Así que, además de estar dominada por el miedo, encima también por los celos. Después de lo que Dean le había dicho de Alex, ¿estaba celosa de Melia? Su futuro era desolador.

Al cabo de un rato de permanecer en silencio, ella dijo:

—No me has dicho adónde vamos.

—A un pueblo al oeste de Austin. En las montañas. ¿No has estado nunca allí?

Cat negó con la cabeza.

—Es muy bonito. Me parece que te gustará.

—No es una visita turística.

—Ojalá lo fuera.

Estaban a punto de entrar en Austin por la autopista 35, pero se desviaron hacia el oeste por una carretera nacional. Después de otra media hora dejaron atrás Wimberly. Durante los últimos veinte años, la pequeña población había atraído a turistas. Durante los finales de semana, los mercadillos y artesanos hacían que la población se triplicara. Cuando regresaban a sus casas, las calles volvían a quedarse vacías y el pueblo recuperaba la vida a paso de caracol hasta el próximo fin de semana.

Después de dejar atrás el cartel que marcaba el límite de la población, Alex tomó una carretera que discurría a lo largo del Blanco River.

—¿Qué árboles son esos que crecen en la orilla? —preguntó Cat.

—Cipreses.

—Tienes razón. Es un paisaje muy bonito.

—Había pensado en comprarme un pedazo de tierra por aquí y construir una casa.

—¿Qué te lo impide?

—Supongo que la falta de iniciativa.

La carretera se hizo más estrecha y estaba llena de baches. El deportivo dejaba una estela polvorienta a su paso. A cierta distancia de la carretera, y dentro de una arboleda de pacanas, había un edificio, al otro lado del río, donde las aguas transparentes serpenteaban entre cantos rodados.

El edificio no se ajustaba precisamente a la belleza natural del paisaje; en realidad era antiestético. Las paredes de láminas metálicas onduladas estaban oxidadas y, en una de ellas, había pintada una calavera con dos tibias cruzadas. Una bandera de los confederados, polvorienta y ajada, colgaba, lánguida, del asta. No había ventanas. Ni ningún cartel, aparte de un anuncio luminoso de cerveza que parpadeaba sobre la puerta de entrada. Fuera estaban aparcados dos camiones y una Harley-Davison.

Cat se disponía a hacer un comentario jocoso sobre lo que creía un motel de mala nota cuando Alex entró en el parking. Los neumáticos rechinaron sobre la gravilla al aparcar al lado de la moto.

—¿Estás de broma?

—Vale más que te calles.

Se inclinó sobre ella y abrió la guantera. Un revólver estuvo a punto de caerle en el regazo. Alex lo cogió, abrió el tambor para asegurarse de que estaba cargado y lo volvió a cerrar.

—Ya te advertí que no sería divertido. Si quieres que nos vayamos no tienes más que decirlo.

Cat miró la entrada del edificio, dubitativa.

—No. Si ahí dentro alguien puede aclarar el asunto, quiero saberlo.

—De acuerdo, pero tienes que quedarte callada y seguir el juego, pase lo que pase. Si empiezas a chillar no vas a ser la única perjudicada. ¿Entendido?

Cat no soportaba que le dieran órdenes y abrió la puerta del coche, furiosa.

Alex la agarró por el brazo.

—¿Entendido?

—Entendido —contestó en el mismo tono áspero.

Se acercaron a la entrada y ella murmuró:

—De haberlo sabido, me habría puesto algo más adecuado. Por ejemplo, chaqueta de cuero y cadenas.

—Otra vez será. No estaría de más que fingieras cierto nerviosismo.

—¿Fingirlo?

Alex abrió la puerta. Dentro, la atmósfera era tan densa que podía cortarse. Durante unos segundos apenas pudo ver nada, pero los ojos de Alex debían de haberse acostumbrado de inmediato, ya que la empujó hasta una mesa y se dirigió a la barra.

La atendía un tipo gordo con ojos legañosos y una barba negra y enmarañada que le llegaba hasta mitad del pecho. Los brazos peludos como un oso reposaban sobre la tripa. Mascaba un mondadientes mientras miraba una partida de bolos en blanco y negro en el televisor situado en el ángulo de la barra.

—Dos cervezas —dijo Alex—. De la que tenga en el barril.

El hombre lo miró fijamente, sin moverse, durante unos segundos. Después, como si buscara aprobación, dirigió la vista al otro extremo del mostrador, donde otros dos clientes estaban sentados con la cabeza gacha. Por fin, escupió el mondadientes al suelo, agarró las asas de dos jarras con una mano, abrió la espita y las llenó.

Alex le dio las gracias, pagó y volvió a la mesa. Se sentó al lado de Cat.

—Haz ver que tomas unos sorbos.

—¿No se darán cuenta de que no bebemos?

—Saben que no hemos venido a beber.

—Pues ya saben más que yo. ¿Qué estamos haciendo aquí?

—Por ahora, esperar.

La rodeó con el brazo e hizo que se acercara más. Simulando que la besuqueaba le dijo al oído:

—No dejaré que te ocurra nada malo. Te lo prometo.

Ella asintió, pero echó un vistazo a los otros dos

clientes. Se habían dado media vuelta en el taburete y los miraban intercambiando comentarios en voz baja.

Un tercer cliente, en el que Cat no se había fijado, estaba delante de la máquina de videojuegos, en el otro extremo del mostrador. Sólo le veía la espalda. Era esquelético y los mugrientos vaqueros le hacían bolsas en el trasero. Tenía el pelo lacio, sucio y largo hasta media espalda. Daba la impresión de que jugaba más por aburrimiento que por ansias de ganar.

Cuando el último cohete se estrelló emitiendo un pitido, se dio la vuelta, se llevó la jarra a los labios y caminó a paso lento hasta la barra. Los miró, se sentó en uno de los taburetes y se dedicó a contemplar la partida de bolos.

Cat murmuró:

—¿Cuánto tiempo tendremos...?

—¡Chitón!

—Quiero saberlo.

—¡Te he dicho que cierres el pico y me dejes hacer esto a mi modo!

El repentinamente alterado tono de voz de Alex la dejó pasmada. Lo miró mientras él maldecía en voz baja y observaba nervioso, por encima del hombro, a los otros parroquianos y al encargado del bar. Alex tomó un trago de cerveza y le dirigió una mirada de advertencia al levantarse de la mesa.

Cat vio que se acercaba al tipo cadavérico que había estado jugando a los marcianitos. Alex pidió otras dos cervezas y se sentó en el taburete contiguo.

—Perdona, ¿eres Petey?

Los ojos del tipo no se apartaron del televisor.

—¿Y a ti qué te importa?

Alex se inclinó sobre él y dijo algo que Cat no pudo oír. Petey soltó una carcajada.

—¿Te crees que soy estúpido?

Miró a la barra. El encargado emitió una risita.

—Lárgate —le dijo Petey a Alex indicando la puerta.

—Eh, oye, tengo que...

Petey se dio la vuelta gruñendo como un gato al que le hubieran pisado la cola.

—Quítate de mi vista, tío. Apestas a bofia.

—¡Piensas que soy policía! —exclamó Alex.

—Me importa un carajo si eres Blancanieves. Tú y yo no tenemos nada de qué hablar.

Volvió a dedicar su atención a la pantalla.

Alex, como si estuviera desesperado, se secó las manos en las perneras del pantalón.

—Dixie me dijo...

Petey volvió la cabeza, rozando casi la mejilla de Alex con su enmarañada melena.

—¿Conoces a Dixie? Joder, ¿por qué no lo has dicho? Tú eres el...

—Sobrino.

—Mierda.

Petey hizo una indicación al encargado de la barra.

—Dame otra.

Esperó a tener la jarra y, entonces, le indicó a Alex que cogiera las otras dos.

Caminaron hasta la mesa y Petey se sentó delante de Cat.

—Hola, nena.

Mientras la miraba, sorbió la espuma de la cerveza.

—¿Es tu fulana?

—Sí.

Cat no dijo nada mientras Petey y Alex intercambiaban anécdotas del Tío Dixie. El tono de sus voces se fue apagando de una forma tan gradual que Cat no se dio cuenta hasta que Alex dijo:

—Gracias por haber aceptado verme.

—Si se huelen que no eres quien dices ser, la he pringado.

—Lo sé. Esto es importante. Si no lo fuera, no le habría pedido a Dixie que preparase el encuentro.

—¿Podría decirme alguien de qué va todo esto? —protestó Cat.

—Tranquila, nena.

Petey alargó la mano y le pellizcó la mejilla. Ella le dio un manotazo. Él rio y la agitó en el aire como si le hubieran chamuscado los dedos amarillentos de nicotina.

—Con ese temperamento debes de ser una fiera en la cama.

—Cálmate de una vez, ¿quieres? —dijo Alex lo bastante alto como para que los demás lo oyeran.

Ya habían entrado otros dos clientes: un hombre y una mujer de aspecto tosco y duro que intercambiaban insultos amistosos con el encargado del bar.

—¿Te explicó Tío Dixie de qué quiero que me hables?

Petey asintió.

—Lo recuerdo como si fuera ayer. Son cosas que no se olvidan. Hace casi cuatro años un miembro de la pandilla se tragó un camión. Casi le arrancó la cabeza.

Cat jadeó y Petey la miró.

—Oye, ¿seguro que es de fiar? —preguntó, preocupado, a Alex.

—Es de fiar. Sigue.

—Lo conocíamos como Sparky. No sé cuál era su verdadero nombre, pero era un tío legal. Y siempre estaba leyendo. Poesía, filosofía, esas cosas. Tenía estudios superiores y creo que era del Este. Me imagino que venía de familia rica. Por sus gestos refinados, ¿sabes?

—¿Y qué hacía en la pandilla?

—Tal vez los papás se cabrearon por algo y lo echaron de casa. O sorprendió a su chica en la cama con otro. Cualquiera sabe. El caso es que se olvidó de su nombre, vino a Texas y nos encontró. A todos nos gustaba excepto a Cyc. Ese día, él y Cyc se pelearon.

—¿Cyc? —preguntó Cat.

—El jefe de la pandilla. Se hacía llamar Cyclops porque tenía un ojo de cristal.

—¿Por qué fue la pelea? —preguntó Alex.

—¿Por qué iba a ser? Por una gatita llamada Kismet, que había sido la chica de Cyc antes de que apareciera Sparky. Hacían muy buenas migas y creo que había algo entre ellos. Algo más que sexo; esas cosas se notan. El caso es que Cyc estaba de muy mala leche.

»Es curioso —dijo bajando más la voz—. Cyc sospechaba que Sparky era un camello. Él no tomaba drogas; sólo se fumaba un porro de vez en cuando, pero nada de droga dura.

—¿Y era un camello?

—Que yo sepa, no.

—¿Qué le condujo al accidente que le causó la muerte?

—Cyc amenazó a Kismet y Sparky se le echó encima. Pelearon y ganó Sparky. Hizo saltar a la chica a la moto y se largaron. Pero Cyc salió tras ellos y menuda persecución. Sparky tenía que ir al menos a ciento veinte cuando chocó contra el camión, ya que no he visto nada igual ni antes ni después.

El pelo grasiento apenas se movió cuando agitó la cabeza negativamente.

—Yo los había seguido colina abajo. Me imaginaba que Cyc sería el primero en derramar sangre, pero el camión se le adelantó. Sparky era una enorme mancha de sangre pegajosa en la autopista.

Cat sintió un estremecimiento, pero guardó silencio.

—Los enfermeros recogieron los restos y los amontonaron en la ambulancia. Los demás la seguimos hasta el hospital. Para salvar a Kismet, Sparky la había empujado fuera de la moto justo antes del choque. Estaba herida, tenía un par de huesos rotos y la cara destrozada. Cyc había conseguido esquivar el camión, pero perdió el control de la moto. También tenía heridas y contusiones, pero estaba consciente.

»El tío de urgencias nos habló de que Sparky podía ser un donante y quería ponerse en contacto con el familiar más cercano. Le dijimos que, por lo que sabíamos, Sparky no tenía familia. Mencionó algo de presunto... No sé; algo para quedarse con los órganos.

—Presunto consentimiento —dijo Cat en voz baja.

—Sí, eso. Pero uno de nosotros tenía que firmar. La pandilla decidió que, como Cyc era el líder, tenía que tomar él la decisión. Dijo: «Sí, ya pueden quitarle el corazón a ese hijo de puta y echárselo a los perros si quieren.» Por lo tanto, supongo que lo hicieron.

Sediento a causa del monólogo, Petey engulló la cerveza antes de acabar su relato.

—Kismet estuvo un par de días inconsciente. Cuando se despertó estaba histérica. Primero porque Sparky había pasado a la historia; después, porque lo habían mutilado antes de enterrarlo. Cyc le decía que el tío ya no tenía cabeza y, por lo tanto, ¿qué más daba? Pero ella no dejaba de chillar como una loca.

—¿Qué ocurrió con ella? —preguntó Cat.

Él negó con la cabeza.

—Después de eso, la pandilla se dispersó. Cambié de aires.

Miró a Alex con toda intención.

—¿Vas a decirme por qué te interesa la historia?

—Ella tiene un corazón trasplantado.

Los ojos de Petey se desviaron a Cat con renovado interés.

—¿En serio? Coño, ¿crees que tienes el corazón de Sparky?

Cat no tuvo que pensarlo dos veces.

—No. Sé que no.

37

—Tenía entendido que no habías averiguado nada de tu donante —dijo Alex.

—Es cierto, pero incluso sin el informe de la agencia habría sabido que Sparky no era mi donante.

Cat miró a Petey, que estaba inclinado hacia adelante escuchando con atención.

—No me pusieron el corazón de tu amigo. Verás: además del grupo sanguíneo, el tamaño es básico para un buen ajuste.

Cerró su pequeña mano en un puño.

—Necesitaba un corazón de este tamaño. Soy poca cosa para haber recibido el de un hombre corpulento.

Petey sonrió, mostrando los amarillentos dientes.

—Sparky no era corpulento.

—¿Qué?

—¿No se te ocurre que ya tuve en cuenta el tamaño del corazón antes de seguir adelante con esto? —la recriminó Alex—. Petey, dile lo que le dijiste a Dixie.

—Sparky era casi un enano, una miniatura. No habría sido más bajito si lo hubieran serrado por las rodillas. Siempre le gastábamos bromas por su tamaño, especialmente Cyc, que a sus espaldas decía que cómo era posible que el lápiz que debía de tener entre las piernas fuese capaz de satisfacer a Kismet. Pero la verdad es que Sparky tenía la polla como un caballo de carreras. Lo que le faltaba de estatura lo compensaba por ese lado.

—¿Cómo era de grande?

—Al menos un palmo —contestó muy serio.

Cat negó con la cabeza.

—¿Cómo era de alto?

—Ah, metro cincuenta y cinco, metro sesenta como máximo.

—¿Grueso?

—Mierda, no. Oye, nena, ¿es que no escuchas?

—Rara vez —dijo Alex.

—Te estoy diciendo que era una birria. Aunque, eso sí: fuerte y rápido. Sabía defenderse y tumbó de espaldas a Cyc.

Miró, nervioso, por encima del hombro de Alex.

—¿Es eso todo? Tenemos que cubrir esto, ¿me entiendes?

—Gracias, amigo.

—Por el Tío Dixie lo que sea.

Cat observó incrédula cómo Alex intercambiaba varios billetes doblados por una bolsita de plástico llena de un polvo blanco. Se la puso en el bolsillo de la chaqueta. Luego se levantó y le indicó que hiciera lo mismo.

A modo de despedida, Petey dijo:

—¿Os importa que me beba vuestras cervezas?

El sol había descendido entre la línea de árboles de

las lejanas colinas. Era un hermoso crepúsculo, sobre todo en comparación con el siniestro interior del bar. Cat inspiró profundamente para limpiarse las fosas nasales del tufo a alcohol, a tabaco y a cuerpos sin lavar.

Entró en el coche y bajó la ventanilla, aún con ganas de aire puro. Alex se puso al volante y, sin pronunciar palabra, recorrieron algunos kilómetros hasta llegar al cruce.

Cat observó asombrada cómo sacaba la bolsita del bolsillo, la abría y metía el dedo. A continuación se restregó las encías con el polvo blanco.

Alex volvió la cara.

—¿Por qué me miras de esa forma? No es posible que te sorprenda; tú vienes de Hollywood.

—Conocí a muchas personas que tomaban drogas como pasatiempo, pero siempre evité cualquier contacto con esa porquería.

—¿No quieres compartirla conmigo?

—No, muchas gracias.

—¿Seguro? Había pensado que después, cuando lleguemos a tu casa, podías hacer un poco de té.

—¿Té?

—Sí, y endulzarlo con esto.

Derramó un poco en su regazo. Ella miró el polvo blanco con asco y a continuación a él. Alex le estaba tomando el pelo. Mojó el dedo en el polvillo y se lo llevó a la boca. Sabía a azúcar en polvo.

—Tramposo —murmuró mientras se sacudía el azúcar de la falda.

Alex se reía al tiempo que pisaba el acelerador.

—Petey es un camello. Pero es también agente secreto, y desde hace años. No me extrañaría que estuviera enganchado a la nieve, pero jamás se la vendería a un poli. Ni siquiera a un ex poli.

—¿Cómo lo has encontrado?

—Empecé a buscar certificados de defunción y resultó que en Texas se habían producido diversas muertes por accidente durante las doce horas anteriores a tu trasplante. El de la moto era un buen punto de partida. No me equivoqué, pues después de investigar más a fondo descubrí que la víctima había sido donante de órganos.

»Entonces pregunté a un antiguo camarada del Departamento de Policía de Houston si sabía de alguna agencia que se hubiera infiltrado en una pandilla de motoristas durante los últimos cinco años. Lo comprobó y apareció Tío Dixie, que se supone que es el proveedor de Petey pero que, en realidad, es el código de una brigada especial antinarcóticos de Austin.

»Hablé con el jefe de la brigada, que era reacio a preparar un encuentro con Petey; sólo aceptó porque yo había sido policía. Corrí un riesgo al llevarte, así que espero que mantengas la boca cerrada y no descubras su tapadera.

Cat lo miró con recelo.

—Tu encuentro con Petey no tenía nada que ver con el tráfico de drogas. ¿Por qué teníais que interpretar esa escena? ¿Y por qué allí?

—De habernos encontrado en otro sitio, si alguien lo hubiera visto hablando con una persona como yo, no drogadicta, habría levantado sospechas. Y no puede permitírselo. Perdería su credibilidad, sus contactos, y es probable que la vida. Era mejor que yo pareciera un idiota que se atrevía a entrar en su territorio para comprar cocaína.

—Bueno, pues sí parecías un idiota.

—Gracias. ¿Tienes apetito?

Cinco minutos después estaban sentados frente a frente a una mesa cuadrada con mantel a cuadros blancos y azules. En el centro había botellas de tabasco y de ketchup, un salero, un molinillo de pimienta y un azucarero. En el jukebox sonaba la voz de Tanya Tucker. En la cocina, a la vista del público, se estaban asando diversos trozos de carne.

Cat reanudó la conversación donde la habían dejado.

—No tienes ningún problema para acomodarte a las circunstancias, ¿verdad, Alex?

Depositó una rodaja de limón en el vaso de agua.

—En mi antiguo trabajo era una necesidad.

—¿Hoy habrías utilizado el revólver?

—¿Con tal de salvarnos? Desde luego.

Como quitándole importancia, preguntó:

—¿Has tenido que dispararle a alguien?

La miró unos instantes antes de contestar:

—Cuando eres policía piensas que estás entrenado para enfrentarte a cualquier situación. Pero no es así. Al surgir algo inesperado, haces lo que puedes.

Sabía que no le sonsacaría nada más, así que se quedó callada mientras él se ponía azúcar en el té frío.

—Cat, ¿por qué no me cuentas algo de tu vida? Sé que eres huérfana y que te criaste en hogares de adopción, pero nada más.

Pensó que si le contaba algo de su vida anterior estaría más predispuesto a hablar de la suya. Lo que Dean le había contado le preocupaba, pero no pensaba que fuera tan premeditado como él había pretendido hacerle creer. Quería saber la versión de Alex sobre lo ocurrido aquel fatídico Cuatro de Julio pero, si se lo preguntaba, no se lo diría. La iniciativa tenía que salir de él.

—Me crié en el Sur. Sí, así es —añadió al ver su cara de sorpresa—. En Alabama. Después de años de ejercicios de dicción perdí el acento.

—¿Cómo era la pequeña Cat Delaney?

—Delgaducha y pelirroja.

—Aparte de eso.

Cat cogió el cuchillo y empezó a reseguir los cuadros del mantel con el filo.

—No es una historia agradable.

—No creo que me quite el apetito.

—Yo no estaría tan segura.

Empezó por hablarle de su enfermedad.

—Me curé del cáncer, pero estuve débil durante más de un año. Un día, me encontraba tan mal que la maestra me dijo que me fuera a casa. El coche de mi padre estaba aparcado, lo cual era raro a esas horas. Entré...

La camarera sirvió las ensaladas.

—Entré por la puerta de atrás, esperando encontrar a mis padres en la cocina. Pero la casa estaba muy silenciosa. Más tarde, recordé ese raro silencio, pero en aquel momento no reparé en ello.

En su mente cobraba vida de nuevo aquella niña esquelética, de cabello rojo e indomable, pálida, las piernas escuálidas asomando por los pantalones cortos y las zapatillas deportivas azules moviéndose sin hacer ruido por el pasillo donde fotografías de cuando era un bebé le sonreían.

—Estaban en el dormitorio.

Alex se removió en la silla y apoyó los codos en la mesa, pero ella continuaba resiguiendo con el cuchillo los cuadros del mantel, como un niño intentando pintar sin salirse del margen.

—Tendidos en la cama. Pensé que hacían la siesta, aunque no era domingo. Al cabo de un momento comprendí lo que pasaba. Corrí a casa de los vecinos gritando que algo horrible les había ocurrido a mis padres.

—¡Coño! —exclamó Alex—. ¿Ladrones?

Cat dejó caer el cuchillo.

—No. Papá disparó contra ella y después se pegó un tiro en la sien.

Observó a Alex con la misma provocación con que se había enfrentado a las asistentas sociales, retándolo a que se atreviera a compadecerla.

—Pasé los ocho años siguientes en hogares de acogida, enviada de una casa a otra, hasta que pude defenderme sola.

—¿Cómo lo hiciste?

—Después del instituto, encontré un empleo como mecanógrafa en una importante empresa, pero no iba a llegar a ninguna parte. Los ascensos eran por antigüedad y no por méritos. Tan injusto como el sistema de hogares de acogida.

—¿Qué tenía de malo?

—¿Qué tenía de bueno? No, eso es generalizar demasiado. La mayoría de padres son cariñosos y entregados. Es el concepto lo que necesita una reforma.

—Evita que los niños vayan a orfanatos.

—Lo sé.

La ensalada ya no le apetecía y apartó el plato.

—Pero un hogar de acogida es temporal, y los niños, más aún los mayorcitos, lo saben. Estás en una casa, pero no es tu casa. Te permiten vivir allí, pero sólo durante un tiempo. Sólo estás de paso hasta que te haces mayor, o te portas mal, o las circunstancias cambian, y entonces te trasladan a otra parte.

»El mensaje que percibes es: "Nadie te quiere lo suficiente como para quedarse contigo para siempre", y al cabo de poco tiempo empiezas a creer que no vales nada. Como mecanismo de defensa, te dedicas a comportarte cada vez peor, a rechazar personas y oportunidades antes de que ellas te rechacen a ti.

—Éste es el análisis de una persona adulta.

—Claro. Entonces no me daba cuenta de por qué obraba así.

»Era sólo una niña solitaria que se sentía abandonada y que habría hecho cualquier cosa por reclamar un poco de atención.

Sonrió con tristeza.

—Hice verdaderas diabluras. No soportaba depender de la caridad. Por otra parte hay gente, incluso con buenas intenciones, que no tiene ni la menor idea de cómo tratar a un niño.

»Y eso incluye a los padres naturales. Son personas que no saben que les están haciendo daño. Una palabra, una mirada, incluso una actitud autoritaria, pueden destrozar la autoestima de un niño. No todo termina en los malos tratos físicos.

—¿Por ejemplo?

—Podría aburrirte durante horas.

—No me aburres.

Lo miró con suspicacia.

—¿Estás tomando notas para tu próxima novela?

Las desventuras de Cat Delaney. Alex, la realidad es peor que cualquier ficción.

—¿Me lo dices a mí, que he sido policía? Sigue. Esto no es para publicar.

—Recuerdo unas Navidades —dijo Cat, después de pensarlo—. Yo tenía trece años y ya sabía cómo funciona el sistema. No debía confiar en él. Pero había otra niña acogida en la casa, de unos siete años. Y, además, el matrimonio que nos cuidaba tenía una hija de la misma edad.

»Las dos querían una Barbie como regalo de Navidad, y no hablaban de otra cosa. Para ganarse los favores de Papá Noel hacían sus tareas, se acostaban temprano y comían la verdura que les ponían delante. El día de Navidad, la hija del matrimonio abrió su caja marca Mattel y apareció la muñeca rubia, con un vestido de fiesta color rosa y tacones altos.

»La niña acogida tuvo que conformarse con una copia de Barbie muy inferior a la original. Para ella, esto significaba que ni siquiera Papá Noel la consideraba lo bastante buena para tener una Barbie de verdad.

»Yo pensé: ¿Alguien puede hacer tanto daño a un niño? ¿Contaban más dos o tres dólares de diferencia de precio entre dos muñecas que la felicidad del niño?

»No estoy en situación de juzgar a nadie, ya que no soy madre. Me imagino que es un trabajo duro, pero no es tan difícil entender qué penosa imagen de Papá Noel debió de tener esa niña.

»He visto ejemplos como éste muchas veces. Me sublevan las injusticias contra los niños, pero también he ido aprendiendo que el mundo de los adultos no es mejor.

La camarera se llevó los restos de la ensalada y sirvió los solomillos.

—¡Cielo santo! —exclamó Cat—. Esto se merece un aplauso.

En el plato había un solomillo envuelto en hojaldre dorado. Y la carne se deshacía en la boca.

—¿Y después de picar a máquina? Hay un largo camino hasta llegar a protagonista de un culebrón —dijo Alex.

—Era evidente que necesitaba más estudios y, aunque ahorraba hasta el último céntimo, no podía pagarme una facultad. Me presenté a un concurso de belleza.

El tenedor de Alex se quedó a medio camino entre el plato y la boca.

—¿Un concurso de belleza?

Cat se sintió ofendida.

—¿Es tan asombroso?

—Me imaginaba que alguien como tú consideraba que esos concursos son machistas y explotaban a la mujer.

—En ese momento de mi vida, deseaba sentirme explotada si conseguía veinte mil dólares para poder estudiar. Así que me compré el mejor sujetador con aros que pude encontrar y añadí mi nombre a la lista de candidatas. ¿Me pasas los panecillos?

El pan era tierno y mantecoso.

—Pura delicia, casi un pecado —dijo cerrando los ojos y lamiendo un poco de mantequilla que se le había quedado en los labios.

—Si el panecillo te parece casi un pecado, tendrías que ver la expresión de tu cara.

38

Alex no apartaba la vista de sus labios.

—¿Te das cuenta de que todos tus movimientos son sensuales?

—¿Te das cuenta de que tienes una mente calenturienta?

—Sin duda. Pero tú eres una bomba ambulante. Por eso los hombres se enamoran de ti.

La frase, en vez de halagarla, la molestó.

—No es cierto.

—Puedo darte tres nombres. No, cuatro.

—Adelante.

—Dean Spicer.

—Desde que me marché de California no somos más que buenos amigos.

—Porque tú así lo quieres. Él sigue enamorado de ti. El segundo es Bill Webster.

—Aquí te equivocas. Bill adora a su esposa.

—Ella comparte mi teoría.

Cat negó con la cabeza.

—No es cierto, y si Nancy cree que hay algo aparte

de amistad y respeto mutuo, también se equivoca. ¿Quién más? No me estoy tomando esto en serio pero siento curiosidad.

—Jeff Doyle.

Cat soltó una carcajada.

—Si no fuera homosexual, estaría enamorado de ti. Como lo es, se limita a besar el suelo que pisas.

—Oye, tienes mucha imaginación. ¿Quién es el cuarto?

Dejó que su mirada penetrante respondiera por él.

—¿Esperas que me lo crea?

—No.

—Estupendo, ya que es mentira y los dos lo sabemos. Lo único que quieres es que vuelva a meterme en la cama contigo.

—¿Qué posibilidades tengo?

—Cero.

Alex sonrió, como diciendo que no la creía.

—¿Ganaste?

—¿Qué? Ah, el concurso. No.

—¿Demasiado delgada?

—Demasiado estúpida.

—Hay una explicación, ¿no?

Cat asintió.

—Durante los días anteriores se nos pedía que habláramos con los jueces. Uno de ellos era un tipo empalagoso, al parecer fotógrafo pero con aspecto de vendedor de coches de segunda mano. Nos sobaba siempre que podía y hablaba con cada una de nosotras por separado para decirnos más o menos lo mismo: pequeña, tienes muchas posibilidades de ganar. Después, las chicas nos hacíamos confidencias y llegamos a la conclusión unánime de que era un viejo verde y un desgraciado. Pero, conforme se acercaba el sábado, día del concurso, era cada vez más agresivo.

»Ya no nos hacía ninguna gracia, pero ninguna de las chicas quería ser la primera en denunciarlo por miedo a poner en peligro su puntuación. El muy baboso lo sabía, claro, y nos estaba haciendo chantaje. Así que decidí...

—No me lo digas. Saliste como defensora de causas justas.

—Sí. Pensé que había que desenmascarar a aquel tipo. Durante el ensayo con traje de noche me acorraló en una esquina ofreciéndome su ayuda para ganar. Hice ver que le estaba muy agradecida y, entonces, sugirió que fuera a verlo a su habitación para discutir los detalles.

»Quedamos citados a determinada hora, pero antes de entrar en su habitación dejé un recado a la presidenta del comité diciéndole que aquel hombre tenía que verla lo antes posible.

—Preparaste una trampa.

—Sí, pero, por desgracia, se volvió en mi contra. La presidenta apareció en la puerta y lo sorprendió intentando desabrocharme la blusa. Él invirtió los papeles diciendo que yo me había presentado en su habitación para ofrecerle mi cuerpo a cambio de una puntuación alta.

»Le dije a la presidenta que, si no me creía, preguntara a las demás chicas a las que había estado toqueteando durante toda la semana. Lo hizo, pero todas lo negaron. Supongo que la corona de pacotilla era más importante que la verdad.

»Así que me consideraron una puta que había comprometido la integridad moral del concurso y me descalificaron.

—Me imagino que les dirías cuatro cosas.

—En realidad fui muy concisa. Lo único que dije fue: Que os jodan. Seré actriz.

Durante el resto de la comida, y mientras volvían a San Antonio, le explicó otros detalles de su vida. Después del fracaso en el concurso de belleza vendió todo lo que tenía excepto algunas prendas de ropa y compró un billete de autobús para Los Ángeles.

Trabajó como dependienta en el departamento de perfumes de unos grandes almacenes, ganando lo justo para pagar clases de interpretación y un apartamento infestado de cucarachas. Cuando pudo permitírselo, se hizo un álbum de fotos y se dedicó a patearse agencias de jóvenes talentos.

—Por fin, como caído del cielo, me llamó un agente para decirme que le interesaba ser mi representante. Al principio pensé que era una broma.

—Ya conozco esa sensación —dijo Alex.

Habían llegado a las afueras de la ciudad y salieron de la autopista.

—Es exactamente lo que pensé cuando me llamó Arnie Villella. ¿Cuál fue tu primer trabajo?

—Un anuncio para la tele. Enceraba un parqué. Me pagaron bien. Después hice más anuncios e interpreté algunas obras de teatro. Entonces mi agente se enteró de que había un nuevo personaje en *Passages* y me preparó una prueba para el papel de Laura Madison. Ya sabes el resto.

—¿Adónde vamos? —preguntó él.

—A los estudios de televisión. Tengo el coche allí.

—¿Estás segura?

Sabía lo que Alex le estaba preguntando y, de haber dejado que el deseo sexual decidiera por ella, la elección habría sido más fácil.

—Sí, estoy segura.

Mientras se dirigían hacia allí, Alex la puso al corriente de los resultados de su viaje a Houston.

—El Departamento de Justicia no se mostró muy predispuesto a investigar las muertes de los tres trasplantados. El agente con el que hablé parecía hostil e indiferente.

—Así que estamos solos.

—Más o menos. Tal y como están las cosas, ni siquiera van a solicitar información confidencial a los bancos de órganos, los números UNOS, etcétera. Hasta que se determine que se han cometido crímenes, no van a hacer nada. Por eso, como no podía seguir adelante, empecé a revisar certificados de defunción.

—Gracias, Alex. Has hecho verdaderos milagros con lo poco que tenías. Yo habría sido incapaz de encontrar a Petey.

—Después de lo que dijo sobre la estatura de Sparky, creo que vale la pena continuar, ¿no te parece?

—Por supuesto.

—Intentaré localizar a miembros de la pandilla, aunque es probable que sea una búsqueda inútil. Primero tengo que encontrar a alguno de ellos. Y, si tengo suerte, ¿le habría importado tanto Sparky a esa persona como para seguir el rastro de su corazón? Las posibilidades son escasas.

—Esa chica, Kismet, si pudiéramos dar con ella, es posible que sepa algo.

—Sí, pero estoy seguro de que Kismet es un nombre inventado.

—Tampoco creo que Cyclops sea el nombre con el que fue bautizado el líder.

—Dudo que Cyclops esté bautizado.

Cat se quedó mirando al vacío. Tal y como él acababa de decir, había pocas posibilidades de que pudieran identificar a su perseguidor a tiempo de evitar una desgracia. Pero seguiría buscando cualquier vía de salida: no podía cruzarse de brazos en espera de un accidente fatal.

—Alex, has dicho que revisaste certificados de defunción de muertes accidentales cuyas víctimas eran donantes. ¿Cómo fueron las otras?

—Una en un choque múltiple en la autopista de Houston durante la hora punta. Produjo varios muertos, pero no sé si entre las víctimas hubo algún donante. Pagué a un informador que se está ocupando de eso. Es ordenanza de uno de los hospitales más importantes.

»La otra fue un caso que había seguido de cerca. Cuando leí el informe del forense caí en la cuenta de que se había producido poco antes de tu trasplante.

Interesada, Cat lo apremió a continuar.

—Durante meses fue una noticia muy comentada a nivel nacional. Como novelista me interesaba porque el crimen acarreó secuelas. Ocurrió en Fort Worth. Paul Reyes encontró a su mujer, Judy, y a su amante, en la cama. Reyes destrozó el cráneo de Judy con un bate de béisbol, pero el equipo médico de la ambulancia logró que el corazón siguiera latiendo hasta llegar al hospital, donde diagnosticaron muerte cerebral. Reyes había sido arrestado y, desde la celda, concedió permiso para que extirparan los órganos de su mujer.

—¿Lo condenaron?

—No. Ahí viene lo bueno. Su abogado pidió cambio de jurisdicción y el juicio se celebró en Houston, donde lo absolvieron.

—¿Por qué?

—Técnicamente, a Judy Reyes le extirparon el corazón antes de que dejara de latir. Por lo tanto, él no la mató. El error judicial, haber procesado a Reyes por asesinato y no por homicidio no premeditado, tuvo mucho que ver. Y también los truquitos de la defensa. Total: absuelto.

—¿Y no podían acusarlo de intento de homicidio? ¿O de ataque con un arma mortal?

—No se puede juzgar a una persona dos veces por el mismo delito. Después del juicio, Reyes desapareció. Desde entonces, no se ha sabido nada de él.

Cat estaba intrigada:

—Se ajusta, ¿verdad? Paul Reyes no soporta que su mujer lo engañara con otro y está obsesionado con la idea de parar ese corazón.

—Se me ha pasado por la cabeza. Lo observé mientras se leía el veredicto. Sus ojos tenían la mirada de un poseso. Creo que quería matar a Judy y su remordimiento era no haberlo conseguido.

—La gente no desaparece sin dejar rastro. Alguien tiene que saber dónde está.

—Ya he empezado a buscar a algún miembro de la familia que quiera hablar conmigo, pero la comunidad mejicana se cierra en banda ante los desconocidos. Además se oponen a los trasplantes.

Cat asintió.

—La cultura hispana rechaza la idea. Su creencia es que un cuerpo tiene que enterrarse intacto o el difunto no encontrará paz ni descanso en la otra vida. Había varios hispanos entre la población de trasplantados en California. Están trabajando para romper esa barrera, pero el éxito es aún muy limitado. Así que es probable que la decisión de Reyes no fuera bien acogida por la familia de su esposa.

»Seguiré buscando.

—¿Mi grupo sanguíneo coincide con el de Judy?

—Sí.

—Por lo tanto, pude recibir su corazón.

—Es posible, pero hay que tener en cuenta el factor tiempo.

Llegaron al parking y aparcaron al lado del coche de Cat. Alex paró el motor, pasó el brazo por el respaldo del asiento y la miró cara a cara.

—Reyes agredió a su esposa a media tarde. Tu trasplante se llevó a cabo a primeras horas de la mañana siguiente.

—Pero ¿cuánto tiempo siguió latiendo el corazón de Judy Reyes antes de que declarasen su muerte cerebral? Pudieron ser horas, ¿no? Lo cual acerca la extirpación a la hora de mi trasplante.

—Es sólo una especulación.

Disgustada por su poco entusiasmo, dijo:

—Esto tiene muchas posibilidades, ¿por qué te niegas a admitirlo?

—Estamos buscando hechos y no posibilidades. No

llegues a una conclusión sólo porque te conviene. Hay que investigar a fondo.

—Bueno, pues entonces no pierdas el tiempo. El reloj avanza hacia la fecha de mi aniversario.

—Soy muy consciente de ello, Cat. ¿Estás asustada?

—Un demente, de forma sutil pero inequívoca, me ha amenazado. Claro que estoy asustada.

—Ven a vivir conmigo hasta que lo encontremos.

—Me parece increíble que tengas el valor de insinuarlo. Ni hablar, señor Pierce.

—¿Por qué no?

—Porque no quiero.

—Mentirosa.

Cat vio la señal de alerta. Reconocía que tenía muchos defectos, pero mentir no era uno de ellos. En realidad, despreciaba las mentiras y a los mentirosos. No habría podido ofenderla más.

—Le das mucho valor a eso que tienes entre las piernas, ¿verdad? Nosotras, pobrecitas y frágiles mujeres, nos ponemos a temblar ante la idea de quedarnos sin ello. ¿Es eso lo que piensas? —Rio con desdén—. Seguro que fue el estúpido orgullo machista de su marido lo que llevó a Judy Reyes a buscarse un amante.

Con la rapidez del rayo, Alex sacó el revólver de la americana y apuntó a la cabeza de Cat.

39

Cat pensaba que le había disparado hasta que se dio cuenta de que los tres golpes secos no eran tiros, sino alguien que llamaba a la ventanilla del coche.

Volvió la cabeza y vio un guarda jurado con la nariz casi pegada al empañado cristal. Se apresuró a abrir la ventanilla.

—Oh, señorita Delaney, es usted —dijo sorprendido y aliviado—. Me ha parecido extraño ver un coche desconocido al lado del suyo y he venido a echar un vistazo. ¿Todo está bien?

—Todo está bien, gracias.

—El señor Webster ha dado órdenes de que estemos alertas a cualquier cosa sospechosa.

Por encima del hombro de Cat miró a Alex. ¿Había escondido el revólver?

—¿Es usted amigo de la señorita Delaney? —preguntó el guarda.

—Sí —contestó Cat antes de que Alex respondiera—. Me ha acompañado a recoger mi coche.

—Oiga, amigo, ya nos vamos. ¿Le importa dejarnos solos? —dijo Alex.

—Sí, sólo estábamos charlando —añadió Cat—. Nos iremos en seguida.

—Bueno, de acuerdo.

Con aires de darse importancia, el guarda se ajustó el cinturón y la pistolera, como para recordarle a Alex, o a sí mismo, que iba armado y era peligroso.

El chiste en toda la emisora era que los guardas sólo tenían una bala y se turnaban para llevarla. Lo más seguro era que el arma no estuviese cargada.

La de Alex sí.

—Estaré ahí. Llámeme si me necesita, señorita Delaney.

Miró de nuevo a Alex y después volvió al edificio.

Cat subió el cristal. Había conseguido contenerse delante del guarda, pero ahora ajustaría cuentas con Alex.

—¿Estás loco? ¡Cómo te atreves a apuntarme con una pistola cargada! ¡Me has dado un susto de muerte!

—No te apuntaba a ti. Sólo intentaba protegerte.

—¿De qué?

—De una sombra que he visto salir de la oscuridad y acercarse a la ventanilla. No sabía que fuera un guarda.

—Habrías podido esperar a saberlo antes de sacar una pistola.

—Que es la mejor manera de que te maten: esperar y dejar que el otro se adelante.

—Claro, tu sistema es mejor. Primero disparar y después hacer preguntas. ¿No es así como lo hiciste el Cuatro de Julio? ¿Cuando mataste a aquel hombre en Houston?

Sus palabras resonaron dentro del coche y, a continuación, siguió un silencio sepulcral sólo interrumpido por su jadeante respiración.

El rostro de Alex parecía tallado en piedra y sus ojos centelleaban.

—¿Quién te ha dicho eso?

Cat lamentó al instante haber pronunciado esa frase.

—Alex, yo no...

—¿Quién te lo ha dicho?

—Dean. Esta tarde.

—Seguro que el hijo de puta ha cargado las tintas. Te ha dado todo lujo de detalles, ¿verdad?

—Al contrario; más bien han sido escasos.

Alex emitió un bufido desdeñoso.

—Me gustaría conocer tu versión, Alex.

—Otra vez será.

Alargó la mano y abrió la puerta para que ella saliera.

—Alex, perdona. No he debido sacar el tema. No de esta forma.

—Ya es demasiado tarde. Será mejor que te vayas.

Cat vaciló, pero era evidente que estaba furioso y sin ningunas ganas de defenderse. Bajó y cerró la puerta. Él puso el coche en marcha y salió del parking, dejándola sola.

A Cat la despertaban de un sueño profundo pero inquieto. Antes de que pudiera gritar, le pusieron una mano en la boca.

—Soy yo.

Hablaba en voz baja y ronca, pero ella la reconoció al instante.

—Te necesito.

Estaba tendido a su lado, cubriéndole medio cuerpo con el suyo.

—Cat, ¿te doy miedo?

Ella negó con la cabeza.

Apartó la mano de su boca y la reemplazó por los labios. Al principio la besó con suavidad; después, con mayor intensidad. A continuación, apoyó los labios en su cuello.

—No me rechaces.

Se desabrochó el cinturón y los pantalones y condujo la mano de ella hasta el interior.

—Ha sido una mala noche. Me muero de ganas de ti, nena.

Utilizaba la mano de Cat para acariciar el pene ya en erección y gemía de placer mientras el pulgar se deslizaba por la piel tensa.

Bajó la cabeza y le acarició los senos por encima del camisón.

—Me deseas y lo sabes muy bien. ¿Verdad, Cat? ¿No es así?

Ella balbuceaba, mezclando protestas y asentimiento, hasta que, con los pies, apartó la ropa de cama. Mientras le desabrochaba la camisa, notaba la piel ardiente del hombre al tacto de las yemas de los dedos, de los labios. Cuando por fin estuvo desnudo y encima de ella, lo envolvió con un acogedor abrazo.

Alex levantó el camisón centímetro a centímetro hasta quitárselo por la cabeza y tirarlo a un lado. Sus manos recorrían el torso desde el cuello hasta las caderas con los diez dedos abiertos, acariciando el máximo de superficie a la vez. Hundió la cabeza en la suavidad del vientre. Ella le cogió la cabeza y cerró las piernas alrededor de sus nalgas.

Alex besaba el ombligo y restregaba la mejilla contra el espeso nido de pelos rizados. Con la lengua dibujó la estría que separaba el vientre de la ingle. Ella clavó los talones en el colchón mientras arqueaba la espalda y levantaba las caderas.

La mano separó las piernas e introdujo dos dedos. Cat gimió de sorpresa y placer.

—Aguanta —murmuró él—. Aún no. Quiero estar dentro de ti cuando llegues.

Pero ya estaba húmeda y los dedos de Alex eran hábiles. Intentó controlar la excitación desbordada hasta que ya no pudo más.

Daba la impresión de que él sabía el momento justo de su rendición, ya que la penetró a las primeras contracciones. Las paredes vaginales se cerraron en torno a su sexo.

—¡Oh, Dios, sí!

Instantes después, saciado, se derrumbó sobre ella; ambos, bañados en sudor.

Al cabo de un rato, él se arrodilló, pero ella no estaba dispuesta a dejarlo marchar. Se incorporó de cintura para arriba a fin de besar el pubis del hombre.

Entrelazando su cabello, él se tumbó de espaldas y se la llevó consigo. Los pezones de Cat se irguieron al contacto de su lengua y bajó la mano para comprobar que Alex ya volvía a estar preparado. Poco a poco, ella se introdujo el miembro viril en su interior mientras él la miraba con los ojos entrecerrados. Cat, sentada a horcajadas, con los senos erguidos y sin falso pudor, estaba extasiada.

Él se humedeció los dedos con saliva y trazó un círculo alrededor de los pezones de Cat, que se endurecieron aún más por la caricia.

La otra mano de Alex volvió a escarbar entre el vello del pubis hasta encontrar su centro. Fue, para ella, como caer fulminada por una descarga eléctrica. La cabeza se le desplomó hacia atrás y no podía dejar de empujar las caderas. El dedo del hombre continuaba restregando la pequeña y escurridiza protuberancia.

Ella ya había perdido el mundo de vista, y Alex la sujetó por las nalgas para mantenerla pegada a él hasta que, al unísono, consiguieron un orgasmo violento y demoledor. Cayó sobre el torso del hombre, jadeando y con el corazón a punto de saltarle del pecho. Alex la mantuvo abrazada y le habló al oído, aunque ella no sabía qué le estaba diciendo.

Cat se despertó con la cabeza a los pies de la cama. La habían tapado con una sábana y una manta, pero el resto de ropa formaba un amasijo en el centro.

Se sentó, se apartó los cabellos de la cara y miró a su alrededor. El dormitorio sólo estaba iluminado por la grisácea luz del alba. La casa permanecía silenciosa. Sabía que estaba sola.

En algún momento, entre el éxtasis y el sueño, Alex se había marchado.

¿O ella lo había soñado?

No. El interludio erótico había sido real, ya que, en su cuerpo, había aún agridulces huellas para demostrárselo.

40

Pasaron tres días antes de que volviera a saber de él. Ni había llamado ni había intentado verla. A menudo, durante esos tres días, pensó que tal vez la tensión de las últimas semanas le gastó una mala pasada, y la presencia de Alex en su cama, que le había provocado la experiencia sexual más intensa de toda su vida, era sólo producto de su imaginación. Pero ella sabía que había ocurrido.

Si alguna duda le quedaba, se disipó cuando él asomó la cabeza dentro de la unidad móvil donde Cat estaba sentada con Jeff discutiendo los detalles del reportaje que se disponían a filmar.

Golpeó en la puerta abierta del camión y ella levantó la cabeza del papel que estaba leyendo. Jeff se dio la vuelta.

—Hola, señor Pierce —dijo mostrando sorpresa.

Alex le devolvió el saludo pero sin dejar de mirar a Cat.

Su reacción al verlo fue de viñeta cómica. Se quedó boquiabierta y la estilográfica se le escurrió de entre los dedos, le cayó en el regazo y aterrizó en el suelo.

—Tengo que...

Jeff balbuceó una excusa y los dejó solos.

Alex seguía mirándola. Llevaba tejanos, una camisa de algodón sin planchar con las mangas arremangadas y el cabello alborotado.

—Hola, Alex, ¿qué te trae por aquí?

Alex volvió la cabeza y miró hacia el equipo de producción que instalaba la cámara de vídeo en el parque. El realizador y Jeff estudiaban los ángulos de filmación, el ayudante comprobaba los micrófonos, y el guarda, sobre el que tanto había insistido Bill, estaba apoyado en un árbol, fumando.

—No te había visto trabajando en exteriores.

—No es tan divertido como puede parecer cuando lo ves desde casa.

—Me gustaría quedarme por aquí, si no te importa.

Así que no iban a hablar de ello. Vale. Si él quería dar la impresión de que la orgía jamás había existido, pues muy bien. Era probable que fuera mejor así. Había acudido a ella en plena noche, desesperado y rogando liberación física y emocional: una señal de que tenía debilidades como cualquier otro ser humano. Ella le había respondido sin la menor resistencia: una señal de su vulnerabilidad.

Ambos habían demostrado una carencia total de autocontrol y sentido común. No podía condenarlo por utilizarla sin condenarse a sí misma por dejarse utilizar con tanta facilidad. ¿Para qué abrir un debate? ¿No era mejor aparentar que no había ocurrido y ahorrarse la turbación?

Además, no estaba muy segura de poder hablar con

franqueza a plena luz del día de lo que habían hecho en la oscuridad. Se ruborizaba sólo de pensarlo.

—No me importa —dijo—. Pero seguro que estarás harto antes de que terminemos.

—Me parece que no.

Se acercó Jeff.

—Cat, acaba de llegar Sherry con Joseph.

Se anudó las deportivas que antes se había quitado. Alex la ayudó a bajar del camión.

—Gracias.

Cat intentó comportarse con naturalidad delante de Sherry, Jeff y el equipo de producción, aunque aún le temblaban las rodillas por la presencia inesperada de Alex.

Joseph le hizo olvidarse de él. La parálisis había detenido el crecimiento del chico; tenía siete años pero aparentaba cuatro. Llevaba aparatos ortopédicos, aunque caminaba sin ayuda de nadie. Tenía las orejas de soplillo y los gruesos cristales de las gafas distorsionaban el tamaño de sus ojos.

Sonreía mientras avanzaba hacia Cat.

—Voy a salir en la tele —anunció muy orgulloso.

Sherry Parks soltó una carcajada.

—Es mejor que te avise, Cat. Es un seductor nato. Vete con ojo o te robará los planos.

—Me alegro de volver a verte, Joseph.

Habían sido presentados en la fiesta de Nancy Webster. Ahora lo miró risueña y añadió:

—Pero si intentas acaparar la atención, vas a ver lo que es bueno. ¡Yo soy la estrella, no lo olvides!

—Vale —contestó Joseph, riendo—. ¿Él mueve la cámara? —Indicó a Alex.

—No, ha venido a ver cómo rodamos. Es Alex Pierce, Joseph. Escribe libros.

—¿Libros? ¿De verdad?

—Mucho gusto, Joseph.

Alex le estrechó la mano como si fuera un adulto.

—Es usted muy alto.

—No tanto. Mira las botas.

Levantó el pie y le mostró el tacón.

—Si me las quito mido uno sesenta.

La risa de Joseph surgió como las burbujas de una botella de champán. Cat hizo una nota mental para que su risa apareciera en el reportaje. ¿Quién podría resistirse a esas carcajadas?

Hizo las presentaciones oportunas y Jeff anunció que iban a empezar. Cat tomó a Joseph de la mano y se sentaron uno al lado del otro en el tiovivo. El ayudante de realización les colocó micrófonos inalámbricos y, primero, grabaron la entrevista. Charló con el niño de cosas intrascendentes hasta que se olvidó de la cámara y estuvo relajado.

—¿Te gustaría que alguien te adoptara, Joseph?

—Claro. ¿Podría tener hermanos y hermanas?

—Es posible.

—Sería estupendo.

Todas sus respuestas eran simpáticas y entrañables. Volvieron a filmar la entrevista desde otro ángulo, de forma que al montarla diera la impresión de que había al menos dos cámaras.

Luego caminaron entre los robles, mientras los seguía otro técnico con la cámara al hombro, hasta que Jeff anunció que ya tenían todo el metraje que necesitaban.

—Joseph, choca esos cinco. Si alguna vez piensas dedicarte al mundo del espectáculo quiero ser tu agente. ¿Trato hecho?

La sonrisa del niño era radiante.

Cat se agachó y lo abrazó.

—Esperemos que todo salga bien.

—Sí, pero no te preocupes, Cat. Si nadie me adopta, no me enfadaré contigo.

A Cat se le formó un nudo en la garganta. El padre de Joseph había desaparecido antes de que él naciera; su madre era una drogadicta depresiva a quien se le había retirado la custodia cuando tenía tres años. Desde entonces había vivido en centros de acogida. Se merecía el cariño de una familia, y con su buen carácter y sentido del humor sería la alegría de cualquier matrimonio. Sherry se lo llevó y Cat siguió saludándolos con la mano hasta que se perdieron de vista.

Alex se secó el sudor de la frente con la manga de la camisa.

—Tienes razón; no es tan divertido ni tan fácil como parece. ¿Dos horas de trabajo para un programa de dos minutos?

—Sin contar el montaje. Y menos mal que Cat rara vez necesita más de una toma.

Ofreció una sonrisa coqueta.

—¿Nos vamos? —gritaron desde el camión.

El equipo ya estaba cargado, y el cámara, al volante, había puesto en marcha el aire acondicionado. El guarda de seguridad apuraba el cigarrillo, dispuesto a saltar al vehículo. Ni se había acercado a Alex ni había preguntado el porqué de su presencia allí. Bill estaba malgastando el dinero, pensó Cat.

Jeff caminó hacia el camión, pero ella se quedó y miró a Alex con perspicacia.

—No has venido aquí con este calor sofocante sólo para ver una filmación, ¿verdad?

—Ha sido interesante.

Cat se puso en jarras.

—Eres un poco mayorcito para excursiones instructivas. Vamos, Pierce. ¿Qué pasa?

—He encontrado a Cyclops.

Estaba agachado al lado de la Harley, cambiando una bujía. En realidad no hacía falta, pero era una forma de distraerse. Si todo en la vida funcionara tan bien como su moto, sería un hombre feliz. La Harley era la única que acataba sus órdenes sin chistar. Montar en ella nunca dejaba de excitarlo.

Kismet era otro asunto.

La miró con desprecio por encima del hombro. Estaba sentada al lado de una bolsa de plástico amarillo que había arrastrado hasta la sombra de un cedro escuálido.

Pocos años atrás, la chica estaba de puta madre y él era la envidia de todos los tíos. Tenía un temperamento ardiente y salvaje y no le temía a nada. Ni siquiera a él.

En aquellos tiempos, si él hacía algo que no le gustaba, se le echaba encima, a veces arañando y mordiendo. Seguían peleando hasta acabar en la cama. La violencia la ponía a cien; cuanta más, mejor. Se retorcía, empujaba y gritaba como una loca cuando se corría.

Ahora, los ojos negros que antes quemaban estaban apagados, muertos. Y era como follarse a un cadáver: lo soportaba pero no participaba.

Incluso su aspecto era distinto. Llevaba el tatuaje tapado, el pelo recogido, y no recordaba la última vez que se había puesto algo que realzara sus curvas. Tampoco hablaba igual.

Intentar resucitar a la anterior Kismet se había convertido en el objetivo de la vida de él. Ella suponía un reto constante. La tigresa estaba allí dentro, en alguna parte, y, detrás de su expresión vacía, la verdadera Kismet aún se mofaba del mundo. Él lo sabía; lo único que tenía que hacer era encontrar la manera de despertarla.

¿Valía la pena todo lo que ella le había hecho pasar?

No. Ya se la habría quitado de encima años atrás de no ser por un motivo de fuerza mayor: es lo que ella quería. A ella le habría gustado que la echara, y sólo por eso había decidido retenerla hasta que las ranas criasen pelo. Ya la había dejado escapar una vez y lo había puesto en ridículo.

Pero él había reído el último y mejor.

Cuando Sparky estuvo fuera de sus vidas, volvieron a empezar donde lo habían dejado. Bueno, no del todo, ya que no era la misma. Por lo general, lo miraba como si no existiera, y lo único que la sacaba de su indiferencia era el miedo. Cuando estaba aterrorizada era tan moldeable como la arcilla.

Así que asustarla se había convertido en su pasatiempo favorito.

Se levantó y se limpió las manos con un trapo rojo.

—Entra en casa.

Su brusca orden la sobresaltó. Ésa era otra cosa que

lo fastidiaba... Cuando se quedaba ensimismada. Tenía un mundo íntimo, cerrado para él.

—Dentro hace calor, Cyc. Aquí, al menos corre un poco de brisa.

—Te he dicho que entres.

—¿Para qué?

—¿No te lo imaginas? —preguntó en tono cantarín.

Le tiró del brazo con fuerza para obligarla a levantarse. Ella gritó de dolor.

En aquel momento, aparcó un coche al lado de la Harley. Se apeó un hombre y los miró.

Cyc le soltó el brazo.

—¿Quién es ése?

—No sé.

El tipo alto y delgado caminó hacia ellos. Tenía los ojos calculadores y una sonrisa forzada en la boca. Un poli. Cyclops los reconocía a una legua. Seguro que llevaba un arma debajo del anorak.

—¿Quién eres y qué quieres? —preguntó Cyc enfrentándose al visitante con agresividad.

—Busco a alguien llamado Cyclops. ¿Eres tú?

Cyc cruzó los brazos tatuados sobre el pecho. Al sonreír, ladeó la cabeza, haciendo tintinear la cruz de plata que le colgaba de la oreja.

—¿Y qué si lo soy?

—¿Tú eres Kismet?

—Sí.

—Cierra el pico. No le digas ni una palabra.

Miró al hombre y sabía por intuición que le traería problemas.

—¿Quién coño eres?

—Alex Pierce.

—No me suena.

—Es lógico. Pero viene conmigo alguien que quiere conocerte.

Volvió al coche y abrió la puerta del pasajero, donde intercambió algunas palabras con alguien antes de que saliera. El último sol de la tarde iluminó su cabello y Cyc la reconoció al instante.

—¡Por todos los santos! —exclamó Cyc dejando a un lado su agresividad.

El tipo no se apartaba de la pelirroja. Ella no parecía tan cautelosa. Una tía con agallas, pensó Cyc. Pequeñita pero valiente. Se veía a simple vista.

—Me llamo Cat Delaney.

—Ya sé quién eres. ¿Has venido a buscar al niño?

Kismet se levantó de golpe, dejando caer la bandeja con abalorios que tenía sobre las rodillas.

—¡No voy a permitir que vuelvan a llevárselo! —gritó.

—¿Mamá?

Cyc miró a sus espaldas. El niño estaba detrás de la puerta de rejilla con el dedo en la boca. Los miraba con aquellos ojos abiertos y escalofriantes que a Cyc le ponían los pelos de punta.

Se disponía a decirle que entrara cuando la pelirroja ahogó un grito de sorpresa.

—¡Michael!

41

Cat se quedó pasmada. El niño abrió la rejilla y corrió a esconder la cara en la falda de su madre.

—¿Es usted su madre? —preguntó Cat.

Ella asintió.

Cat miró al motorista.

—Pues usted debe de ser George Murphy.

—¿No has venido a eso? ¿A llevarte al niño para que lo adopten?

Kismet empezó a gimotear y Cat le acarició el brazo.

—No estoy aquí por Michael.

Cyclops frunció el ceño.

—¿Y a qué has venido?

Tal y como había dicho Sherry, Michael y su madre parecían estar muy unidos. El niño recordaba a Cat y la miraba con una tímida sonrisa mientras seguía abrazado a las piernas de su madre.

Cat miró al motorista de arriba abajo.

—¿Me ha enviado cartas amenazadoras? Si es así, he venido para advertirle que he puesto el asunto en manos de la policía. Si recibo otra...

—Oye, cabrona...

—Cuidado con lo que dices.

Alex no levantó la voz, pero ésta era lo bastante amenazadora como para silenciar a Cyclops. Aunque hasta aquel momento no había intervenido, Cat sabía que no se le escapaba nada.

—Esto no tiene por qué complicarse —dijo—. Limítate a responder a la señora. ¿Has enviado por correo recortes de periódico?

—No sé de qué cojones está hablando. ¿Recortes de periódico? Déjeme en paz o...

—Erais amigos de un chico llamado Sparky —le interrumpió Cat.

Kismet murmuró en voz baja:

—¿Sparky? ¿Qué pasa con Sparky?

—Cierra el pico de una vez —gritó Cyc.

Dirigió su mirada hostil a Cat.

—Si estás buscando a ese enano, es mejor que te olvides. Hace años que la palmó.

—Lo sé.

—¿Pues por qué vienes a joderme?

—Tú diste el permiso para que le quitaran el corazón para un trasplante. Me hicieron un trasplante pocas horas después de que él muriera. Es posible que sea el suyo.

Kismet dejó escapar un grito sofocado antes de taparse la boca. Y se le saltaron las lágrimas.

—Tengo entendido que estabas muy unida a él.

Kismet asintió.

—Eso es agua pasada. ¿Qué quieres de mí? —dijo Cyc.

Contestó Alex:

—Tres personas que recibieron un nuevo corazón el mismo día que ella, han muerto. Creemos que asesinadas por un miembro de la familia del donante, que ha cambiado de idea.

—El asesino ha dejado claro que soy la próxima de la lista —añadió Cat.

—Vaya, qué pena —contestó Cyc con sarcasmo.

Alex iba a dar un paso al frente, pero Cat lo sujetó por la manga.

—No creo que sepan nada, Alex.

—Te ha reconocido de inmediato. Lo he visto en su cara.

—¡Si sale en la tele! ¿Piensas que soy idiota y ciego? —gritó Cyclops.

—Pienso que eres una mierda —respondió Alex.

—Tranquilos. Los dos. Michael está asustado.

Cat desvió la mirada a Kismet.

—¿Has intentado alguna vez ponerte en contacto con la persona que recibió el corazón de Sparky?

—Sí.

Cyc se dio la vuelta.

—¿Qué coño estás diciendo?

Como si no le hubiera oído, Kismet continuó dialogando con Cat:

—Un año después de la muerte de Sparky fui al hospital. Me dijeron que llamara al banco de órganos. Y me dieron el número de teléfono.

Cyc levantó un dedo y le ordenó:

—Cállate. No les digas nada. ¿Y dónde estaba yo mientras te escapaste para ir al hospital?

Ella siguió sin hacerle caso.

—Llamé al número que me dieron. La mujer que se

puso al teléfono estuvo amable, pero, como yo no era un familiar de Sparky, no podía informarme. Se lo rogué. Quería saber si...

—¡Ya está bien!

Cyc levantó la mano y la descargó sobre su mejilla.

Aunque Cat hubiera querido, no habría podido evitarlo. Alex se abalanzó sobre Cyc, lo agarró por el cuello y lo lanzó contra la pared exterior de la casa.

—Si vuelves a ponerle la mano encima te enviaré a la cárcel, mamarracho. Pero antes vamos a tener la camorra que te estás buscando. Te arrancaré el ojo sano y me mearé en el hueco. Cuando haya terminado contigo, además de idiota serás ciego. Preferirás que te encierren a volver a vértelas conmigo.

La cara de Cyc estaba distorsionada por el dolor. La rodilla de Alex presionaba sus genitales.

—Vale ya, tío. No voy a sacudirle.

Cat observó que Michael volvía a esconder la cara entre las faldas de su madre.

—Alex, el niño.

Las palabras obraron el efecto de una varita mágica. Alex soltó a Cyc y retrocedió hasta ponerse al lado de Cat, pero sin bajar la guardia.

Durante el altercado, Kismet no se había inmutado, como si ya estuviera acostumbrada a la violencia por haberla soportado demasiadas veces.

—Por favor —dijo Cat—. ¿Sabes algo de la persona que recibió el corazón de Sparky? ¿Adónde lo enviaron?

Ella negó con la cabeza, miró a Cyc y después al suelo.

Cat estaba segura de poder conseguir más información, pero no quería incrementar la ira de Cyc, quien, sin duda, caería sobre ella y el niño. Se dio la vuelta y no ocultó su desprecio al preguntarle al energúmeno:

—¿No habrá problemas?

—¿Por qué tendría que haberlos?

—Porque ya los has enviado varias veces al hospital. Eres patético. Apestas a matón que tiene que demostrar su virilidad golpeando a mujeres y niños.

—Cat.

Alex le advertía entre dientes que tuviera cuidado.

Cyc se masajeó las muñecas.

—No sabemos nada de tu corazón, ni del de Sparky, ni de cartas. Y aún menos de asesinos. Largaos de aquí antes de que me cabree de verdad.

Alex la cogió del brazo.

—Vámonos.

Subieron al coche, Alex lo puso en marcha y salieron a toda velocidad, poniendo tierra de por medio entre ellos y George Murphy.

—No puedo creerlo. Todo este tiempo han estado en mi expediente —dijo asombrada—: Cyclops y Kismet. ¿Cómo los has encontrado?

—Tío Dixie tiene buenos archivos y Murphy está fichado por varios delitos menores. Los departamentos de policía del Estado le han seguido la pista, y el de San Antonio tenía su dirección actual.

—Cuando Michael ha aparecido en la puerta... Es un niño tan sensible e indefenso que no puedo soportar que viva con ese animal.

—¿Y la mujer?

—Me parece que quiere mucho a su hijo, pero Cyclops la tiene dominada.

—Cuando le ha pegado...

—Tenía ganas de que lo pulverizaras.

Alex apartó los ojos de la carretera para dirigirle una mirada irónica.

—Y lo dices tú, que me acusas de disparar primero y preguntar después. ¿Cómo lo prefieres? A ver si te decides.

—No empecemos, Alex. Ya he tenido bastantes discusiones esta tarde. Necesito tiempo en la esquina antes del próximo asalto.

—Debes de estar agotada. Nunca abandonas tan fácilmente.

Kismet y Cyclops vivían en una pequeña población al sur de San Antonio. Era media hora de viaje que Cat dedicó a mirar al vacío. Cuando llegaron a la ciudad, ya estaba anocheciendo y las casas y establecimientos comerciales tenían las luces encendidas. Los anuncios de neón atraían clientes a restaurantes y cines.

—Ojalá no tuviera otro problema que decidir qué película me gustaría ver esta noche —dijo Cat.

—Estás muerta de miedo, ¿verdad?

—Me parece que tengo motivos para estarlo. Hemos encontrado a Cyclops, pero no estamos más cerca de mi perseguidor.

—¿No crees que sea obra de George?

—¿Y tú?

—Me gustaría que lo fuera, pero creo que no.

—¿Por qué te gustaría?

—Porque tengo unas ganas locas de ponerlo a la sombra. Es sólo cuestión de tiempo que cometa alguna fechoría. Tarde o temprano terminará encerrado en la cárcel de Huntsville, y preferiría que fuera antes de que haga daño a alguien, especialmente a Michael.

»Además, por tu bien quiero que esto termine. Que puedas dormir tranquila, sin preocuparte por saber si llegarás al día siguiente.

—Hombre, gracias por animarme y levantarme la moral.

Al cabo de un momento preguntó:

—¿Por qué no crees que pueda ser Cyclops?

—Es demasiado estúpido; eso para empezar. Este asunto tiene un esquema complejo, bien planeado y bien realizado por alguien con seso y paciencia. Cyclops no tiene ni una cosa ni otra.

—Es probable que tengas razón, pero supongamos que hay otra posibilidad. Cyclops vive de forma muy precaria, así que echarse a la carretera durante ciertos períodos de tiempo no le supondría ningún problema.

—¿Con Kismet y Michael a remolque?

—No, claro. Además: hemos llegado a la conclusión de que quien me amenaza llega a intimar con sus víctimas. Nadie en su sano juicio dejaría que Cyclops se le acercara.

—¿Qué me dices de ella? Podría servir como cebo para atraer a las víctimas. Ella se gana su confianza, tal vez su piedad; Cyclops las mata.

Cat rechazó esta hipótesis negando con la cabeza.

—No me ha dado la impresión de que su apocamiento fuera fingido. No la veo capaz de artimañas. Y Petey nos dijo que estaba enamorada de Sparky. ¿Por qué iba a querer parar su corazón? Me ha parecido que aún lo sigue queriendo.

—Sí, y eso a Cyc no le gusta nada.

—Si estaba celoso de Sparky cuando vivía...

—Puede seguir estando celoso. Kismet no ha podido olvidarlo ni siquiera después de tanto tiempo —dijo Alex acabando su frase.

—No se ha librado de su rival.

—Su chica sigue colgada por el pequeño gran hombre que lo derrotó no sólo en la cama, sino también en una pelea con navajas. Quiere vengarse matando a cualquiera que pueda llevar el corazón de Sparky.

Ella lo miró ilusionada, como si acabaran de descubrir el remedio contra el cáncer. Pero su burbuja de alegría se desvaneció en seguida.

—Eso nos vuelve a remitir a cómo pudo infiltrarse en la vida de las víctimas. Cyclops no es una persona que inspire confianza. Si alguien que lo conoce muere en extrañas circunstancias levantaría sospechas.

Cat suspiró derrotada.

—Cielo santo, ¿quién habría pensado que, por recibir el corazón de un donante, tendría a un psicópata pisándome los talones? ¿Y sabes algo gracioso? Bueno, gracioso en el sentido irónico. Nunca he querido que se me tratara de forma especial por haber sufrido un trasplante.

—Eso hace que te salgas de lo común —le recordó Alex.

—Pero no quiero un trato de preferencia. Deseo que la gente se olvide de que no tengo el corazón con el que nací. En cambio, parece ser que es en lo único que piensan cuando están conmigo.

El guarda del parking de la WWSA reconoció esta vez el coche de Alex y los saludó con la mano cuando entraban. Sonreía con reserva, como si él fuera un personaje clave de una intriga amorosa.

Alex paró el motor y se volvió hacia ella.

—No es en lo que pienso yo, Cat. Ni por asomo.

Ella resistió la tentación de su proximidad con una broma.

—¿Piensas hacer poesía sobre mis cabellos, mis ojos y mis labios?

—Si quieres. O podría ser más carnal y describir las zonas erógenas de tu cuerpo, que, en tu caso, incluyen hasta el último centímetro de piel. Lo sé por propia experiencia.

Era un alarde arrogante que provocó una respuesta a la inversa en el interior de Cat. Luchó por ignorarla.

—Guárdate el lenguaje fuerte para tus novelas. No soportaría que desperdiciaras esa pornografía barata conmigo.

Alex sonrió.

—Creía que te gustaba.

—¿El qué?

—La pornografía barata.

Tenía recuerdos vivos de los susurros en su oído unas noches atrás. Antes de que volvieran a seducirla, abrió la puerta del coche.

—Gracias por encontrar a Cyclops.

—Voy a hacer más averiguaciones antes de descartarlo.

—Ya me dirás algo. Buenas noches, Alex.

—Cat.

Se dio la vuelta. Parecía estar en conflicto consigo mismo sobre si debía decir lo que pensaba. Por fin, dijo solamente:

—Buenas noches.

Se fueron por caminos distintos. Cat se dirigía a su

casa con ideas confusas. Él hubiera podido esforzarse un poco más para derribar sus defensas. Ella habría dicho que no, pero no hubiese estado de más que insistiera para convencerla de pasar la noche con él.

Su mente continuaba dándole vueltas al asunto mientras se disponía a acostarse. Salió de la ducha cuando sonó el timbre.

¡La había seguido hasta casa!

Se anudó el albornoz y corrió hacia la puerta principal. La ilusión burbujeaba en su interior como un vino espumoso.

Cuando miró a través de la rejilla, esperando ver a Alex, tuvo una gran decepción.

42

—¿Qué quiere, Murphy?

—Hablar contigo —dijo Cyclops—. Abre.

Cat forzó una carcajada.

—No pienso abrirle.

—Si quiero entrar, nada va a impedírmelo. ¿Por qué no se ahorra que eche la puerta abajo?

—Si no se va llamaré a la policía.

—Hágalo y lo pagará el mocoso.

Apoyó la frente en la puerta. Era una locura abrirle en plena noche, pero, tal y como había dicho, una puerta cerrada no lo detendría.

Era evidente que la había seguido desde los estudios de televisión. ¿De qué otra forma podía saber dónde vivía? A menos que hubiera estado enviándole correo durante los últimos dos meses.

Fuera como fuese, ¿por qué estaba dudando entre abrirle o no? ¿Por qué no corría al teléfono y marcaba el 911 con la esperanza de que llegasen antes de que pudiera causar destrozos?

Por Michael. Sabía que Cyclops cumpliría su amenaza. Tal vez Kismet no fuera completamente inocente, pero el niño sí. Podía ser tarde para salvarla a ella, pero valía la pena luchar por él.

Corrió el cerrojo y abrió.

Su físico imponía. Alex había sido muy valiente o muy estúpido para enfrentarse a él. Intentó no acobardarse por su tamaño ni por el olor que desprendía cuando la apartó a un lado y entró. Echó un vistazo a su alrededor y se fijó en un cuenco de cristal con hierbas aromáticas que había encima de la mesita. Lo levantó para olerlo.

—No es nada que se pueda fumar —dijo Cat.

Él esbozó una sonrisa de reptil.

—Muy gracioso.

Volvió a dejarlo en su sitio.

—Así es como viven las estrellas de la tele. Muy elegante. Mucho mejor que la pocilga que comparto con mi mujer y el niño, ¿verdad?

Cat declinó corroborar lo que era obvio.

—¿Qué está haciendo aquí a estas horas? ¿Qué es tan urgente para venir a verme ahora?

El hombre entró en el salón y se dejó caer en el sofá blanco, apoyando las botas en el sillón a juego.

—¡Eh! Tranquila. Fuiste tú quien empezó todo esto; no yo.

—¿Empezar qué?

—Esa mierda sobre Sparky. No me acordaba de ese enano y te presentaste con ese poli a remover el pasado.

Mientras sonreía, la miró de arriba abajo con su ojo sano.

—Su culo no levantaba dos palmos del suelo, igual que el tuyo.

Le ponía la piel de gallina y se sentía más vulnerable aún vestida sólo con el albornoz. ¿Cuál de los teléfonos de la casa estaba más cerca? ¿Con qué rapidez podía marcar el 911? ¿Había un pestillo resistente en su dormitorio? No lo sabía; nunca lo había necesitado.

Recurrió a su dominio de la interpretación para disimular el miedo.

—Pierce no es policía.

Soltó una risotada.

—¿A quién quieres engañar, monada?

—Me rindo ante tantos conocimientos sobre la policía. Pero ¿por qué le molesta tanto que le hiciéramos unas preguntas sobre su amigo?

—Sparky no era amigo mío.

—Entonces ¿por qué le importa?

—No me importa; pero me ha hecho pensar.

«Debe de haber sido un gran esfuerzo.»

—¿Sobre qué?

Jugueteaba con un botón plateado del chaleco de cuero.

—Crees que llevas el corazón de ese cabrito, ¿no?

—Es una posibilidad. Pero, a menos que haya venido para confesar tres asesinatos y amenazas por correo, no veo que sea asunto suyo. ¿Por qué no quita sus asquerosos pies de mis muebles y se larga con viento fresco?

Le guiñó un ojo.

—Oye, pelirroja, te enciendes con facilidad y tienes la lengua muy larga. ¿Follas tan bien como hablas?

Si toleraba que la provocara, caería dentro de sus sucias manos. Optó por cruzarse de brazos y aparentar fastidio.

—Murphy: es tarde. Diga lo que sea y márchese.

Él recostó la cabeza en los almohadones del sofá, cambió la postura de los pies en el sillón y se repantigó en el asiento.

«Voy a tener que quemar esos muebles», pensó Cat.

—El pequeño bastardo no es mío.

—¿Cómo?

—El hijo de Kismet no es hijo mío. Sparky la dejó preñada.

La preocupación por el mobiliario y el miedo desaparecieron de golpe. Sin darse cuenta, se sentó en el brazo del otro sillón.

—¿Usted no es el padre de Michael?

—Es lo que acabo de decir.

—El padre era Sparky.

—Sí. Por pura chiripa, Kismet no abortó después del accidente, jodida como estaba. Para mí habría sido mucho mejor, pero el mocoso aguantó. Ocho meses después de que Sparky la diñara, nació su cachorro.

Ahora, la mente de Cat iba por delante de la de Murphy. No necesitaba que le explicara la importancia de este hecho, pero él lo hizo de todas formas.

—Cuando te has marchado, el crío balbuceaba que te había visto en una merienda. Le gustas. Igual que él a ti.

El pendiente se apartó de su mejilla cuando agachó la cabeza y simuló pensar en los misterios de la naturaleza.

—¿No es curioso?

Tal vez era más listo de lo que ella y Alex daban por supuesto. Era horrible pensar que fuese tan inteligente como mezquino.

—No sé adónde quiere ir a parar —mintió.

—Y un huevo. No es ninguna casualidad que exista esa simpatía mutua. Tú llevas el corazón de su papá. Tú... ¿cuál es la palabra adecuada?... Conectaste con el crío. Esas cosas de espíritus afines, el karma, o lo que sea.

La foto de Michael en el expediente de Sherry le había causado un impacto inexplicable. ¿O es que, realmente, era inexplicable?

—No tengo la seguridad de llevar el corazón de Sparky.

—Te digo que sí.

—Puede usted decir lo que quiera —se levantó para insinuar que la visita había terminado—, pero en otra parte. Ahora que ya me ha dado el mensaje, me parece que no hay nada más que hablar.

—Ahí te equivocas. Nos queda lo principal.

—¿Qué es?

—Dinero.

Eso era lo último que esperaba oír.

—¿Qué dinero?

—El que me debes.

Volvió a sentarse en el brazo del sofá y lo miró incrédula.

—No entiendo nada.

—Pues deja que te lo explique. Si Sparky hubiera vivido, habría tenido que soportar todo lo que yo he pasado. Me hice cargo de su hijo, lo he criado...

—Porque tiene usted un buen corazón —dijo con sarcasmo.

—Exacto.

Cat se carcajeó.

—Aceptó a Michael porque iba en el lote con Kismet y quería recuperarla después de la muerte de Sparky. No por amor, sino porque no podía tolerar que otro hombre lo hubiera humillado. Desde entonces la está castigando por ello.

Apartó el sofá de un puntapié y se levantó.

—La maldita hija de puta me suplicó que la aceptara.

Cat estaba decidida a no retroceder. Era un miserable que disfrutaba viendo el miedo en los ojos de sus víctimas. Podía rajarle el pescuezo, o atravesarle el corazón, con la navaja que llevaba enfundada en el cinto, pero no le daría el gusto de verla intimidada.

—Hace cuatro años que aguanto a esa tía y a su mamón. Creo que me merezco algo a cambio.

—Me parece que lo que va a recibir a cambio no le va a gustar.

—Escúchame bien, coño caliente. —Le clavó el índice en el pecho—. Gracias a mí no estás muerta. Le dije a ese médico que podía llevarse el corazón de Sparky. Estarías en el otro barrio si hubiera dicho que no.

—Puede que sí, puede que no.

—Te digo que sí. Y quiero algo a cambio de haberte salvado ese culito.

—Ah. Ahí es donde entra el dinero.

—Nos vamos entendiendo.

—¿Quieres que te pague mi corazón?

Sus delgados labios se separaron en una sonrisa lenta y maliciosa. Alargó la mano y manoseó un mechón del cabello de Cat.

—Ya sabía desde el momento que te vi que eres una mujer inteligente.

43

Alex estaba en plena vena creativa.

Los dedos no se movían tan rápido como las palabras e ideas que afluían a su cerebro, pero no le importaba nada esa frustración siempre y cuando siguieran llegando.

Por fin había superado el bloqueo del escritor. Volvía a la carga y mejor que nunca. Pensaba las frases y aparecían en pantalla.

Sonó el teléfono.

—Hijo de puta.

Intentó hacer caso omiso del timbre y siguió tecleando. A esas horas de la noche debía de ser alguien que se equivocaba de número. O Arnie, que lo llamaba casi cada día para preguntarle si seguía saliendo con Cat. Cuando le decía que sí, ya que no podía mentir a su agente, le recriminaba sus ganas de buscarse problemas.

Sonó de nuevo.

No pares, se ordenó. Termina la frase antes de que se te escape. Si ahora la dejas, la habrás perdido para siempre. Desaparecerá en ese vacío que absorbe palabras idóneas y frases inspiradas que se asoman en el subconsciente antes de que puedas agarrarlas.

El teléfono sonó por cuarta vez.

Como si nada. Hace semanas que esperas una noche como ésta. Te está saliendo redondo. La trama está bien urdida, no como esperabas, por supuesto, pero de esta forma tiene mayor fuerza. La acción se desarrolla con dinamismo, los diálogos son ingeniosos, causan impacto.

¡No cojas el teléfono, estúpido!

Levantó el auricular.

—Diga.

—Alex... No quería molestarte, pero...

—¿Cat? ¿Te encuentras bien?

—No.

—Tardaré quince minutos.

Colgó al tiempo que pulsaba la tecla para archivar lo que había escrito y desconectaba el ordenador. Se puso las zapatillas deportivas, apagó las luces y salió corriendo.

Era probable que Tom Clancy hubiera tenido que soportar interrupciones constantes. Habría vendido otro millón de ejemplares de *Juego de Patriotas* de no haber sido por los pequeños imprevistos de la vida. Y Danielle Steele tuvo nueve hijos; imagínate cuántas veces al día la interrumpían.

Cat había oído el coche y abrió la puerta.

—Te agradezco que hayas venido.

—Estás blanca como un papel. ¿Qué ha ocurrido? ¿Por qué llevas el pelo mojado?

—Me lo he lavado.

—¿Te has lavado el pelo? ¿Después de llamarme

para lo que parecía una situación de emergencia te has lavado el pelo?

—¡No me grites!

Le indicó que pasara al salón.

—He tenido una visita. Cyclops.

El motorista había dejado sus huellas en el sofá y en el sillón. Alex suspiró y se mesó el pelo.

—¿Cómo ha entrado?

—Lo he dejado pasar.

—¿Qué?

—Ha dicho que si no lo pagaría Michael.

—Ha podido agredirte.

—¡No lo ha hecho!

—Ahora eres tú la que grita. ¿Qué quería?

—Vayamos a la cocina —dijo ella—. He gastado todo un aerosol de ambientador, pero aún puedo oler su pestazo.

Ella entró primero. Encima del mármol había una tetera humeante. Le preguntó si quería una taza. Alex contestó que tal vez se cepillaría unos cuantos whiskies, pero té no, gracias.

Cat se sirvió una taza, añadió una cucharada de azúcar y se sentó enfrente de él a la mesa de la cocina. Le temblaban las manos.

—¿Qué quería?

—Dinero.

—A cambio del corazón de Sparky.

—¿Cómo lo sabes?

—He leído casos parecidos. Una persona recibe un trasplante de córnea, de hígado o de tejido. Cuando está bien, un miembro de la familia del donante se presenta y pide dinero.

—Yo también lo había oído. Se citaba en las sesiones de terapia de grupo como uno de los motivos para que los donantes y los receptores quedaran en el anonimato.

Se cruzó de brazos.

—Pero no creía que nadie fuera tan miserable.

—Cyclops lo es.

—Es repugnante. Cuando me ha rozado el pecho y el pelo con sus asquerosos dedos me he sentido violada. He vuelto a ducharme.

Se llevó la taza a los labios, pero apenas podía mantenerla firme mientras bebía.

—Perdona que te haya molestado, Alex.

—No me has molestado —mintió.

—No sabía a quién recurrir. Podía telefonear a ese teniente Hunsaker, pero me inspira muy poca confianza.

Alex supuso que debía tomarlo como un cumplido.

—Has hecho bien en llamarme. No puedes quedarte sola. ¿Has tenido problemas para que se marchara?

—En realidad no. Le he dicho que para conseguir el dinero tendría que pasar por encima de mi cadáver. Me ha contestado que eso tiene fácil arreglo.

—Ha podido matarte.

—Le he replicado que matarme sería una tontería si lo que quiere es sacarme dinero.

Alex pensó que había sido un milagro que Cyclops no la hubiera maltratado; y, al mismo tiempo, estaba enfadado con ella.

—Te has hecho la graciosa, ¿verdad? Siempre con tus ocurrencias. ¿Por qué diablos tenías que provocarle?

—¿Qué sugieres que debería haber hecho? ¿Encogerme de miedo, llorar y dejarle ver lo asustada que estaba? Y también tengo que pensar en Michael y en Kismet. Es probable que ellos paguen su furor.

—¿Estaba furioso cuando se ha marchado?

—Como mínimo. Supongo que estaba convencido de poder intimidarme para que le diera un cheque. Me he negado y se subía por las paredes cuando he dejado bien claro que no me sacaría ni un céntimo.

—¿Y qué ha contestado?

—Que lo lamentaría.

Alex también estaba preocupado por Michael y su madre, pero quería aliviar la preocupación de Cat.

—Lo pensará dos veces antes de volver a ponerle la mano encima a Michael. Hace pocas semanas que se escapó por los pelos de ir a la cárcel.

—Confío en que eso sea disuasorio, ya que los vínculos de sangre no lo detendrán. Michael no es hijo suyo.

Le explicó lo que Cyclops le había dicho.

—Tal vez eso explica que me impresionara la foto del niño incluso antes de verlo.

Alex se apoyó en la mesa.

—¿Qué quieres decir?

—Nada.

—Vamos, Cat, he corrido a rescatarte. ¿No merezco todos los detalles?

—Es una bobada.

Esbozó una tímida sonrisa, se encogió de hombros y jugueteó con la cucharilla; todo, señales inequívocas de que estaba buscando evasivas. Por fin, dijo:

—Desde el momento en que empezaron a realizarse trasplantes de corazón, existe la polémica sobre si algunas de las características del donante pueden ser transmitidas al receptor.

Alex esperó un momento hasta asimilar la frase.

—Continúa.

—Es ridículo, por supuesto. El corazón es un órgano, un aparato, maquinaria fisiológica. El «alma» de una persona es algo completamente distinto.

—Pues ¿por qué has relacionado tu atracción por Michael con la posibilidad de que su padre fuera tu donante?

—No lo he hecho.

—Sí, lo has hecho. Y también Cyclops.

—A él no le importa quién se lo donara a quién. Sólo ve una forma de sacar dinero. Odia a Michael porque es la herencia viviente que Sparky dejó a Kismet. La castiga a ella por haber preferido a Sparky y ha convertido su vida en un infierno. No me extraña que parezca tan asustada.

—Cat, ellos no son responsabilidad tuya.

Lo miró con aire de sentirse tan ultrajada como si se hubiera orinado en la bandera norteamericana.

—¡Claro que sí! ¡Son seres humanos y corren peligro!

—Admiro tu altruismo, pero no puedes salvar a todos los desgraciados del mundo.

—Si Cyclops les hace daño, no podría resistirlo. ¿Podrías tú? ¿Es que una vida no significa nada para ti?

Alex sintió que una oleada de calor le subía a la cara.

—Voy a pasarlo por alto porque estás nerviosa y

confío en que no sabes lo que dices. Nada me gustaría más que hacer picadillo a ese animal y asegurarme de que no volviera a tocarles un pelo. Pero hay millones de víctimas como ellos en todo el país.

—Sé que no puedo salvar a esos millones, pero quisiera ayudarlos a ellos.

—¿No estarás pensando en darle dinero?

La discusión la había dejado sin fuerzas. Se inclinó hacia adelante y apoyó la cabeza en ambas manos.

—Nunca habría cedido al chantaje, pero ha dejado bien claro que si no le pagaba lo lamentaría. De una forma o de otra.

Entonces lo miró. Por primera vez desde que la conocía, la veía aterrorizada.

—Alex, quiero que lo dejemos.

—¿Que lo dejemos?

—Esta búsqueda demencial. Hace casi dos semanas que no he recibido correo anónimo. Estoy segura de que alguien con un sentido del humor perverso me estaba gastando una broma. Eso es todo.

»La falsa necrológica era la guinda final. Hizo lo que tenía planeado... Desconcertarme y ponerme nerviosa. Pero ya ha terminado de jugar.

—¿Estás segura?

—No, no lo estoy, pero ya no quiero levantar otra piedra. Cada vez que lo hago, debajo hay un gusano asqueroso. Tengo miedo de abrir el correo. Un motorista tatuado, con un ojo de cristal y tendencias homicidas, al que nunca antes había visto, intenta hacerme chantaje y me amenaza con matarme.

»Tengo un sobresalto cada vez que veo mi propia sombra, ya no me siento segura en mi casa, no puedo concentrarme en el trabajo. He perdido las ganas de comer y ya no recuerdo cuándo dormí toda la noche de un tirón. Ya no puedo más.

—No es tan fácil, Cat. No tires la toalla.

—Ya lo he hecho.

—Bueno, pues yo ni puedo ni quiero. No se da un caso por cerrado sólo porque no te gusta el aspecto de las pruebas que descubres.

—Oh, deja ya tu charla de policía. Ya no lo eres y ésta no es una investigación oficial. Ni tampoco el argumento de una de tus novelas. ¡Es mi vida!

—De acuerdo. Y estoy intentando protegerla. Quiero que vivas para celebrar el cuarto aniversario del trasplante.

—Yo también.

Hizo una pausa y suspiró. Sentía un nudo en el estómago. Lo que venía a continuación no iba a gustarle.

—Por eso me voy a California y me quedaré con Dean hasta que haya pasado la fecha. Ya está todo arreglado.

Alex se puso en jarras.

—¿Ah, sí? ¿Y cuándo lo has arreglado?

—Antes de que llegaras.

—Ya. Me llamas para que acuda a rescatarte, pero soy sólo un ala protectora hasta que puedas volver con papá Dean, ¿no es eso? Y me acusabas de utilizarte sexualmente.

No tenía intención de ofenderla, pero lo hizo. Las lágrimas asomaron a sus ojos, pero ella era Cat y no iba a derrumbarse.

—Te acompañaré a la puerta.

La mejor actriz de carácter de la escena británica no habría sido capaz de aparentar más indignación regia cuando se levantó de la silla y salió de la cocina.

Él la siguió, pero sólo hasta la entrada, donde cerró la puerta de golpe.

—No voy a dejarte sola esta noche, Cat. —Levantó las manos para pedir silencio antes de que ella pudiera protestar—. Dormiré en el sofá.

Echó un vistazo a la tapicería sucia.

—He dormido en sitios peores, créeme. Ahora puedes patear, despotricar e insultar todo lo que quieras, pero será una pérdida de energías. Y no tienes muchas. Cat, haz lo que quieras: lloriquea, prepara la maleta, píntate las uñas, lo que sea; pero hasta que sepamos la próxima jugada de Cyclops no voy a perderte de vista.

44

Cyc no podía creer lo que veían sus ojos cuando entró en la cocina para tomar café. Kismet ya estaba sentada a la mesa y su aspecto casi lo tumbó de espaldas.

Se había maquillado como la primera vez que la vio, con sombras que acentuaban sus ojos oscuros, y la melena enmarañada le caía sobre los hombros.

Tampoco llevaba las largas faldas y las blusas amplias que habían sido su único atuendo durante los últimos cuatro años. Los tejanos raídos se ajustaban a su cuerpo como un guante de cirujano. Y, por la ceñida camiseta, asomaba, encima del seno, el tatuaje.

Era como si hubiese sido una muerta viviente desde la defunción de Sparky y, de repente, se despertara. La transformación se había producido de la noche a la mañana.

Y no era sólo una cuestión de apariencia. Su expresión era la de la antigua Kismet. Cuando entró en la cocina, ella se levantó y le sirvió una taza de café con gestos rápidos y bruscos; había recuperado la inquietud de años atrás. Cyc hubiera pensado que se había metido algo, pero sabía que no tomaba drogas desde el embarazo.

—¿Quieres desayunar?

Receloso por el súbito cambio, dijo:

—Si quisiera desayunar te lo diría.

—No seas gilipollas.

Se sirvió otra taza de café y volvió a la mesa. Recuperó el cigarrillo que se consumía en el cenicero, se lo llevó a los labios y exhaló el humo hacia el techo. Cuando estaba embarazada dejó el tabaco y no había vuelto a fumar.

Ahora, cuando observaba sus labios carnosos chupando el filtro del cigarrillo, Cyc sentía un cosquilleo en la entrepierna. La había visto así miles de veces, enojada y desafiante, pero hacía ya mucho tiempo. Hasta ese momento no se dio cuenta de lo que necesitaba su agresividad.

Pero Cyc era desconfiado por naturaleza y rara vez aceptaba lo que veía.

—¿Qué mosca te ha picado?

Kismet apagó el cigarrillo.

—Puede ser que anoche me abrieras los ojos.

—Te lo merecías.

Cyc la había golpeado por haberlo puesto en ridículo delante de Cat Delaney y su amigo. Pero los cardenales apenas eran visibles debajo del maquillaje.

—No puedo creer que se negara a pagarte.

Después de una botella de alcohol y unas rayas de coca le había hablado de su visita a Cat.

—No te preocupes. Tendrá que apoquinar.

—¿Cuándo?

—Tan pronto como se me ocurra algo —apuró el café.

—¿Quién se cree que es? Gracias a Sparky no está muerta.

—Dice que puede llevar el corazón de otra persona.

—Da igual, me lo debe —dijo Kismet apartándose el pelo de la cara—. Apenas hemos tenido para comer durante estos últimos cuatro años y ella vive a todo tren. No es justo.

—Nos dará dinero; sólo tengo que pensar cómo.

—Tengo una idea.

El ojo sano la miró intrigado.

—No me digas. ¿Cuál es?

—Tenemos que movernos antes de que su amigo el poli le coma el coco. Puede joderlo todo.

Se levantó como si la hubieran pinchado. Cargada de café y nicotina, empezó a pasearse.

Cyc estaba de acuerdo con lo que ella decía, pero habría sido una debilidad aceptar en seguida.

—Te quedas fuera. Lo tengo todo bajo control.

Ella se dio la vuelta y lo miró cara a cara.

—¡Y una mierda! Te dejaste embaucar por su cara bonita y sus ojos azules. Tanta amenaza para volver de vacío.

Se levantó y la abofeteó. Ante su sorpresa, ella le devolvió el golpe y la palma de la mano le aterrizó en la oreja, destrozándole el tímpano. No obstante, oyó lo que ella le decía:

—Te voy a quitar esa costumbre, hijo de puta; es la última vez que me sacudes.

Su arranque de genio era excitante, pero lo que podía tolerarle tenía un límite. Quería algo a medio camino entre la fiera que había sido y el corderillo en que se había convertido.

—Tengo algo para ti.

La sujetó por los antebrazos y la empujó contra la pared, acorralándola allí con su cuerpo. Ella le daba puñetazos en el pecho para que la soltara, lo cual tuvo que hacer para desabrocharle los vaqueros y deslizarlos hasta los pies desnudos.

Intentó escapar, pero la agarró por los cabellos y la tiró encima de la mesa, sujetándola allí con una mano mientras con la otra se abría la bragueta.

Cyc gimió de placer y sorpresa cuando ella empezó a masturbarlo con fuerza y ansiedad, como solía hacer años atrás, cuando nunca tenía bastante, cuando el sexo era una competición de resistencia en la que casi siempre ganaba ella.

La levantó de cintura para arriba y le apretó los senos, pellizcándole los grandes pezones. Ella inclinó la cabeza y le mordió en el brazo. Cyc le dio un bofetón, se tumbó encima y succionó el pezón como si su vida dependiera de ello. Kismet se retorcía debajo de él, le arañaba la espalda desnuda y le gritaba obscenidades.

Cyc la penetró con tanta fuerza que las patas de la mesa resbalaron por el suelo y estuvo a punto de perder el equilibrio. Ella le rodeaba las caderas con sus potentes muslos, cruzó los tobillos en la rabadilla y le clavó las uñas en las nalgas.

El orgasmo les llegó casi al instante y Kismet echó los brazos hacia atrás por encima de la cabeza, haciendo caer al suelo las tazas de café y el cenicero. Agitaba la cabeza y se mordió el labio inferior hasta desgarrarse la piel. Incluso después de haber terminado, sus senos continuaban subiendo y bajando.

Cyc los restregó con sus callosas manos.

—Buenas tetas.

Ronroneó y empezó a removerse inquieta, arqueando la espalda y cambiando la posición de las piernas. Estaba al rojo vivo, tenía los labios violáceos e hinchados y en el inferior le había aparecido una gota de sangre. Entre la melena húmeda lo miraba con los ojos soñolientos y entrecerrados, y le sonreía con aquella malicia que él tan bien recordaba.

—Siempre he dicho que ese coño tuyo es pura dinamita.

Ella rio con codicia.

—Vamos a ser ricos, Cyc. Ricos.

—Sí.

Intentó apartarse, pero ella se lo impidió ciñéndolo entre sus muslos.

—¿Adónde vas?

El corazón de Cyc se aceleró. Volvía a ser la antigua Kismet que siempre quería más.

—Aquí abajo has dejado mucha porquería. Límpiala.

Cogió la cabeza del hombre con ambas manos y la hundió en su entrepierna.

45

Dio unos golpecitos en la puerta del dormitorio.

—¿Cat?

—Casi estoy lista. ¿Ha llegado el taxi?

—No. Pero Cyclops, sí.

Abrió la puerta. Alex estaba comprobando el tambor del revólver. Sintió un escalofrío al verlo cargado.

—Han pasado por delante y deben de haber dado una vuelta alrededor del edificio —dijo Alex—. Los he visto cuando doblaban la esquina al final de la calle. Vienen hacia aquí.

—¿No viene solo?

—Lleva a Kismet y a Michael en la moto.

—¡Dios mío!

—Supongo que los quiere utilizar como rehenes para ablandarte.

Después de la discusión de la noche anterior, Cat se retiró a su dormitorio e hizo el equipaje para su viaje a California. Más tarde, apagó la luz y se acostó, pero no pudo dormir.

Oía moverse a Alex por las otras habitaciones, seguramente para asegurarse de que puertas y ventanas estuvieran cerradas. Aunque estaba furiosa, le agradecía que se hubiese quedado. Se sentía mucho más tranquila sabiendo que había un centinela.

Esa mañana, cuando se encontraron en la cocina, se habían comportado como educados desconocidos. Alex le ofreció una taza de café recién hecho, ella aceptó y le dio las gracias. Le preguntó la hora del vuelo y se ofreció a llevarla al aeropuerto.

—Te lo agradezco, pero he pedido un taxi.

—Muy bien.

Volvió al dormitorio para ducharse y vestirse. No habían vuelto a dirigirse la palabra. Ahora lo seguía por el pasillo camino del salón.

—Tal vez no paren si ven tu coche aparcado enfrente.

—Lo metí en el garaje cuando te fuiste a la cama.

—Oh.

—Es mejor para nosotros si piensan que estás sola. Tenemos el factor sorpresa a favor nuestro.

Cat abrió una rendija en las persianas de la ventana y vio la moto que avanzaba despacio hacia la casa.

Desde la otra ventana, Alex dijo:

—Vuelve a tu habitación, Cat. Espera a que intente solucionar esta situación.

—De ninguna manera.

—No es momento de... ¿Ésa es Kismet?

Cat tuvo que olvidarse de las ropas y del maquillaje para estar segura. Si no llevara a Michael en los brazos no la habría reconocido.

Caminaba moviendo las caderas, provocativa y con descaro.

Ayer podían acobardarla con una mirada y hoy parecía dispuesta a llevarse por delante a cualquiera que se cruzase en su camino.

Pulsó el timbre tres veces. Cat miró a Alex, quien le hizo una señal para que abriera la puerta mientras él se ponía detrás, de forma que al abrirla no lo vieran.

Con cautela, Cat corrió el pestillo y entreabrió.

Lo primero que vio fueron los ojos llorosos de Kismet. Eran una incongruencia en relación con el maquillaje de buscona y los andares sinuosos y seguros con que se había acercado a la casa. Le temblaban los labios.

—Por favor, por favor, ayúdeme.

Pese a la descripción poco lisonjera que Cat le había hecho del teniente Hunsaker, Alex quería conceder a su colega el beneficio de la duda. Por desgracia, Hunsaker estuvo a la altura de las expectativas. Desde el momento en que puso los pies en el salón de Cat, lo catalogó como un payaso. Tenía el ego tan hinchado como la barriga.

—Según parece, el destino ha vuelto a reunirnos —le dijo a Cat con una amplia sonrisa y restos de tabaco en las comisuras.

—Eso parece.

—Mi mujer estuvo muy contenta con el autógrafo.

—Gracias. Teniente Hunsaker, le presento a Patricia Holmes y a su hijo, Michael.

El teniente miró a Kismet e hizo una ligera inclinación de cabeza.

Mientras esperaban a que llegara la policía, Cat se

había quedado en el dormitorio con la mujer y el niño. Cuando salieron, Kismet ya no llevaba ni rastro de maquillaje y se había recogido el pelo. Iba vestida con una bata, que debía de ser la única prenda del armario de Cat lo bastante grande para ella.

Cat señaló a Alex.

—Y él es Alex Pierce.

El policía le estrechó la mano.

—Alex es ex policía.

—¿Sí? ¿De dónde?

—De Houston.

—Houston ¿eh? —Lo miró de arriba abajo—. ¿Cómo es que dejó el cuerpo?

—No es asunto suyo.

Cogido por sorpresa, Hunsaker gruñó:

—No es necesario que se ponga a la defensiva.

—No lo hago; me limito a exponer un hecho.

Carraspeó y se palmeó la funda del revólver.

—Bueno, ¿quién va a explicarme lo que ha pasado?

—Alex, tú has visto más que nosotros —dijo Cat.

Alex le explicó lo ocurrido el día anterior y esa misma mañana, concluyendo el relato con la petición de ayuda de Kismet en el umbral de Cat.

—Cat no le ha preguntado nada. Los ha hecho pasar y ha cerrado la puerta con el pestillo. Patricia estaba aterrorizada. Ha dicho que Cyclops la mataría por traicionarlo. Michael también tenía miedo. Aunque no sabía lo que estaba pasando, veía el pánico de su madre. Le he dicho a Cat que se los llevara a su dormitorio.

—Entonces le he telefoneado, teniente —intervino Cat—. Pero no sabía lo que Cyclops podía hacer.

—Le he dicho que estuviera tranquila, que lo dejaría frito antes de que entrara.

Hunsaker miró de reojo el revólver colocado encima de la mesa.

—Ya no está cargada —dijo Alex.

—¿Y el motorista? Ese tal Cyclops. ¿Qué ha hecho?

—No se esperaba que Cat dejara pasar a Kismet y al niño y cerrase la puerta, así que se ha olido en seguida que algo iba mal. Ha gritado desde la acera preguntando qué pasaba. Al no recibir respuesta, ha empezado a ponerse nervioso.

—No me explico por qué ha tardado tanto, Hunsaker. Si se hubiera apresurado a venir, Cyclops podía estar ahora entre rejas y esperando ser acusado por agresión y chantaje.

El policía pasó por alto la crítica y se dirigió a Cat.

—¿Anoche intentó extorsionarla?

—Sí.

Cat le explicó la visita de Cyclops.

—No parece el tipo de persona de la que pueda uno fiarse. ¿Por qué no me llamó?

—Porque me llamó a mí. Y he pasado la noche aquí —contestó Alex.

Hunsaker debió de sacar sus propias conclusiones.

—¿Y esta mañana? ¿Por qué ha vuelto?

—Patricia lo convenció para que los trajera a ellos con el fin de ablandarla —dijo Alex—. Cuando ella ha entrado en la casa, su instinto ha debido de advertirle que lo habían engañado y que tendría problemas si no se largaba.

—¿Y se ha ido?

—Sí, después de gritar que mataría a Kismet y al niño. No puedo citarle sus palabras al pie de la letra porque el niño está escuchando, pero sólo he omitido unos cuantos adjetivos. Ahora ese delincuente anda suelto —añadió a modo de reproche por la tardanza del policía.

Hunsaker preguntó a Cat:

—¿Tiene algo que añadir?

—Sólo que Alex y yo vimos cómo Murphy golpeaba a la señora Holmes ayer por la tarde, en su casa.

La cosa se iba complicando demasiado para él. Se rascó la cabeza.

—No entiendo qué hacían ustedes allí.

—Estábamos siguiendo una pista por otro asunto del que le hablé a usted en su despacho —dijo Cat.

—¿Se refiere a unos recortes de periódico?

—Sí. Pensé que podía ser Cyclops quien me los hubiera enviado.

—¿Era él?

Cat miró a Kismet, quien negó con la cabeza.

—No lo creo, pero de todas formas merece estar en la cárcel. Puede preguntar al Servicio de Protección a la Infancia; ya tienen varias denuncias contra él por malos tratos a un menor. Quedó en libertad por un fallo del fiscal.

—¿Y ella? —Señaló a Kismet.

—También estaba implicada, pero sólo porque no podía enfrentarse a Cyclops por miedo a sus represalias.

Hunsaker señaló el sofá manchado.

—¿Le importa que me siente?

—En absoluto.

Se acomodó en el borde y miró a Kismet, que estaba sentada en una silla con Michael sobre las rodillas.

—¿Y usted qué tiene que decirme?

Kismet desvió la mirada a Cat, quien le tomó la mano para animarla.

—Dile lo que me has contado.

Contuvo las lágrimas y se humedeció los labios violáceos e hinchados.

—Ayer, cuando ellos se marcharon, me explicó su plan para conseguir dinero por el corazón de Sparky.

—¿Quién es Sparky?

Alex le puso al corriente. Hunsaker escuchaba con atención.

—Madre mía, qué complicado es todo esto —murmuró—. Así que Cyclops quería dinero a cambio del corazón de ese Sparky, que era el padre de su chico, ¿correcto?

Kismet asintió y acarició la cabeza de Michael. El niño no se había movido de su lado desde que Cat los había hecho entrar. No cabía la menor duda de que quería a su hijo.

—Anoche, Cyc volvió a casa muy tarde. Estaba furioso porque la señorita Delaney se había negado a darle dinero. Se había burlado de él —le dijo al oficial.

Alex estaba horrorizado.

—¿Te burlaste de él? Eso no me lo habías dicho. ¿Es que estás loca?

—No, no estoy loca.

—¡Chitón! —ordenó Hunsaker mirando, ceñudo, a Alex y después a Kismet.

—Disculpe la interrupción, señorita Holmes, ¿no? Adelante.

—Cyc esnifó unas líneas y se puso muy desagradable. Intenté mantenerme alejada de él, pero me pegó una paliza. Cuando se quedó dormido, estuve pensando en la forma de escapar.

En sus ojos oscuros asomaron algunas lágrimas.

—La señorita Delaney parecía una buena persona. La había visto en la tele, ayudando a esos niños. Y en la fiesta simpatizó con Michael.

—¿Qué fiesta?

—No tiene ninguna importancia —dijo Alex—. Déjela que termine, ¿quiere?

—No soy yo el que interrumpe, sino usted.

Hunsaker le hizo una indicación a Kismet para que continuara.

—No quería que Cyc la molestara. Pero me sentí feliz al saber que quizás el corazón de Sparky había salvado la vida de alguien como ella. Y la forma de enfrentarse a él me dio valor. Decidí que yo también lo haría.

—Pero no tenía dinero, ni medios de transporte, ni nadie a quien acudir —intervino Cat—. Si intentaba escapar, no habría llegado muy lejos antes de que la encontrara.

—Y me habría hecho daño y, posiblemente, también al niño —dijo Kismet—. Sabía que mi única posibilidad era engañarlo. Así que esta mañana, yo...

Estalló en sollozos.

Cat le puso una mano en el hombro.

—Vamos, Patricia, sigue; casi has terminado.

Kismet asintió.

—Anoche le di a Michael un tranquilizante para que durmiera hasta tarde. Sé que estuvo mal, pero no podía correr el riesgo de que se despertase y viera... He conseguido que Cyc se excitara y he tenido que fingir que me gustaba. Tenía que convencerlo de que volvía a ser la que era antes de enamorarme de Sparky.

Lloraba a mares.

—Has hecho lo que tenías que hacer, Patricia. Nadie de los presentes tiene derecho a juzgarte.

El tono de voz suave, comprensivo, de mujer a mujer, silenció a Alex y a Hunsaker. Kismet había utilizado el sexo a cambio de su vida. Algunos hombres podían entenderlo, pero sólo otra mujer era capaz de entender la absoluta degradación de ese acto.

En ese momento, sólo el hecho de ser un hombre hizo que Alex se sintiera culpable. Se preguntó si Hunsaker sentía lo mismo. No era probable. Hunsaker era demasiado obtuso para captar algo tan abstracto. Pero, al menos, tuvo la sensibilidad de mirar hacia otra parte y permanecer callado hasta que Kismet estuvo en condiciones de continuar.

—Después he convencido a Cyc para que me trajera. Yo hablaría con la señorita Delaney y pondría al niño como pantalla, ya que sabía que le tocaría la fibra sensible. A él no le gustaba la idea, pero le he dicho que con amenazas no había conseguido nada y que había que intentarlo de la otra forma. Por fin, ha cedido.

Abrazó a Michael.

—El camino desde la acera a la entrada de la casa me ha parecido una eternidad. Estaba muerta de miedo por si Cyc se olía mi plan antes de que llegara a la puerta.

Miró a Cat con expresión de idolatría.

—No sé lo que habría hecho si usted me hubiera cerrado la puerta en las narices. Nunca podré pagárselo.

—Lo único que quiero es que estéis a salvo de ese animal.

—¿Va a presentar denuncia? —le preguntó Hunsaker.

—Sí.

—¿Está segura? A veces las mujeres se echan atrás cuando llega el momento.

—Ella no —dijo Alex.

—Ni yo tampoco —añadió Cat—. Amenazó con matarme, y también a ellos, si no le daba dinero. Es extorsión. Declararé en su contra, puede estar seguro.

—Pero antes tendrá que encontrarlo. Entretanto, ya les hemos garantizado a Patricia y a Michael un lugar seguro para vivir —le dijo Alex.

El policía se levantó.

—Habrá que hacer mucho papeleo. ¿Podrían venir esta tarde a mi despacho para prestar declaración?

Todos dijeron que sí.

—Extenderé una orden de búsqueda y captura de George Murphy. Ya tengo su descripción y la de la Harley. Dentro de poco le echaremos el guante.

—No lo encontrará —dijo Kismet, muy segura—. Tiene docenas de sitios donde esconderse y personas que lo encubrirán. No lo encontrará.

Alex temía que tuviera razón, pero se guardó su parecer. Si alguna vez capturaban a Cyclops, sería más por descuido del motorista que por eficacia de la policía.

Hunsaker, por su parte, hizo grandes promesas de que pronto lo encerrarían.

—Usted tranquila; deje el asunto en nuestras manos —acarició la cabeza de Michael—. Un niño muy guapo.

—Le agradezco que haya venido —dijo Cat mientras lo acompañaba a la puerta.

—¿No ha llegado a saber quién le envió los recortes?

—No. Era lo que quería averiguar cuando removí este avispero. Por supuesto me alegro de haberlo hecho, ya que ahora Patricia y Michael son libres.

Alex se dio cuenta de que, como señal de respeto, ahora se refería a Patricia con su verdadero nombre. Kismet era algo que ya pertenecía al pasado.

—¿Ha recibido más correspondencia de esa clase después de venir a verme?

—No.

—¿Lo ve? —dijo, muy satisfecho de sí mismo—. Es probable que nunca sepa quién se la enviaba. Ya sabía yo desde el principio que no era nada importante.

Cat tenía más paciencia de la que Alex podía imaginarse. Pese al trato paternalista del teniente, le dio las gracias por haberle dedicado su tiempo y su ayuda.

—Me he olvidado de decírtelo. Mientras esperábamos a Hunsaker ha llegado el taxi. Le he dado diez dólares de propina y lo he despedido —dijo Alex.

—Gracias. No había vuelto a pensar en ello.

—¿Aún piensas ir a California?

—Primero tengo que asegurarme de que Patricia y Michael estén a salvo. He llamado a Sherry y ya se está ocupando de eso.

Llegó media hora más tarde.

—He encontrado una casa que me parece que os gustará —les dijo a Patricia y a Michael—. Hay otras tres mujeres con sus hijos y una asistenta con plena dedicación. Dos de los niños tienen más o menos la edad de Michael, así que tendrá compañeros de juego. Tendréis vuestra habitación con baño propio y toda la intimidad que queráis. Pero es obligatorio comer todos juntos y colaborar en las tareas domésticas.

Patricia no podía creer en su buena suerte. Estaba tan agradecida que exclamó:

—Estaré encantada de hacer cualquier cosa con tal de que Cyclops no nos encuentre.

Poco después estaban en la puerta para despedirse. Cat le dijo:

—Estaréis bien. Si necesitas algo, o quieres hablar, llámame. Ya te he dado el número.

—Lo tengo en el bolsillo.

Cat, que tenía a Michael cogido de la mano, lo abrazó y lo entregó a su madre.

—Pronto iré a visitaros, si te parece bien.

—Desde luego. Estaremos encantados, ¿verdad, Michael?

El pequeño asintió con timidez.

Cat empezaba a emocionarse.

—Bueno, hasta la vista. Sherry se ocupará de vosotros.

—La acompañaré hasta el coche —ofreció Alex al ver que Patricia parecía tener miedo de salir. Y, a continuación, le sugirió a Sherry—: No estaría de más dar un rodeo y buscar calles donde pueda ver si las están siguiendo.

—En situaciones como ésta, es el procedimiento que seguimos —contestó Sherry con una sonrisa.

Alex salió, echó un vistazo a los alrededores y les

indicó con la mano que podían salir. Patricia se dio la vuelta y estrechó la mano de Cat. Las palabras siguientes fueron atropelladas, como si, de otra forma, no hubiera tenido el valor de pronunciarlas:

—Cat, es usted la única persona que he conocido tan bondadosa y altruista como Sparky. Creo que merecía llevar su corazón.

46

El trabajo era la panacea de Cat. Incluso cuando tenía su dolencia, no había dejado de dedicar las horas que fueran necesarias a *Passages*. Si estaba deprimida, trabajaba; si se sentía feliz, trabajaba. En su estado actual, seguir trabajando la aliviaría.

Había llamado a Jeff para explicarle por qué no estaría allí hasta después del almuerzo.

—Ya te pondré al corriente de los detalles cuando llegue.

En la intimidad de la oficina de Cat, Jeff había estado escuchando la historia con creciente incredulidad.

—Por todos los santos, Cat; ese George Murphy es un salvaje. Pudo matarte.

—Pues no lo hizo.

—¿Por qué no sigues el plan previsto y te vas a Los Ángeles? Tal vez sería conveniente que estuvieras unos días fuera.

—Ya he llamado a Dean y he anulado el viaje.

Marcharse ahora sería huir cobardemente. A Michael y a Patricia no les inspiraría mucha confianza que, después de haberles asegurado que estarían a salvo de Cyclops, saliera perdiendo el culo hacia la Costa Oeste. En vez de escapar, trabajaría.

—Al menos tómate la tarde libre. Ya nos pondremos al corriente —dijo Jeff.

—Aquí es donde necesito estar. ¿Me he perdido algo importante esta mañana? Vamos, manos a la obra.

Hizo unas cuantas llamadas, dictó varias cartas y apalabró dos filmaciones en exteriores con el equipo de producción para la siguiente semana.

—Para la filmación del miércoles me he puesto en contacto con el viejo *cowboy* que llevó los ponis a la fiesta de Nancy Webster. Le gustan los niños y me ha dicho que está a nuestra disposición, y gratis.

—Estupendo. A los niños les encantó. Y Michael disfrutó de lo lindo.

—Cat, lo que has hecho por él y su madre...

No terminó la frase hasta que ella levantó la cabeza.

—Ha sido muy generoso por tu parte que te tomaras un interés personal. —Vaciló—. ¿Piensas que llevas el corazón de su padre?

—No lo sé ni quiero saberlo. Habría ayudado a cualquier mujer y cualquier niño atrapados en una situación similar. Me basta con saber que están a salvo y con la oportunidad de empezar de nuevo.

Después de dejarlos en su nuevo hogar, Sherry había telefoneado para decir que habían sido muy bien recibidos por las otras familias que vivían allí. Cat informó a Jeff.

—Patricia se ha ofrecido a aportar dinero para la comunidad haciendo collares y pulseras. Los vende a alguien que tiene un tenderete en el mercadillo. Con el tiempo y algo más de práctica, se convertirá en una artista.

—Sin ti nunca habría sido posible —le comentó Jeff.

Cat frunció los labios, pensativa.

—Si Sparky hubiera sobrevivido al accidente, sus vidas habrían tomado otro rumbo. Tal vez al saber que estaba embarazada habrían dejado la pandilla de motoristas. Hubieran criado juntos a Michael con cariño y ella habría podido perfeccionar su talento para la artesanía. Según parece, Sparky era muy inteligente y le interesaban la literatura y la filosofía. Habría podido ser maestro o escritor.

—Eso es una novela rosa, Cat. Lo más probable es que las cosas no hubieran ido así.

—Pero nunca lo sabremos, ¿verdad? Porque Sparky murió.

—Y otra persona vivió.

Cat salió de sus ensoñaciones y desató el nudo que sentía en la garganta.

—Sí, otra persona vivió.

Esa misma tarde, Jeff asomó la cabeza por la puerta del despacho.

—El señor Webster acaba de llamar. Quiere vernos.

—¿Ahora? Estoy hasta el cuello de asuntos por resolver.

—Ha dicho que ahora mismo. ¿Hay algún motivo para que esté preocupado?

—¿Parecía preocupado?

—Mucho.

Hacía días que no veía a Bill. Cuando su adusta secretaria los acompañó hasta el despacho, él demostró una total falta de cordialidad.

Ya acomodados en el sofá de cuero, Bill presentó a su otro visitante.

—Ronald Truitt. Como sabéis, es el comentarista de televisión del *Light*.

Así que ese cuarentón gordito con calva incipiente era Ron Truitt, su némesis periodística, el crítico salido del infierno.

Tenía «mono»» de nicotina, ya que, por el bolsillo de la camisa, le asomaba un paquete de Camel que, de vez en cuando, tanteaba, como para asegurarse de que sus cigarrillos seguían allí aunque no pudiera fumárselos.

Quería aparentar que estaba cómodo y despreocupado, pero no lo estaba haciendo bien. Balanceaba una pierna y parpadeaba con demasiada frecuencia.

Cat hizo caso omiso de Truitt y preguntó a Bill:

—¿Qué ocurre?

—Como cortesía profesional, el señor Truitt ha venido para avisarme del contenido del artículo que aparece mañana en el periódico. He pensado que tú también tenías derecho a que te avisara.

—¿Avisarme? Eso implica algo poco agradable.

—Por desgracia, el artículo tiene connotaciones poco agradables.

—¿Con respecto al programa *Los Niños de Cat*? —preguntó Jeff.

—Exacto.

Bill miró al periodista y le indicó que era su turno.

—Tiene la palabra, señor Truitt, pero ha de quedar claro de antemano que todo lo que se diga en esta habitación no será publicado.

—Por supuesto.

Truitt se sentó más erguido y, sin que fuera necesario, abrió un bloc para consultar sus anotaciones. Cat sabía reconocer cuándo alguien estaba actuando.

—A últimas horas de esta mañana he recibido una llamada de alguien llamado Cyclops —dijo.

—¿Cyclops le ha llamado? —exclamó Cat.

—¿Lo conoces? —preguntó Bill.

—Sí. Su verdadero nombre es George Murphy y está buscado por la policía. ¿Le ha dicho desde dónde llamaba?

—No. —Esbozó una sonrisa—. Me ha dicho que lo más probable era que usted cambiase los papeles y lo hiciera aparecer como el chico malo.

—Es que es el chico malo. Tiene una sarta de delitos larga como mi brazo, empezando por malos tratos a un menor y terminando por extorsión.

—Es posible —dijo Truitt—. Pero alega que usted no es ninguna santa.

—Nunca he dicho que lo sea, pero eso es aparte. ¿No tiene nada mejor de qué escribir que de un concurso de insultos entre un motorista cocainómano buscado por la policía y yo?

—Se trata de algo más serio que un concurso de insultos —dijo Bill.

Hizo una pausa y dejó caer la bomba.

—Cat, el señor Murphy te acusa de abusos a menores.

Estaba demasiado atónita para poder hablar. Miró a Bill y después a Truitt.

—Así es. Cyclops me ha dicho que había abusado de su hijastro durante una fiesta en casa del señor Webster.

—No tiene ningún hijastro —rebatió en tono áspero.

—¿Un niño llamado Michael?

—La madre de Michael no está casada con Murphy. Legalmente no es el padrastro del niño.

—Bueno, eso da igual, pero ha dado pie a preguntarse si ese niño es el único del que usted ha abusado. No me negará que está en una situación privilegiada para poder aprovecharse de varios.

—No es posible.

Se carcajeó, incrédula, pero nadie más sonreía, y menos aún Webster.

—Bill, di algo, no creo que pienses que...

—Lo que yo piense no importa.

Cat se dirigió al periodista.

—Seguro que no va a publicar eso. En primer lugar, es absurdo; en segundo lugar, sin una confirmación se expone a una demanda por libelo de proporciones astronómicas.

—Tengo alguien que lo ha corroborado.

De nuevo se quedó pasmada.

—¿Quién?

—No estoy autorizado para decirlo. Mi segunda fuente de información quiere quedar en el anonimato, pero le aseguro que está en situación de saber de qué va la cosa.

—¡No sabe nada de nada! —gritó—. ¿De dónde ha salido esa segunda fuente de información?

—Me he movido, he hablado con gente.

—Está cometiendo un terrible error, señor Truitt. Si publica ese artículo les va a salir caro a usted y a su periódico. Cualquier persona que me conozca sabe que hago todo lo que puedo dentro de mis posibilidades para rescatar a niños de cualquier forma de abusos, ya sean físicos, sexuales o psicológicos. Si George Murphy quiere acusarme de algo, debería haber inventado algo más creíble.

—Pero usted está en una excelente situación para ganarse la confianza de los niños, ¿no?

—Me parece una insinuación despreciable y que no merece respuesta.

Truitt se adelantó hasta el borde de su asiento. Era como un tiburón que había olido la sangre y avanzaba en busca de su presa.

—¿Por qué abandonó una brillante carrera como actriz de telenovelas para hacer un programa local como *Los Niños de Cat*?

—Porque me dio la gana.

—¿Por qué? —insistió el periodista.

—¡Porque de otra forma no habría tenido provisión de niños de quienes abusar!

—Cat.

—Bueno, ¿no es ahí a donde quiere llegar?

Lamentó haberle gritado a Jeff, que sólo intentaba calmarla. Después de unos momentos, le habló a Truitt con un tono de voz más razonable:

—Dejé mi carrera porque quería hacer algo que valiera la pena durante el resto de mi vida.

La mueca de Truitt mostraba escepticismo.

—A ver si lo entiendo. ¿Renuncia a unos ingresos

fabulosos, a la fama, por una cantidad muy inferior y cuatro miserables minutos en pantalla? —Negó con la cabeza—. No cuela. Nadie es tan altruista.

Cat no iba a revelar sus motivos, que eran demasiado íntimos. Además, ese mezquino gacetillero no merecía ninguna explicación. Le habría gustado escupirle a la cara, pero, por el bien de la WWSA, respondió con diplomacia.

—No tiene nada que apoye esta ridícula acusación. Cyclops es un delincuente que apenas sabe articular una palabra detrás de otra.

—Tengo dos fuentes. La otra es digna de crédito y sí sabe cómo articular las palabras.

—Una de sus fuentes es ese matón; y la otra, alguien que no tiene agallas para acusarme cara a cara.

—Woodward y Bernstein, ya sabe, los del Watergate, empezaron con menos y terminaron enviando al carajo a un presidente y pasando a la historia.

—La compasión me impide explicarle lo muy lejos que está de Woodward o de Bernstein, señor Truitt.

Él se limitó a sonreír, cerró el bloc y se levantó.

—Si dejara de publicar una noticia tan jugosa como ésta me expulsarían del colegio de periodistas.

—Es mentira. Descabellada y sin fundamento.

—¿Puedo publicar eso?

—No —dijo Webster al levantarse—. Sigue siendo una conversación que no debe publicarse. La señorita Delaney no está haciendo una declaración oficial.

—Bill, no me importa...

—Por favor, Cat. El departamento de relaciones públicas se ocupará de eso.

Acompañó a Truitt hasta la puerta.

Después, el silencio en la habitación era el propio de un funeral. Cat estaba furiosa y miraba a Bill con ojos centelleantes cuando regresó a su mesa y se sentó.

—Estoy esperando una explicación, Bill. ¿Por qué te has cruzado de brazos y has dejado que me difamara? ¿Por qué lo has recibido?

—Cat, vuelve a sentarte, contrólate y escúchame.

Se sentó, pero no podía morderse la lengua.

—¿Me crees capaz de abusar de los niños?

—¡Claro que no! Pero tengo que pensar en lo que conviene a la emisora.

—Ah, claro, la emisora. Mientras la emisora quede al margen, mi reputación puede arrastrarse por los suelos.

Durante un momento, Bill parecía apenado.

—No podemos evitar que escriba y publique su columna, pero es preciso apresurarse a atajar la polémica que este asunto va a generar. Ya he dado orden al departamento de relaciones públicas para que se ponga en marcha. Puedes elaborar con ellos una declaración oficial.

—No tengo la menor intención de desmentir una mentira tan atroz. ¿Cómo puede alguien creerme capaz de hacer daño a un niño?

No lograba contener las lágrimas.

—El público del programa no lo creerá, Cat —dijo Jeff, muy convencido.

—Pienso lo mismo —añadió Bill—. Leerán el artículo y ahí terminará todo. Tus admiradores lo tomarán como lo que es: un ataque malicioso por parte de alguien que te tiene manía.

»Al cabo de unas semanas nadie se acordará. Entretanto, el programa queda suspendido.

Cat no daba crédito a sus oídos.

—No estás hablando en serio.

—Lo siento. Ya está decidido.

—Equivale a admitir la culpabilidad. Te ruego que lo reconsideres, Bill.

—Sabes que apoyo firmemente el trabajo que has hecho. Ha sido un empujón para la cadena y una contribución importante a la comunidad. El programa volverá en su momento oportuno.

»No hace falta que te diga el respeto y el cariño que siento por ti, Cat, y lo que lamento disgustarte. Soy consciente de que te parece una traición, pero, como responsable de la WWSA, tengo la obligación de pensar en lo mejor para todos, incluso para ti.

»Hasta que este incidente se haya olvidado, no me parece conveniente que aparezcas en pantalla.

Su expresión sombría y su imperioso tono de voz decían que su decisión era irrevocable.

Cat contempló el suelo y, después, levantó la cabeza.

—Muy bien, Bill; entiendo tu postura. Tendrás mi dimisión antes de que acabe el día.

—¿Qué? —exclamó Jeff.

—Cat...

—Escuchadme bien los dos. Si esa historia se publica, el programa conmigo está muerto para siempre. Podría negar las acusaciones hasta quedarme afónica y no serviría de nada. Las personas tenemos tendencia a creernos lo peor; más aún si lo leemos. Si está en letra impresa, debe de ser cierto, ¿no?

»Bill, acabas de decir que tienes que pensar en lo mejor para la WWSA. Yo tengo que pensar en lo que es mejor para los niños. Sea lo que sea lo que crea Truitt o cualquier otra persona, su bienestar ha sido lo único que me impulsó a dedicarme en alma y cuerpo al programa. Y ellos siguen siendo mi principal preocupación.

»Son ya víctimas inocentes y no quiero que sufran más eliminando lo que podría ser su última esperanza. Yo me voy, pero podéis cambiar el nombre y seguir emitiendo el programa. Y os recomiendo que no perdáis tiempo para buscar a alguien que me sustituya.

47

—Hola, ¿qué quieres?

—Se me ha ocurrido que no te irían mal unos mimos. He traído hamburguesas con queso.

Jeff levantó la bolsa para que ella pudiera verla por la mirilla.

—¿Con muchas calorías?

—Casi no puedo levantar la bolsa.

—En tal caso...

Cat abrió la puerta, saludó a alguien con la mano, hizo pasar a Jeff y volvió a cerrarla.

—¿A quién has saludado?

—¿No te has fijado en el coche aparcado al final de la calle? Es mi ángel custodio. El teniente Hunsaker tendrá la casa vigilada las veinticuatro horas del día hasta que detengan a Cyclops.

—Buena idea.

—Es idea de Alex. Yo me siento como una idiota con todo este asunto de agentes secretos.

Entraron en la cocina y sacaron la comida rápida de los envoltorios.

—A primeras horas de esta tarde, cuando hemos ido a comisaría a presentar la denuncia, Alex ha convencido a Hunsaker para que aposte un policía de paisano por si a Cyclops se le ocurre regresar. Oye, están riquísimas —dijo devorando otra patata frita—. Gracias.

—Me he imaginado que no habrías comido.

—No he comido. Ni siquiera he notado que tuviera apetito.

—¿Dónde está el señor Pierce ahora?

—¿Cómo voy a saberlo? No nos seguimos la pista.

Parecía estar a la defensiva porque así era como se sentía. Alex no había telefoneado. Aunque sabía que ella no se iba a California, sospechaba que aún estaba enfadado por pedirle ayuda y después comunicarle que volvía con Dean. No había sido ésa su intención, pero él la había percibido así.

Después de dejarla bajo la tutela de Hunsaker, se había lavado las manos. Cat quería saber su opinión sobre los últimos acontecimientos, pero no lo llamaría. Él tendría que dar el primer paso..., si es que quería darlo.

—Suponía que tal vez estaría contigo —dijo Jeff.

—Anoche se quedó aquí.

Se masajeó la frente para apartar la jaqueca que parecía asaltarla cada vez que intentaba encontrar algún sentido a su extraña relación con Alex.

—Si no te importa preferiría no hablar de él.

—Como quieras. ¿Tienes ketchup?

—En el frigorífico. Pero úsalo con moderación, ya que desde esta tarde estoy en el paro.

—No se te ocurrirá mantener en firme tu dimisión, ¿verdad?

Al principio, la hamburguesa y las patatas fritas le

parecían apetitosas. Ahora, pensando en la deserción de Alex y en el artículo de Truitt, la comida le daba náuseas.

—Estoy en un dilema sobre lo que tengo que hacer, Jeff. Todo es tan complicado...

Con sentido del humor añadió:

—¿Sabes? Lo tenía mejor cuando mi único problema era un corazón en fase terminal.

»Ahora mi vida amorosa es un verdadero lío, un motorista quiere rajarme, mi reputación va a quedar por los suelos gracias a un periodista-vampiro y no puedo hacer nada para evitarlo. Claro que, si lo miramos por el lado optimista, dentro de dos días un psicópata puede surgir de entre las sombras y liquidarme, ahorrándome así todas las demás molestias.

—¿Dos días? Ya no me acordaba.

—El tiempo ha pasado volando desde que conocí a Cyclops y me involucré en el asunto de Patricia y Michael. En cierto modo, la fecha del aniversario se ha ido acercando sin que me diera cuenta.

—¿El señor Pierce no ha averiguado nada sobre los recortes?

—Se nos pasó por la cabeza la idea de que pudiera ser Cyclops. Pero, después de reflexionar sobre ello, lo descartamos. No es lo bastante listo.

—¿Y Paul Reyes?

Le había explicado a Jeff lo que sabían de los tres incidentes ocurridos poco antes de su trasplante, y le había pedido que buscara en la hemeroteca artículos de periódicos relacionados con los tres casos. Como resultado de su investigación, leyeron todo lo que encontraron del juicio a Reyes.

—Alex intenta localizar a algún familiar dispuesto a hablar con él.

—¿Y el amante?

—¿El amante? —repitió perpleja—. No sé.

—¿Tampoco ha salido ninguna información del accidente múltiple en la autopista de Houston?

—Que yo sepa, no. Ni me acordaba.

Sonó el teléfono.

—¿Diga?

—¿Dónde están?

El corazón le dio un vuelco.

—¿Cyclops?

A Jeff los ojos se le salían de las órbitas. Dejó caer la hamburguesa y se levantó de la silla.

—¿Llamo al policía? —preguntó en un susurro.

Ella negó con la cabeza y le indicó que permaneciera callado.

Apenas podía oír a Cyclops por el ruido de fondo.

—Te lo advierto, zorra, será mejor que me digas dónde están.

—En un lugar donde no los encontrará.

Cat hablaba tranquila y sin miedo, aunque el corazón latía acelerado.

—Están a salvo y no volverá a hacerles daño.

—Tal vez sí, tal vez no. Pero a ti sí que puedo encontrarte. Sé dónde trabajas y dónde vives. Nada de todo esto habría ocurrido si te hubieras ocupado de tus asuntos.

—Ya no trabajo para la WWSA, gracias a usted.

—¿Qué?

—No se haga el tonto, aunque ya sé que es pedirle demasiado. Pero, por otra parte, tal vez sea más listo de lo que parece. Sólo una mente ingeniosa pero retorcida podía inventar una mentira como la que le ha contado al señor Truitt.

—¿A quién?

—Al periodista del *Light*.

—¿De qué cojones está hablando? ¿Tiene el teléfono pinchado? Claro, me entretiene diciendo chorradas.

Y colgó.

Cat siguió con el auricular en la mano. Por fin lo devolvió a su soporte y se quedó pensativa.

—¿Qué ha dicho? —preguntó Jeff.

—Pues...

—¿Sabes dónde está? ¿Cat? ¿Qué te ocurre?

Necesitaba un momento para recuperarse.

—Sigue amenazando.

—¿Quieres decir que acusarte de abusos a menores no era suficiente?

—Cyclops dice que no sabe nada de eso. Por extraño que pueda parecer, creo que dice la verdad.

Jeff negó con la cabeza, perplejo.

—No entiendo nada.

—Yo tampoco.

—Truitt ha dicho que Cyclops lo llamó. No ha podido inventarse ese nombre.

—No se lo ha inventado.

—¿Pues miente entonces?

—No; alguien telefoneó a Truitt y se identificó como Cyclops.

A Jeff se le encendió una bombilla:

—Y pudo haber sido cualquiera. Es posible que la misma persona que te envió los recortes.

—Exacto. Esta persona está en todas partes. Tengo la impresión de que se ha metido dentro de mi piel. Sabe lo que está pasando casi al mismo tiempo que yo, incluso mi relación con Cyclops. O tal vez me estoy precipitando en mis conclusiones. Jeff, ya no sé ni qué hacer ni qué pensar.

—Tranquila, Cat, seamos prácticos. Suponiendo que la persona que te persigue inventó la historia del abuso de niños y llamó a Truitt, ¿quién la corroboraría? Truitt es ambicioso y repugnante, pero no me parece un imbécil.

—A mí tampoco.

—Por lo tanto, no creo que se jugase el pescuezo a menos que tuviera esa segunda fuente que apoya las acusaciones.

Siguieron buscando los pros y los contras. La cabeza de Cat estaba a punto de estallar. Después de haber dormido sólo un par de horas la noche anterior, había tenido que enfrentarse a la llegada inesperada de Patricia, a Truitt con sus malas noticias, a la traición de Bill, y, ahora, esto.

Su cabeza no daba para más.

—Jeff, estamos dando vueltas a un círculo vicioso. Perdona, pero mañana será otro día. Tal vez un baño caliente me ayude a dormir.

—Si quieres, me quedaré contigo.

—Gracias, pero ya tengo alguien que me hace compañía al final de la calle.

Delante de la puerta, Jeff la abrazó.

—Te ruego que reconsideres tu renuncia.

—Ya está presentada.

—Pero Webster se había marchado cuando la subiste. No es oficial hasta que la firme. Espera a ver los efectos del artículo de Truitt. Tal vez no sean los que esperamos. Cat, no puedes marcharte; tú eres el programa.

—Es lo que decían todos cuando yo era Laura Madison. El personaje ya no existe, pero la telenovela está ahí cada día a las doce.

—Esto es distinto. *Los Niños de Cat* es tu misión en la vida, te importa demasiado. Y también a todos nosotros.

Cat quiso aliviar la tensión con una broma.

—Doyle, no me engañas: sólo intentas conservar tu empleo.

Lo miró mientras entraba en el coche y, a continuación, comprobó que el coche de policía sin identificación seguía allí. Al principio se había opuesto a tener a alguien que vigilara la casa, pero ahora le tranquilizaba saber que disponía de ayuda allí mismo.

Cyclops podía volver, aún estaba ávido de sangre, pero estaba convencida de que el desgraciado no sabía nada de la historia que le habían explicado a Truitt. El estilo de Cyclops era el ataque directo, tal vez con una navaja, pero no los subterfugios.

Si él no había telefoneado a Truitt, ¿quién lo habría hecho? ¿Y cómo sabía que el nombre de su enemigo era Cyclops? ¿Quién era la segunda fuente de Truitt?

Cat, buscando respuestas, se sumergió en el baño de burbujas.

48

Su rostro se contraía mientras aumentaba el ritmo y la sangre le hervía en las venas. Tenía la frente bañada en sudor y algunas gotas caían en sus ojos y le escocían.

Jadeaba como si corriera colina arriba, esforzándose hasta el límite de sus fuerzas, buscando un medio de olvidar su sentido de culpabilidad y absolución por sus pecados. No se engañaba pensando que esto era hacer el amor: sabía que era autoflagelarse.

Se aprovechaba con todo cinismo de la sensualidad de esta mujer que nunca le decía que no. Cedía a sus deseos sin una palabra de afecto ni una caricia tierna, y jamás se quejaba. Obedecía sus órdenes y cuanto más le pedía más le daba.

Su sumisión tampoco estaba basada en el amor; y tampoco era desinteresada. Tenía motivos egoístas para mantenerlo contento y para que siguiera siendo su amante. Los dos obtenían de su relación sexual lo que querían.

Imperaba siempre entre ellos el sexo lascivo y sucio: cuanto más degenerado, mejor. Ya que era una relación ilícita, no perdían nada al satisfacer sus instintos primitivos y dar rienda suelta a cualquier fantasía.

Alargó las manos y le agarró ambos senos. Su vientre le había dejado manchas de sudor en las nalgas. A ella no le gustaba esa postura, pero su erotismo la dominaba y enarcó el lomo como si fuera un gato, clavando las uñas en la sábana. Lo maldijo incluso cuando empezó a tener convulsiones cerca del clímax, cuando él ya eyaculaba. La mujer se dejó caer cara abajo y él se derrumbó encima de ella.

Al cabo de unos momentos dijo ella entre dientes:

—Apártate, me estás aplastando.

Se tendió de espaldas abriendo los brazos, jadeando aún. Ella avanzó a cuatro patas hasta los pies de la cama, se levantó y se puso una bata.

—¿Te he hecho daño?

—Forma parte del juego, ¿no?

—Sé que prefieres no hacerlo de esa forma.

—Seguro que a las mujeres de las cavernas les debía de parecer muy romántico.

Esperaba encontrar sarcasmo en su expresión, pero estaba seria. Rara vez le recriminaba.

Sonó el timbre y les sorprendió. Él se incorporó sobre los codos.

—¿Quién puede ser?

—Ni idea.

—No hagas caso.

—Podría ser mi hermano pequeño buscando un sitio donde pasar la noche.

—¿Estando yo aquí? —preguntó alarmado. La idea de que alguien pudiera encontrarlo en el apartamento de ella lo ponía nervioso.

—Tranquilo; él no hace preguntas. Lo que yo haga es asunto mío.

Se anudó el cinturón de la bata, bajó la escalera y abrió la puerta.

—¿Qué diablos hace usted aquí? —oyó que exclamaba.

—Hola, Melia, ¿puedo pasar?

—¿Qué quiere? —preguntó Melia sin la menor cortesía.

El hombre se restregó la cara. El sudor que se estaba enfriando en su cuerpo le produjo un estremecimiento.

—Tenemos que aclarar algunas cosas. ¿Puedo pasar?

Oyó que la puerta se cerraba y se imaginó a las dos mujeres cara a cara.

—Ya está usted dentro. ¿Y ahora qué?

—Has sido tú, ¿verdad? Tú eres la persona que ha estado jugando sucio.

—No sé de qué me está hablando —dijo Melia—. Se presenta aquí en plena noche, sin que nadie la haya invitado y diciendo tonterías. ¡Jesús! Debe de estar paranoica; creo que necesita usted un psiquiatra.

Cat no se amilanó.

—La pista ha estado siempre delante de mis narices, aunque no la veía. Pero esta noche, mientras estaba tomando un baño, me ha venido a la cabeza tu apellido: King.

—Sé muy bien cómo me llamo —contestó Melia en tono burlón.

—Pero no es el apellido de nacimiento. El de nacimiento es Reyes, pero lo cambiaste por King, que en inglés significa lo mismo.

—¿Ah, sí?

—Apuesto a que sí. Y tienes un pariente llamado Paul Reyes.

—¿Cómo?

—Paul Reyes.

—Es posible. No conozco a todas las ramas de mi árbol genealógico.

—De esta rama sí te acordarás. Apareció en los titulares después de haber matado a su mujer con un bate de béisbol. Fue juzgado, pero salió absuelto.

—Oiga, no tengo ni la más remota idea de lo que me está diciendo. No conozco a nadie llamado Reyes. ¿Por qué no se larga y me deja en paz?

Cat no estaba dispuesta a abandonar.

—Paul Reyes donó el corazón de su mujer para trasplante.

—¿Y a mí qué me importa?

—Me parece que mucho. Y a él también; tanto que quiere parar el corazón de su mujer infiel. ¿Cómo funciona? Veamos. Tú localizas a los trasplantados y él los mata, ¿no es así?

—Pero ¿qué...?

—¡Claro que eres tú! Tenías acceso a cualquier cosa de mi despacho, estabas enterada de todas las llamadas, lo sabías todo sobre mi vida.

—¡Lo único que sé es que es usted un caso clínico! —gritó Melia.

—Todo el personal de la emisora estaba invitado a la barbacoa, y allí me viste con Michael. Hoy has oído hablar de mi incidente con Cyclops. Sabías que Truitt no es un admirador mío ni del programa, y que le encantaría saber cualquier cosa que me perjudicara.

»Así que has hecho que alguien lo llamara, es probable que el mismo Reyes, que se identificara como Cyclops y que le explicara esa historia descabellada. Después, cuando Truitt ha empezado a investigar las acusaciones, estabas más que dispuesta a corroborarlas. No podía haber nada peor. Un programa destinado a ayudar a los niños es, en realidad, una tapadera para abusos sexuales.

—Tiene usted una imaginación increíble.

—No son imaginaciones que me cayera un foco encima.

—¡No tuve nada que ver con eso!

—No son imaginaciones que tiraran mis medicamentos al cubo de la basura.

—Estaba harta de usted.

—¿Por qué?

—¡Por ser tan quejica!

—O por llevar un corazón que tú y tu familia queríais que dejara de latir.

—Ya se lo he dicho; ni siquiera conozco a nadie llamado Reyes.

—Judy Reyes era una esposa infiel y toda la familia estaba ofendida. Te ofreciste como vengadora.

—¡No puedo creer lo que estoy oyendo!

—Yo sí. Cuando he tenido la pista sobre tu apellido, todo lo demás ha encajado. Me has estado hostigando. El foco, los recortes anónimos, el cuento que le han explicado a Truitt; todo estaba planeado para debilitarme. Para que me derrumbara y fuese más vulnerable.

»Después, cuando apareciera muerta, ¿tal vez un suicidio?, todos dirían que ya hacía tiempo que me comportaba de una forma extraña y que estaba al borde de la locura.

»Dime, Melia, ¿cómo habíais planeado matarme tú y Paul Reyes? ¿Atropellándome en medio de la calle y que pareciera un accidente? ¿Atiborrándome de píldoras para que se diese por supuesto que era una sobredosis? ¿Otro accidente en el estudio?

—¡Basta ya! No sé nada de todo esto.

—Y tanto que sí.

—Sé que ha recibido correo anónimo, pero no lo he enviado yo. Ni manipulé el foco para que cayera. ¿Me ve encaramada allí arriba con un destornillador? Vuelva a la realidad.

—Esto es real. Entraste a trabajar en la WWSA poco después de que se anunciara que me trasladaba aquí. Moviste los hilos para que te contrataran. Y me has odiado desde el mismo momento en que me viste.

—No lo niego. Pero no tiene nada que ver con su corazón.

—¿Pues con qué?

—Pensaba que yo tenía algún tipo de interés sentimental por ti.

Bill Webster las observaba desde lo alto de la escalera cuando Cat levantó la cabeza. Al verlo, le cambió el semblante y sus ojos azules no se apartaron de él mientras bajaba. Se había puesto los pantalones y la camisa pero iba descalzo.

Sabía que era evidente que acababa de levantarse de la cama de Melia y que no tenía ni la menor posibilidad de autodefensa. Balbucear excusas o negarlo le costaría los últimos jirones de dignidad que le quedaran.

—Sólo puedes llegar a una conclusión lógica de lo

que ves, Cat. En esta ocasión, las apariencias no enga-
ñan. Son exactamente lo que parecen.

Se acercó al mueble-bar.

—Necesito una copa. ¿Y vosotras?

Se sirvió un escocés a palo seco y lo bebió de un
trago. Melia se acomodó en un extremo del sofá y se
dedicó a mirarse las uñas, hastiada. Daba la impresión
de que Cat había echado raíces en el centro de la sala.

—Reprendí a Melia por lo que hizo con tus medicinas. Fue una maniobra estúpida e infantil y le advertí
que no volviera nunca más a hacer nada semejante.

—Me echó una bronca —dijo Melia malhumorada.

La acusación en los ojos de Cat era sofocante, pero
se propuso no parpadear.

—Lamento que te hayas enterado de esto —dijo—.
Pero has hecho una acusación falsa contra Melia y me
he visto obligado a salir en su defensa.

Cat, por fin, habló.

—Esto es increíble. Y, sin embargo, explica muchas
cosas. Como por qué la readmitiste después de que yo
la despidiera.

Suspiró asqueada; una reacción que a él no le sorprendió.

—¿Sabes que Nancy piensa que tienes una aventura conmigo? —dijo Cat.

—No lo hemos hablado —mintió él.

—¿Por qué te acuestas con ella si estás casado con
una mujer maravillosa?

—Si es tan maravillosa, ¿qué hace él en mi cama?
—preguntó Melia—. Se lo diré: porque aquí jode como
le gusta.

—Melia, por favor, déjame a mí. Cat, esto es asunto mío. Has dejado claro en diversas ocasiones que no querías que me entrometiera en tu vida privada. Merezco la misma cortesía.

—De acuerdo. Pero creo que tu fulana es quien me ha estado acosando.

—Te equivocas.

—No he tenido tiempo de comprobar su expediente para saber dónde ha estado y qué ha hecho durante los últimos años, pero tengo la intención de hacerlo. Y si descubro que estuvo cerca de esos tres trasplantados que murieron lo notificaré al Departamento de Justicia.

—He vivido toda mi vida en Texas —dijo Melia—. Y, para su información, el nombre de mi padre es King. Sólo tengo una cuarta parte de sangre hispana; así que esto manda su teoría al carajo. Además me importa un pimiento de quién sea su corazón. Lo único que yo quería es que no se creyera que aterrizando aquí iba a llevarse a Bill.

—No te pertenece.

Melia sonrió con desdén.

—¿No? Tendría que haberlo visto hace cinco minutos. Lo tenía de rodillas.

Bill sintió ardor en el rostro.

—Al principio, cuando llegaste, Melia estaba celosa porque pensaba que yo iba a cambiarla por ti. Le aseguré que no era ésa la naturaleza de nuestra relación.

Cat miró a Melia, que se peinaba con los dedos.

—No creo que seas tan inocente. Como mínimo, has corroborado esa ridícula historia sobre abusos a menores, ¿verdad que sí?

Los ojos oscuros parpadearon. Bill se acercó más a ella.

—Melia, ¿has hecho eso?

Su expresión era de culpabilidad. Bill parecía sentir unos inmensos deseos de abofetearla.

—Melia, ¡contéstame!

Se levantó del sofá.

—Hoy me ha llamado ese tío, ¿vale? Me ha repetido lo que un motorista llamado Cyclops le ha dicho por teléfono y me ha preguntado si yo sabía algo. Le he contestado que había visto a Cat Delaney con ese niño en la barbacoa y que no se había separado de él. Entonces Truitt me ha preguntado si ella había tenido la oportunidad de estar a solas con el niño. Le he contestado que sí y que había visto con mis propios ojos cómo entraba con él en la casa cuando dentro no había nadie más.

»Luego me ha preguntado si esto podía estar relacionado con el otro incidente, el de la pareja que se echó atrás en la adopción. ¿Podía esa niña ser otra de las víctimas de Cat? Le he dicho que era mejor no mencionarlo, puesto que yo estaba en el equipo del programa cuando ocurrió y no quería verme incriminada con ella.

—Dios mío —murmuró Cat con una mezcla de asco y sorpresa.

Entonces se dirigió a Bill:

—Será mejor que la tengas contenta. Si alguna vez rompes esta sórdida relación, sólo el cielo sabe los estragos que provocará en tu vida. Y no será que no lo hayas merecido.

Su ira iba en aumento.

—Sus celos infundados estuvieron a punto de hundir el programa. Habría podido destruir todo lo que habíamos conseguido. Su mentira ha podido afectar las vidas de docenas de niños. Se les habría privado de un futuro, y todo por esa... ¿Merece la pena, Bill?

—No te permito que emitas juicios sobre Melia y sobre mí, Cat —dijo en un débil intento de defenderse—. De todas formas, lamento que hoy te hayan causado molestias.

—¿Molestias? —repitió subrayando lo absurdo de la palabra—. Y lamentarlo no es suficiente. No vas a arreglar esto con una disculpa.

Levantó el teléfono inalámbrico de la mesita y se lo alargó.

—Seguro que conoces al director del *Light*. Llámalo y evita que publiquen ese artículo.

—Es imposible, Cat, es demasiado tarde. Seguro que ya está en máquinas.

—Entonces será mejor que salgas trotando y tú mismo aprietes el botón para pararlas. Si se publica, te juro que mañana tendré otro artículo que eclipsará al mío. No me gustaría hacerle eso a Nancy, pero lo haré con tal de salvar *Los Niños de Cal*. Me conoces y sabes que no es un farol.

Miró a Melia con ojos centelleantes.

—Tú no eres más que una puta. Una puta estúpida, maliciosa y barata.

Entonces le tocó el turno a Bill.

—Y tú me das lástima. Eres patético; el típico viejo verde que intenta recuperar su juventud haciendo guarradas.

Sonrió con desdén y caminó hacia la puerta.

—Te aconsejo que hagas esa llamada antes de que sea demasiado tarde.

49

Faltaba apenas una hora para que amaneciera cuando Cat volvió a casa. Al salir del apartamento de Melia estaba demasiado nerviosa para dormir, pero ya habían pasado horas y tenía la sensación de que podría dormir durante todo un mes. Se quitó los zapatos, sacó los faldones de la blusa del tejano y se dirigió al dormitorio.

—¿De dónde vienes a estas horas?

La voz le llegó desde la oscuridad del salón.

—¡Maldito seas, Alex!

—Llevo media noche esperándote.

Alex encendió la lamparilla y parpadeó, deslumbrado por la luz repentina. Estaba tumbado en un sillón pero se levantó.

—¿Qué has estado haciendo?

—Conducir.

—¿Conducir?

—San Antonio no tiene playa. He buscado una.

—¿Y eso tiene algún sentido?

—Para ti no, para mí sí. ¿Qué haces en mi casa? No he visto el coche fuera. ¿Y cómo has entrado?

—Lo he dejado en la otra manzana, he venido por los patios traseros y entrar por la ventana de la cocina ha sido fácil, igual que la otra vez. Deberías cambiar ese pestillo de juguete. ¿Y por qué no tienes conectada la alarma?

—No me parece necesario, con un poli vigilando la casa.

—Esquivarle ha sido coser y cantar. Cualquiera puede hacerlo.

—Pues vaya una vigilancia —murmuró ella.

—¿Por qué no te ha seguido?

—Quería hacerlo cuando salí, pero le dije que iba a comprar pan y leche y volvía en seguida. Ahora lo he sorprendido bostezando y supongo que despertaba de una larga siesta.

—Ya. ¿Estás bien?

Ella asintió.

—Pues no lo parece. Tu aspecto es deplorable. ¿Hasta dónde has ido en ese viaje que ha durado horas?

—A ninguna parte y a todas. Y deja de interrogarme. Tú eres el intruso. Tengo hambre.

Se habían desvanecido sus esperanzas de acostarse, así que decidió apaciguarlas comiendo. Desde la hamburguesa con Jeff no había probado bocado.

Alex la siguió a la cocina. Cat cogió una caja de cereales del armario y llenó un cuenco.

—¿Quieres?

—No, gracias.

—¿Por qué me estabas esperando?

—Hablaremos de eso después. ¿Adónde has ido y por qué? ¿Qué ha ocurrido desde que saliste del despacho de Hunsaker?

Mientras cogía una cucharada de cereales, pasas y almendras fileteadas, dijo:

—No vas a creerlo.

—Prueba.

Le indicó que se sentara y él arrastró una de las sillas de la cocina. Le explicó todo lo referente a Ron Truitt.

—Y resultó que no era Cyclops quien lo había llamado.

—¿Cómo lo sabes?

—Anoche, mientras Jeff y yo estábamos aquí sentados y me lamentaba por haberme quedado sin trabajo, llamó el motorista. Está furioso conmigo, pero aseguró que no sabía nada de la noticia que le habían facilitado a Truitt.

—Podía estar mintiendo.

—Sí, pero no me dio esa impresión.

—Si no había sido él, ¿quién?

—Sigue siendo un misterio. Pero sé quién corroboró la historia. Melia King. Ya sabes quién es; ese sueño húmedo ambulante.

A Alex la observación no le hizo gracia.

—Tiene sentido —dijo él—. Desde el principio habéis tenido malas relaciones.

—Y ahora sé por qué. Se acuesta con el hombre que se supone iba detrás de mí.

—¡Webster!

—No te puedes imaginar la bofetada moral que ha recibido mi ego al ver que la prefiere a ella —dijo en tono cáustico.

Le contó lo ocurrido en el apartamento de Melia. Alex dio un puñetazo sobre la mesa y dijo:

—¡Ese hijo de puta! Ya sabía yo que era un cabrón. ¿No te lo dije?

—Siempre he pensado que Bill es muy astuto, sagaz incluso, pero en un sentido constructivo. Ahora resulta que es un adúltero mentiroso y mezquino, y, para mí, ésa es la forma más rastrera de vivir. No entiendo por qué es un mandamiento tan difícil de guardar. Si quieres andar follando por ahí no te cases.

Alex hizo una mueca.

—¿No estás de acuerdo?

—Estoy de acuerdo en que sobre papel parece muy bonito, pero casi nunca es tan sencillo. A veces hay circunstancias atenuantes.

—Quieres decir que se pueden justificar. Pero no veo cómo Bill puede justificar este asunto.

Estaba furiosa con él, pero también sentía una extraña sensación de pérdida. Bill Webster no tenía que rendirle cuentas de lo que hiciera en su vida privada, pero se sentía traicionada por un hombre al que había admirado y respetado. La traición le dolía.

—¿Por qué tendría que poner en peligro su matrimonio con una mujer tan encantadora como Nancy por esa puta resentida?

—Tal vez Melia accede a sus caprichos.

—De eso estoy segura, pero lo que de verdad me preocupa es que Nancy piense que soy yo.

Ya había terminado de comerse los cereales y se levantó para hacer café.

—Hubiera querido estrangularlo. Ha estado a punto de acabar con mi programa por no ser capaz de controlar sus más bajos instintos. Durante nuestra conversación ha intentado mantener su dignidad, pero se veía que estaba avergonzado. Confío en que estuviera mortificado y espero que le suden las manos la próxima vez que él, Nancy y yo estemos en la misma habitación. ¿Quieres café?

—Sí, gracias.

Volvió a la mesa con dos tazas.

—Al salir de casa de Melia estaba demasiado nerviosa para dormir, así que he estado conduciendo durante horas tratando de encontrar una explicación.

—¿Piensas que Webster puede evitar que se publique?

—Pienso que hará lo posible, pero si no lo consigue pedirá una retractación y exigirá que el periódico asuma toda la responsabilidad por el error.

Sonrió con tristeza.

—Ahora sólo tengo que preocuparme de seguir viviendo después de pasado mañana.

—No es para tomárselo a broma.

—¿Y me lo dices a mí?

—Tengo buenas noticias.

—Me vendrán muy bien.

—Esta tarde me ha llamado Irene Walters. ¿Sabes quién pasará el fin de semana con ellos? Joseph.

—¡Es estupendo! Oh, espero que funcione. Es un chico tan inteligente y cariñoso... No se me olvidará que me dijo que no se enfadaría conmigo si no lo adoptaban.

—Me parece que eso está hecho. Ha dicho que vieron el reportaje y les gustó al instante. Tienen que hacer el cursillo, pero entretanto irá a visitarlos. Charlie quiere enseñarle a jugar al ajedrez e Irene ya tiene una lista de sus platos favoritos. Incluso han llevado a *Bandit* a la peluquería para que le cause buena impresión.

Al alargar la mano para acariciarle la mejilla, Alex se dio cuenta de que lloraba.

—Es una buena noticia. Gracias por animarme.

Le secó las lágrimas con una servilleta de papel y después la miró a los ojos.

—¿Quién llamó al periódico, Cat?

—No lo sé.

—Yo creo que la misma persona que quiere matarte.

—Yo también. Y sigue por ahí suelto, jugando conmigo. Pero ¿cómo puede saber lo de Cyclops?

—Es posible que tengas el teléfono pinchado, o micrófonos ocultos. —Hizo una pausa—. O puede ser alguien muy cercano a ti, alguien en quien confías y de quien nunca sospecharías.

El café le había sentado mal: Alex había llegado a la misma conclusión que ella.

Se levantó de golpe.

—Voy a ducharme.

—Date prisa. El avión sale dentro de dos horas.

—¿El avión?

—A eso he venido. A decirte que he localizado a la hermana de Paul Reyes. Vive en Fort Worth y está dispuesta a hablar con nosotros.

50

Era la hora punta y llegaron al aeropuerto con el tiempo justo de subir al avión. Al cabo de tres cuartos de hora desembarcaron en Love Field, en Dallas, donde Alex había alquilado un coche.

—Van a ser más largos estos treinta y cinco kilómetros hasta Fort Worth que el vuelo —dijo al salir del aeropuerto.

—¿Sabes adónde vamos?

Cat contemplaba la ciudad a lo lejos. Nunca había estado en Dallas. Ojalá el viaje hubiera sido sólo turístico.

—La señora Reyes-Dunne me ha dado unas indicaciones, pero de todas formas ya conozco la zona.

—¿Cómo la has localizado?

—Una vez colaboré en un caso con la policía de Dallas y me hice amigo de uno de los detectives. Hace algunos días lo llamé para preguntarle si recordaba el caso Reyes. Contestó que era difícil de olvidar, aunque cuando trasladaron el juicio a Houston ya no lo había seguido demasiado.

»Como un favor, le pedí que localizara a la familia de Paul Reyes y le expliqué el motivo. Le destaqué que no era un asunto relacionado con la policía.

»Al cabo de un par de días me telefoneó para informarme de que había localizado a la hermana de Reyes. Dijo que no estaba muy predispuesta, así que dejó que decidiera ella. Le dio mi número de teléfono por si se decidía a hablar. He aquí el resultado: ayer, cuando volví de la oficina de Hunsaker, me había dejado un mensaje en el contestador. La llamé y aceptó una entrevista.

—¿Te dio alguna información por teléfono?

—No; sólo me confirmó que era la hermana del Paul Reyes que estaba buscando. Todas sus respuestas a mis preguntas eran cautelosas, pero se mostró interesada ante la posibilidad de que hubieras recibido el corazón de Judy Reyes.

Siguiendo tanto el mapa de carreteras como su instinto, se adentró en el laberinto de autopistas que conectaba ambas ciudades. Una comunidad se fundía con otra para formar una interminable extensión de barrios periféricos.

Alex encontró la calle que estaban buscando en una zona antigua del centro de Fort Worth, al lado de Camp Bowie Boulevard. Aparcó delante de la casa de ladrillo. El jardín estaba a la sombra de un sicomoro y las hojas caídas crujían bajo sus pies mientras avanzaban hacia la entrada.

Una hermosa mujer de aspecto hispano salió a recibirlos. Llevaba uniforme de enfermera.

—¿Es usted el señor Pierce?

—Sí. Señora Dunne, le presento a Cat Delaney.

—Encantada.

La mujer les estrechó la mano. Observó con atención la cara de Cat.

—¿Cree que lleva el corazón de Judy?

—Es posible.

La mujer no le quitaba la vista de encima. De repente, recordó que tenía que hacer los honores y les señaló las sillas de mimbre del porche.

—Si lo prefieren, podemos entrar.

—No, aquí está bien —dijo Cat al tiempo que se sentaba.

—Me gusta estar al aire libre siempre que puedo.

—¿Es usted enfermera?

—Sí, del John Peter Smith, el hospital del condado, y mi marido es radiólogo. Ahora trabajo en el turno de noche y echo de menos la luz del sol.

Miró a Alex y dijo:

—No sé exactamente para qué quería verme. Por teléfono no me dio muchas explicaciones.

—Nos interesa localizar a su hermano.

—Lo que me temía. ¿Ha hecho algo malo?

Cat miró a Alex para saber si había dado importancia a las dos inocentes frases. Era evidente que sí.

—¿Ha tenido problemas desde que fue absuelto del asesinato de su mujer?

La señora Dunne respondió a la pregunta de Cat con otra:

—¿Para qué quieren verlo? No les diré nada hasta saber qué los ha traído aquí.

De un sobre marrón, Alex sacó los recortes de periódico y se los mostró.

—¿Había visto antes estas reseñas?

Mientras leía los recortes, era cada vez más evidente que la inquietaban. Al otro lado de las gafas, sus ojos demostraban aprensión.

—¿Qué tienen que ver con Paul?

—Es posible que nada —dijo Cat—. Pero haga el favor de fijarse en las fechas. Es mañana. Es el día en que esas muertes, se supone que sin ninguna relación entre sí, ocurrieron. Es también el aniversario del asesinato de su cuñada y de mi trasplante.

»Nosotros, el señor Pierce y yo, no creemos que los tres trasplantados murieran accidentalmente. Pensamos que pudieron ser asesinados por un miembro de la familia de un donante que quiere parar el corazón en la fecha en que se extirpó.

La señora Dunne sacó del bolsillo un pañuelo de papel y se secó las lágrimas.

—Mi hermano adoraba a Judy. Lo que hizo fue espantoso y no se lo perdono. Se dejó llevar por un ataque de celos... La quería tanto que cuando la vio con otro hombre...

Hizo una pausa para sonarse la nariz.

—Judy era preciosa. Había sido el amor de su vida desde la infancia. Era inteligente, mucho más que Paul; por eso la tenía en un pedestal.

—Un pedestal puede ser un lugar muy solitario —subrayó Cat.

—Sí, tiene usted razón —asintió la enfermera—. No justifico el adulterio de Judy, pero puedo entenderlo. Era una mujer decente y muy religiosa. Enamorarse de otro hombre debió de suponerle un tremendo conflicto personal.

»Estoy segura de que si pudiéramos preguntárselo

diría que la acción de Paul estaba justificada y que lo había perdonado. Pero dudo que se perdonara a sí misma por todo el daño que le causó a él y a sus hijas.

Carraspeó.

—Y creo también que Judy aún seguiría amando a ese hombre. No era una simple aventura: lo quería lo suficiente como para morir por él.

Cat recordó que Jeff le había preguntado por el amante y eso había despertado su interés.

—¿Qué fue de él?

—Ojalá lo supiera —la voz de la señora Dunne se llenó de antipatía—. El muy cobarde huyó. Nunca dio la cara. Ni Paul ni ninguno de nosotros supimos ni siquiera su nombre.

Cat le acarició la mano.

—Señora Dunne, ¿sabe dónde está su hermano?

Dividió entre ambos una mirada recelosa.

—Sí.

—¿Podría conseguir que habláramos con él?

Ninguna respuesta.

Alex se inclinó hacia ella.

—¿Existe una remota posibilidad de que él enviara a la señorita Delaney los recortes y la falsa necrológica como una especie de aviso? Sé que no quiere acusar a su hermano, pero ¿existe algún ligero indicio de que él cometiera los tres asesinatos para parar el corazón de Judy?

—¡No! Paul no es un hombre violento.

Al darse cuenta de lo absurdo de esa afirmación teniendo en cuenta el crimen que había cometido, rectificó:

—Sólo aquella vez. El engaño de Judy lo volvió

loco. De lo contrario, nunca le habría puesto la mano encima.

—¿Quién le pidió que donara su corazón para un trasplante? —preguntó Cat.

—Yo. A algunos miembros de la familia no les gustó nada. Paul...

—¿Qué dijo?

—Que por lo que había hecho merecía que le quitaran el corazón.

Alex miró a Cat con toda intención.

—Y ahora no puede soportar que su corazón infiel siga latiendo.

—Mi hermano no persigue a la señorita Delaney. De eso estoy segura. No castigaría a otra persona por los pecados de Judy y su amante.

Se puso en pie.

—Lo siento, pero tengo que irme a trabajar.

Cat se levantó y le cogió la mano.

—Por favor: si sabe dónde está su hermano, díganoslo.

—Desapareció del mapa después del juicio en Houston. ¿Por qué si salió absuelto? —la apremió Alex.

—Por el bien de las niñas. Sus hijas. No quería que se avergonzaran de él. —Giró la cabeza en dirección a una ventana abierta—. Viven conmigo y mi marido. Tenemos la custodia legal.

—¿Viene Paul a verlas?

—A veces.

—¿De qué vive? ¿Pudo haber viajado a esas otras partes del país? ¿Ha habido temporadas en que usted no supiera dónde estaba?

—Si sabe algo, dígalo, por favor. Podría salvar vidas. La mía y la de él. Se lo ruego.

La señora Dunne volvió a sentarse, agachó la cabeza y empezó a llorar.

—Mi hermano ha sufrido mucho. Cuando mató a Judy, y así fue aunque el jurado lo absolviera, también se mató a sí mismo. Aún está muy trastornado, pero ustedes están insinuando que es capaz de hacer algo tan horrible...

—¿Ha estado recientemente en San Antonio?

Se encogió de hombros con tristeza.

—No lo sé. Supongo que es posible.

Cat y Alex se miraron excitados.

—Pero hace poco vino aquí —añadió.

—¿Está aquí? ¿En la casa?

—No. Está en Fort Worth.

—¿Podríamos verlo?

—Por favor, no me pidan eso. Déjenlo en paz. Cada día, durante el resto de su vida, tendrá que vivir con el remordimiento por lo que hizo.

—¿Y si le hace algún daño a la señorita Delaney? ¿Sería usted capaz de vivir con ese remordimiento?

—No le hará daño.

—¿Cómo lo sabe?

—Lo sé.

Se quitó las gafas y se secó los ojos. A continuación, con modales muy dignos, volvió a ponerse las gafas y se levantó.

—Si tanto insisten, vengan conmigo.

Incluso visto desde fuera, el edificio no auguraba nada bueno. La mayoría de las ventanas tenían barrotes. Tuvieron que pasar una serie de controles antes de entrar en el pabellón.

—No me parece una buena idea —dijo el psiquiatra.

Le habían explicado la situación y pedían permiso para hablar con Paul Reyes.

—No he tenido tiempo de terminar mi diagnóstico y el bienestar de mi paciente es lo primero.

—Su paciente puede estar implicado en tres asesinatos —contestó Alex.

—Si está encerrado aquí, no puede hacerle nada a la señorita Delaney. Y, desde luego, no mañana.

—Necesitamos saber si Reyes es la persona que la ha estado acosando.

—O descartarlo como sospechoso.

—Exacto.

—Usted ya no es policía, ¿verdad, señor Pierce? ¿Qué jurisdicción tiene?

—Absolutamente ninguna.

—Sólo queremos hacerle unas preguntas —dijo Cat— y observar su reacción al verme. No haríamos nada que pusiera en peligro su salud mental.

El psiquiatra se dirigió a la hermana de Reyes.

—Usted lo conoce mejor, señora Dunne, ¿qué le parece?

Se fiaba de su opinión porque era enfermera en la sección de psiquiatría de mujeres del hospital. Se lo había dicho a Cat y a Alex cuando se dirigían hacia allí.

—Si pensara que puede causarle algún daño no los

habría traído. Creo que al verlo se disiparán sus sospechas.

El doctor sopesó su decisión y, por fin, accedió:

—Dos o tres minutos como máximo. Y nada muy comprometido. Burt irá con ustedes.

Burt, un hombretón negro con pantalones blancos y camiseta, impresionaba tanto como un defensa de rugby.

—¿Qué tal está hoy mi hermano? —le preguntó la señora Dunne.

—Esta mañana ha estado leyendo un rato —contestó por encima del hombro mientras lo seguían por el pasillo—. Me parece que ahora está jugando a cartas en la sala.

Entraron en una habitación, amplia e iluminada, donde los pacientes miraban la televisión, se entretenían con juegos de mesa, leían y paseaban.

—Ése es. —Alex lo señaló con el dedo a Cat—. Lo reconozco del juicio en Houston.

Reyes era delgado y un poco calvo. Estaba sentado aparte de los demás, mirando al vacío, al parecer en su mundo, y tenía las manos entre las rodillas.

—Le hemos dado la medicación —dijo Burt—. Así que estará tranquilo pero, tal y como ha dicho el doctor, si el paciente empieza a excitarse tendrán que marcharse en seguida.

—De acuerdo —dijo la señora Dunne.

Burt se quedó al lado de la puerta. Cat observó que había personal uniformado entre los pacientes. Mirando a su alrededor, sintió compasión por todos ellos. Eran adultos pero indefensos como niños. Vivían confinados dentro de cuatro paredes y con su miseria espiritual.

La señora Dunne pareció leer los depresivos pensamientos de Cat.

—Dentro de este tipo de establecimientos es un hospital modélico, y tenemos médicos excelentes y muy entregados.

Su hermano aún no la había visto y ella lo miró con piedad.

—Paul llegó a casa de forma inesperada hace tres días. Nunca sabemos cuándo va a presentarse ni en qué condiciones. A veces se queda unos días y todo va bien.

Se le empañaron los ojos.

—Otras nos vemos obligados a ingresarlo en el hospital hasta que mejora. Como esta vez. Presentaba un estado de depresión total cuando llegó. Y lo atribuí a la fecha. Mañana se cumplen cuatro años de... Ya saben.

Cat asintió.

—Empezó a comportarse de forma irracional. Las chicas lo quieren mucho, pero estaban asustadas. Mi marido y yo lo trajimos y se nos recomendó que lo dejáramos para hacer un examen completo. ¿Es necesario molestarlo?

—Me temo que sí —contestó Alex sin darle a Cat la oportunidad de hablar—. Aunque sólo sea un minuto. Lo haremos tan breve y fácil como sea posible.

La señora Dunne se llevó los dedos a los labios para que dejaran de temblarle.

—Cuando éramos niños era un encanto. Nunca daba problemas; era todo dulzura y cariño. Si hubiera matado a esas personas, sé que habría sido sin querer. Otra personalidad viviendo dentro de él; no mi querido Paul.

Alex apoyó una mano en su hombro.

—Eso aún no lo sabemos.

La señora Dunne los guio hasta su hermano. Apoyó las manos en sus hombros y murmuró su nombre. Él levantó la cabeza y la miró, pero sus ojos estaban vacíos.

—Hola, Paul, ¿qué tal estamos?

Se sentó a su lado y cubrió las manos del enfermo con las suyas.

—Mañana es el día. —Tenía la voz ronca, como si la garganta estuviera seca por falta de uso—. El día que la encontré con él.

—No pienses en eso.

—No pienso en otra cosa.

La señora Dunne se humedeció los labios, nerviosa.

—Hay alguien que quiere hablar contigo, Paul. Te presento al señor Pierce y a la señorita Delaney.

Al tiempo que ella hablaba, Paul miró a Alex con indiferencia, pero al ver a Cat saltó de la silla.

—¿Recibió lo que le envié? ¿Lo recibió?

De forma instintiva, Cat retrocedió. Alex se interpuso entre ella y Reyes. Su hermana lo sujetó por el brazo. Burt acudió corriendo, pero Cat evitó que sometiera al paciente.

—Por favor —dijo saliendo de detrás de Alex—, dejadlo hablar. ¿Me envió usted esos recortes?

—Sí.

—¿Por qué?

Cat no tenía miedo, pero Burt aún ceñía la mano en el antebrazo de Reyes y la señora Dunne le sujetaba el otro.

—Va a morir. Como los demás. Como la vieja, como el chico. Se ahogó, pasó horas en el agua hasta que lo encontraron. El otro...

—Se cortó la femoral con una sierra de cadena —dijo Alex.

—Sí, sí.

Los salpicó de saliva. Tenía los ojos febriles.

—Y, ahora, usted. ¡Va a morir porque lleva su corazón!

—¡Dios mío! —gimió su hermana—. Paul, ¿qué has hecho?

—Reyes, ¿mató usted a esas personas? —preguntó Alex.

Hizo un movimiento rápido con la cabeza y fijó sus ojos en Alex.

—¿Quién es usted? ¿Lo conozco? ¿Lo conozco?

—Responda a mi pregunta. ¿Mató a esos trasplantados?

—¡Maté a la puta de mi esposa! —gritó—. ¡Estaba en la cama con él! Yo los vi. La maté; y me alegro porque se lo merecía. Y volvería a hacerlo. Ojalá pudiera haberlo matado también a él y lamerme su sangre de las manos.

Cada vez estaba más agitado y empezó a forcejear para librarse de la mano de Burt, quien llamó en busca de ayuda. Debido al tumulto que estaba creando Reyes, otros enfermos se mostraban inquietos.

Entró el médico.

—Ya me lo temía. ¡Fuera! —gritó.

—¡Espere! Sólo un segundo, por favor.

Cat se acercó a Reyes.

—¿Por qué se molestó en avisarme?

—Le trasplantaron un corazón, lo leí. ¿Es el de Judy?

Consiguió soltarse y puso la mano sobre el pecho de Cat.

—¡Cielo santo! —Sollozó al notar los latidos—. Mi Judy. Amor mío, ¿por qué?, ¿por qué lo hiciste? Yo te adoraba, pero tenías que morir.

—Paul —dijo su hermana con voz entrecortada—. Que Dios te perdone.

Los brazos de Burt se habían cerrado sobre él y se lo llevaba. Alex apartó a Cat a un lado. Se había quedado pasmada por la reacción de Reyes. Ese hombre sufría lo indecible. Había enloquecido por amor, remordimiento y rabia. Le daba más lástima que miedo.

Alex la rodeó con el brazo.

—¿Estás bien?

Asintió, contemplando con piedad y horror cómo Reyes se debatía con Burt, quien tenía dificultades para sujetarlo mientras gritaba:

—¡Va a morir!

Se veía la tensión de las venas de su cuello y tenía la cara enrojecida y distorsionada.

—Mañana es el día. Igual que los otros, morirá.

El médico le clavó una jeringuilla en el bíceps, pero él no se dio cuenta del pinchazo. Casi de inmediato, se dejó caer sobre Burt.

—Morirá —tuvo tiempo aún de decir.

Y sucumbió a los efectos de la droga.

51

—¿En qué estás pensando?

Alex le alargó un vaso de limonada y se tumbó a su lado.

Estaban en la terraza. Se había puesto el sol pero aún había luz. En la barbacoa se asaban los entrecots y, de vez en cuando, la grasa goteaba sobre el carbón y crepitaba, enviando una nube de humo aromático. Cat no había hablado mucho durante el vuelo de regreso desde San Antonio. Cuando él le sugirió comprar algo para cocinar en casa, asintió sin prestar demasiada atención. Comprendía que necesitaba meditar y no la había presionado hasta ahora.

Cat sorbió un poco de limonada y después, con un suspiro, reclinó la cabeza y contempló el cielo azul intenso.

—No puedo creer que todo esto haya terminado. Pensaba que me sentiría más... aliviada. Y lo estoy, pero no me quito de la cabeza la imagen de ese hombre gritando.

—No puede cumplir sus amenazas, Cat. Ya no tienes motivos para estar asustada. Después de lo que hemos oído, que ha sido casi una confesión, Paul Reyes no saldrá de esas cuatro paredes.

»El Departamento de Justicia comprobará sus actividades durante los últimos años. Creo que descubrirán que su camino se ha cruzado con los de esos trasplantados que murieron.

»Si es procesado, lo más probable es que lo consideren incompetente para ser juzgado. Pero si su estado mental mejora y hay juicio, será declarado culpable y sentenciado a cadena perpetua. En ambos casos, estás a salvo.

—En realidad no me da miedo, Alex; lo compadezco. Debía de quererla mucho.

—¿Como para abrirle el cráneo?

—Exacto —respondió con seriedad a su cáustica pregunta—. Cuando puso la mano sobre mi corazón, vi en sus ojos más dolor que odio. No pudo soportar la infidelidad de su esposa. Estaba fuera de sí cuando cogió ese bate de béisbol. La mató, pero aún la quiere y sufre por ella. Tal vez por eso...

—¿Qué?

—No importa. Es una locura.

—Dímelo.

—Tal vez por eso dio su consentimiento para que le quitaran el corazón. Quería matarla, pero en realidad no quería que estuviera muerta.

—Y entonces ¿por qué mató a tres personas para detener su corazón?

Sonrió y se encogió de hombros.

—Eso es un fallo en mi teoría. Ya te he dicho que era una locura.

Alex se sentó en la tumbona para mirarla cara a cara.

—¿Sabes? Si tienes otra vida, puedes ser policía, Cat Delaney. Tienes talento para la deducción. —Bajó el tono de voz—. Me alegro de que todo haya terminado.

—Yo también.

—¿Preparada para cenar?

—Me muero de hambre.

La comida apagaría su ansiedad. Deseaba que existiera una goma de borrar instantánea para la memoria, ya que la escena del hospital quedaría en su mente durante mucho tiempo.

La señora Reyes-Dunne estaba desesperada. Les confesó llorando que mintió sobre los recortes. Los había visto antes.

—Abrí su maleta para llevarme la ropa sucia y allí estaban. Entonces pensé de dónde los habría sacado, ya que eran de diversas partes del país. Pero no dije nada. Cuanto menos hablara de trasplantes, mejor.

»Algunos miembros de la familia estaban enfadados con él por haber donado el corazón de Judy tanto como por haberla matado. Otros pensaban que ella se lo merecía. Machismo, ¿comprenden?

Cat y Alex asintieron.

—Su mujer le ponía cuernos: por lo tanto, tenía motivos para matarla. Pero quitarle los órganos y enterrarla sin que estuviera completa violaba nuestra cultura y nuestras creencias religiosas.

Conforme iba hablando, cada vez se mostraba más angustiada.

—Tal vez si le hubiera preguntado a Paul al encontrar los recortes, usted se hubiese ahorrado toda esta pesadilla. Si me hubiera dado cuenta antes de su demencia, esas personas no estarían muertas. Sé lo que le llevó a matar a Judy, pero no puedo creer que mi hermano haya podido asesinar a sangre fría.

—Volvía a matar a Judy; no a otras personas —le dijo Alex.

—Ya lo sé. Pero, de todas formas, no creo que Paul sea capaz de algo semejante.

Tanto Cat como Alex intentaron consolarla, pero con poco éxito. Sabía, y ellos también, que Reyes estaría recluido durante el resto de su vida. Nunca se recuperaría de la traición de Judy y sus hijas crecerían sin padres y con el estigma de su crimen.

Cat lo entendía muy bien y sufría por las niñas, a las que no conocía.

Ella y Alex se sentaron a la mesa para cenar y devoraron la carne, las patatas asadas, la ensalada y un pastel de nueces que Cat había comprado en el supermercado.

Alex apartó su plato vacío y se reclinó en la silla estirando las largas piernas.

—¿Quieres saber lo que más me impresiona de ti?

—La comida que puedo engullir —bromeó Cat dándose palmaditas en el estómago.

—Eso también. Para ser tan delgaducha tienes un buen saque.

—Muchas gracias. No recuerdo un cumplido tan halagador.

Alex dejó de reír y dijo en serio:

—Estoy impresionado por tus agallas. Hoy te has mantenido firme incluso cuando Reyes te tocaba. Ha debido de ser traumático, y cualquier persona habría retrocedido. No he conocido a ninguna mujer, y a muy pocos hombres, tan valientes como tú. Te lo digo de verdad, Cat.

Ella clavó el tenedor en el resto del pastel.

—Alex: no soy valiente.

—No estoy de acuerdo.

Dejó el tenedor y lo miró.

—No soy valiente; todo lo contrario. Si lo fuera, mis padres no habrían muerto.

Alex agachó la cabeza.

—¿A qué viene eso?

Nunca le había explicado a nadie lo que había ocurrido aquella tarde al volver de la escuela antes de hora. Ni al servicio de ayuda a la infancia. Ni a las asistentas que intentaban averiguar hasta qué punto aquello había afectado a la niña. Ni a los padres de los hogares de acogida. Ni a Dean. A nadie. Pero ahora sentía la necesidad imperiosa de desahogarse con Alex.

—No sucedió exactamente como te dije. La asistenta social me llevó a casa y me extrañó que el coche de mi padre estuviera aparcado delante. A aquella hora tenía que estar en el trabajo. El pobre rara vez faltaba, e incluso hacía horas extras los finales de semana para pagar mis facturas. Pero, incluso así, se había endeudado y estaba al límite de sus fuerzas.

»Yo no entendía las palabras. Segunda hipoteca, gravamen, préstamos colaterales: no estaban en mi vocabulario. Pero las oía en las angustiadas conversaciones de mis padres.

Dobló la servilleta de papel al lado del plato.

—Aquel día, nada más entrar en casa supe que algo andaba mal. Tuve una sensación extraña, un escalofrío que no era por la temperatura. Supongo que se trataba de un presentimiento, pero tenía pánico mientras avanzaba por el pasillo hacia el dormitorio de mis padres.

»Pero tenía que hacerlo. La puerta estaba entreabierta y metí la nariz. No estaban muertos, como te dije. A ti y a todos. No. Mi madre estaba en la cama, apoyada en la almohada, y lloraba.

»Papá estaba de pie, al lado de la cama, con una pistola en la mano, y le hablaba. No comprendí hasta mucho tiempo después lo que estaba diciendo.

»Hablaba de matar y pensé que se refería a mí.

»"Es la única forma y será lo mejor para Cathy."

»Nunca otra persona me ha llamado así.

»Yo sabía que era una ruina para ellos, pero, aparte de eso, habían tenido que soportar un infierno. Mamá hacía filigranas para ocultar mi calvicie después de la quimioterapia y sufría mucho más que yo. Me recuperé rápido, pero ella no.

»Cuando oí que papá hablaba de una solución rápida a todos los problemas, me imaginé que me quitarían de en medio para salvarse y dejar de sufrir penalidades y gastos. Sin hacer ruido, entré en mi habitación y me encerré en el armario.

Hizo una pausa y se mordió el labio inferior.

—Allí, agachada en la oscuridad, oí los disparos y supe que me había equivocado. Y mucho. Entonces decidí quedarme dentro de aquel agujero para siempre. Moriría si no comía ni bebía. Incluso tan pequeña, ya tenía una vena dramática.

»Por fin, vino una vecina. Cuando nadie contestó al timbre supuso que había algo raro y entró. Encontró a mis padres muertos. Yo ni me movía; ni siquiera cuando llegaron el coche de policía y la ambulancia. Alguien llamó a la escuela y allí dijeron que me habían acompañado a casa. La registraron y, dentro del armario, estaba yo. Fingí que al llegar ya los había encontrado muertos. No les dije la verdad... Que habría podido evitarlo.

—Ésa no es la verdad, Cat.

Agitó la cabeza.

—Si hubiera entrado en el dormitorio...

—Te habría pegado un tiro.

—Pero jamás lo sabré, y pude evitarlo. Pude salir corriendo y pedir ayuda; cualquier cosa menos esconderme. Debí darme cuenta de lo que quería hacer, y tal vez mi subconsciente sí lo sabía.

Alex rodeó la mesa e hizo que ella se incorporase.

—Tenías ocho años.

—Tenía que entender lo que pasaba. De no haber sido tan cobarde, los hubiera salvado.

—¿Y por eso quieres salvar a todo el mundo?

Le puso las manos sobre los hombros.

—Cat —le dijo al oído mientras le secaba las lágrimas con los pulgares—. Lo recuerdas con tu mente de persona adulta, pero eras una niña. Tus padres fueron débiles; no tú. —La abrazó.

—Cuando era policía, vi cosas así montones de veces. Alguien que había llegado al límite de sus fuerzas, se suicidaba y arrastraba a los demás consigo. Si tu padre hubiera sabido que estabas en casa, también te habría matado. Créeme. Esconderte en el armario te salvó.

No estaba muy convencida, pero quería creerle. Durante años había necesitado que alguien le dijera que hizo lo correcto. Siguió abrazada a Alex hasta que sus labios la hicieron reaccionar.

52

El deseo podía más que ellos y se besaron con pasión. Cat adoraba el roce de la barba hirsuta en su rostro, le encantaba la forma de los rizos del pelo del hombre entre sus dedos, la volvía loca su aroma y su sabor. Quería a Alex.

Quedaban cosas que había que aclarar, pero estaba segura de que era el hombre de su vida. Cuando él dijo:

—¿Subimos?

Cogió su mano y se dejó llevar.

Al llegar al rellano, hicieron una pausa para besarse y todo se descontroló. En cuestión de segundos estaban contra la pared, desprendiéndose de la ropa y él dentro de ella. Acabó rápido.

La llevó en brazos hasta el dormitorio y la tiró sobre la cama. Sus manos no dejaban de acariciar su cuerpo desnudo.

Le acariciaba el vientre pero sus manos parecían moverse por todas partes. Cuando le levantó las nalgas y deslizó los dedos para acariciarle el interior de los muslos, ella le rogó:

—Alex, ya no puedo más.

Separó los labios de su sexo e introdujo la lengua ávida hasta que la succión suave de su boca le provocó otro orgasmo cegador.

Cambió de postura y se metió en la boca el pene erecto. Le gustaba ese sabor a almizcle, su textura aterciopelada en la lengua, la firmeza en la boca.

Se estaba entregando para complacerlo, pero él se apartó, se puso encima y la penetró con un movimiento rápido. De repente se paró y ella se quedó pasmada ante la tregua.

—No hay que tener prisa —dijo al tiempo que mantenía su mirada y entraba ahora hasta el fondo.

Cat jadeó.

—Te quiero, Alex. No, no digas nada que no sientas. Bésame.

Sus bocas se unieron mientras los cuerpos se movían al unísono. Cuando terminaron, Alex permaneció dentro y abrazado a ella.

—Nunca había experimentado nada igual —dijo Cat—. Sólo contigo. Por primera vez, siento esta unión tan profunda con otra persona. Esta fusión de cuerpo, mente y alma. Es increíble.

Él entreabrió los ojos y, con voz ronca, contestó:

—Sí, lo es.

—¿Sabes? —le dijo con voz sofocada por la almohada—. Si esto sigue así tendré que añadir una nueva píldora a las que ya estoy tomando.

Debajo de la sábana, Cat tenía el trasero contra su vientre y él le rodeaba la cintura con el brazo.

—¿Te refieres al control de natalidad?

—Ajá.

—No te preocupes; yo me ocuparé de que no quedes embarazada.

—O podríamos olvidarnos de tomar precauciones.

Lo miró por encima del hombro y sonrió con malicia.

—No hace falta que te pongas pálido, señor Pierce. Si me quedo embarazada, el bebé será responsabilidad mía.

—Nada de eso. Ése no es el motivo de mi palidez. Se supone que no deberías tener hijos, ¿verdad?

—No lo recomiendan, pero muchas trasplantadas los han tenido y, hasta ahora, tanto las madres como los hijos están de maravilla.

—No te arriesgues. Hay demasiadas cosas que podrían salir mal.

—Eres un pesimista.

—Soy realista.

—Pareces enfadado. ¿Por qué? Sólo estaba bromeando.

La arrimó más a él.

—No estoy enfadado, pero no quiero que corras riesgos innecesarios. No es cosa de broma.

—Siempre he querido tener un hijo.

Pero una no puede tenerlo todo, recordó. Además, ya te han sido concedidas muchas bendiciones; una de ellas te está abrazando. Notaba el aliento en su pelo, y también eso era reconfortante.

Era un hombre tan atractivo, tan viril, tan... todo... Se le aparecieron imágenes de cada momento que habían pasado juntos.

Él debió de notar su risa silenciosa, ya que le golpeó las nalgas con la rodilla.

—¿Qué es tan gracioso?

—Estaba pensando en la amenaza que le hiciste a Cyclops. Es la cosa más grosera que jamás había oído.

—¿Eso de arrancarle el ojo y...?

—No lo repitas, por favor. ¿De dónde has sacado semejante vocabulario?

—¿De dónde va a ser? De la calle. O de los vestuarios. Si tratas con policías durante cierto tiempo tu boca empieza a vomitar basura.

Alex había abierto una brecha. Después de un momento de silencio, le preguntó:

—¿Qué ocurrió, Alex? ¿Por qué dejaste la policía?

—Spicer ya te lo dijo. Maté a alguien.

—Doy por descontado que disparaste contra alguien mientras estabas de servicio.

Esperó un rato antes de decir nada. Ya no estaba relajado; tenía todos los músculos tensos.

—Ese alguien era policía.

No resultaba extraño que lo tuviera grabado en la memoria. Los policías eran como una hermandad. Se consideraban entre ellos como hermanos.

—¿Quieres hablar de ello?

—No, pero lo haré.

—Hunsaker al habla.

—Teniente, soy Baker.

—¿Qué hora es?

Encendió la lámpara de la mesilla de noche y su mujer gruñó y se hundió más en la almohada. Él no había pegado ojo. El chile que había comido para cenar le ardía en el estómago; y seguía eructando las seis cervezas con que lo había acompañado. Estaba a punto de levantarse para tomar un antiácido cuando sonó el teléfono.

—Perdone que lo llame tan tarde —se disculpó su subordinado—. Pero usted me dijo que cuando terminara el informe se lo hiciera saber.

Baker era un novato, apenas salido del cascarón y con ganas de complacer. Trataba cada misión como si fuera una investigación sobre el asesinato de John F. Kennedy.

—¿Qué informe? —preguntó Hunsaker conteniendo un eructo.

—Sobre los amigos de Cat Delaney. Me dio una lista y me dijo que hiciera averiguaciones. Bueno, ya está terminado y no sabía si tenía que dejarle el expediente encima de la mesa o no.

—Diablos. Lo siento, Baker, me he olvidado de decírtelo: ya le hemos dado carpetazo.

—¿Sí?

El chico estaba desilusionado.

—Sí, la señorita Delaney ha llamado a última hora de la tarde porque ha encontrado al tipo que la molestaba en un manicomio de Fort Worth. Lo ha confesado. He retirado la vigilancia, pero me he olvidado del informe que te había encargado. Lo siento, pero al menos cobrarás horas extras. ¿Vale?

—Vale.

Hunsaker eructó de nuevo y tenía ganas de orinar.

—¿Algo más, Baker?

—No... Bueno... Algo.

—Suéltalo, Baker.

—Es algo... Una paradoja creo que es la palabra correcta. Se trata de ese novelista. Pierce.

Y cuando Baker le informó de lo que había descubierto, también Hunsaker pensó que era una paradoja. En realidad, se trataba de un hecho trascendental.

—Cielo santo —exclamó pasándose la mano por la cara—. No te muevas. Estaré ahí dentro de veinte minutos.

—Si te resulta doloroso hablar de ello no tienes que hacerlo, Alex.

—No quiero que pienses que es peor de lo que es. Ya es lo bastante malo.

Dedicó unos momentos a poner en orden sus ideas.

—Hacía años que intentábamos desarticular una red de traficantes de droga, pero siempre iban un paso por delante de nosotros. Varias veces se habían escabullido. Cuando llegábamos al lugar de la distribución ya habían levantado el vuelo.

»Por fin recibimos un soplo digno de confianza, pero había que actuar con rapidez. Planeamos una redada para el Cuatro de Julio, ya que no la esperarían en día de fiesta.

»La operación se llevaba tan en secreto que sólo la conocían los oficiales directamente implicados. Estábamos nerviosos pero impacientes por atrapar a aquellos cabrones.

»Llegamos a la casa y esta vez no los habían avisado. Los chicos irrumpieron y los cogieron desprevenidos.

Yo corrí por el pasillo hacia los dormitorios, di un puntapié a una de las puertas y me encontré cara a cara con uno de nuestros policías. Había sido mi compañero cuando éramos patrulleros. Es difícil decir cuál de los dos se quedó más asombrado.

»Le pregunté qué coño estaba haciendo allí si no estaba asignado a aquella misión. Me contestó que, en efecto, no lo estaba.

»De repente lo vi claro y, en el mismo momento, desenfundó la pistola. Me tiré al suelo rodando y le apunté. No a mi antiguo camarada, no al hombre que creía mi amigo, sino a un policía corrupto, a un maldito traficante de drogas. Le disparé a la cabeza.

A su espalda, Cat notaba su pesada respiración y el corazón acelerado, y sabía lo difícil que le resultaba hablar de ello.

—Hiciste lo que debías, Alex.

—Pude haberle herido. Pero tiré a matar.

—Es probable que él te hubiera matado.

—Tal vez. Es probable.

—Supongo que te consideraron inocente de cualquier delito.

—Oficialmente. Redadas como ésa salen mal a veces, ya que pueden presentarse situaciones inesperadas. Cuando se disipó el humo, un policía estaba muerto y yo lo había matado. Si la operación sale mal, alguien tiene que pagar el pato.

»En la declaración del departamento se afirmaba que aquel policía estaba asignado a la operación de forma clandestina. Y que yo lo confundí con uno de los traficantes y disparé antes de identificarlo.

—¡Fue una gran injusticia!

—Se cubrieron las espaldas. No querían que se supiera que uno de sus hombres era traficante de drogas. Le hicieron un funeral de héroe, con veintiuna salvas y todos los honores.

—¿Por qué no hablaste?

—¿Decir la verdad? Habría parecido que inventaba una mentira para tapar mi equivocación. Era mi palabra contra la del Departamento de Policía. Por otra parte, la mujer de ese tipo estaba embarazada del primer hijo y no podía echar mierda encima de él sin que les salpicara también a ellos. Su esposa no sabía nada del pluriempleo.

—¿Cómo lo sabes?

—Lo sé. Además nunca intentó retirar el dinero que él había acumulado. Se quedó en la caja de seguridad del banco mientras ella y el bebé se fueron a vivir a Tennessee con sus padres.

Cat se dio la vuelta para mirarlo y le acarició con ternura la ceja partida.

—Lo siento mucho, Alex. Ojalá se pudiera desandar lo andado.

—Y que lo digas. Después de eso me convertí en un gran forúnculo en el culo del departamento que no dejaba de ulcerarse. Odiaba salir a trabajar. Los polis que no sabían lo ocurrido me despreciaban por haberla jodido; los que sí lo sabían, recelaban preguntándose si habría tirado de la manta, después de todo. Era un paria y, a todos los efectos, mi carrera estaba acabada. Así que les di lo que querían: la placa.

—Tu primera carrera estaba acabada —rectificó ella—. Ya que entonces es cuando empezaste a escribir.

Ahora entendía por qué sus novelas describían situaciones poco lisonjeras de los asuntos internos del Departamento de Policía. Sus héroes eran inconformistas que denunciaban a políticos con las manos sucias y policías comprados, por lo general a costa de sacrificios personales.

Cat lo besó en el pecho y él deslizó sus dedos por el pelo enmarañado y le levantó la cabeza.

—La vida es dura, pero también te da compensaciones.

—¿Como qué? —preguntó ella, mimosa.

—Como tenerte a ti.

La sujetó por la nuca y rozó sus labios con ternura.

Se despertó de repente, como si alguien hubiera gritado su nombre. Durante unos momentos se quedó tendida e inmóvil; lo único que oía era la respiración acompasada de Alex. Poco a poco se tranquilizó. Disfrutaba de su proximidad cálida y protectora.

Recordando cómo habían hecho el amor, su falta de pudor la ruborizó. Con él se convertía en una mujer dominada por los instintos, libre para expresar su sensualidad... Y era magnífico.

Lo observó mientras dormía. El ceño no estaba fruncido y se le había suavizado la tensión en los labios. El sueño lo liberaba de la pesadilla que lo perseguía.

Si ella podía perdonar a la niña asustada que se había escondido en un armario, Alex podía perdonarse por haber disparado a un ex camarada. Juntos, serían capaces de superar traumas personales.

Tenía que ir al baño; se deslizó de la cama, se puso la camisa de Alex y bajó. No quería despertarlo tirando de la cadena.

A través de las persianas se filtraba la luz de las farolas de la calle, que la guiaron hasta el lavabo situado debajo del hueco de la escalera. Al salir, se dio cuenta de que estaba desvelada.

La noche anterior no había dormido; el día fue largo y agotador. Habían hecho el amor hasta quedar extenuados. Sin embargo, después de haber dormido tres o cuatro horas estaba fresca como una rosa. Faltaban horas para que amaneciera pero no tenía sueño.

¿Tenía hambre? No.

¿Sed? Tampoco.

Sus ojos se movieron hasta quedar fijos en la habitación prohibida. Sabía que podía resistir su atracción magnética. Pero su curiosidad innata no se lo permitiría.

Si entraba ahora, ¿qué más daba?

A Alex no le había gustado su intromisión anterior, pero estaban en la primera fase de su relación; apenas se conocían. Ahora la situación había cambiado: ya habían intimado física y emocionalmente. Compartían secretos. Seguro que el absurdo «Prohibido el Paso» ya no tenía sentido.

Intentó abrir la puerta, pero estaba cerrada con llave.

Mejor. Sabía que no tenía que entrar sin su permiso.

No obstante, se puso de puntillas y pasó la mano hasta la parte superior de la jamba, donde encontró una llave. Lo consideró un buen presagio. De no haber querido que entrara, no la habría dejado tan a la vista.

La introdujo en la cerradura y abrió. Hizo una pausa para escuchar, pero arriba no se había producido ningún ruido. Entró y cerró la puerta a sus espaldas antes de encender la luz.

La habitación fue un desengaño. Se imaginaba que el refugio de un escritor sería acogedor e interesante. Debía de tener paredes con estanterías, alfombras turcas y sofá de cuero. Tal vez un globo terráqueo en una esquina y la biblioteca llena de ediciones limitadas y de coleccionista iluminadas por lámparas estilo Tiffany.

El lugar de trabajo de Alex era eso: un lugar de trabajo. Práctico, sin ninguna gracia, sin personalidad, sin estética. El ordenador y la impresora reposaban encima de una mesa plegable con patas metálicas y superficie de formica. Al lado había un fax.

Las enciclopedias y novelas no tenían el lomo de piel ni se alineaban en anaqueles de roble, sino que se apilaban en estanterías metálicas. El teléfono estaba encima de las guías telefónicas.

En una esquina, estaba situada la mesa que, sin duda, utilizaba para el papeleo. Estaba abarrotada de correspondencia, faxes, estados de cuentas del banco, un bloc manchado de café con garabatos ilegibles, flechas y asteriscos; y un montón de expedientes, etiquetados a mano y muy usados, que tenían el margen doblado.

A Cat le llamó la atención una fotografía enmarcada. La cogió para ver de cerca a la pareja que sonreía. Alex llevaba un bigote espectacular. Cuando tuviera ocasión, lo aprovecharía para tomarle el pelo.

A su lado había una joven muy bonita. Igual que él, llevaba pantalones cortos y botas de excursionista, y estaba apoyada en una enorme piedra. Al fondo había una cordillera que parecía las Montañas Rocosas.

Fotos de vacaciones. Había compartido unas vacaciones con esa mujer.

Cat se recriminó por sentirse celosa. Como era lógico, Alex había tenido otras relaciones amorosas, y era probable que algunas hubieran sido serias. No podía dejar que una foto la hiciera reaccionar como si fuese una adolescente.

Volvió a dejar la foto donde estaba.

La pared de detrás de la mesa estaba cubierta con paneles de corcho aunque apenas se veía, ya que estaba llena de papeles escritos, tanto a mano como a máquina, y artículos recortados de periódicos y revistas. Pensó que debía de ser material para el libro que estaba escribiendo, por lo que echó un vistazo al azar.

Al cabo de pocos minutos cayó en la cuenta de que todos los artículos estaban relacionados con un tema. Y no era el crimen ni los policías corruptos. Se trataba del trasplante de órganos; concretamente de trasplantes de corazón.

Una cosa en particular la intrigó. El duplicado de uno de los recortes que Paul Reyes le había enviado. Pero no era la fotocopia que ella le había dado semanas atrás, sino un original. Estaba algo amarillento. Claro: era de dos años atrás.

Le temblaban las rodillas y se dejó caer sobre el asiento.

Cat: contrólate, se dijo. No llegues a conclusiones precipitadas. Tiene que haber una explicación lógica y aún no la has encontrado.

Alex se estaba documentando para uno de sus libros. Sí, eso debía de ser. No había querido decirle nada porque... ¿Por qué?

¿Por qué no se lo había mencionado? ¿A qué venía tanto secreto?

La respuesta podía estar en los expedientes. El de arriba de todo estaba etiquetado como AMANDA. Lo abrió y el corazón le dio un vuelco. Le sonreía un primer plano de la misma mujer que había visto en la otra foto.

Sus ojos eran preciosos y tenía una expresión inteligente. ¿Cuál debía de ser su relación con Alex? Se moría de ganas de saberlo, pero también le daba miedo.

Apartó la foto para leer otro documento. El certificado de defunción de Amanda.

Su relación había terminado con la muerte de esa mujer. Pobre Alex. Si había significado algo para él, perderla debió de ser una tragedia y explicaba parte de su cinismo. Su muerte prematura, unida a lo de haber disparado contra un camarada, tenía mucho que ver con que se hubiera refugiado en el alcohol. ¿Habría perdido a Amanda antes o después del tiroteo?

Cat buscó la fecha del certificado y se llevó la mano a la boca para evitar un grito.

Cuando se recuperó, el corazón seguía su propio camino. Frenética, apartó el expediente de Amanda y leyó la etiqueta del siguiente, aunque ya estaba casi segura de lo que leería.

DANIEL L. LUCAS, alias SPARKY.

Ya sabía de quién era el expediente que venía a continuación. No se equivocó.

JUDITH REYES.

Le temblaban las manos pero abrió los otros expedientes, que tenían el nombre de los trasplantados muertos en extrañas circunstancias. Había información exhaustiva, descripciones detalladas de los accidentes fatales, copias de los informes de los forenses y de la policía, documentación a la que sólo un policía, o un ex policía muy inteligente, podía tener acceso.

El último expediente llevaba su nombre. Estaba a punto de desmayarse, pero lo abrió: su vida, especialmente desde el trasplante. Docenas de fotografías, algunas de años atrás, otras de la semana anterior, unas posando, otras tomadas con teleobjetivo.

Echó un vistazo a los otros expedientes. Todos habían necesitado un trabajo meticuloso. Era imposible que lo hubiera iniciado semanas atrás, cuando ella le había pedido ayuda para encontrar a la persona que la amenazaba. Lo que tenía delante representaba horas, días, años de investigación minuciosa. Había hecho un estudio a fondo de esas muertes.

Se negaba a aceptar lo que eso implicaba.

La puerta se abrió a sus espaldas. Cat tuvo un sobresalto y se dio la vuelta en su silla.

Alex la miraba con ojos acusadores.

53

—Te dije que no entraras aquí.

Cat tenía la boca seca, pero en vez de demostrar su miedo pasó a la ofensiva.

—¿Qué es todo esto? ¿Cómo lo has recopilado? ¿Qué significa? ¿Ya te interesaban los trasplantes de corazón mucho antes de conocerme? ¿Quién era Amanda?

—No debiste meter las narices en mis archivos personales.

—Quiero saber por qué los tienes, Alex. ¿Quién era Amanda?

—Una mujer a la que quise.

—Íntimamente ligada a ti.

—Sí.

—Y murió.

—Sí.

Por la espalda, agarraba los bordes de la mesa.

—Según el certificado de defunción murió horas antes de mi trasplante. ¿Era una donante de corazón?

Al cabo de unos instantes asintió.

—¿Por qué nunca me hablaste de ella? ¡Espera!

Estaba tan confundida que le suponía un enorme esfuerzo coordinar sus pensamientos. Algo se había disparado en su memoria con respecto a una conversación de un par de noches atrás.

—El choque múltiple en la autopista —exclamó—. Jeff lo mencionó cuando yo ya lo había olvidado. ¿Amanda fue una de las víctimas?

—No.

—Alex, ¿quién era? ¡Dímelo! Íbais de vacaciones juntos. Debía de ser una relación estable.

—Lo era, y mucho.

A Cat se le saltaban las lágrimas.

—Tuviste una relación muy estable con una donante y nunca me dijiste nada. ¿Por qué?

—Ahora ya no importa.

—Pues yo creo que importa mucho. De lo contrario me habrías hablado de ella, igual que hiciste en el caso de Sparky y Judy Reyes. ¿Por qué no sé quién era Amanda?

Cat ya no soportaba más la situación.

—¿Cómo murió?

—Cat...

—¡Contéstame! ¿Cómo murió?

—De una embolia cerebral, durante el parto.

—¿Parto?

Cat estaba al borde de la histeria.

—¿Y el bebé?

—Mi hijo nació muerto. Se estranguló con el cordón umbilical.

Cat no pudo evitar un gemido.

—Tu hijo. ¿Amanda era tu esposa?

—No llegamos a casarnos.

—Bueno, eso es una formalidad. Teníais un compromiso mutuo.

—Total y absoluto.

—La amabas.

—Habría dado mi vida por ella.

Cat apartó las lágrimas que le rodaban por las mejillas.

—Y crees que llevo su corazón.

Alex avanzó con los brazos extendidos, pero ella volvió a retroceder.

—Cat, ya está bien, no me tengas miedo. Cálmate y escucha.

—¡Pero si sé escuchar! Soy una ingenua que me creo todo lo que me dicen. Nunca busco dobles significados ni agendas ocultas. Confío a ciegas —dijo con una risita sarcástica.

Sentía una opresión en el pecho; estaba herida en lo más profundo de su ser.

—¡Eres un miserable hijo de puta que me has estado haciendo el amor porque se lo hacías a Amanda!

—Escúchame...

—¡No! ¡Ya estoy harta de escucharte! ¡Cuando pienso en lo bien planeado que lo tenías...! Ha sido una charada de primer premio. Nuestro encuentro y lo que ha venido después.

—Sí —admitió Alex.

Cat estaba soportando lo insoportable.

—Irene y Charlie Walters habían solicitado la adopción de uno de los niños —se apresuró a añadir—. Confiaba en conocerte a través de ellos. Pero no tenía previsto que el hermano de Irene, que vive en Atlanta, se pusiera enfermo, ni que aparecieras aquella mañana.

—No me lo creo.

—Pero allí estabas y, al instante, sentí algo... Y tú también.

—Ya. Amor a primera vista. ¿Crees que el corazón de Amanda te hizo una indicación cuando te vi?

Se removió los cabellos.

—Pues ya no sé qué pensar. Pero estoy enamorado de ti.

—No. Sigues enamorado de Amanda.

—Lo que hice fue...

—Despreciable, juego sucio, repugnante. ¡Una cabronada!

—¡Lo acepto! Sí, soy un cabrón; ya lo admití hace tiempo.

Ya no dijo más. Agachó la cabeza y se quedó mirando al suelo. Al cabo de unos minutos levantó los ojos y, en voz baja, dijo:

—Para que puedas perdonarme, primero tendrás que entender cuánto la quise.

Cat estaba demasiado trastornada para poder hablar y él aprovechó su silencio para defenderse.

—Amanda me presionaba para que nos casáramos, pero yo me negaba debido a mi trabajo. A veces pasaba varios días seguidos fuera de casa. Cuando salía por la puerta, ella no sabía si volvería a verme vivo. Esa clase de vida es un infierno para una relación de pareja. Quería que se sintiese libre para que pudiera marcharse cuando quisiera. Sin papeleos.

»Poco después de que ocurriera ese feo asunto en el departamento, se quedó embarazada. Yo, al principio, estaba contrariado; después, asustado. Pero ella estaba tan contenta que, poco a poco, llegó a gustarme la idea: esa nueva vida era como un destello de esperanza.

»Cuando me comunicaron que iba de parto, salí pitando hacia el hospital, pero quedé retenido por el choque múltiple en la autopista. Cuando conseguí llegar allí...

Se restregó los ojos antes de seguir.

—Me puse como loco cuando el médico me comunicó que habían diagnosticado muerte cerebral.

Cat aún tenía los ojos llorosos, pero ya no estaba furiosa, sino conmovida por la trágica historia. De vez en cuando, hipaba.

—Entonces se presentó la empleada del banco de órganos. No me presionó, debo reconocerlo. Se disculpó por la intrusión en momentos tan difíciles, pero me recordó que Amanda había hecho constar en el permiso de conducir que, si le ocurría algo, quería ser donante de órganos.

»Eso está considerado un documento legal, pero, incluso así, me dijo que no procederían a retirar los órganos sin mi consentimiento. Amanda no tenía familiares vivos, por lo que la decisión era sólo mía.

»Alguien necesitaba el corazón de Amanda. Si me negaba, esa otra persona iba a morir. El órgano había que extirparlo lo antes posible; el factor tiempo era primordial. Si hacía el favor de dar permiso...

Se le quebró la voz. Cat sabía que ya no estaba allí con ella, sino en el pasillo de aquel hospital, paralizado por el dolor mientras se le pedía permiso para arrancarle el corazón a su amada.

—Hacía cinco años que vivíamos juntos y nunca le

di lo que más quería, que era mi apellido. En Houston, en aquellos tiempos, la gente solía arrugar la nariz al oír mi nombre, y pensé que era mejor que siguiera con el suyo. O tal vez fui demasiado egoísta.

»La quería; sabía que quería vivir con ella y con nuestro hijo durante el resto de mi vida. Pero no comprendí lo mucho que la necesitaba anímicamente hasta que ya no estaba en este mundo.

»Por ironías del destino, ese día había entregado mi placa: lo que ella me estaba pidiendo desde el tiroteo. Quería que me dedicara a escribir; creía en mi talento. O, al menos, es lo que me decía —sonrió con amargura.

»Después de enterrarla, vacié nuestro apartamento, regalé las ropas del bebé y estuve borracho día y noche durante varios meses. Cuando dejé de beber y empezó mi amistad con Arnie, pensé en preguntar por el receptor de su corazón.

»Como el banco de órganos no me dio información, me obsesioné con la idea de encontrarlo yo mismo. No podía quitarme de la cabeza que su corazón siguiera viviendo dentro de otra persona.

»Empecé a leer periódicos de las principales ciudades publicados desde el día de su muerte hasta varias semanas después. Buscaba artículos sobre trasplantes de corazón. Si los receptores son medianamente inteligentes, a veces pueden descubrir quiénes fueron sus donantes sólo leyendo los titulares. Era posible que también funcionara a la inversa.

»Leí todo lo que pude encontrar relacionado con el tema. Así llegué a saber cuáles son los requisitos necesarios para evitar rechazos. Escribía los requisitos y hacía un perfil de la persona receptora, igual que lo haría para el personaje de una de mis novelas.

»Tu trasplante había sido todo un acontecimiento para la prensa. Aprovechando mis anteriores contactos con la policía, o con sobornos, o utilizando cualquier artimaña que se me ocurría, a través de un empleado del Hospital de California supe la hora en que habían realizado tu trasplante. El tiempo transcurrido entre una operación y la otra era muy justo, pero seguía siendo posible. Tu grupo sanguíneo y el suyo coincidían, teníais casi el mismo tamaño. Cuanto más investigaba, más convencido estaba de que llevabas su corazón.

»Tenía la intención de trasladarme a Los Ángeles para conocerte cuando se publicó que venías a San Antonio. Y, de inmediato, dejé Houston y me vine aquí. —Hizo una pausa—. Ya sabes el resto.

—Lo único que sé es que eres un asqueroso farsante.

—Al principio, sí. Al verte en esa puerta sentí un mazazo y supe que había dado en el blanco. Sabía que estaba en lo cierto y, conforme te iba conociendo, más me convencía. Tienes rasgos de carácter parecidos a los suyos.

—No quiero seguir escuchando.

—Tu forma de ser me la recuerda, tus gustos y manías son los mismos. Tienes incluso su sentido del humor y su optimismo.

—¡Basta ya! —Se tapó los oídos.

—Tenía que hacer el amor contigo, Cat; lo necesitaba.

—Me utilizaste como médium.

—Sí. Tenía que saber si podía comunicarme con ella. Sentirla. Tocarla una vez más.

—¡Cielo santo! —gritó destrozada al oírlo.

—Y sentí una conexión cósmica. Pero ¿era Amanda? ¿O eras tú? Lo ocurrido entre nosotros había sido tan extraordinario que empecé a sentirme culpable por haberla traicionado.

—¿No irás a decirme que, en cuatro años, yo era la primera mujer con la que habías estado?

—No, pero eres la primera que ha significado algo para mí, de la que sé el nombre cuando me he despertado. Por eso dejé de verte, porque ya no me fiaba de mis intenciones. Me estaba enamorando de ti y no tenía nada que ver con Amanda.

»Ya no quería saber si llevabas su corazón. Casi me trago la lengua la mañana que me dijiste que habías llamado al banco de órganos para hacer averiguaciones sobre tu donante. Cuando te marchaste, telefoneé a la agencia que había retirado el corazón de Amanda y anulé la solicitud de información. Si llevabas su corazón, no quería saberlo. Lo único que sabía era que te amaba.

—¡Esperas que me crea este cuento de hadas! Y, en cuanto a esto...

Dio un golpe con el brazo a los expedientes, que cayeron al suelo y desparramaron su contenido.

—Te has tomado muchas molestias para nada. ¡Por lo que ambos sabemos, ni siquiera llevo su corazón!

—Estoy seguro al noventa por ciento. No había experimentado ese impacto demoledor con los otros.

—Sigue siendo...

Se calló de golpe al darse cuenta de lo que acababa de decir.

—¿Los otros? ¿Los otros trasplantados? ¿También llegaste a conocerlos?

De inmediato, dejó de llorar y vio la verdad con una claridad cristalina.

—¡Dios mío! ¡Eres tú!

—Cat...

Se abalanzó sobre él, golpeándolo en el pecho con los puños. Alex perdió el equilibrio, retrocedió hasta la estantería y algunos libros cayeron al suelo. Cat corrió hacia la puerta y la cerró de golpe a sus espaldas.

Sin detenerse un minuto, entró en la sala y cogió las llaves del coche de Alex, que estaban encima de la mesilla. La puerta estaba cerrada y, con dedos nerviosos, manipuló el pestillo. Oía los pies desnudos de Alex corriendo tras ella. Abrió y subió al coche.

—¡Cat, espera! —gritó.

—¿Para que puedas matarme como a los otros?

Puso el coche en marcha y pisó el acelerador. Los neumáticos chirriaron y giraron sobre sí mismos. Alex casi había llegado al coche cuando Cat consiguió controlarlo y se perdió en la noche.

54

¿Dónde estaba esa estúpida zorra?

Pero Kismet no era tan estúpida, tuvo que recordar Cyclops, ya que él había caído en su trampa de cuatro patas.

Durante días había estado rumiando cómo podría encontrarla y, hasta ahora, no se le había ocurrido ninguna idea, cosa que hubiera sido un milagro. Tenía el cerebro podrido por subsistir a base de alcohol y drogas.

Había preguntado, pero ninguno de sus conocidos sabía dónde había albergues para mujeres. Lo único que consiguió fueron comentarios sarcásticos y burlas por no poder retener a su fulana.

¡Maldita sea! Tenía que dar con ella y traerla a rastras, aunque sólo fuera para salvar la cara delante de sus amigos. Incluso estaba perdiendo el respeto de sus enemigos, lo cual aún era peor.

Cuando le pusiera las manos encima, y seguro que era sólo cuestión de tiempo, lamentaría haberlo engañado.

No habría sido tan valiente de no ser por esa Delaney, que era la culpable de todo. Había salido de la nada para resucitar a Sparky.

Meter a Kismet en cintura era fácil; sólo tenía que amenazarla con lastimar al niño y se convertía en un corderillo. Haría cualquier cosa con tal de proteger al asqueroso bastardo de Sparky. Pero no podía controlarla, ni mucho menos castigarla como se merecía, si no la encontraba.

Sólo una persona podía decirle dónde estaban escondidos Kismet y el mocoso. Bueno, en realidad dos personas, pero prefería no tener que vérselas con ese Pierce a menos que fuera absolutamente necesario.

En cualquier caso, quedarse sentado y dándole vueltas al asunto no le serviría de nada. Ya había reflexionado sobre la situación hasta hartarse y era el momento de pasar a la acción. Ahora los ánimos ya se habrían apagado, la poli debía de tener otros asuntos en que ocuparse y ya no lo buscaría.

Se levantó tambaleándose, ebrio, antes de recuperar el equilibrio para salir del bar. El aire de la noche era fresco y tonificante y lo despejó un poco.

Al montar en la Harley, la palmeó como si fuera un objeto viviente. Cuando puso la potente máquina en marcha, agradeció la vibración entre los muslos y el sexo, que le hizo recuperar la virilidad y la seguridad en sí mismo, muy mermadas después del fracaso con Cat Delaney.

Si dejaba que esa pelirroja saliera bien librada después de haberle jodido la vida, lo mismo habría podido facilitarle un cuchillo de carnicero para que lo capase.

—De eso nada, monada —dijo con una risita mientras salía a todo gas.

Bill Webster no había pegado ojo.

Por enésima vez miró el reloj de la mesita de noche. Echó la ropa a un lado y saltó de la cama. Sus pantalones estaban bien doblados encima de la silla. Se los estaba poniendo cuando Melia se incorporó y, soñolienta, murmuró su nombre.

—Siento haberte despertado —le dijo—. Sigue durmiendo.

—¿Adónde vas?

—Es hora de que me vaya.

—¿Ahora? Creí que le habías dicho a Nancy que estarías fuera toda la noche.

—Lo hice.

—¿Y por qué no esperas hasta mañana?

—Ya es mañana.

Melia estaba enfurruñada; no le gustaba el diálogo trivial a horas tan intempestivas.

—Odio despertarme sola.

—Hoy no podrás evitarlo.

—¿A qué viene tanta prisa?

—Hay algo que tengo que hacer.

—¿A estas horas?

—Cuanto antes, mejor.

Desplegó todos sus encantos para hacerle volver a la cama, pero no consiguió disuadirlo. Salió a toda prisa, sin siquiera darle un beso de despedida.

Alex maldijo mientras contemplaba la parte posterior de su coche que desaparecía por la esquina, pero no perdió el tiempo en lamentaciones.

Volvió a entrar en la casa, subió de dos en dos los

escalones hasta el dormitorio y se vistió. Sacó el revólver del primer cajón de la mesa, cogió un puñado de balas y se las metió en el bolsillo de la camisa al tiempo que bajaba la escalera.

Camino de la puerta, miró el reloj y soltó otro taco.

La moto seguía en el taller y ella se había llevado el coche. Con la culata del revólver rompió la ventanilla del BMW de su vecino. En cuestión de segundos hizo un puente y lo puso en marcha.

Volvió a mirar el reloj. Cat sólo le llevaba cinco minutos de ventaja.

Estaba demasiado asustada para llorar; ya lo haría luego. Cuando él estuviera entre rejas y ella a salvo, derramaría hasta la última lágrima por su colosal desengaño. Ahora tenía que concentrarse en sobrevivir.

Había sido Alex desde el principio. Existía la posibilidad de que llevara el corazón de su querida Amanda, así que planificó matarla como a los demás. Hoy era el día, el aniversario del día que había supuesto una nueva vida para ella pero un dolor insoportable para él.

Dijo que estaba obsesionado por la idea de que el corazón de Amanda siguiera latiendo dentro de otro cuerpo. Había seguido la pista de los posibles receptores utilizando su habilidad para el engaño, intimando lo suficiente con ellos para matarlos sin levantar sospechas. A continuación, había pasado a la siguiente víctima para tenderle su trampa.

¿Quién mejor para cometer crímenes tan perfectos, que la policía ni siquiera había considerado crímenes, que un ex policía escritor de ingeniosas novelas? Sabía cómo eliminar pruebas y tapar agujeros en una maquinación.

Se estremeció porque todo lo que llevaba puesto era la camisa de Alex. Notaba la fría tapicería de cuero bajo el trasero y tenía la piel de gallina.

En cuanto llegara a casa llamaría al teniente Hunsaker. Pero antes tenía que llegar. Mantenía un ojo clavado en el retrovisor. Aunque lo había dejado sin coche, él tenía muchos recursos. Casi esperaba que otro vehículo la adelantara.

Eso habría sido perfecto, ¿no? Podía hacerla caer desde un paso elevado y huir. Su muerte sería considerada un accidente y nadie sospecharía de él, ya que ella habría muerto al volante de su coche. Sí. Sería una historia convincente. Después de pasar la noche con él, se había marchado a primeras horas de la mañana hacia su casa. Él le había prestado su coche.

—No puedo creerlo —diría él cuando le notificaran su muerte. Simularía dolor y todos creerían en su inocencia.

Igual que había hecho ella.

¿Por qué no quiso escuchar a Dean? ¿Ni a Bill? Los dos la pusieron en guardia, habían intuido su duplicidad. ¿Por qué ella no? Su lado oscuro, como prefería llamarlo, era tan oscuro que era un asesino.

Había interpretado muy bien su papel, con la habilidad y el refinamiento de un maestro. Primero le había seguido la pista; después, la había seducido. A continuación desapareció, para que lo echara de menos. Volvió para convertirse en amigo y confidente cuando más lo necesitaba. Y, por fin, se hicieron amantes en el sentido más estricto de la palabra. Ella le había declarado su amor en voz alta; y todo el tiempo...

Sollozaba al entrar, con exceso de velocidad, en la rampa. Aferrada al volante, enfiló las últimas manzanas que la separaban de su casa sin dejar de recordar que no era el momento de dejarse llevar por las emociones. Si vivía para ello, ya tendría tiempo para lamentarse.

Aparcó delante de una señal de stop invertida, abrió la puerta y corrió hacia la casa. En el primer escalón tropezó con alguien sentado allí y gritó.

El intruso se puso en pie y la sujetó por los hombros:

—Cat, ¿dónde has estado?

Casi se desmayó. Primero de miedo; después, de alivio.

—¡Jeff!

Lo agarró por la manga de la chaqueta, se apoyó contra su pecho e intentó recuperar el aliento.

—¡Tienes que ayudarme!

—Cat, casi vas... ¿Dónde has dejado la ropa?

—Es una larga historia.

Cat abrió la puerta y desconectó la alarma. Jeff la había seguido hasta el interior de la casa.

—Tengo que llamar a la policía. Alex Pierce es la persona que intenta matarme.

—¿Qué?

—Por la mujer a quien quería. Murió cuando daba a luz y donó su corazón.

Mientras le explicaba los motivos de Alex, derramó el contenido del bolso encima de la mesa buscando la tarjeta de Hunsaker.

—¿Dónde estará? Tengo que llamarlo. Hoy es el aniversario.

—Lo sé. A medianoche he caído en la cuenta; y no he sabido nada de ti durante todo el día. He venido para hacerte compañía.

—Vendrá a buscarme, Jeff. Tiene que cerrar el círculo y dispone de muchos recursos. No tienes ni idea de lo metódico que ha sido su plan.

Sonó el timbre y, a continuación, unos puñetazos en la puerta.

—¡Cat!

Se quedaron helados. Jeff salió delante de ella, utilizando su cuerpo como escudo. En cualquier otra circunstancia, se habría reído de su intento, heroico pero cómico, para protegerla.

—La policía viene de camino —gritó Jeff.

—Soy Bill.

Cat apartó a Jeff a un lado y abrió la puerta.

Bill Webster entró.

—¿Qué pasa? Doyle, ¿qué haces aquí? Cat, vaya una forma de ir vestida.

—Alex es la persona que le envió los recortes —le dijo Jeff—. Mató a los otros trasplantados y ahora quiere hacer lo mismo con Cat.

Bill estaba asombrado.

—¿Cómo sabéis que es Pierce? ¿Dónde está ahora?

—Acabo de dejarlo.

Los dos hombres intercambiaron miradas después de echar un vistazo a sus piernas desnudas.

Nada le importaba menos que justificarse.

—Voy a llamar al teniente Hunsaker.

Describió a grandes rasgos el lugar de trabajo de Alex, los expedientes, la gran cantidad de información que había recopilado.

—Ahora todo tiene sentido. Debió de refocilarse cuando le pedí que me ayudara a encontrar a mi enemigo. Me dio las pistas sobre Sparky, encontró a Paul Reyes e hizo pasar un calvario a ese desgraciado y a su hermana.

—¿Quién es Reyes? —preguntó Bill.

Cat le explicó el viaje a Fort Worth.

Se quedaron perplejos al saber hasta dónde había llegado Alex para encontrarla.

—Aquí está.

Cat encontró la tarjeta de Hunsaker y se acercó al teléfono.

—Yo lo haré; es mejor que te vistas —sugirió Jeff.

—Gracias.

Cat se encaminó hacia el dormitorio, pero Bill le salió al paso.

—¿Me consideras aún un amigo? ¿Puedes perdonarme por mi asunto con Melia?

Era curioso cómo una experiencia amenazadora para su vida daba a todo lo demás una nueva perspectiva.

—Bill, estaba enfadada y desilusionada, pero yo no soy quién para juzgarte. Claro que seguimos siendo amigos.

De repente, le picó la curiosidad.

—¿Por qué has venido hasta aquí a estas horas?

Antes de que él pudiera contestar, Jeff les dijo que Hunsaker ya venía.

—¿Os quedaréis hasta que llegue?

Ambos asintieron. Cat les dio las gracias y se retiró a su habitación.

El doctor Dean Spicer dejó la tarjeta de plástico en la cómoda y abandonó la habitación.

Era temprano y los pasillos estaban desiertos. No había nadie más en el ascensor. Al atravesar el vestíbulo, sólo vio a un recepcionista adormilado en el mostrador. El chico no lo vio.

Había llegado a San Antonio justo antes de medianoche, en un vuelo desde Los Ángeles que hacía parada en Dallas. Llamó desde el aeropuerto y, después, cuando llegó a San Antonio. Ella no había contestado a sus llamadas.

Pensó en dejar un mensaje en el contestador, pero no lo hizo. Si Pierce estaba con ella, no quería ser un intruso dejando oír su voz en el dormitorio mientras hacían el amor.

Tampoco estaba seguro de la acogida de Cat. La última vez que habían hablado le colgó el teléfono. Le había hablado del disparo mortal a un policía atribuido a Pierce. Cuando se trataba de Pierce, ella pensaba con el corazón y no con la cabeza.

¿Es que había alguna mujer que no hiciera lo mismo? Después de pensarlo mucho, llegó a la conclusión de que tal vez hubiera sido mejor avisarla por teléfono. Su visita sería una sorpresa, aunque no debiera serlo. Hoy era el aniversario de su trasplante.

La calle estaba oscura y silenciosa.

Cyc aparcó la moto a la sombra de un roble, al otro extremo de la manzana, y no perdía de vista la casa de Cat Delaney.

Reconoció el coche apostado delante de la entrada:

era el de Pierce. Pero había otro sobre la acera con las luces enfocadas hacia los dormitorios.

—Mierda.

Últimamente nada le salía bien. Era obvio que sería una estupidez entrar mientras su amigo el poli estuviera con ella.

Planeaba su siguiente movimiento cuando un hombre al que nunca había visto abrió la puerta, dijo algo por encima del hombro, salió y la cerró a sus espaldas.

Miró a su alrededor. Cyclops contuvo el aliento, aunque desde su rincón no podía verlo. El hombre caminó con paso apresurado hasta el coche de Pierce y lo introdujo en el garaje. Salió al cabo de unos momentos y bajó a mano la pesada puerta. A continuación se acercó al otro coche aparcado en la acera y, después de manipular un juego de llaves, entró y salió en dirección contraria a su escondrijo.

Esa actividad lo tenía perplejo. No estaba seguro de que el coche de Pierce fuera suyo, ¿verdad? Sólo había visto que él lo conducía. Podía ser de ella.

Y era posible que tuviera otro asunto con otro, aparte de Pierce. ¿Por qué, si no, se largaba a esas horas? Puesto que él se había marchado, ¿estaría sola?

Cyc dejó la moto detrás del roble y avanzó a hurtadillas.

Cat sentía la necesidad de quitarse de encima el tacto, el olor, cualquier cosa que le quedara de él. Se relajaría unos minutos en la bañera mientras esperaba la llegada de Hunsaker. Nadie sabía lo que podía ocurrir después.

Con un profundo suspiro entró en el baño de burbujas caliente y apoyó la cabeza en el borde de la bañera. Se moría de ganas de sumergirse también en su desesperación y llorar hasta quedarse sin lágrimas, pero ahora no podía dejarse llevar por sus emociones. Tenía que ser pragmática, fría, dura; tan despiadada como él lo había sido.

Sin escrúpulos.

Cerró los ojos para borrar las imágenes de Alex, pero seguía viendo su cara en diversas actitudes. Cuando hacían el amor, mientras hablaba de su trabajo, explicando su devoción por Amanda.

Sentía un nudo en la garganta, pero hizo un esfuerzo y se contuvo. Tal vez por eso no oyó que la puerta del baño se abría. En realidad, de no haber sido por una leve corriente de aire, ni siquiera habría abierto los ojos.

Cuando lo hizo, el sobresalto hizo que se sentara, derramando agua por encima del borde de la bañera.

—¿Qué estás haciendo?

—¿Te sorprende?

Estaba estupefacta; demasiado, incluso, para gritar. Atónita, observó cómo cogía el secador de pelo del soporte de pared. Cuando lo puso en marcha, empezó a emitir un ronroneo.

—Lo siento, Cat. Vas a ser víctima de un trágico accidente.

La sonrisa agridulce le heló la sangre.

55

—¡Mierda!

Alex asestó un puñetazo al volante. ¡Se había quedado sin gasolina! También era mala pata haber robado un coche con el depósito vacío.

Hizo girar el volante con fuerza para dejar el coche en el arcén de la autopista. Abrió la puerta, salió y emprendió una loca carrera. A su vecino, el yuppie, le estaría bien empleado si le robaban su caprichito y se lo desguazaban. ¡Sin gasolina, por todos los santos!

Había poco tráfico. Levantó el dedo a algunos vehículos que pasaban, pero dudaba que alguien se detuviera. Su aspecto no inspiraba mucha confianza, con el pelo alborotado, sin afeitar y los faldones de la camisa al viento.

Tomó la rampa de salida, corriendo pesadamente sobre el pavimento mientras contaba las manzanas que le quedaban hasta la casa de Cat.

Esa mañana se había despertado con la solución al enigma.

Durante el sueño, el subconsciente lo había descifrado. Desde el principio había estado perdida una pieza clave del rompecabezas y el espacio vacío saltaba a la vista. ¿Por qué no lo había visto antes de que asesinaran a tres inocentes? Se maldijo por su estupidez. Todas las facturas que se habían presentado en este laberinto de vidas entrecruzadas habían sido liquidadas; menos una.

Por desgracia era la letal.

Corriendo al límite de sus fuerzas, dobló la esquina y esquivó justo a tiempo una boca de incendios.

—Vive, Cat. No me dejes tú también.

A Cat le castañeteaban los dientes.

—¿Por qué haces esto? No entiendo nada.

—Pues no es difícil. Morirás electrocutada y habrá sido un fatal accidente, igual que los demás.

—Bueno, no podías haber dejado tus intenciones más claras.

—Cat Delaney: siempre tan bromista.

—Esta vez no te saldrás con la tuya. El teniente Hunsaker viene de camino.

Jeff Doyle sonrió.

—He llamado al servicio meteorológico; no a la policía.

—Bill...

—Lo he enviado a un recado. Su llegada inesperada ha sido un contratiempo, pero he encontrado la forma de librarme de él. Le he aconsejado que quitara el coche de delante de la casa, de forma que cuando aparezca Pierce para matarte no lo alertara.

—Muy inteligente.

—Sí. He aprendido a borrar bien mis huellas. Cuando Bill vuelva, me encontrará hablando por teléfono preguntando por qué Hunsaker aún no ha llegado. Nos preocupará que tardes en salir del baño y encontraremos tu cadáver.

»Yo tendré un ataque de histeria, como hacen los maricas en estas situaciones. Me culparé por no haberte apremiado a actualizar la instalación eléctrica de esta casa antigua. Deberías haber tenido un interruptor de seguridad para evitar esta clase de accidentes.

»Mi conjetura será que estabas tan trastornada por la traición de Pierce que no coordinabas y has cogido el secador. Webster confirmará mi teoría. Ha visto lo nerviosa que estabas después de descubrir que tu amante planeaba matarte.

—Alex lo negará.

—Sin duda, pero también estará implicado en las otras muertes cuando la policía encuentre pruebas acusadoras en su apartamento. Gracias por hablarme de su estudio privado, Cat. Al parecer, guarda expedientes exhaustivos de sus entrevistas.

—¿Entrevistas?

—Sus entrevistas con los trasplantados de corazón. Causa mucha impresión a las personas, ¿sabes? Todas ellas me lo dijeron. Estaban muy orgullosos de que los hubiera entrevistado para su libro. El señor Pierce es muy inteligente y hábil. Ninguno de ellos sospechó que, en realidad, buscaba el corazón de Amanda.

»Incluso yo me creí que se estaba documentando para un libro. Es decir, hasta que empecé a investigarte a ti y descubrí que su amada había sido donante de corazón.

»Cuando la policía encuentre los expedientes, tendrá alguna explicación, ¿verdad? —Emitió una risita—. Debo reconocer que supuso una contrariedad cuando, de pronto, apareció en escena. Temía que lo estropeara todo si me descubría. Es evidente que empezó a olerse que había gato encerrado cuando los trasplantados de corazón que había entrevistado iban apareciendo muertos. Por supuesto a intervalos de un año, pero para un ex detective la coincidencia era demasiado curiosa. Cayó en la cuenta.

»Aparte de querer encontrar a su Amanda en ti, es probable que quisiera salvarte del destino fatal de los otros. Su deseo de protegerte era sincero.

»Incluso llegué a sospechar que era él quien te había enviado los recortes. Tuve un sobresalto. Me puso nervioso saber que alguien había descubierto mi plan, aunque eso no me habría hecho desistir.

»No obstante, Pierce añadió un poco de emoción. Con él la situación era más compleja y, por lo tanto, más interesante. Las otras muertes habían sido muy fáciles; ésta supondría un reto. Ahora será una excelente cabeza de turco con la que no había contado.

Negó con la cabeza y chasqueó los labios.

—Las cosas no pintan bien para nuestro novelista, ¿verdad? Y menos aún teniendo en cuenta todos esos expedientes que tiene tan bien guardados. Da la impresión de que el hombre está obsesionado, ¿no?

Adoptando una expresión pensativa, añadió:

—En cierto modo, Pierce y yo tenemos motivaciones similares.

—¿Te refieres a encontrar el corazón de Amanda? ¿También la conociste a ella?

—Cat —dijo en tono de reproche—. ¿Dónde está

tu imaginación? ¿Aún no te has dado cuenta? Debería darte vergüenza.

Su tranquilidad la aterrorizaba. Si hubiera despotricado y echado espuma por la boca la habría asustado menos. Pero su lógica fría y calculadora y el suave tono de voz indicaban su locura. Estaba totalmente desligado de la realidad.

—Como siempre, nadie sospechará de mis crímenes. Tú culpabas a Melia de todo lo que estaba mal, nunca a mí. Fui yo quien filtró la historia de los O'Connor a Ron Truitt. Y también lo llamé, haciéndome pasar por Cyclops, para que se tragara esa bola sobre los abusos a menores. Durante la reunión en el despacho de Webster, tenía miedo de que reconociera mi voz, pero estaba demasiado absorto en atacarte y no me prestó ninguna atención.

»Amañar el foco resultó complicado, pero también fue obra mía. Ese trasto casi te mata antes de lo previsto; lo único que tenía que hacer era alarmarte.

Sus labios formaron una compungida mueca.

—Después de tantos reveses, tanto personales como profesionales, será comprensible que el día del aniversario de tu trasplante estuvieras descentrada y casi al borde del suicidio.

»Me trasladaré a otra parte del país, conseguiré un nuevo empleo y volveré a perderme en el anonimato. Puedo interpretar casi cualquier papel y pasar desapercibido. Soy muy camaleónico. Muy anodino. Muy poca cosa. La gente rara vez se fija en mí. Sólo Judy pensaba que era especial.

—¿Judy? ¿Judith Reyes? ¡Eras su amante!

—Ah, por fin lo has entendido. Sí, soy el desconocido que escapó de ese cretino.

De repente, su expresión cambió y sus ojos se llenaron de lágrimas.

—La descerebró con un bate de béisbol.

—¿Cómo conseguiste huir?

—Se quedó inmóvil mirándola; parecía hipnotizado por la sangre encharcada debajo de su cabeza. Estaba en trance y no me prestó atención. Cogí la ropa y me largué. Sabía que no podía hacer nada por Judy: estaba muerta; y yo con ella.

Jadeaba al recordar aquella tarde de bochorno en Fort Worth.

—Judy era muy religiosa y estaba apegada a la cultura hispana. Su marido sabía cómo se habría sentido si mutilaban su cuerpo.

—Ella no habría aceptado una donación de órganos —dijo Cat.

Tenía que entretenerlo hablando hasta que Bill volviera. Sus ojos hicieron un barrido por el baño, buscando formas de poder escapar o un instrumento para defenderse. Pero, mientras él siguiera sujetando el secador, no podía ni moverse. Si lo hacía, lo dejaría caer y ella pasaría a mejor vida.

—Le habría ofendido la idea —decía Jeff—. Quería que la enterraran intacta. Y Reyes lo sabía. Donar sus órganos era la forma de castigarnos por nuestro amor, una tortura perpetua para toda la eternidad. La única forma de poder liberarnos es parar su corazón.

—Matando al receptor.

—Sí. Mientras su corazón siga latiendo, su alma vagará atormentada. Juré sobre su tumba que le daría el descanso y la paz que merece, así que tuve que matar al chico.

—El adolescente de Memphis. ¿Cómo lo localizaste?

Se encogió de hombros, como si eso hubiera sido la parte más fácil.

—Conseguí un empleo en un banco de órganos. Muy pronto supe el número asignado al corazón de Judy y eso me llevó hasta él.

—Si habías cumplido la promesa que le hiciste a Judy, ¿por qué mataste a los demás? ¿Y por qué quieres matarme a mí?

—Los ordenadores fallan por errores humanos. ¿Y si se había producido alguna confusión con los números? No podía arriesgarme.

»Tenía que eliminar a cualquier paciente que hubiera recibido un corazón ese día. Era la única forma de garantizar el cumplimiento de mi misión.

Cat sintió un escalofrío, pero intentó no demostrar su terror.

—¿Por qué esperabas al día del aniversario?

—De otra forma hubieran sido simples asesinatos. No soy un psicópata. Hacerlo el día del aniversario es como un ritual que a Judy le habría gustado. Asistía sólo a misas solemnes, con toda la pompa y circunstancia de la tradición. Así lo hubiera querido ella.

—¿Crees de verdad que estaría orgullosa de ti por haber matado a esas personas?

—Ella querría que la reuniera con su corazón. Y es lo que voy a hacer. Para que su alma encuentre la paz eterna.

Se secó las lágrimas con el dorso de la mano.

—La quiero demasiado para dejar que su alma siga atormentada. Cat, lamento que tengas que morir porque te aprecio, pero no tengo otra salida.

Se besó las yemas de los dedos y las presionó contra el pecho de Cat.

—Judy, amor mío, descansa en paz. Te amaré siempre.

Cat le agarró la mano justo cuando la otra dejaba caer el secador. Gritó con todas sus fuerzas.

Se quedaron a oscuras.

El secador cayó al agua pero sólo provocó un chapoteo.

Jeff gemía por el fracaso.

Cat quiso salir de la bañera pero él se lo impidió. Oyó que las rodillas chocaron contra el suelo de baldosas al tiempo que le metía la cabeza dentro del agua.

La mantuvo allí abajo mientras ella se debatía aleteando brazos y piernas, agitando la cabeza de lado a lado, arañándole los brazos. Pero no la soltaba. Sin darse cuenta, abrió la boca para gritar y se llenó de agua jabonosa.

A lo lejos oyó pasos taconeando por el pasillo. La puerta del baño se abrió y, de pronto, quedó libre. Sacó la cabeza en busca de aire, sofocada por el agua que le obstruía la garganta y las fosas nasales. El pelo mojado se le pegaba a la cara y le impedía la visión, aunque estaba todo tan oscuro que tampoco habría visto gran cosa.

—¿Cat?

Era Alex.

—Estoy aquí dentro.

—¡No te muevas! —gritó.

Tumbó a Jeff en el suelo. No habría pelea, ya que Alex era, de largo, el más fuerte.

—Hijo de perra: si le has hecho daño...

Su amenaza se interrumpió con un grito de sorpresa.

—¿Está bien? —Era Bill, de pie en la puerta abierta.

Del revólver de Alex surgió una llamarada. La detonación rebotó en las paredes del baño.

Bill se desplomó.

Alex gritaba furioso.

Los ojos de Cat se habían adaptado a la oscuridad y vio que Jeff había conseguido aferrar la muñeca de Alex y forcejeaban por la posesión del arma.

Las paredes de la bañera de porcelana estaban resbaladizas y húmedas, pero Cat salió gateando y se abalanzó sobre Jeff. Le daba puñetazos en la cara, lo arañaba y le tiraba del pelo.

Gritó de dolor y soltó la pistola, con la que Alex le apuntó a la sien al tiempo que lo levantó de un tirón. Le dio un puntapié en el trasero y le ordenó:

—Vamos, camina —dijo mientras recuperaba el aliento—. Por favor, ya que nada me gustaría más que volarte la cabeza.

—Adelante —sollozó Jeff—. Le he fallado a Judy y quiero morir.

—No me tientes.

Cat avanzó tambaleándose hacia la puerta y tropezó con los pies de Webster.

—¿Bill?

A la débil luz, lo vio tendido de espaldas. Tenía una mancha roja sobre el pecho.

—¡Dios mío, no! ¡No! —exclamó sollozando.

Apenas se tenía en pie pero llegó hasta la mesilla de noche, levantó el auricular del teléfono y marcó el 911.

Luego volvió al lado de Bill, se arrodilló a su lado y le cogió la mano.

—Ya vienen —le dijo a Alex.

—¿Cómo está Webster? —le preguntó.

—No se ha movido.

—Tal vez pueda anotarse otra muerte, Doyle.

Jeff balbuceaba incoherencias.

Cat estaba trastornada. Agarró una esquina de la colcha, pero, en vez de envolverse en ella, tapó a Bill.

El sonido de las sirenas era el mejor que había oído nunca.

Se inclinó sobre Bill y lo apremió:

—Aguanta, Bill. Ya han llegado. ¿Puedes oírme? Te pondrás bien.

Él no respondió, pero Cat confiaba en que notara su presencia.

El teniente Hunsaker fue el primero que entró en la casa.

—¿Qué pasa con la luz?

—La caja de fusibles está en la despensa de la cocina —gritó Alex desde el cuarto de baño—. Conecte el interruptor del centro.

—Necesito ayuda en el dormitorio. Un hombre ha recibido un disparo en el pecho —gritó Cat.

En cuestión de segundos volvió la luz. Cat entrecerró los ojos, deslumbrada. Cuando volvió a abrirlos, dos enfermeros y Hunsaker entraban por la puerta del dormitorio.

Hunsaker había desenfundado su arma.

—Bueno, Pierce, está rodeado. Salga con las manos en alto.

—¿De qué diablos está hablando? —gritó Alex.

—No ha sido Alex. Él ha capturado a...

Incapaz de seguir hablando, Cat le indicó la puerta abierta del baño.

Uno de los enfermeros le puso la mano en el hombro.

—Ese hombre está muy mal, señora. Apártese y deje que le ayudemos.

—¿Se salvará?

—Haremos lo que podamos.

Con cierta cautela, Hunsaker se acercó a la puerta del baño sujetando la pistola con ambas manos.

—Tire el arma, Pierce.

—Con mucho gusto, imbécil. Si lo encañona usted.

—¿Quién es ése?

—Jeff Doyle.

—¿Es el hijoputa que llamó al servicio meteorológico simulando hablar conmigo?

—El teléfono aún está pinchado, ¿verdad? —preguntó Alex.

—Exacto. Y ha sido una suerte. Bueno, ¿quién es ese mierda?

—Es una larga historia. Póngale las esposas y léale sus derechos.

—Un momento, Pierce. No me diga a quién tengo que arrestar. Yo he venido a por usted.

—Hágalo —dijo Alex apartándolo a un lado.

Caminó hacia los enfermeros inclinados encima de Webster que luchaban por salvarle la vida. Cat estaba de pie, rígida, mirando. Alex cogió la bata del respaldo de la silla y le ayudó a ponérsela.

La abrazó.

—¿Estás bien?

Ella asintió.

—¿Seguro?

—Sí. Sólo tengo miedo por Bill. ¿Está...?

—Aún vive.

Le cogió la barbilla y la obligó a levantar la cabeza.

—Has sido muy valiente. Podía haberme disparado a mí también. Gracias.

Ahora que todo había terminado, se le doblaban las rodillas y estaba temblando.

—No soy valiente.

—Yo creo que sí. Cat. Si te hubiera ocurrido algo...

La besó en la frente.

—Te quiero.

—¿A mí, Alex? ¿De verdad es a mí a quien quieres?

56

—¿Qué dijo? —preguntó Dean.

Le dio las gracias a la azafata que le había servido el segundo escocés con agua.

—Nada —contestó Cat—. Entonces llegaste tú. En pleno caos. Alex y yo no tuvimos otra oportunidad para hablar a solas.

—Tenía pensado darte una sorpresa y traía una botella de champán para celebrar el cuarto año de tu segunda vida. Y, al llegar a tu casa, la encuentro rodeada por la policía mientras metían a alguien en una ambulancia. Estaba muerto de miedo.

Ella le estrechó la mano y apoyó la cabeza en el respaldo.

—Estoy tan cansada... No quiero hablar más de eso pero tengo que hacerlo. Necesito desahogarme.

Al cabo de unos momentos de reflexión, añadió:

—He aprendido que no es bueno guardar reprimidos los malos recuerdos. Es mejor dejarlos salir, airearlos, analizarlos, aclararlos y, después, enterrarlos para siempre.

—¿Quién te ha facilitado esas gotas de sabiduría? —dijo en tono sarcástico—. ¿O no es necesario que te lo pregunte?

—Dean, me lo prometiste. Nada de críticas a Pierce.

—De acuerdo, pero acepté a regañadientes. —Sorbió un trago—. Ya casi lo hemos aclarado todo, pero aún hay cosas que no entiendo. Dijiste que Bill volvió a tu casa a pie después de haber cambiado el coche de sitio. Llegó al mismo tiempo que Alex.

—Sí. Bill lo vio correr y le salió al paso. Le advirtió que íbamos a por él y que él y Jeff estaban allí para protegerme. Alex le explicó que acudía a salvarme de Jeff, que había sido el amante de Judy Reyes.

—Tuvo que estar muy convincente.

—Para eso, le sobra talento. Bueno, el caso es que Alex le hizo ver que el coche de Jeff no estaba allí. Era evidente que lo había escondido para que nadie supiera que él estaba en mi casa. Ni siquiera yo, hasta que estuviese dentro y fuera demasiado tarde.

»Eso convenció a Bill y preguntó qué podía hacer para ayudar. Rodearon la casa espiando por las ventanas y tratando de averiguar qué estaba ocurriendo. Querían que fuera un ataque por sorpresa.

El cardiólogo continuó escuchando el relato:

—Y cuando Alex vio a Jeff sujetando el secador al lado de la bañera corrió a la parte posterior de la casa, entró por la ventana de la cocina, localizó la caja de fusibles y desconectó la electricidad. Estuvo rápido de reflejos.

—Por suerte sabía dónde estaba la caja.

Evitó decirle de qué forma había entrado Alex en su casa otras dos veces.

—Gracias a Dios, ya que otros dos minutos y...

—No me lo recuerdes. Pobre Bill. Por fin esta mañana me han dejado verlo. Sigue en la UCI y muy débil, pero se pondrá bien. Nancy no se ha movido de su lado.

—¿Qué lo llevó a tu casa a esas horas de la madrugada?

—Una idea genial para *Los Niños de Cat*.

Le dijo una mentira piadosa para proteger la intimidad de los Webster.

Había sido un milagro que la bala perdida no le hubiera atravesado ningún órgano vital. Había sufrido traumatismo y pérdida de sangre con orificio de entrada y salida, pero se recuperaría perfectamente.

Esa mañana le había pedido a la enfermera de la UCI que lo dejara un momento a solas con Cat. Quería darle las gracias por haberle hecho ver lo vergonzosa que era su relación con Melia.

—He roto con ella. Quiero a Nancy. Sin su amor y su apoyo...

Hizo una pausa, como si le fallaran las fuerzas.

—Hasta la muerte de Carla nuestra vida era un paraíso, como si estuviéramos exentos del sufrimiento de otras personas. Cuando murió, supimos que no éramos diferentes.

»Estaba trastornado y me sentía incapaz de superarlo. Busqué algo que aliviara mi dolor. Cometí la estupidez de involucrarme en una relación sórdida con una mujer que no le llega a Nancy ni a la suela del zapato. Supongo que no me merecía otra cosa. Me estaba castigando por no haber podido salvar a mi hija.

»Melia me dio la lata hasta que la contraté. Después, insistió en trabajar en tu programa. Ya sabes el resto. La noche que me encontraste en su casa dijiste cosas que me abrieron los ojos. Comprendí que tenía que acabar con ella. Una vez decidido, no me quedé allí ni un minuto más.

Alargó la mano para coger la suya.

—Fui a tu casa para agradecerte que hubieras salvado lo que más me importa en el mundo: mi familia.

—Lo que tienes que hacer es ponerte bien; todavía tenemos que hacer muchas cosas juntos.

Lo besó en la frente.

En el pasillo se encontró con Nancy, quien la abrazó.

—Gracias, Cat.

—¿Por qué? De no haber sido por mí, Bill no habría recibido el disparo.

Nancy la miró comunicando una complicidad más profunda.

—Me lo explicó todo. Lo he perdonado, pero ¿podrás perdonarme tú? Fui muy injusta al sospechar que...

—No importa —la interrumpió Cat—. Aprecio mucho tu amistad y tienes toda mi admiración por tu talento para organizar recaudaciones de fondos. ¿Puedo seguir confiando en tu ayuda?

—Tan pronto como Bill esté recuperado.

Dean la hizo volver al presente.

—Según parece, Webster y Pierce ahora se admiran mutuamente.

Ella rio.

—Lo cual es curioso, ya que no se gustaron nada la primera vez que se vieron. Alex estaba furioso consigo mismo por haber dejado que Jeff se apoderase del arma durante la lucha. Bill le dijo que no tenía que culparse de nada, ya que si se hubiera quedado en la cocina, como él le había dicho, no habría estado en la línea de fuego.

—¿Qué va a ser de ese Doyle?

Cat había visto cómo se lo llevaban esposado y lo hacían subir a la parte posterior del furgón. Aún le costaba relacionar al hombre sensible y arduo trabajador con un asesino a sangre fría.

—Cuando la policía registró su apartamento encontró álbumes de recortes y viejos periódicos que hacían parecer insignificante la recopilación de Alex. Era obvio que, desde la muerte de Judy Reyes, estaba obsesionado. Alex dice que se enfrenta a tres juicios por asesinato y dos por intento de asesinato. Pero, como se produjeron en cuatro estados, habrá traslados. Y aplazamientos. Según parece, es una empanada legal. No importa cómo se resuelva: pasará el resto de sus días entre rejas.

Se quedó un instante pensativa.

—Son tres.

—¿Tres qué?

—Las personas que están entre rejas. Jeff, Paul Reyes y George Murphy.

—Cyclops. No puedo creer que lo detuvieran a un par de manzanas de tu casa. Me pregunto cuáles serían sus intenciones.

—No serían buenas. Se resistió al arresto e insultó a un policía. No se le presenta un buen futuro.

Cat sonrió feliz.

—Gracias a Dios, Patricia y Michael ya no tendrán que soportarlo. Patricia trabaja como aprendiza en una empresa de joyería. Podrá ganarse la vida y perfeccionar su oficio. Un psicólogo infantil se ocupa de Michael y, ahora que ya no está aterrorizado por Cyclops, saldrá del cascarón como un pollito.

—¿Y Reyes?

—Lo lamento por él y su familia. Su hermana estaba conmovida cuando la llamé para decirle que no había matado a los otros trasplantados.

»Cuando estábamos en el sanatorio, no me amenazaba, sino que me avisaba. Según la declaración de Jeff a la policía, él le había enviado los recortes a Reyes. Quería que supiera que había encontrado un sistema ingenioso para su diabólica venganza. Jeff nunca se imaginó que esos recortes aparecieran en mi correspondencia como aviso.

»Pese a su inestabilidad mental, Reyes captó su significado. En algún momento, había llegado a la conclusión de que la actriz de telenovelas Cat Delaney llevaba el corazón de su mujer. Cuando comprendió la pauta de los asesinatos, se imaginó que yo era la siguiente en la lista, igual que hizo Alex.

»Alex también me estaba siguiendo la pista con la esperanza de salvarme. La intención de Reyes era más o menos la misma. Fue a San Antonio para vigilarme. Supongo que supo mi dirección siguiéndome a casa desde la emisora de televisión.

—¿Por qué no se identificó y te dijo lo que sospechaba?

—Aunque lo absolvieran por un fallo legal, había

matado a su esposa en un arranque de celos. Estaba considerado un enfermo mental. ¿Le hubiera creído yo o cualquier otra persona?

—Buena pregunta.

—Conforme se acercaba la fecha del aniversario, su inquietud iba en aumento y volvió a la escena del crimen, por decirlo de alguna forma. Ésta era, al menos, la hipótesis de su hermana. Ayer le escribí una carta explicándole todo lo ocurrido y dándole las gracias por intentar advertirme. No estoy segura de que lo entienda, pero yo creía que tenía que hacerlo y me siento mejor.

Agitó los cubitos de hielo de la limonada, que seguía intacta.

—Cuántas tragedias se produjeron como resultado de ese único día, cuatro años atrás.

—Y también mucho bien —dijo Dean cogiéndole la mano.

—Esas personas murieron sin ningún motivo.

—Pero también habían vivido con su nuevo corazón. Sus trasplantes merecieron la pena y, si hubieran tenido que repetirlo, habrían hecho la misma elección. Alargaron su vida. Eso es lo que intentamos: darle más tiempo al paciente. Después, el destino toma el control y nadie puede preverlo ni alterarlo.

—Todo eso es cierto y, aquí, lo sé —indicó su cabeza—; pero tengo que asimilarlo aquí. —Se tocó el corazón.

—Y el mejor sitio para conseguirlo será en tu playa privada. Me alegro de volver a tenerte cerca. Te he echado de menos.

—Voy a volver, Dean. El programa se ha suspendido hasta que pueda formar otro equipo, pero no es un asunto cerrado. Ni pensarlo. Estamos discutiendo la posibilidad de asociarnos con cadenas de otras ciudades y eso supondrá mucho más trabajo, pero piensa en la cantidad de niños que podríamos ayudar —dijo ilusionada—. Me quedaré en Malibú un par o tres de semanas y luego volveré.

—¿Y qué hay de él? ¿Entra en el esquema?

—Alex.

El nombre se le había escapado de los labios sin darse cuenta. La invadió la nostalgia. Había arriesgado su vida para salvarla y nunca lo olvidaría.

Pero tampoco olvidaría su engaño.

Toda su relación se había basado en una mentira por omisión. Cuando le dijo que la quería, ¿había sido también una mentira? Sólo tenía una forma de salir de dudas.

—Tengo que pedirte un favor, Dean.

—Tus deseos son órdenes, Cat.

—No bromees. No te va a gustar.

Suspiró preguntándose si, pese a estar decidida, tendría el valor de seguir adelante.

—Quiero saber si llevo el corazón de Amanda.

Se quedó perplejo.

—Sé que siempre he dicho que no quería saber nada del donante. Y no quiero, a menos que fuera Amanda. Eso tengo que saberlo.

—Cat...

Levantó ambas manos rechazando sus argumentos.

—No me importa lo que hagas para conseguirlo. Pide favores, haz juego sucio, rompe cualquier norma ética, miente, suplica, soborna, roba. Tienes los contactos y la forma de saber obtener la respuesta.

—¿Te das cuenta de que me conviene negarme?

—Pero no lo harás.

—También podría mentirte sobre mis averiguaciones para protegerte de más angustias. También eso sería una ventaja para mí.

—Tampoco harás eso. Me dirás la verdad.

—¿Cómo estás tan segura?

—Porque hace cuatro años tuviste agallas para mirarme a los ojos y decirme que no duraría mucho.

Veía su imagen borrosa por las lágrimas y le acarició la mejilla.

—Nunca contestaste con evasivas, por dolorosa que fuera la verdad. Dean, necesito que vuelvas a ser esa clase de amigo, necesito que seas tan honesto conmigo como cuando me dijiste que me estaba muriendo.

—¿Y comparas vivir sin él con morir?

—Lo único peor sería vivir con él y preguntarme siempre si me quiere por mí misma o por ser otra persona.

Le estrechó la mano con fuerza.

—Por favor, descubre si llevo el corazón de Amanda.

57

Algo obligó a Cat a levantar la vista hacia la casa en el mismo momento en que Dean salía a la barandilla del mirador y la saludaba con la mano. Ella le devolvió el saludo y se disponía a seguir contemplando la marea baja cuando otra persona apareció a su lado.

El viento le levantaba el ala de la pamela y la sujetó con una mano.

Aunque estaba silueteado contra el cielo, reconoció su figura alta y esbelta, la forma de la cabeza, su pose. Le dijo algo a Dean. Se estrecharon la mano.

Dean la miró, le dijo adiós con la mano y entró en la casa.

Tuvo el impulso de correr hacia él, pero se quedó inmóvil viendo cómo bajaba los escalones de la empinada escalera. Al poner los pies en la arena, sus botas de *cowboy* se hundieron hasta la caña, pero no se dio cuenta. Su atención estaba concentrada en ella, igual que Cat no podía apartar sus ojos de él.

—Hola.

—Hola.

—Bonito sombrero.

—Gracias.

Seguían mirándose hasta que, finalmente, ella dijo:

—Esta zona está reservada a los residentes. ¿Cómo has entrado?

—Utilizando mis poderes persuasivos.

—Han funcionado.

—Como una varita mágica.

—Y aquí estás.

—Y aquí estoy. Y de muy mala leche porque Spicer me ha abierto la puerta.

—Se ha quedado conmigo. Sólo como amigo.

—Eso me ha dicho. Es un buen tío.

—¿Le ha costado algo ese halago?

—Sí. El privilegio de dormir aquí. Anoche pasó su última noche contigo; incluso como amigo. A partir de hoy, todas tus noches serán a mi lado.

—¿Ah, sí?

—Sí. No aceptaré un no como respuesta, Cat. Te he dado tiempo para que aclarases tus ideas, he aguantado durante tres largas semanas y cada uno de esos veintiún días ha sido un infierno.

—¿Has podido escribir?

—Como un cabrón. Día y noche. Hasta que terminé.

—¿Has acabado el libro?

—Todas sus seiscientas treinta y dos páginas. Se lo envié a Arnie y ayer me telefoneó para decirme que era el mejor que había escrito. Y que va a venderse como rosquillas.

Alargó la mano y cogió un mechón de pelo que se le escapaba del sombrero. Lo estudió con atención mientras lo entrelazaba entre sus dedos.

—Arnie tenía curiosidad de saber por qué había cambiado el esquema inicial y había añadido un idilio.

—¿Y qué le dijiste?

—Que había tenido una inspiración. No habría podido escribir una historia de amor antes de conocerte, Cat. Pensaba que esa parte de mí había muerto con Amanda, pero estaba equivocado.

La cogió por la nuca.

—Te acosaré hasta que te rindas por agotamiento, si ésa es la forma de conseguirte.

»Quiero estar con Cat Delaney hoy, mañana y siempre. No me importa si llevas el corazón de un chimpancé. Quiero ver tu pelo rojo en la almohada contigua cada mañana. Te amo.

»Y respecto a lo que hice... Nunca hubo un cierre a mi vida con Amanda. No pude pedirle perdón por ser un maldito egoísta y no casarme con ella, ni darle las gracias por todas las veces que había aguantado mis lamentos por mis problemas. Ni llorar con ella por la pérdida de nuestro hijo.

Cerró los ojos, como si quisiera que ella entendiera. Luego la miró compungido.

—No pude despedirme de ella, Cat. Habría querido decirle adiós.

—Lo comprendo —dijo Cat en voz baja—. En realidad, creo que soy afortunada al ser querida por un hombre que antes ha sabido amar tan bien.

Alex le cogió las manos y se las llevó a los labios.

—Cat, ¿puedes perdonarme?

—Te quiero.

Se inclinó con intención de besarla, pero, por el rabillo del ojo, vio movimiento y se dio la vuelta. Se acercaba una joven.

—Hola, Sarah —dijo Cat—. ¿Has disfrutado del paseo?

—Mucho. Todo esto es precioso.

La joven miró a Alex por debajo del ala del sombrero. Llevaba vaqueros, zapatillas deportivas y una sudadera con el emblema de los Bruins. Tenía el pelo lacio y oscuro y los ojos castaños.

—Te presento a Sarah Choate. Sarah, él es Alex Pierce. Alex, Sarah es una rendida admiradora tuya.

—Siempre es agradable conocer a una admiradora. Mucho gusto, Sarah.

—Lo mismo digo.

Alex señaló su sudadera.

—¿Estudias en la Universidad de Los Ángeles?

—Sí. Para especializarme en Literatura Inglesa.

—Estupendo. ¿Qué curso haces?

—Segundo.

—Sarah es demasiado modesta para decirte que es un genio —dijo Cat—. Ha escrito algunos relatos que han ganado premios y han sido publicados.

—Estoy muy impresionado. Te felicito.

Sarah se ruborizó.

—Gracias, pero nunca llegaré a ser tan buena como usted.

—¿Escribes novelas de ficción?

—Más bien de no ficción.

Entonces intervino Cat:

—Ha escrito artículos sobre su experiencia como trasplantada de corazón.

Alex, que hasta entonces había tomado su mirada

de adoración como la de un admirador delante de su ídolo, se puso tenso. Fijó sus ojos en los de la muchacha, luego en los de Cat y, de nuevo, en los de Sarah, que ahora estaban velados por las lágrimas.

—Le estaré eternamente agradecida.

El sonido del oleaje y del viento amortiguó sus palabras, pero Cat y Alex las leyeron en los labios y en los ojos.

Sarah cogió la mano de Alex y se la estrechó con fuerza.

—Lamento mucho lo ocurrido con Amanda y el bebé. Cat me contó su calvario cuando murieron. Pero le doy las gracias por la decisión que tomó. Sé que Amanda había hecho constar en el permiso de conducir su intención de ser donante de órganos, pero usted la hizo posible. Sin su corazón, yo hubiera muerto. Le debo la vida y jamás se lo podré pagar. Jamás.

Cat contuvo el aliento; no muy segura de cuál sería su reacción.

Contempló los ojos de la muchacha y, a continuación, le puso la mano en el centro del pecho. Ella, en vez de retroceder, sonrió.

En ese momento la abrazó, y así permanecieron durante unos minutos mientras el viento soplaba a su alrededor. Cuando la soltó, tenía la voz ronca y los ojos húmedos.

—Amanda estaría muy complacida de que hubieras sido tú. Sería feliz.

—Gracias. Durante mucho tiempo no quise saber nada de mi donante ni de su familia. Sentía lo mismo que Cat. Ella aún no lo sabe ni quiere saberlo.

»Pero hace poco cambié de idea. No sé explicar por

qué. De repente, tuve la necesidad imperiosa de localizar a la persona responsable de mi nuevo corazón y darle las gracias. Solicité información al banco de órganos y estaba esperando contestación cuando el doctor Spicer se puso en contacto conmigo.

»Me explicó que la situación era infrecuente, pero me pidió que hablara con Cat antes de conocer a la familia de mi donante. Por supuesto, ya sabía quién era Cat y le dije que estaría encantada.

»Me quedé de piedra cuando me informó de que, precisamente, mi novelista favorito era... Bueno, ya sabe. Cat me invitó a quedarme unos días con ella y hemos hablado mucho. Estoy al corriente de todo. Estaba segura de que a usted no le importaría que me contara su historia con Amanda.

—No, no me importa. Lo cierto es que estoy muy contento de haberte encontrado, Sarah. Tiene más significado del que crees.

Alex miró a Cat de tal manera que se le hizo un nudo en la garganta. La rodeó con el brazo.

Sarah comprendió que allí estaba de más.

—Bueno, tengo que marcharme. El doctor Spicer me dejará en el campus antes de reincorporarse a su trabajo en el hospital.

»Alex, ¿no le parece que estábamos predestinados a conocernos?

—Sí.

—¿Le importaría que le escribiera de vez en cuando? No quiero molestarle, pero...

—Si no lo haces, tendría una decepción. Y también Amanda. Le habría gustado que fuéramos amigos.

La radiante sonrisa de Sarah le salió del corazón.